U0858544

三月初

作品

（上）

中国友谊出版公司

# 目录 Contents

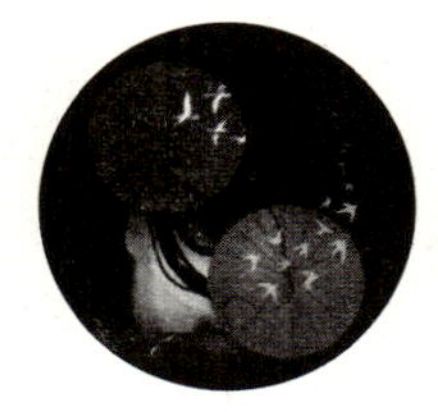

## ·卷一· 亘山谣

·卷二·
## 画中仙

卷一

# 亘山谣

## / 一 / 陆庄传统

亘城是商城，许多客商不远千里来做生意。

今日运气好，碰巧赶上了大场面，眼瞅着一溜红漆大箱顺道南下，敲锣打鼓地往山里搬。初来乍到的外地人不明所以，还以为是当地的习俗，只听有经验者嚷了一句："那是皇上的赏赐，赏给陆华庄的。"

所有人恍然大悟，似乎只要带上"陆华庄"三个字，再稀奇的事都能解释了。

譬如月前，皇帝微服出巡来到了临江府，不住官家院，不住名家店，就挑了陆华庄他们家的铺子，在城里可是轰动一时。

"听说那日出了点事……"

"嘘——瞎说！"身边立刻有人出声制止，"这地界上敢乱说话，也不怕招了麻烦。"

气氛顿时僵住了。

邪门的是亘城，更邪门的是亘山上的陆华庄。

说来陆华庄最初是凭着暗器和毒学起家，与其他江湖门派并无不同，收弟子，立声威，偶尔切磋武学，拼个武林盟主当当。或许是当武林盟主比较费银子，某天一早，庄主敲起锣鼓，扯起嗓，领着大伙儿搞了个经商的副业，竟比本职做得更风生水起，以致江湖上的人都有点意见。他们一方面觉得你发扬武学就该有武家的态度，到不了境界还沾染了一身铜臭，太不入流了；另一方面觉得你在道上混了个半吊子，偏偏还与朝廷有说不清道不明的关系，到底什么站位？

反正陆华庄觉得挺好，四面通达，八面玲珑，路子多了好办事。

至于为什么会与朝廷扯上关系，江湖上流传着很多说法，一桩比一桩玄乎，孰真孰假，大约只有自己人才明白。

此时有两位自己人正在鸡舍里忙活，准备逮上只肥的炖汤，补补身子。别看男的风流倜傥，女的模样也不讨人嫌弃，往鸡圈里一站，俨然是山中二霸，一抓一个准，愣是没有哪只鸡敢造次，顺道还挖了两个春笋准备一起炖汤，去去油腻。

瞧那气势，硬生生在鸡群里杀出一条道，陆庄主的一双儿女从来都是横着走的！

两人一同挑了条隐秘的小路在旁边生起火，陆宸拔了剑对准鸡脖子就要砍下："妹子，庄里为了祭祖吃素半个月，眼看我们马上要前功尽弃，你要不要感慨一下？"

陆漪涟麻利地剥着笋，头都不抬："祭品里还有猪肘子，凭什么我们吃白菜？"

也不知道他们二叔是听了谁忽悠，说什么今年祭祖不宜开荤，怕有血光之灾。无奈他管着银子，动动手指，把日常开支缩减了一半，只够买白菜豆干。这才几日，把弟子们个个吃得面色蜡黄，步伐虚浮，来来往往都跟孤魂野鬼似的。

陆宸深以为然，握着剑的手更加坚定了："鸡兄，我干脆点，送你上路，咱十八年后又是条好汉！"

话音刚落，剑光一闪，眼看鸡兄大好年华即将断送，轰轰烈烈的锣鼓声浩浩荡荡地压进了山里，随之而来的正是皇帝赏赐的一溜红漆大箱。

漪涟抬头望去，瞧出了箱子上的官封，有点发愁："是皇宫里出来的东西，来得挺快。"

回想起月前招待皇帝的那点事，陆宸也暂时松了鸡脖子："微服私访闹得比征兵的动静还大，眼下只要是个能喘气的，都知道他在庄里小住了两日。"他呵呵一笑，"你说，皇帝是怎么个心思？"

其实大伙儿心知肚明，皇帝是有意拉拢陆华庄。不为别的，就为那遍布大兴国的商铺。

往前说百余年，大兴国建国之初，陆家的祖宗是为开国皇帝办事的人。说得挺热闹，其实办的都是暗地里的事，所以江湖上无人知晓，朝廷中也无人听闻陆家一脉。

事做得多了，总是遭人忌惮，之后的几位皇帝轮着法子想让陆家彻底干净。好在陆家人普遍聪明，兜兜转转，在江湖上混出了一点名堂，就是后来的陆华庄。

庄里的第二位接班人陆远程是漪涟的爷爷，就是发奋经商的那一位，手一哆嗦，在大兴开满了商铺。从此，陆华庄以三绝闻名江湖：百发百中的培器、圣手难医之毒、遍布天下的商铺。自然，商铺这种鱼龙混杂的地方少不了各种消息，也是陆华庄立足于世的资本之一。这些资本惊动了皇帝，方才有了月前微服私访的一幕。

就像市井传的，那日不平静，出了点事。

皇帝睡到半夜，突然一声龙嚎，当夜匆匆离庄，里头是有点缘故的。

至于出了啥事……嗯，有点玄乎。

无奈皇帝顶天大，不管陆华庄错没错，态度还是要摆一摆的。漪涟站起身拍拍屁股："得了，打道回庄，放鸡兄一条生路吧。"

陆宸显然恋恋不舍，大眼对上小眼，一通深情对望。

漪涟为了助他快刀斩乱麻，眯起眼，幽幽飘来一句："赏赐说不定有你一份，好歹是摸了小手的情意。"

陆宸一阵恶寒，手一紧，差点勒断了一条鲜活的生命。他可真是冤得很，好端端地敬皇帝一杯酒，怎么就被龙爪子揩了油呢？难道天子博爱，不是计较性别的人？他安慰自己是意外，意外！就看陪着皇帝微服私访的丞相，尖嘴猴腮，可见皇帝对男人没什么兴趣，哪个断袖不懂得找个好看的陪在身边？

漪涟一针见血："可我听说当今太师是美男。"

陆宸肩膀一颤："陆漪涟，兄妹一场，你给我积点口德！"

漪涟已经奔出老远了。

"喂——妹子——笋还带不带啊？喂——你等等，我先和鸡兄道个别。"陆宸松开鸡脖子，收起佩剑，拎上笋，大步流星地追上去，奔跑中不忘回头拱拱手，"鸡兄，我们后会有期！"多么重情重义啊！他不禁被自己弄得有点感动。

鸡兄身子一抖，扑闪着鲜美的鸡翅，踉踉跄跄跑远了，心里指不定想着十八年后修炼成一条好汉，哼，哪还由得你小子猖狂！现在，找个山沟沟躲一阵安全点。

陆华庄内楼阁静伫，鸦雀无声。

等漪涟和陆宸赶到后门时，圣旨早宣完了，所有人站在院子里，乌压压的一片后脑勺，根本分不清谁是谁。不知情的两人默默地摸索上去，装作虔诚无比，再凑上两颗脑袋。

他们凑上去时正赶上某人的一句话尾，没听得清楚，只瞧着身边几名弟子个个昂首挺胸，纷纷端着潇洒倜傥的姿态，将衣摆甩出一道风。糙汉子装哪路风流才子？漪涟嫌弃地瞄了几眼，连最小的师弟都知道，戏过了！

漪涟往旁边一打听，说是贵妃身边的红人来啦！

说的是负责送赏的曹公公，奉旨前来传达皇恩浩荡，顺便靠着一张巧嘴讨点好处。这才寥寥几句话，说什么江湖侠客、一表人才，把一群青春懵懂的少年夸得喜滋滋的。可毕竟是宫里出来的人精，闻得出陆华庄的价值，更懂得套近乎。

"都说陆华庄人杰地灵，咱家今日有机会见识见识，可高兴了，怎的陆庄主不大高兴？"

"皇上恩泽我庄，自然高兴。"一位古铜肤色的中年男人答道。他蓄着短髯，目光炯炯，立于众人之前，便是庄主陆书云。尽管言语恭敬，却有不怒自威的气场，哪怕不提枪佩剑，也有武者气度。此时他不苟言笑，只因要站定立场，不希望陆华庄的态度显得过于殷勤罢了。

可惜曹公公曲解了其意，一脸体谅道："庄主苦恼，咱家是知道的，哪个不怕见罪于天子？"他指的无非是皇帝小住的那些事，虽然不知道内情，但赏赐送来了，就说明皇帝根本没打算怪罪。利用小事拉关系，得了便宜还卖乖，何乐不为？

"您放心，夏娘娘是皇上心尖上的人，有娘娘美言，自然是不会坏事的。"

此话一出，当即有人应和："您说得极是，我等山野之人，惶恐得很，往后还要仰仗您多多提点啊。"

曹公公另眼一看："这位是……"

陆书云侧目须臾，训斥之意并没有让外人看见，但实打实叫后者一顿：“容我为公公介绍，这位是在下二弟——陆书庸。”

庄主有一弟一妹，分别是庄里的两位堂主。三人性格迥异，行事作风大不相同。

陆书庸掌握着庄里的财政大权，庄里人称“三眼鬼婆”，因为他眼睛小，心眼小，成日只懂得往钱眼里钻。他曾经和送菜大娘争了大半个时辰，只为一文钱。据说前庄主特地给他改名为庸，就是希望他能有意克制，哪知他在这方面越发茁壮成长，越长越令人匪夷所思。

只能说陆华庄多出奇人。

尽管事无大成，但是陆书庸在人情往来上倒是很有一套。他故意不去领会庄主之意，对曹公公说：“我庄感念皇上恩德，公公送赏的人情也是念在心里的。偏厅已备下酒菜，是特地从窖子里刚取出的桂花酿，还请公公移步。”

弟子们原本被夸得乐和，一听桂花酿，再想起肚子里装的白菜豆干，怨念默默飘出。

有的说风里有股烧鸡味，有的说闻见了葱花香！

曹公公是好酒之人，忍不住笑逐颜开，哪里还体会得到弟子疾苦：“那便有劳庄主和堂主。”他笑眯眯地压着步子预备向偏厅走，突然记起一件要事，“咱家差点给忘了，陆少主是哪位？怎么没见着？”

躲在人群背后的陆宸一哆嗦，他爹陆书云心里也是一哆嗦，心想，养了个儿子正道不济，旁门左道居然走得很顺畅。其实单论旁门左道这一点，陆漪涟与陆宸半斤八两，只不过陆书云爱女，骂的都是陆宸而已。

“陆宸。”他一眼瞅见了准备开溜的儿子，“出来！”

陆宸心虚，摸了一把脖子，全是冷汗，犹豫着是不是干脆溜了完事。可父命难违，又有外人在场，他只能装模作样地走上前：“在下陆宸。”

曹公公眼睛一亮：“不错，很懂礼。”他心知陆宸以后可能飞黄腾达，越发和颜悦色，“咱家来的时候，皇上特地命人交代的，要拿宫廷新制的江南李主帐中香赐予陆少主。咱家给封在了雕花的箱子里，回头少主千万记得领下。”

大男人给大男人送香算什么事！陆宸心里不屑道。

陆书云眉毛一挑，弟子们也投来了同情的小眼神。

漪涟尤其痛心疾首。你说原本多正直的一名少年，不知发什么神经，青天白日，把屋门一关，开始蒙头制香，被陆书云说教了两次，他就深更半夜忙活，头顶一根蜡烛，坐在后院里，把一名要去如厕的弟子吓得一晚上死活没尿出来。

制香便制香，他非做了香包带着走不可，说是要送给哪家小仙女。结果在亘城里晃悠一圈，仙女没找着，把一白面小哥的魂给勾回来了，搞得弟子们纷纷摇头惋惜，深感大师兄情路坎坷。

“别的赏赐是吩咐临江府尹代为周全，唯独帐中香是从宫里快马加鞭送来的，可见皇上重视你呀。”曹公公说得意味深长。

谁稀罕！陆宸腿一抖：“小民不敢想，不敢想，呵呵。”

曹公公表示理解，笑容暧昧道：“少主宽心，咱家懂得。”

懂？你懂个屁！陆宸嘴角一抽，恨不得把香糊在他的脸上。

一番好言邀约，总算将人请至偏厅。弟子们闻着烧鸡香味，也跟着跑了。

陆宸愁心长叹，离去前无意触到了一个人的视线——是一名紫袍妇人。她的眼神极淡，发髻梳得像女道士，唇形生得姣好，色泽偏如中毒一般发黑红色，与其人十分不相称。再多也就瞧不见了，她戴着一张铜面具，遮盖了大部分容颜。

她是庄里的三堂主——庄主和三眼鬼婆的胞妹陆书瑛。因为一次天灾，容颜尽毁，从此以面具示人。她的脾性甚为古怪，基本上不与人往来，只要她走过的地方，永远是一股寒意。方才她就站在庄主身侧，只是事不关己，自始至终一言不发罢了。

陆宸和漪涟相互一觑，有点奇怪：“姑姑。”

陆书瑛黑瞳冷凄凄的，说话亦如冷风：“庄主处事周全，偏厅我便不去了。你们记得转告一声。”

原是为这事，陆宸答允：“侄儿记下了，您忙去吧。”

香喷喷的葱花烤鸡肯定轮不着旁人，弟子们集体啃完馒头后就窝在房里打瞌睡，实在忍不住饥肠辘辘了，就用炭盆烤两串豆干解解馋，对三眼鬼婆的怨念又更深一层。

直到一名站门的弟子卷着风跑进来，一巴掌拍向一脑袋：“别睡了！罗刹鬼回庄了！”

话音刚落，众弟子饱含睡意的眼睛霎时泪光闪闪。

江湖上盛赞陆华庄高手如云，奇才辈出。掰手指算一算，奇才确实不少，陆宸兄妹当属前列，还有个爱钱如命的三眼鬼婆充充场面。至于高手，庄主自然当仁不让，但毕竟年纪大了些，还得找年轻人做招牌，最好是文武双全、德才兼备的那种。考虑到庄里女弟子偏少，若能英俊潇洒、风流倜傥更佳。

其实庄里还真有！英俊潇洒、文武双全是一定的；风不风流不晓得，反正弟子们是要被逼疯了。

没等众人哭一把鼻涕感慨炼狱来临，院门处已经此起彼伏地响起了吼声："巽师兄好！"

他们猛地跳起来，把炭盆往后一踢，纷纷冲出屋子，挺起腰板："巽师兄好！"

司徒巽是庄主陆书云的亲传弟子，除了流影堂的暗器绝学，陆书云还将自己的独创剑法倾囊相授，还特地花费重金请名匠为其打造昆吾剑，剑鞘文以麒麟，镶以苍玉，弥足珍贵。据说此事还是前庄主临终前吊着最后一口气嘱咐的。

当他领着几名同行者入院，空气顷刻间凝结如霜。众弟子屏息以待之时，却有新人胆大包天，敢在他的眼皮子底下往后门开溜，果然被一眼识破，逮到面前。大伙儿一瞧，居然是三眼鬼婆刚收的富家小生——明赫。

"拦着我作甚！"明赫挥开上前钳制的几只手。

司徒巽在不远处冷冷目视："带过来。"

明赫当即被人逼至他的面前。越是近处，越是体会到无声的压迫。

在场弟子师从各堂，关系本不和睦，却不约而同紧张。说到底，心里对司徒巽都是存了三分敬畏的，敬他处事果决，畏他不留情面。若说庄主治下是恩威并施，司徒巽就是他最大的威慑手段。

"你去哪儿？"他问。

明赫气势明显一弱："我……我去哪儿是我的事，什么时候轮着你来管？"

司徒巽一袭黑衣无瑕，宝剑在手中凛然似蛟龙："你去哪儿我不管，我只要知道你为何而逃。"他方才亲眼看见明赫从屋里出来，神情十分慌张。

明赫眼珠子一转，不满道："我为庸堂主做事，你也管？"

司徒巽道："既为庸堂主办事，大可从前门走，何必绕远路？"

明赫理亏在先，然而他是凭着家世关系拜入庄中的，难免会有优越感：

“我乐意。”

司徒巽敏锐地察觉到明赫手里握着一个锦绣小盒：“拿着什么？”

明赫娇生惯养，藏不住事，连忙把手往回一缩：“我自个儿的东西。”

为堂主办事揣着私物？借口太幼稚了。都说三堂关系不和，加上和三眼鬼婆还有白菜豆干的私怨，人群里突然酸溜溜冒出一句：“今日就见他围着人家来回折腾，肯定是巴结贵人去了。”

司徒巽沉吟目视，眉眼风华正当时，只是透着与年龄不相符的冷静。

明赫被看得心虚，想要逃走，却被两把剑柄死死抵住，前后动弹不得。再回首，眼前蓦然划过一道玉色，应是昆吾剑上的苍玉，起落间，只觉手腕一痛，等他喊出声，脱手的锦盒已然被司徒巽稳稳地接到掌中。

真不愧是流影堂的功夫，行云流水，似风如影，半式见真章。

旁观的弟子暗暗咽了下口水，要说有多厉害……呃……谁知道厉不厉害，压根儿就没看清！

明赫被整得措手不及，低头看看手里，空无一物，这才反应过来，直指司徒巽怒骂：“司徒巽！三堂从来是各管各事，你凭什么插手？要带走翊锦堂的东西，你问过庸堂主没有？”

三堂各司其职，其中紧迫的关系连陆书云都取决不下，毕竟牵扯的事太多。

然而，司徒巽恍若未闻。打开锦盒一看，竟是一枚金镶玉扳指，物小，分量却不轻，要送谁？他侧头问身边一名新入庄的小师弟：“此番是谁来送赏？”

小师弟踮着脚，目光闪闪：“回师兄，是位姓曹的公公。”

曹氏？司徒巽若有所思。片刻后，他手持锦盒问明赫：“这是你的私物？”

“我……我……反正庸堂主发话了，你还能怎么着？”

“翊锦堂的事我无权处置，自然上报庄主，由庄主裁定。”司徒巽盖上锦盒冷然道。不欲再费时纠缠，吩咐几名弟子直接将人关到执法堂。

眼看明赫被拖走，一路嘶喊辱骂，众弟子杵得冷汗涔涔，就想着眼下怎么能逃了才好。可就有那么一两个脑袋不开窍的，偏巴巴追上去：“巽师兄，巽师兄！”

司徒巽回头垂目，是刚才的小师弟，八九岁的年纪，还不到他一半高：“何事？”

小师弟仰头看他，肉嘟嘟的脸上满是崇拜：“师兄，您刚才那招好厉害呀！手起剑落，招式如风，就像书里说的大侠一样。”他手舞足蹈地比画，“等我扎实了马步，能不能教教我？”大伙儿躲在一边，仿佛看见了一匹狼和一只小绵羊。

谁知司徒巽一愣，居然点头道：“好。”他若有似无地扫了一眼一边惊恐的眼神，“先替你师兄们把屋里的炭盆收起来，焦了。”

炭盆？什么炭盆？

弟子们闻到空气里一阵焦味，全体一抖。

糟了，烤豆干！

杏影小筑是庄中一处僻静地，陆书云特地选了此处，趁着片刻安宁给江湖故交回函。

司徒巽来的时候，他恰好搁下笔。未等抬眼，一方锦盒被呈递到他的面前，里面装着一枚金镶羊脂玉扳指，质地细腻，温润无瑕。他认得此物，是一位世外高人赠予前庄主的极品，一直存放在库内未动，何以在此？

待听完由来，他无声地陷入沉思，眉头不经意间拧得更紧。

“弟子擅自做主处置明赫，任凭师父责罚。”司徒巽恭敬请罪，利落且坦荡。

陆书云稳坐椅中，闻言审视起他，意味深长地问道：“你奉命协理庄务，自然有权处置。只是翊锦堂的事务，为师甚少强加干涉，你何故执意要截下玉扳指？”

“牵涉大局便是庄中事务。”司徒巽顿了顿声，眸色微动，“再者，据弟子所知，曹公公是夏贵妃的心腹。”

陆书云不动声色道：“那又如何？”

司徒巽身姿挺拔立于案前：“赏赐事宜自有礼部周全，请当地府衙代理亦是常事。即便皇上有心指派，也应是某位大臣或者亲信，何以会请后妃宫中的掌事送赏？其中多少是皇上的意思，夏贵妃又参与了多少，恐怕很难说明白。”

陆书云心知肚明。

司徒巽一言道破重点：“陆华庄久居江湖，名义上仍听命朝廷，平素不涉政事，只尊皇权。”

众所周知，当今朝廷党派之争惨烈，以当朝丞相和太师为首，但凡示好者便会被视作同党。夏贵妃有意指派亲信来庄里送赏，多半是怀着试探的心，何况陆华庄颇有价值，连皇上都惊动了。现在天下人都看着陆华庄的一举一动，一旦有风声传出去，麻烦肯定接踵而至。换句更实在的话说，在充分把握局势前，陆华庄想要安宁，还应明哲保身的好。

陆书云近年来与江湖上走得近也是这个原因。但世事远不如预料的顺利。

两人走到小筑二楼的茶室，面对面坐下饮茶。茶香融着雨季的清香，格外醒神。

待杯上的雾气逐渐淡去时，司徒巽从栏外杏花影中回眸："方才来的路上，听闻庸堂主想留下曹公公多招待几日。依弟子之见，多留恐生变故，师父还是尽早处置为上。"

陆书云无奈一叹，将茶如酒饮尽："党争之下，焉有完卵？他这是打算兵行险招。可对于我庄当前境况而言太过冒险了。若要找个理由逐客，唯有三日后陆家祭祖。"

司徒巽当即领会："曹氏不敢久留，我庄也不失待客之道。"

能如此之快地透析局势，想出应对之道，必要有足够的谋略和见识。司徒巽年纪轻轻能应对处事，陆书云身为师父，甚是欣慰。

其实，陆宸和漪涟也聪明，他同样教导，甚至更上心，可惜庄里人都知道，收效甚微。实在是那一双兄妹不是常人能驾驭的主，暗器功夫没学全，存岐堂的药理又凑几分，久而久之，对什么都是一知半解。好比拳法只会半套，解毒只管当天，隔天复发都不叫事。

陆书云是个实在人，想着一知半解也罢，好歹还算是杂家。

"师妹机灵，自有她的好。"司徒巽道。

听似宽慰长者，实则意在维护。陆书云是过来人，看得出他眼里的情意，笑道："他们私下说你不近人情，为师看着你倒偏心得很。"

"……"

"呵，是好事，为师明白。"陆书云斟满茶，神色一转，正事还当为先，"曹公公的事为师自会周全，只是三日后祭祖，陆家人依照传统要在玄古寺宿上一夜，庄中事务便全权交给你打理。"说到这里，愁云霎时满面，他特意嘱咐道，"清明前后，庄中怪事频发，你须格外谨慎些。"

司徒巽深知其意，话音跟着沉了几分："弟子自有分寸。"

陆书云口中的怪事，其实是老传统了。

说来挺玄乎，陆华庄除了名震江湖的三绝以外，还有一奇。

记得皇帝小住当日，铺子里的人还没有睡踏实，突然一声哀号响彻山林。等人们赶到一看，皇帝正蹲在旮旯里瑟瑟发抖，浑身黑不溜秋，像从炭堆里爬出来的。据他自己说，他是跟着一个孩子走到这儿的，没看见脸，只记得他身形飘忽，还发光。走到半路闻见一股异香，香气浓烈，不像是常人所有。然后，他看见许多影子从黑暗里冒出来，有披着羽衣的，有长着翅膀的，有双眼发亮的，就像是到了阴曹地府。皇帝当场吓得龙躯一震，嗷了一声，蹬脚猛跃，一头扎进角落的炭堆里。

后来，皇帝披星戴月地匆匆离庄，龙爪子冷得像冰。

再后来风声传开了，光怪陆离，啥说法都有。可毕竟是皇帝，扯的还是玄乎事，大家不好太招摇，统一说成“出了点事”。的确是出了点事，好听又好记，还显得很有内涵。

漪涟喜欢实在点的，是人是鬼，是妖是魔，总得有个说法。

趁着夜半更深时，她再度打起灯笼找到炭堆。炭堆是在山庄后门一个偏僻处，隐约能照出一个圆窟窿，是皇帝刨出的玩意儿。好歹是龙头栽过的坑，弟子们为了纪念，就一直没动过。她拿着灯笼四处打量，左面是山林，右边是围墙，不远处是上玄古寺的近道，再就只剩下一间残破的石屋子，炭堆就在墙角处。

石屋子的墙有三面，顶棚已被大风掀去，从外看去十分通透。匀步走一圈，大约百八十步，占地不小。石屋中央有座石砌的地台，摸上去有许多凹凸不平的纹路，像磕碰所致。漪涟曾经问过阿爹，阿爹说这石屋子原本是供奉山神所用，从爷爷那一辈就废去了。地上滚落了一个裹满泥巴的铜炉，早没了原本的光泽。

漪涟来过很多次，半分鬼影都没见到，怎么就吓着了皇帝？

她深感失落，这怪事估计真是凡夫俗子无缘得见。

同一时刻，山下亘城。

两名男子杯酒邀月，所在小院是个叫作寻芳斋的古玩铺子。

其中一名男子眉眼清秀，态度谦恭，酒斟八分后，低询道：“来了不少时日，若您想去瞧瞧，我明日便上山递拜帖。”

另一人兴许是沐浴刚出，散着发，幽幽香气袭人。他嘴角泛着似有若无的笑容，话音沾染着桃花酿的香气：“哪里差这些时候。你要真是闲着，就去多弄些古玩回来，要稀罕货。”

“铺子里都是稀罕货，太稀罕了，半月没卖出两件。您还要？”

“不缺这点银子。”他将盏中酒连同月色一起滑入喉咙，半开的衣襟笼着薄薄的雾气，“如果没钱使了，就找那个有钱的主。他不缺钱，有人给他找钱。”

清秀的男子微微倾身：“是。”

三日后，三月初四，陆家一行由辰时上山。

前往玄古寺的山路又长又陡，陆书云说这是为了考查祭祖的诚心，只要心够诚，自然能达到该有的高度。

陆宸表示完全是废话！山高，那是因为地势所致，体力跟不上，心再诚，也只能歇在半路上喂狼。当然，这话是在漪涟耳边嘟囔的，没敢让陆书云听见。

他不满意漪涟的默然无视，皱着眉头深沉地问：“你还喜欢哥哥吗？”

漪涟额头青筋一跳，故意挖苦道：“听说宫廷新制的帐中香堪比古方，阿爹亲自给送过去了。你现今是受宠若惊还是生无可恋？”

“我……”

“兄妹一场，我可提醒你，如果你准备好纵身一跃，玄古寺那头山壁不够陡峭，一跳只能挂在半山腰上。作为男人，既然要死，就死个彻底。去隔壁山头吧，那儿够悬，不然摔个半身不遂，还累得阿爹照顾你后半辈子。至于遗言，别跟我说，免得你闭眼之后闹出闲言碎语连累我。建议留封遗书，摁个手印放床头，谁看到算谁的。”漪涟一气呵成。

陆宸插不上嘴，默默地摆出痛彻心扉的模样：“你说你从前多可爱的一个孩子，何时变得这般没心没肺？谁教你的？”

漪涟没回答，直直地盯着他。

兴许陆宸意识到自己才是那个最大祸害，便不再言语，加快脚步走到前方去了。

半个时辰后，众人基本上踏进了玄古寺，陆宸却还在半道上磨蹭。漪涟虽然乐意折腾他，但在这件事情上还是要说句公道话，因为陆大少掉队确实是有不得已的苦衷。

三眼鬼婆有位义女汪楚濋，是他一位江湖至交的闺女。其父前几年过世后，她就一直养在庄中。楚濋不仅生得楚楚动人，还贴心、会撒娇，比起早早嫁入京城的亲生闺女，汪楚濋倒更像是三眼鬼婆亲生的。

原本陆家祭祖没她什么事，但前庄主生前待她不错，因此陆华庄每年祭祖都会把她算上。楚濋除了略表心意，还和陆宸一起走走小道，散散心，一举两得。

看着陆宸憋屈的模样，漪涟很是同情，这姑娘的矫情劲她也是领教过的。没力气走山路，却有力气扯陆宸，拽着他的衣袖，一步唤一句“宸哥哥”，耐力好得惊人。其声娇艳欲滴，叫羞了喜鹊，更吓得陆宸三步一踉跄，十步一崴脚，凭着所谓的诚心才撞进玄古寺大门，然后直接脱力，跪倒在列祖列宗面前。

边上站着笑眯眯的三眼鬼婆，一脸欣慰地感叹：“两小无猜，甚好，甚好。”

漪涟冷笑，心里说：眼小可能比较容易说瞎话。

这日诵经祭拜过得相安无事。

入夜后，漪涟的房门被敲开，是陆宸神色疲惫地杵在门外。见人出来，他连忙摆正姿态，然后极其突然地“啊”了一声，感慨道：“月色如冰如霜，似我心头微凉，幸而有你在旁。得妹如你，夫复何求？”

什么乱七八糟的！漪涟额头青筋使劲蹦：“说人话。”

陆宸吸了吸鼻子，委屈道：“你有没有空安慰我？”

漪涟沉默须臾，无言，大步一退，顺势将门合上，紧跟着吹熄了灯火，屋内顿时鸦雀无声。陆宸还在门外杵着，看着静若无人的屋子，开始有些犯晕：刚才是不是见了自家妹子？

直到夜深时，漪涟才偶然得知，当晚那一段“真情流露”其实是陆宸精神脆弱犯了病，因为汪楚濋几乎形影不离地跟了陆宸一整日——祭拜时挨着，吃饭时盯着，上茅房也在外面守着，就连烧手抄经时都要借着火光对陆宸暗送秋波，吓得陆宸总觉得某位祖宗还魂了。

若是平日，漪涟不拿这来挤对挤对，那肯定是出了大事。

现在，确实是出了大事！

一名年轻的弟子脚底生风冲上玄古寺，极度惊恐地跪倒在众位祖宗的牌位前，对陆书云道："庄里真闹鬼了！还出了人命！"

## /二/诡案异香

陆华庄的格局独具特色，进庄门就看到三座大堂，东西北各占一方，青砖红栏，装饰陈设各有千秋。三堂占地均等，谁也不比谁多出一寸，少上一厘。外人看了多赞气派，内人只道压抑非常，因为陆华庄三位堂主长年貌合神离，气氛恰如这三堂坐镇，针锋相对。

正中流影堂，堂主陆书云，是前庄主的长子，理所当然接任了庄主之位，继承了陆华庄的武学一脉，尤擅暗器与轻功。

右方翊锦堂，权掌财政，堂主陆书庸，陆远程次子。

左侧存岐堂，精擅毒理，亦通岐黄，堂主陆书瑛，陆远程小女。

陆华庄闻名于世的三样绝活恰好被前庄主均分给三个子女，一手造就了三足鼎立之势，让作为现庄主的陆书云着实辛苦。

偏偏此次闹鬼闹得恰到好处，人就横在翊锦堂后院，哪怕再偏个几步也可算作是墨阁的范围。但别说几步，就算要死人自己挪个几厘米也有点太强人所难了。

尸体旁边蹲着一个模样俊秀的人，是存岐堂的得意弟子柳笙，办完外务，一炷香前刚回到庄里。他一番查验，发现尸体脸色苍白，神情惊恐，像是受到惊吓，心口处插了一把匕首，刀身整个没入肉体，血流了一地。

柳笙认得此人，名戴全，年十七，江南徐安人氏，家中是做布匹生意的，前两日刚被三眼鬼婆招入翊锦堂。他起身理理衣襟，故意向身旁的人抛出话头："巽师兄，你说好端端一个人，怎么就被鬼瞧上了？"

柳笙生性风趣，与陆宸是一路性子的人，偏就喜欢与司徒巽说笑。同屋同宿，低头不见抬头见，长年处下来，司徒巽竟然也习惯了，顶多是耳边一阵风，过去就算了。

“最后与他一起的人是谁？”他将所有人集合在院中，冷声质问。

角落里隐约有个身影哆嗦得特别厉害。

司徒巽缓缓向那人所在的方向逼近了两步，再问已有所指：“是谁？”

话音刚落，正哆嗦的那人双腿一软，膝盖生生地磕到石地上，看得在场的人都觉一疼。

谁都知道庄主待人宽厚，难办的是他的宝贝徒弟，行事毫无情面可言，前几日的明赫就是活生生的例子。每逢这种场面，他们总是不约而同地在心中将陆宸从头到尾骂个遍：你说，你才是庄主的亲儿子，怎么不争点气！大伙儿也少受些煎熬。

显然，司徒巽根本没听见众人内心的哀号，目光透着彻骨寒意：“名字？”

“崔玉，我叫崔玉，崔是姓崔的崔，玉是崔玉的那个崔，不，是玉器的那个器，不，不对，是玉器的玉？”

司徒巽挑眉：“你问我？”

“不不不，我，我是叫崔崔玉……”

柳笙看着心累，赶紧疏导：“师兄，不是衙门公堂，脸色还是缓缓较好，别死了一人，再吓昏一个。”说着，低头看向几乎吓瘫的人，“知道你叫崔玉，不必再纠结。师兄如何问，你便如何答，可好？”

都说陆华庄除了鬼神，大多是怪人，若说有谁可称作谦谦君子，定然是柳笙当仁不让。因此，崔玉跟见着救命稻草似的直扑过去：“柳师兄，你信我，我没有杀戴全，绝对没有，是鬼杀的。近两日，他的举动不太正常，肯定是犯了忌讳了！”

柳笙任他抱着腿，苦恼地道：“这话我可听不明白了，难道鬼也懂耍刀子？”

“我，哪知……可戴全确实招惹了不干净……”

“胡言乱语。”司徒巽打断他，“戴全因刀致死再分明不过，你妄想以鬼神动摇人心，不如去和阎王解释。”

崔玉顿时吓得涕泪横流。这让柳笙很为难，他倒不在乎向谁解释，只因一条腿还被紧紧抱着，那一脸鼻涕眼泪随时可能赖上自己，若将崔玉一脚踹开，又显得不近人情。

此时，翊锦堂正门传来骚动，一行人在夜色中匆匆而来，为首的正是庄主陆书云和两位堂主。在看到后院的惨状后，毫无例外地大吃一惊，只有存岐堂堂主陆书瑛戴着面具不甚明了。

陆书云面色凝重："巽儿，怎么回事？"

司徒巽沉声道："有人杀了戴全。"

陆书云话音一沉，再次确认："有人杀了戴全？"

他的前两个字问得特别重，加之院中惶惶不安的气氛，司徒巽猜测，肯定是弟子又说了什么闹鬼的玄乎之言。他扫了一眼戴全，话语笃定："恶意行凶，是人，非鬼。"

他指向翊锦堂通往后院的一个小门，从这个方向望去，门扉被隐在了矮树枝叶里。

当时的记忆非常清晰，他领着几名弟子于庄中例行检查，途中突然刮起大风，他巡查到翊锦堂时，远远地看见一名黑衣人迅速往弟子居所方向逃窜。他飞身追至后门处，便瞧见戴全躺在此地，血还在流，呼吸已停。事后，他搜过弟子房，并未寻到蛛丝马迹，且那时距离黑衣人太远，没有看清样貌。

柳笙总算找到借口，把腿抽回来，还好赶得及时，衣摆依旧飘扬。他谦和上前，将刚才所得情报一一汇报，末了又道："庄主是否考虑尽快验尸？实际上弟子尚有一惑未解。"

陆书云神情闪烁了一下："你先说无妨。"

柳笙沉吟片刻，道："此地开阔，翊锦堂中又栽有桃花，所以巽师兄与众位师弟未能察觉。可弟子探查尸体时，隐约闻得一幽微香气，并非花香。"

香气？

众人疑惑，这年头鬼不仅懂得使刀子，还变文雅了？莫不是艳情小说里的狐鬼蛇妖一类？庄里有不少弟子都爱看，常压在被褥下。有几个胆大的凑上来仔细一闻，好像真有这么一股香味，挺迷惑人的。

漪涟想着陆宸常捣鼓香料，说不定知晓一二。转头发现他正眯眼盯着尸体瞧，神色凝重。

"果……果然是鬼，不然怎么尸体还会有香味？"

"是的，庄中闹鬼也不是第一次了。"众弟子议论纷纷。

陆书云见弟子们个个人心惶惶，一时又无法可解，以致愁容满面。倒是一直还未说话的陆书瑛开口道："笙儿，这香味怪异，你且搜搜他身上有无疑点，也好让众弟子心安。”

柳笙的目光落向她，铜面具在人群里十分显眼。他迟疑了片刻，蹲下身，小心翼翼地检查起戴全，竟然真的在其腰间碰到了一样东西。他用绢布覆手将东西取出来，众人定睛一看，居然是个打制精美的小盒，香味无疑是从小盒里散发出的。

霎时，有几人变了脸色。

江南李主帐中香？

正是皇帝御赐的那一盒。

陆书云猛地回望：“宸儿，这是……”他私心顾及儿子，后半句压在喉咙里，没有问出来。

一干不知情者被这场景搞得茫然，眼珠子不停转动，发现几个说得上话的人物统统向陆宸看去。陆宸本人则是死死盯着精致香盒，露出撞鬼的表情。

陆书庸仗着眼小，用余光左右瞄了瞄，脑子里飞快地转出一个主意。他不说话，神不知鬼不觉地向身边的得力弟子使了个眼色，那弟子即刻会意：“陆宸，是你杀了戴全！”

他素来和陆宸不和，逮着机会是用吃奶的力气喊，当场掀起轩然大波。

数十道目光恍然回神，纷纷投向陆宸，既是诧异，又是迷惑。庄主的儿子，甚至是下一任庄主，为了什么了不得的原因要去杀一个名不见经传的小喽啰？

陆宸吼回去：“我杀他有什么好处？胡说八道！”

等在一边的汪楚潋当然不会袖手旁观，试图向陆书庸求助。

陆书庸眯着眼哼了一声，摆出为难样：“宸儿说得有理，无仇无怨，杀戴全作甚？你不许胡言，伤了庄中和气！”

“不是弟子挑拨，流影堂向来和我们翊锦堂不对头。陆宸摆了大师兄样，做老好人，暗地里还不是变着法子打压我们？”那名弟子愤愤不平，“前几日司徒巽关了明赫，大伙儿都知道。戴全这批新入弟子不大服气，抱怨了几句，说不准正是为了这事。”他对陆书庸道，“堂主，您可不能轻易算了。”

不等陆书庸说话，陆宸抢先道：“别说打压，近几日，我压根儿没碰见过戴全。”

那弟子道：“证据还落在人怀里，口说无凭。”

陆宸辩驳：“那盒东西我早丢了！”

那弟子道："是丢了，可不就丢在戴全怀里！"

两人一时争得不可开交。

汪楚潍欲替陆宸说话，却被陆书庸不着痕迹地拦下来。他语重心长道："宸儿啊，撇去三堂恩恩怨怨不说，二叔平时算待你不错，楚潍的心思，你肯定也明白。若当真为了这点小事动手，的确是不该啊。"

陆宸再次强调："我没杀戴全。"

陆书云也道："二弟，事情未查清楚，不要妄下定论。宸儿的心性我最清楚，他即使帮流影堂强出头，也绝不会动手杀同门弟子。"

"哎呀，瞧这话说的。"陆书庸蹙紧眉头，"流影堂还真有旁的心思？"

陆书云严肃反问："为兄不仅分管一堂，更是一庄之主，自认平日处事绝无偏私。二弟，你是在指什么？"

又开始了！

弟子们不约而同地捏了把汗。

三堂本就是针锋相对的关系，一点星火便可燎原，何况是一个大活人栽在翊锦堂，陆书庸巴不得早一刻把这烫手山芋扔出去。结果陆宸自己撞上门，恐怕局势将会一边倒呀。

"一盒香而已，算不得确凿证据。"人群里忽然幽幽冒出一句话，众人一瞧，果不其然，是陆漪涟。她打量着戴全："这盒香是被戴全贴身收着的，若是凶手无心遗落，该掉在一旁，还能故意揣到死人怀里去？"

陆书庸道："话差了。"他用那双小眼瞟了瞟，"单就案情说，戴全是正面中刀，很有可能案发当时凶手正与之说话。说不定是谈话中戴全收起了那盒香，凶手趁其不备，捅了一刀呢？或是戴全中刀后还存了一口气，将凶手遗落的东西收进怀里保留罪证也未可知。"

漪涟不认同："柳师兄方才瞧了现场，证实他是当场毙命，巽师兄赶得及时，也没发现戴全为了保留罪证多喘一口气。若按二叔说的第一点，戴全是事先得到了那盒香收了起来，却没有证据证明他拿到香以后马上中刀，这样一来，不是谁都有行凶的可能了？"

众人觉得有理。

"若说可疑之处，恐怕不止那盒香。"漪涟又挑起一个头。

陆书云问："阿涟，你瞧着哪里不对？"

漪涟问柳笙："柳师兄以为凶器如何？"

柳笙道："是把新匕首，庄中常见，并无特别之处。"

漪涟道："庄里领用物品都有很详细的记录，多亏二叔行事谨慎。匕首不是一天一换，数量也不多，只要照着记录详细对一对，便可以知道这把凶器的出处。不过如此新的匕首多半来自仓库，而仓库又属翊锦堂管辖，不知二叔对这把凶器有没有印象？"

众人惊讶，是逆袭呀！转着转着，又转到翊锦堂来了。

陆书庸脸部的肉一抽，眼眯得更小了："这个……前几日我是从仓库提了一批出来，没来得及发放各堂，也许是弟子看管不力，丢了。"

"是丢了，可不就丢在戴全心口了？"漪涟原封不动地把话还回去，并且恳切表示，"是人，总有大意的时候，我哥会丢东西，您当然也能丢。"

陆书庸闻言不爽，可他一个老到之人，绝不是好欺负的，阴阳怪气道："翊锦堂再大意，总不见得拿自家的匕首杀自己弟子，还光明正大地扔在自家地盘上。可见此事摆明了是有小人陷害。但他丢下流影堂的香又是为何呀？"

的确，即便同样有嫌疑，两者的分量仍旧不可相比，毕竟三堂之间还有恩恩怨怨摆在前头。这个道理弟子们懂，陆书云更加明白。

他侧目片刻，转身正对陆书庸："庄中事分三堂，只因我兄妹三人各有所长，利于我庄发扬光大。可无论是哪堂弟子，皆是陆华庄的弟子！"他微怒质问，"如今戴全出了意外，你不计较查明真相，不计较料理他后事，反而急于分清三堂是非。二弟，你是本末倒置，还是另有缘由啊？"

强势的态度居然令陆书庸有点心虚，他古怪地移开视线："我不过就是一问，长兄未免言重了。"

"但愿如此。"陆书云沉声道，"证据确凿之前，二弟慎言！"

众人不禁感叹，真是一出好戏！

虽说三堂平日里气氛压抑，但掐起来可比压床板的艳情小说精彩多了。

陆书云感觉气氛越来越糟，赶紧下令道："三妹，你且将尸体抬去存岐堂验尸，久拖不宜。巽儿，你从三堂里分别增派人手，部署好，将名单交给为师验看，另外再将崔玉移居偏院，着人看守。"

众弟子奉命行动。

不料尸体刚抬上担架，一张纸条晃悠悠地落到地上，隐约沾了血迹。

漪涟眼明手快，不等众人反应过来，首先冲上去拿过纸条。她凑近灯笼凝神看，纸条角落颜色发黑，略粘手，确实是血迹。还好，上面歪歪扭扭的四个字大概还辨认得清楚：“太皞治夏？”

众人一听，又愣了。那句话怎么说来着？怪事年年有，陆华庄特别多！

太皞？他老人家不是东方天帝吗？按理说，要管也是管春天的事，什么时候跑去隔壁抢炎帝的活儿了？呵，这年头，鬼跟神都不走寻常路。

汪楚潍蒙得尤其厉害，恰到好处地蹦出一句：“爹爹，是不是你常瞧的那句？”

陆书庸瞬间脸色发青。可想而知，汪楚潍这话实在蠢极了。只是陆书云的表现亦十分反常，他对这纸条视若无睹，兀自领着陆书庸和陆书瑛二人径直离开，丢下了一个烂摊子给司徒巽收拾。

唉，多少弟子慕名拜入陆华庄门下，求的不是好吃好喝就是出人头地，总有一点欲求一腔抱负。谁知栽到了鬼窟窿里，平日被吓吓倒也忍了，怎么还真出了人命？眼下别说啥抱负，恨不能一头扎进老家的被窝里才是真的。

漪涟思来想去，帐中香的来龙去脉是关键，岂料司徒巽故意打断她与陆宸搭话，厉声道：“把大师兄押入后院禁足，再待庄主发落。”

全场愣住，呆然不动。

啥？押……陆宸？

众弟子傻眼：可……可大师兄他……他……他是庄主的亲儿子呀，说关就关？胆子忒大了。

漪涟愤愤不平地强调：“现在没有切实证据！”

司徒巽低眉看她，闷声道：“正因没有切实证据，才须禁足。”

按理来说，司徒巽的决策是不错，但漪涟担心陆宸心气高，受不了冤屈。结果一个眼神瞄过去，视线恰好撞上了陆宸的视线，他左眼跟犯病似的挤弄，看得漪涟十分嫌弃，心里说：你打暗示，怎么跟中邪似的？

瞧瞧人家柳笙，闲庭信步而来，迎着桃树落花轻摇折扇，端的是翩然风貌。忽然巧劲一收，折扇以迅雷不及掩耳之势敲在漪涟小臂上。

漪涟咒骂：“兄弟，你好歹轻点！”

她明白司徒巽是有意在护陆宸，免得身份尴尬，更容易招人话柄。大概是出于此心，才故意打断她与陆宸接触的机会，否则她会同样沾了嫌疑。

可柳笙的戏码改得飞快："巽师兄，禁足之事是否先问过庄主？不论怎么说，陆宸都是大师兄，你我身为师弟，贸然处置总归不妥当。"

漪涟瞪过去，这假惺惺的又是演哪出？

司徒巽亦看了他一眼："不必。带走。"

他的决心毫无动摇，众目睽睽下，雷厉风行地把陆华庄的大师兄给逮进了后院。众弟子在感叹世事无常之余，也服了司徒巽，真是谁都敢下手！他们心中有数，往后若是狭路相逢，只要没栽到跟前，有腿能跑的绝不逗留片刻。

柳笙事后表示，大师兄关是必须关，声势也不能落下。司徒巽当场做得越绝，陆宸往后遭的罪就越少。

"只是苦了巽师兄做恶人。"他摇着扇如此说。

弟子居是独门独院，除了陆宸，所有弟子集体夜宿于此。

三堂关系不和睦，堂下弟子亦是剑拔弩张，为着芝麻大的事常常吵得鸡飞狗跳，上房揭瓦。总结起来，就是大户人家那几房姨太太的关系。

住宿上理所当然分开安排，两间屋子例外。

一间集庄中大成，住了流影堂司徒巽和存岐堂柳笙。

柳笙是出了名的好脾气，说话似青柳拂水，加之风貌俊雅，与谁都合得来。主要是他主动担下了与司徒巽合宿的重任，弟子们直夸他觉悟高。也只有柳笙无惧罗刹鬼的威名，得了兴致还总喜欢调侃两句。说来真奇怪，司徒巽偏就拿他没办法，瞪眼无用，干脆绕道走。

庄里有这能耐的统共三人：柳笙、陆宸、陆漪涟。

其余弟子大多六人宿一屋。戴全和崔玉是被分剩下的，两人一屋，也是例外。眼下，戴全停尸存岐堂，崔玉被锁入后院，只剩一间空屋。

天亮后，司徒巽与柳笙奉庄主之令搜查屋子，看看是否留有线索。

两人进屋时，屋子还保留着戴全离开时的模样：被子摊在床上，掀开了一角，粟米壳枕头上还有躺过的压痕。司徒巽发现枕头旁边落了一个木人偶，拿起端详。

柳笙查崔玉的床榻，被褥整齐地叠在床头，回首瞧见司徒巽手中的东西，帮着解释："那是伏羲像。戴全是徐安人，信奉伏羲。"

司徒巽垂目多看了两眼："神像随手遗落，难以表诚心。"

柳笙用扇子轻敲床头矮柜："之前我来过戴全的屋子，见他是将伏羲像放置在矮柜上的，想必是无心撞倒了。"

司徒巽扫了一眼矮柜，又打量了未整理的床榻："昨夜他是匆忙离去，一定事出有因。"他将神像放回矮柜上，打开柜门，里面除了几套常服外，还放了一些冥币。

"清明之日，戴全有心了。"柳笙道。

司徒巽粗略一翻："数量很少，像是剩下的。"

柳笙疑惑："这便怪了，入庄一月，没见戴全烧过冥币。而且烧冥币怎么会剩下？"亘城比较讲究玄事，院里有个小的空祠堂，是专为弟子们准备的，免得到处烧冥币冲了哪路鬼神。

司徒巽将众弟子找来盘问，所有人都摇头说不知。

"戴全性子内向，忌讳又多，那尊伏羲像，他一日要擦三次。"有个存岐堂弟子道，"我听老家阿婆说，烧冥币好像有很多讲究，讲究时辰，讲究方位，戴全指不定懂这些。他要偷偷挑个地方祭拜，我们哪里会知道？"

司徒巽问："昨晚你们可看到他离开弟子居？"

弟子道："风刮得呼呼响，很多人起床关窗时都看见戴全跑出去，一溜烟没了影子。"

柳笙问："可曾看见崔玉？"

弟子回答："看见了，跟在戴全身后追了几步，不过很快又跑了回来。"

大略盘问完一遍之后，司徒巽和柳笙再次来到了翊锦堂后院。戴全的尸体被抬走了，地上还剩一摊血迹没清理干净。

柳笙试着重演昨夜情景，没有发现有用的线索："问题出在戴全身上，他为什么在大风之时跑来翊锦堂？而且十分急迫，以致翻倒了神像都没来得及扶正？虔诚之徒，万不该有此疏忽。"

司徒巽道："定与大风有关。"

柳笙道："戴全乃徐安人，信奉伏羲。伏羲便是太皞，不知和太皞治夏有没有联系。"

司徒巽摇头："字条之事，还请师弟代为查证。"

柳笙摇扇："自然。"

两人分头行事前，司徒巽的一番张望招来柳笙挖苦："不必看了，涟师妹最耐不住性子，要来早来了。”

“她人呢？”戴全的案子必查弟子居，一路走来，竟没看见她的身影。

“阿涟师妹下山去了亘城。”

司徒巽意外：“进城做什么？”

柳笙吊了他好一阵胃口，方说道：“今早我前脚刚回存岐堂，师妹后脚就到，硬是缠着要大师兄的帐中香。幸好我与验香的泉师弟有些交情，替师妹舀了一小勺。此时入城，大概是为帐中香而去。”

司徒巽担忧：“你怎么不懂劝着？”

柳笙反笑：“巽师兄，您都劝不住，怎能为难我？”话音落下，见人满脸愁容，他隐去笑容试探道，“你外出好几日，回来也不见你俩说过话。是不是师妹为了那夏姬气你了？”

夏姬就是永隆帝的夏贵妃，前段时日同皇帝出游一起来了陆华庄。

不愧为大兴第一美人，当真漂亮，骨子里都透着妖媚劲。庄中弟子为了一睹芳容，纷纷往门前挤着偷瞧，那时真没害怕惹怒皇帝。都说司徒巽不近人情，冷面无心，谁料也抵不住美人诱惑，接连三日魂不守舍，弄得全庄流言纷飞。

男人贪图美色，本性使然，原本也没什么大不了的事，主要是前头摆了个陆漪涟！

司徒巽的心思，全庄上下都明白，连陆书云都做好了女儿嫁徒弟的准备，喜上加喜。为此，明赫之流心底很有怨气，暗地里指着司徒巽骂，说他是为陆华庄的权势倒插门。

不管是不是倒插门，作为陆家准女婿，对其他女人魂不守舍总是不对！

近两日，总觉得陆漪涟与之说话甚少，不知是不是为了这事。

司徒巽蹙眉道：“无事，改日我会与她解释。”

## / 三 / 墨阁迷踪

早传亘城一带是后土大神统治地界，大约是和鬼神扯上关系，直到百年前，亘城还是一副诡异做派。人来人往，犹如活尸，每十步便能见几尊鬼神塑像，城门上霸气地竖一白幡，上题四个大字：“生人慎入”。“生人”所指的究竟是活人还是陌生人已经无从得知，不过据某些有缘入城的老者谈及，往往带着后怕的神色，亘城比拟酆都不差分毫啊。

漪涟敢肯定，这些人不是被鬼吓的，是被自己吓的。

不过近几十年亘城变化极大，虽然不比京城繁华，却能叫板一类名都。这多亏了陆华庄脑袋一热开始发奋经商，米铺、钱庄一溜溜地开，亘城开不下了，就往别城占地。“生人慎入”的白幡也撤了，一撤跟解咒似的，城里的生人顿时就变了熟人，自来熟，走路还带蹦跶。

漪涟啃着肉串，跨进七号钱庄的门槛。这是离城门最近的一家陆家产业。

钱庄账房瞅见，当即搁下算盘，从内间迎出来：“呦，大小姐怎的过来了？今儿清明，没随庄主一同扫墓去？”转头连忙招呼伙计：“快，快点拿最好的茶水招待，大小姐啃着肉串肯定渴了，别整得太烫。”

茶水很快奉上，温度刚好。漪涟将最后一串肉一起塞进嘴里，将茶一饮而尽：“昨儿爷爷忌日，拜过了。”说着，又叫人端了杯茶，“李叔，一会儿再帮我去对面那铺子包二十串羊肉、二十串牛肉，我带回庄里去，多加点料。”

李账房忙记下：“好好，小的马上找人办。对了，过街有家庄记饼铺新开张，夹的肉馅新鲜，量还多，要不要也给包上一些？”

漪涟点头：“阿爹爱吃饼，多包几块。”

李账房又是连声应下。

待漪涟把吃的、喝的、用的全部交代一圈后，大约已经需要三个人扛着一同回去了。

“李叔，东西一会儿再准备，你先替我查查，这附近有没有做香料生意的铺子？要行家！”

三堂从来面和心不和，漪涟想着还是亲自跑一趟为妥。

李账房没怎么考虑，一拍巴掌道：“巧了！小姐，您可还记得拐角处那家书斋？现在转行做古玩了，月前的事，连带做些香料生意。名字叫作……对咯，寻芳斋。生意好着呢，别城的贵妇都往那里跑。据说他家的古董稀罕，香料大多是失传的旧方子，走到门口就能闻见味道，高调得很，搞得对面的馄饨铺都不好意思卖了。”

“寻芳斋，名字倒是取得有模样。”

"何止呢！老板更有模样。可惜不常来，我就见过一次，别说，真有仙气。"

漪涟笑侃道："俗话说得好，事出反常必为妖。鬼城里冒出仙气莫不是妖怪吧？"

李账房跟着笑："哪能啊？陆华庄镇着呢。"

反正不远，漪涟顺道拐去寻芳斋瞧瞧。果真，老远就看见几位衣饰艳丽的妇人捧着香有说有笑地从铺子里出来。对街的馄饨摊彻底歇业不干，否则馄饨味混上远古芬芳，那味道真就混沌了。

瞄了一眼"寻芳斋"三个篆字牌匾，漪涟踱进铺子。

铺里摆设雅致，香气弥漫，桌柜刷了一层清漆，呈原木色。黄花梨木的架子上搁了不少宝贝，青铜酒盏、羊脂玉如意、描金彩漆大碗，好像都挺是回事。不少文人流连铺子外，却无意入内，应是被天价给吓出去的。

漪涟随手抓起一个琉璃印章，还未篆刻，质地很不错。

"姑娘，有礼了，您是来选货，还是来买香？"随着话音，一人从屏风后迎出，青色长衫，青玉束发，见客施礼，眉眼都带笑。

漪涟一瞧，顿时想起陆宸说过的歪理。

所谓天生我材必有用，人长成什么样就该干什么活儿。譬如卖古玩的和卖大米的，同样做生意，区别就在卖大米的脸黑心白，一口气能帮你去扛三袋米；卖古玩的脸白心黑，一回眸能要你扛回三袋金。你要是让卖米的去卖古玩，隔日就得被坑得躺尸街头。

似乎……有这么点道理？

"姑娘，在下脸上沾了东西？"白脸公子疑惑地问。

漪涟回过神来："咳，你说你们这铺子做香料生意？怎么只闻香，不见香？"

白脸公子笑着解释："姑娘面生，定是第一次光顾。寻芳斋的香虽以失传旧方为招牌，但皆在古法之上赋予客人需求，每盒香必定独一无二。所以买香得先预订，且名额有限，本月仅剩一个，姑娘是否考虑？"

漪涟心道，果然是能要人扛回三袋金的招数。

"如今闻得的味道是什么香？"

"是古方鹅梨帐中香。顾主喜爱桂香，家主便在原方中着意添了一些，闻着更为甘甜。"

漪涟一听，忙问道："你家老板如今在铺中？"

白脸公子顿了顿："是，家主在制香。"

"带我去见见。"

"家主只管制香，不接客。"

听着隐约有几分卖艺不卖身的意思，漪涟不禁感叹世风日下。什么开了青楼立牌坊，小说换了封皮就说是原创，铺子老板仙颜难窥，弄得一干男子挖心挠肺，以为是仙女临尘，结果一见，说不定是个男人。

"放心，我不要人，就想你们老板验验我手中的香，有酬金。"漪涟说着，将置于蜂腰的一个雪白贝壳拿出来给他看。

白脸公子没有急于回复："待我先问问家主的意思，姑娘稍候。"

漪涟等了足有一炷香的时间，白脸小哥才从里面不紧不慢地回到前厅："家主让在下领姑娘进去。"

过道的光线有些暗，白脸小哥领头在前，越往深处，香味越浓。

内间不大，东西摆得满，外头那几样宝贝与里面的珠光宝气一比，简直是天壤之别。单说前边一面珠帘，每颗都是上好的五彩琉璃，稍微一拨，便能拨出清脆的丁零零声，屋里还能映射出点点光亮来。

白脸小哥对着里头通报："姨父，验香的姑娘来了。"

漪涟愣了愣，姨父？还真是男人！

瞧这话说的，倒像是她来接客了。

论武学地位，陆华庄于江湖中声名赫赫；论文学，庄里只有墨阁一处尚存了些许书卷气，带霉味的。这墨阁原本是祭鬼神之地，到了前庄主一辈改放古书册，才称墨阁。后来庄中文书一类被移至阁中，便只许本家人进出。

柳笙是外姓，不可进墨阁，自己存了几本藏书，当然不能和其余弟子一般偷藏艳情小说。他抽出一本《淮南子》，里面有关于五方天帝的记载。

东方木也，其帝太皞，其佐句芒，执规而治春；

南方火也，其帝炎帝，其佐朱明，执衡而治夏。

"太皞治夏"又是怎么个情况？

太皞与炎帝两位大神或许能扯上些关系，可互相抢饭碗这种事到底太世俗，不该是神所为，所以，只能是人为！

那么究竟是何人所为？因何而为？

柳笙思虑半晌，毫无头绪。合上书，抬眼看看天色快近昏黄，盘算着该去存岐堂走一趟。

不论是按辈分论，还是按才干论，他柳笙可都称得上是存岐堂的头号弟子。然而此次验香的任务，陆书瑛没让他来做，反而派了堂中最小的弟子——顾泉。

顾泉今年十四，父母早亡，婆婆提着最后一口气把他送到庄门口就去了。

顾泉原本想入翊锦堂，可他为人老实巴交，还有点笨笨呆呆，精明的陆书庸不愿收。他无处可去，泪眼汪汪，在翊锦堂前跪了一整天，压得腿脚血气不通，都紫了。柳笙看着可怜，就带他入了存岐堂门下。

他没料到这孩子虽然待人处世不聪慧，对药材却有极高的认知度，又肯努力，几年下来颇有成效。

柳笙看着圆乎乎的一颗脑袋埋在桌案上，周边一堆杂物，有洁癖的他十分不痛快，顺手把几张废纸理了理，扔到纸篓去。

听见动静，顾泉从少许粉末中抽回神，看见柳笙，露出憨憨的傻笑：“师兄好！”

“嗯，可有结果了？”

他点了点头，又摇了摇头，再点头。

柳笙瞧着不乐意：“我平日如何教你的？说话和做事一样，得负责任，说得慢些没事，切记想好再回答。你这又摇头又点头，到底是有结果了还是没有结果？”

顾泉瘪着嘴，委屈道：“不……不好说。”

“与我不好说，你还要与谁好说去？”

顾泉依旧瘪着嘴，不答话，神情似乎有些怯弱。

柳笙从中察觉出一些端倪：“罢了，不好说便不说。我问，你答，可好？”

顾泉想了想，点头。

漪涟与老板面对面坐着，忍不住分神多瞄了两眼。

白衣无瑕，皑若山间雪，黑瞳如墨，勾画丹青一卷，青丝半束着，飘逸又显几分妖娆，尤其眉眼生得俊俏，似笑非笑，耐人寻味。漪涟默默地赞同李账房的话，确实美，有仙气，又妖气，看起来比白脸小哥年长不了几岁。可惜，欠了讨好人的火候，眉宇间天生一副高傲的神态，搞得漪涟非常不服气。

只是，模样似乎有些眼熟。

在哪儿见过？

白衣老板悠然自得地拨了拨漪涟带来的香，又从贝壳里取出一小点置于香盏上，很快就熏没了。既没有其他动作，也没有还香的意思，他将东西握在手心，往檀香椅后靠了靠："江南李主帐中香，好方子。姑娘是自用，还是送人？"

漪涟刻意坐直了，显得比较有气势："有区别吗？"

他颔首："有。如果你是自用，我让内侄送你去医馆；如果你是送人，我便累些，亲自送你去官府。"

漪涟本就有猜想，经他一说，立刻反应过来："里面加了什么？"

白衣老板笑而不语。

漪涟道："酬金加倍。"

"里面加了一味奇毒，看似性温，实为霸道路子，白白糟蹋了上好沉香。不过此毒成分复杂，世所罕见，我也不知确切出处。如果有人不幸遭难，恐怕只有传说中的方壶名医叶离才救得回来。"说着，将香盏放倒明示，盏底已经发黑。

他顺手还了香："姑娘是与谁结下了深仇大恨？好生狠辣。"

"您是行家，应该晓得生意场上只管收钱，不作他问。"说完，漪涟拍下一锭银子。

付钱是爽快，临行前，漪涟却迟疑了，她撩珠帘的动作顿了顿，实在觉得此人眼熟。一回头，发现白衣老板依旧优哉游哉坐在椅子上，带着入眼的笑意打量她，堂而皇之地打量。

"我们是不是见过？"漪涟好奇地问。

他目色深邃道："或许还会再见。"

柳笙提出的问题都很尖锐，两巡过后，已经刨出了大概，也多亏顾泉实诚。

"且答师兄最后一个问题。"柳笙的表情比先前更加凝重些，"香里加的那样东西，是否出自我们存岐堂？"

顾泉犹豫了一下，怯弱点头：“嗯。”憋了好一会儿，终于还是忍不住问道，“师兄，你这会儿不笑了，说话也不绕弯子，是不是要出大事？”

柳笙觉得这话问得有损他平日形象，没有直接回答：“你觉得要出事？”

“我，我说不清。可是大师兄被软禁了，师兄您的脸色也不好，庄里又一直出怪事。那个，阿婆曾经跟我说过，如果某个地方一直发生怪事，就是要出大事了，说这叫作征兆。”说完，趁柳笙不备，偷偷把桌上写满关键字的一张纸给揉了，天真地以为这样就不会事发。殊不知，他笨拙的举动都被柳笙看在眼里。

柳笙叹气：“小孩子家，别把事情想得那么玄，实在点好。”

顾泉紧张地把纸团坐到屁股下：“实……实在点？”

柳笙苦笑：“凡事有因才有果，因在先，才有所谓征兆。”

顾泉不是很理解，见柳笙反常，又不敢问，只是说：“那……那要怎么办？”

“自然是对症下药，但愿凭我们存岐堂的本事能够药到病除。”他合目考量片刻，“师兄再交代你一件事，且记清楚。你就当整个午后都在屋里，谁也没见过，自然没说不该说的话，懂吗？”

“大概……懂，我谁都不说。”

柳笙又道：“还有件事你也须知晓。我猜今晚涟师妹会来存岐堂一趟，如果她来问你关于此香的事情，别瞒着，知道多少说多少。懂吗？”

“懂。涟师姐问，我就说。”

柳笙将手搭上还很稚嫩的脑袋，满意地拍了拍：“乖，倘若做得好，改日师兄带你下山吃你喜欢吃的酸辣面。现在先把脚边的纸团捡起来吧。”

顾泉呆了好一会儿，低头一看，发现脚边果真有一团揉皱的纸，正是被他坐到屁股下的那一团。他窘迫地瞄了一眼柳笙，发现柳笙嘴角噙着笑，摇着扇看他。瞬间，顾泉的脸噌地就红了，两手紧紧拽着衣摆：“师……师兄还是笑的时候好看。”

翌日，惊天消息很快传遍了陆华庄上下。

陆宸的江南李主帐中香内竟然藏着存岐堂的剧毒——逐风！

这是近两年由陆书瑛亲自调制的新品，因其无色无味，毒性又猛烈，故名逐风。

庄中一片哗然。

流影堂的帐中香、翊锦堂的凶器、存岐堂的剧毒，这下可真摊上大事了！

虽说三堂成日攀比声威，计较弟子人数，连一盘炒豆角都得数数是不是分得均等，可没道理连死个人都要互相沾个晦气吧？

据说陆书云昨晚得到消息就跑到存岐堂去了，质问这毒是怎么个意思。陆书瑛玩的还是老套路：丢了！新制的毒放在药房里不翼而飞了！毕竟是有前人引路，这话说得顺顺当当。陆书云不好追问，毕竟自家儿子还牵扯在里头。

陆宸得到这个消息时，正啃着家仆送来的肉串，说是涟小姐给他加餐。一听消息，手一抖，串肉的木签差点刺进喉咙。事后愈想愈怕，还好那盒香他没用，不然哪来的小命啃肉串？

终于挨到漪涟偷来看他，两人隔着门说话。

陆宸声音衰弱："妹子呀，你说这皇帝到底什么意思？赐香还下毒，他想干吗？"

漪涟觉得重点跑偏了："你不正愁着他对你青睐有加？翻了脸，你倒不习惯了？"

陆宸很无力："倒霉的都是我。"

漪涟没兴趣与他讨论一个男人的心思，还是天高地远的男人。她直奔主题问道："香，你究竟丢哪儿了？什么时候丢的？"

陆宸想了想："往墨阁的树下埋了，省得心烦。"

墨阁？菩提树？

"我去看看。"漪涟抬脚就走，在十步外被陆宸叫住。

他的声音忽然显得很认真："阿涟，这件事牵扯到三堂肯定不容易。我知道你脾性，要你罢手更不容易。"他顿了顿，"自己小心点，别着急，哥有的是时间等你查清楚。"

漪涟有些发蒙：这家伙何时这么煽情了？

陆宸接着又道："不过有件事急了点，能不能先帮哥办了？"

"你说。"

"就是昨晚的肉串，能不能再给我带点？五串不够吃啊……喂，妹！你还在听吗？"

春雷骤响，转眼雨下。

这场雨比往日爽快，雨丝密如针织，很快将陆华庄湮灭在乾坤之中。

午后时分，漪涟打着油纸伞冲到墨阁下，用钥匙打开陈旧的铜锁。在陆华庄生活多年，但进墨阁还是头一遭。看到事发时陆书云等三人的诡异态度，她觉得有必要查查“太皞治夏”的由来，或许墨阁收藏的老古董里会有蛛丝马迹。

她的爷爷是个能折腾的主儿，陆华庄到他那辈翻改了许多东西，墨阁便是其中之一。

原本的墨阁是陆华庄的祭神之地，一座三层的八角楼。三层分别摆了十八尊鬼差、十殿的阎罗、三尊判官和一尊后土神像。亘城自古信奉后土，理所当然祭拜的全是地下的大爷。

果然，她入阁后一眼便看见了成圈的鬼差，满满当当，将除门之外的墙边围得严严实实。当初改动为了不动风水，依旧留了这些彩像在阁内。到今日，彩绘看得不甚清晰，灰尘已经积得很厚。

漪涟环视一周，一层比较空泛，只是被十八尊鬼差包围盯视十分不自在。加之外头雷雨倾盆，噼里啪啦地拍着屋檐，墨阁四下起了共鸣，听着跟鬼哭一样幽怨。

她匆匆拿出火石点燃蜡烛，上楼前心里突生了一丝异样。似乎有一尊塑像不大合群，比之其余更加写实逼真，也高大许多。她鬼使神差地数了一圈，竟是十九尊！多了一尊？

单看身上装束，多出的那尊塑像像是十殿阎罗。按理说，十殿阎罗该是排在第二层的，怎么单独放了一尊在这儿？微服私访？

为了印证猜想，漪涟扶着脱漆的扶手走上二层。

二层有少许书册，很新，随手一翻，许多是陆宸的笔迹。布局和下层一样，塑像亦是贴墙摆了一圈。因为数量偏少，相隔稀疏。到底是高层大爷的待遇。漪涟举着烛台数了一遍，确实是九尊没错，看来确实有人移了一尊下楼巡视基层去了。

可不知怎么的，她心慌不止，好像正被活物从暗处监视，而你无法判断视线的来源。特别是烛火映上塑像的脸庞，跳动的火光扯动鬼爷的嘴角，像在发笑，看得漪涟毛骨悚然。

藏书大部分都放置在三层，一摞摞，堆得极满。书架摆放的位置不规则，七横八叉，占了七成地盘，颇有奇门遁甲之风。漪涟挤进中央，彻底融进黑暗里，懒洋洋的烛火只能照及身周两步。

她举着烛台上下打量，翻取了两本书册，一册是歌颂陆华庄的丰功伟绩，另一册大约是某位先人的随笔。书太有年头，刚翻两页，便呛了满嘴的灰，她咳嗽着将书丢回架上，蓦然发现架子上映着一道影子，就在她的身后！

是天公突如其来的雷光暴露了他们！

漪涟头皮发麻，连忙举着烛台转过身，定睛一看，顿感心累不已。

爷爷，哪能这么逗人玩？

烛光下现身的分明是墨阁正主，后土大神！旁边还有三尊判官像，正好凑上一桌。

怪就怪三层书架生生被摆出了迷魂阵，漪涟难得傻气，错认了大神。

此时雨势更强，接连挑起巨雷轰鸣。墨阁仿佛受了刺激，雷声传入阁中，总要在半空汹涌激荡一番，越发狰狞可怖。

漪涟举着烛台探究深入，嘴上也不闲着："后土娘娘，委屈您老窝在这小地方。待日后择个良辰吉日，我让陆宸替您重新上漆，腾个大位。您尽管使唤他，就当我给您赔罪了。等我百年后下去，您大神大量，别太较真，帮我减十年刑就成，眼下能不能请您先歇歇？"

她一边念叨着，一边将书册大致捣鼓了一遍，没有任何线索。

只在来回中无意发现进门对角处的墙面上嵌了块石板，凹凹凸凸，隐约是幅画。

漪涟举高了手中的烛台观察，烛火跳动，映在石板上，晃晃悠悠的。

壁画所绘是群动物：蛇、鸟、豹、虎，还有狐狸，满身漆黑。其中有人穿插其间，也是通体黑色。它们簇拥着一个怪异的生物：头似虎，身如牛，三只眼，仰天捶胸。其上方有位光晕笼罩的神祇，手执明珠，侧头望着左边一道宽阔长河。

在漪涟所知的范围内，黑漆漆的诡异之地是传闻中的幽都，河是忘川，那个怪异生物大约便是巨人土伯。如此推想，那位神祇自是后土大神无疑。

壁画是爷爷那辈留下的祭神之物，合情合理，与太皞治夏找不出什么联系。

正当漪涟下定结论时，雷光一闪，再次惊得她背脊一凉。

她僵硬地斜过头，看见壁画的左下方，一尊塑像正半歪着靠在墙边，眼球上的色彩剥落，空洞无神。和其余塑像不同，这一尊明显在笑，潮湿阴暗的环境不幸让它流下两道漆黑的泪痕。

漪涟本能地退后一步，内心充满惊惧。

这一尊的外形明显是十殿阎罗，该是摆在第二层的塑像。如果加上二层的九尊是成套，那么一层多出的那尊阎罗爷是哪路跑来的？

她摸了摸手臂上的鸡皮疙瘩，这下真不知还有没有勇气下楼去面对那位爷。

可转念一想，她又恨不得掉头就跑。倘若一层的阎罗爷才是真大爷，那她面前这位爷又是什么玩意儿？

正想着，鬼爷爷的笑容似乎更加粲然了。漪涟被瞅得冷汗直冒，急忙溜出墨阁。

雨停后，已近傍晚，夕阳似浣后般娇媚。

司徒巽从流影堂走向墨阁，老远就看见菩提树下蹲了个人，抱着腿，眼巴巴地凝视着树下黄土，不知打着什么主意。

他走上前，发现她唇色微淡，无奈道："累了就起来，你这样容易血气不足。"

漪涟瞅他一眼，站起来，果然天旋地转。

幸而司徒巽眼疾手快，顺势伸手将她扶稳："头晕？"他叹气，"早就告诉你，平日不能挑食。"

漪涟脑子里正琢磨着事，没心思听他唠叨，拂开他的手，又往菩提树靠近。

戴全案发当天，司徒巽狠心关了陆宸，心里一个疙瘩无非是为了这丫头。偏偏连着几日忙碌，始终寻不到机会解释："你在为大师兄一事怪我？"

漪涟回头，莫名其妙："我说过这话？"

司徒巽反问："那你在气什么？"

漪涟一头雾水，心里说：我何时说了自己生气？

"别管了，你先来瞧瞧这个。"她用脚踢了踢树坛，菩提树周边的泥土有块被翻动的痕迹，"我早间去见了陆宸，他说收到赏赐的当日，便将那盒香埋到了墨阁的菩提树下。我瞧来瞧去，只有这块土特别新，或许该去存岐堂再查查那盒香。"

司徒巽眯起眼："查什么？"

"依我的见解，如果香盒上没有发现泥渍，至少说明戴全得到帐中香的时间与被害时间不一致。那么事发当时，陆宸就没有理由一定在现场，嫌疑自然少了。如果有泥渍，就更好办了，陆宸既然埋了，谁捡着与他何干？"

司徒巽觉得有道理，但是说："但不是决定证据。首先，如果没有发现泥渍，你就没办法证实大师兄将帐中香埋到了树下。即便有，你又怎么证明大师兄不会自己再拿回来？"

漪涟鼓起脸瞪他："你到底帮谁？"

司徒巽碰了一下她鼓鼓的脸颊："翊锦堂和存岐堂都有嫌疑，如果没有切实证据证明大师兄清白，反而会引起他们联合反咬，我们得不偿失。"他放轻声音温和安慰，"大师兄肯定没事，你别着急得乱了方寸。"

"他被抓了才好，多安静。"漪涟嘟囔道，"不过有一点绝对不是巧合！"

"什么？"

她转头望去，墨阁的菩提树下正好能看见案发地点："那里。"

司徒巽试着理解她说的话："你是指案发地点与大师兄弃埋帐中香的位置太过接近？戴全是翊锦堂弟子，死在翊锦堂并不奇怪。墨阁与翊锦堂相通，清扫之事也一直是翊锦堂负责安排，如此或可为戴全发现菩提树下埋有帐中香做个解释。"

漪涟没有继续说话，总觉得哪里不太妥当。

司徒巽道："戴全的死颇蹊跷，凶手杀他的动机至今不明。他来庄里仅一个月，近几日才被选入翊锦堂，平日没听闻他与谁发生口角，且戴全家世十分平凡，不至于是仇杀。其余可能……"他摇摇头，"不先弄清动机，恐怕案情难有进展。"

漪涟道："动机是一定要弄清楚的，可等您把不可能的情况一样样排除完，戴全都能轮回一遭了。怎么不看看已经有的线索？"

"你是说……"

"太皞治夏。"漪涟一直觉得这是重点，"这是个什么玩意儿先不论，汪楚[illegible]当天说漏了嘴，可见不是戴全随意写着玩。我猜测，会不会是陆书庸被戴全知道了什么秘密才狠心灭口？戴全既然是翊锦堂弟子，很有可能发现陆书庸的秘密。这个动机，你觉得能不能说得通？"

司徒巽点头："那四个字匪夷所思，我已托柳笙去查。毕竟二堂主绝不会松口，师父似乎也不太想提及这件事，我们只能从字面上下功夫。”

两人对望，不约而同地一声叹息。

在漪涟回房前，司徒巽迟疑地喊住她：“师妹，那日夏贵妃的事是误会。若你愿意知晓，改日我说给你听。”

漪涟闻言大悟，原来司徒巽刚才那句没头没尾的话是为夏禾那女人。

哪个男人不爱漂亮女人？漪涟真心不怪他。

要怪该怪陆宸，平日里造谣不断，全庄都以为她和司徒巽是雷打不动的一对，所以于她比较难办。如果开口，等于是默认了和司徒巽的关系；若是不开口，又显得她善妒小气。

烦恼至傍晚，云青匆匆跑来传话，说老爷要她即刻过去给三叔请安。

## /四/白衣惊鸿

“谁？”漪涟没明白。

云青兴致勃勃：“您王三叔。”

漪涟迷茫望天。亘城卖肉的叔姓刘，常跑城里的狗贩子姓贾，自家钱庄倒是有个姓王的，但已经是大爷的岁数了，且为人老实，绝不会没皮没脸地称自己是叔。直到她走近会客厅听得三言两语，顿时恍然大悟，自己好像还真有个“叔”！

其实漪涟并非陆家的亲生女儿，是被人送给了陆华庄，那人也不是什么亲戚，只是在路边随手捡了她，随手再将她扔到了庄里。听着挺不厚道，不过漪涟想得开，自己原本就是个没人要的野丫头，捡了又扔很正常，被扔上了陆华庄，摊上了陆书云做爹，她的人生已经该偷着乐了。退一万步说，那个人还算有良心。

至少陆书云觉得他好，江湖人豪爽又懂感恩，不计较年纪差了二十有余，当即以兄弟相称，漪涟也就莫名其妙地多了一个年轻貌美的叔。

十年了，挥挥手之后，杳无音信，让当年“回来看她”的许诺像个玩笑话，或许根本就是个玩笑话，非亲非故，何必较真？漪涟也不较真，以为自己早忘得干净，岂知她仍旧一眼认出了客座上宛如鬼仙的男子。不为一袭白衣，不为如画眉眼，就为他们昨日才见过，可不就是寻芳斋当家的？

难怪会眼熟，难怪似曾相识。

十年前，十年后，两个身影就此在她脑海里重合起来!

陆书云乐呵呵地招呼她过去："阿涟，快来见过王叔。当初是他送你来庄里的，还记得吗？"

陆书云说得很怀念，漪涟却没有丝毫心切之情，尤其是见这位叔气定神闲，俨然已有分寸。她堵心道："王老板早认出我了？"

王尹轻笑，笑容中有深意："寻芳斋只卖香，验香是头一遭。侄女上门，理当特殊招待。"

为着肉麻兮兮的"侄女"，漪涟打了个寒战。

陆书云听得糊涂："怎么？你们见过面了？"

"昨日侄女到寻芳斋验东西时见过一次。"王尹道，"本是想等铺子里的生意稳定后再来向大哥问安，可她所持帐中香带有一味剧毒。我担心出事，故而提前拜访，大哥切莫怪罪小弟唐突。"

漪涟更加恶寒。她真的很想当场算笔账，所谓的招待被这位叔坑了多少钱去!

陆书云听见帐中香，笑脸一下没了："是为兄招待不周，本想好好为你接风洗尘，但庄中突遇变故，叫你看笑话了。"他轻抚短髯，提议道，"不如你暂且住下可好？就让巽儿安排到别院，那里宽敞又安静。晚些时候，我们兄弟再好好喝一杯。你看如何？"

王尹抿了口茶，迟疑着："好是好，只是寻芳斋尚有杂事要办。"

"此事好办!"陆书云胸有成竹地接过话，"陆华庄没什么安邦定国的大气魄，多照看一个店面的力气还是足的。我看不如将令侄也接上来同聚，年轻人好热闹，正好能和巽儿他们凑一块儿。"

见他诚恳挽留，王尹也不再推却，笑着放下茶杯，起身道："也好，承兄好意，便借故休息几日，顺道领略侄女断案风采。丫头，你说是不是？"

漪涟嘴角一抽。

晚间，存岐堂。

柳笙刚离去，紧跟着一位稀客跳窗入屋。

陆书瑛警觉地用余光瞄了一眼："好歹是一家人，二哥不走正门走偏门，是不是见外了？”说罢，停下手中的活儿看向来者。与素日神情不同，疏冷的眼神里透着笑，凌厉直接透过面具传递出来。

陆书庸听出了弦外之音，反讽道：“呵，你倒有话说，也不知谁走的是偏门。”他瞥了一眼正在炉上蒸煮的漆黑物质，缓缓向外渗透出苦涩的滋味，不禁一阵恶心，“如今没旁人，老实说吧。”

陆书瑛道：“说什么？”

“莫要与我装蒜！”陆书庸旋即压住她的话尾，意识到事情不可张扬，放低声音道，“逐风的方子只有你懂。往香里下毒，是要害戴全还是要杀陆宸？兄妹之间，不妨给句实在话。”

烛光在陆书瑛的目视下抖了抖，她幽幽感叹，声音像半空中飘来的：“死了一回，世道都变了。做贼喊抓贼，难为二哥这般努力，怎么不将平日算银子的精明用上？”

“你……”

“二哥，我知道你打的如意算盘。可惜风水轮流转，苦心经营多年，转眼间竟被戴全毁了，莫说你心疼，小妹我都替你惋惜。”她抢过话，端的是语重心长，眼里却透着一丝轻蔑。

陆书庸不屑：“惺惺作态，我倒要看看你能逞能到几时。”

“此话我该原封不动地还给你。”陆书瑛不甘示弱，“戴全死在翊锦堂，凶器归你掌管。尤其是那张字条，‘太皞治夏’，多么意味深长。”说着，她忽然笑了，“二哥啊二哥，你说你费尽周折得到什么？都这么多年过去了，还是没有答案。”

陆书庸霎时像吞了一口苦黄连，冷冷负手而立：“老爷子非等闲之辈，弄的玩意儿哪有这么简单？陆书云那句恐怕才是关键！”

陆书瑛冷笑着，露出果不其然的眼色：“说来说去，到底为了大哥的那句口诀。岂知你这话，足够视为谋杀戴全的证据了。”

“你别血口喷人！”

“沉住气。”陆书瑛故意提醒，“过往那些事，一旦沉不住，就抖出来了。”

陆书庸气势顿时塌了大半：“不要装腔作势，如今可由不得你。”

“那可说不定。”陆书瑛轻飘飘地回到桌案前调制新药，手起手落，一股怪味渐渐蔓延开来，“容小妹慢慢耗着，什么时候哥哥毁约了，什么时候办。在此之前，二哥做事须悠着点，别逼急了我。”

今夜风微凉，屋外杏花香。

柳笙屏息着，在角落里倾听屋里的每一句话。末了，嘴角泛起一抹无奈的笑意，暗自数落道：沉默寡言？今日恩师的话倒是挺多的。

这个时刻，流影堂父女间的谈话还在继续。

陆书云说到案情，连连叹息：“戴全死亡时间是子时，宸儿正与你说话。玄古寺到庄里最快得半个时辰，按理说，宸儿有不在场证明。可惜你两人走得近，书庸和书瑛是绝对不会容许你的证词作为证据的。”

形势如此，漪涟没吭声。

陆书云越想越心烦：“书庸还没个结论，书瑛竟也搅和进来。这两年她孤僻寡言，还以为庄里总算能安分些了。唉——”说着，又是一声长叹。

提到她的姑姑陆书瑛，漪涟所知不多。她来陆华庄的时候，存岐堂是陆书云代管，琐事由柳笙打理，所有人都以为陆书瑛下山寻药遇害了。直至数年前，死而复生的陆书瑛居然拖着伤痕累累的身体回到了庄里，据说是遇到了世外高人，费了几年时间调养。

容貌尽毁，谁知是哪家三姑六婆来庄里混吃混喝？

漪涟怀疑过，偷偷知会了阿爹。多番试探下，没发现任何破绽，陆华庄的一切，她了如指掌，包括存岐堂详尽的药方，一字不差。三姑六婆，绝没有这等本事。

“阿爹，姑姑到底怎么了？”九年前，漪涟入庄便已听闻陆书瑛意外丧命，详尽之事，阿爹不愿提，她也从来没细问。

今日是真触动了心绪，陆书云沉吟半晌，惆怅倾诉：“阿涟啊，有些事，爹真是不得已。谁不希望兄妹和睦？可为了顾全大局，阿爹却又不得不防着他们。这个庄主当得太不舒坦了。”

尽管陆华庄的兴起多半是前庄主的功劳，却是凭着陆书云的统领步入高峰的。他为人正直，待人宽厚，处事果断，哪怕不谈陆华庄，只说陆书云这个名字，在江湖上也是叫得响亮的。为陆华庄操劳了半辈子，不知不觉，他已经没了年轻时的意气风发。

“不像你和宸儿亲近，阿爹与你二叔、姑姑自小就闹得僵。书庸城府深，懂得藏事，明面上总不会过分。书瑛是急性子，常不分缘由地与我吵架，为此你爷爷没少打骂她，越骂越较劲，真不差骨气。说来她的命途也实在坎坷了些。”

回想起往事，陆书云的眼眶微微湿润。漪涟贴心，伏在父亲膝上拉着手。

“你爷爷为人坦荡，在江湖上很有名望，对儿女同样公平，陆家几样看门绝学，他分别传给了我们三人。阿爹生性爱静，原本该继承存岐堂，书瑛则欲学我们流影堂的功夫。”

漪涟是头一遭知道，惊奇不已：“阿爹继承存岐堂？”

看见女儿水汪汪的眼睛，陆书云暖心，和蔼地笑道：“本该是这样。”

“后来为什么改了主意？”

陆书云刚露出的笑容又很快淡去：“书瑛突遭了变故，摔断了手，没法再学暗器功夫。你爷爷为此惋惜多日，毕竟流影堂的位置她比我适合。”

“后来呢？”

陆书云回忆道：“人心很固执，现实又很残酷，书瑛为此消沉了很长一段时间。后来你爷爷为她招了个上门女婿，小两口挺甜蜜，书瑛才看开了一些。原以为结果算得美满，不料你姑父英年病逝。当年书瑛拼尽浑身医术，只勉强续了他一月残喘，还曾经闹着下山去方壶寻神医叶离。唉，终是生死两地。”

传闻归墟中有五座仙山：岱舆、员峤、方壶、瀛洲、蓬莱。秦始皇为求长生不老药寻蓬莱岛，倾尽财力、物力、人力，终未可得，方壶求医想来也是一种结果。日月洞天，岂是凡人说见便能见的?

“求不得，爱别离，姑姑也是可怜人。”

陆书云感慨万千：“自那时起，她下山寻药越发频繁，我总觉得她不死心，还在找叶神医。没想到十年前最后一次前往寻药竟遭遇了土匪，庄里接到消息后，立即派人前往，只可惜晚了一步。匪贼放火烧尽整个村庄，官兵正埋尸骨，尸骨尽毁，无法辨认。没想到时隔多年，还能劫后余生，是后土大神眷顾我陆家啊！”

“十年前？”漪涟抬眸，“姑姑遭难的那一年和我入庄是同一年？”

陆书云眯眼想了想：“前后不过一个月。”

漪涟心事重重。她隐约记得陆书瑛回庄是几年前的事，头两年她声称没有恢复，常下山疗养，一去就是两三月，近两年才逐渐重新掌管存岐堂的琐事。

陆书云道：“大千世界，无奇不有，真让她见了叶神医也未可知啊。”

漪涟眼神迷离，忽又转明亮："阿爹记得姑姑是去的哪个村庄吗？"

"这……好像是安宁村，自那年屠村后，村庄就再未重建。你问这个做什么？"

漪涟耸耸肩："有点好奇。"

陆书云哪能不知，笑着拍拍伏在腿上的脑袋："你这性子，全被你哥给带偏了。"也是他不加约束，一味捧在手心宠出来的，"想听故事，阿爹改日再给你说。眼下时辰不早了，快些回房休息。"

"拉钩！"

"拉钩！"

漪涟笑着松开手，预备先睡个饱觉再琢磨麻烦事。走到门口时，她犹豫了："阿爹，您真打算让王尹留宿庄里？"

陆书云忙问："是不是怠慢了？"

漪涟摇摇头："不会。只是我觉得王尹的出现，有些不是时候。"

"什么时候？"陆书云不懂。

漪涟欲言又止："没事，阿爹安排就行。但防人之心不可无，那么多年未见，人会变的。"

回屋之前，她再次来到山庄后门，残破的石屋子依旧沉寂不动。捣鼓了良久，最后将那只裹满泥质的熏香炉给捡回去。她惊讶地发现，香炉似乎与之前不大一样了！

隔日清晨，漪涟迷迷糊糊地从被窝里爬出来，其间思绪不断。

听司徒巽说，柳笙打听到"太皞治夏"是前庄主陆远程留下的口诀之一，另外两句分别在陆书云和陆书瑛那里。爷爷留下这几句口诀的用意是什么？她觉得该推敲推敲。

正想着，隐隐约约有琴音飘来，透着一股说不出的婉转凄哀。

陆华庄只有两把琴，司徒巽一把，柳笙一把，但弟子居距离漪涟的小院很远，琴音传不过来，所以现在弹琴的只能是暂居客房的王尹。

漪涟正巧想找他。

头一遭，在自家地盘来去还要等通传，听说是陆书云吩咐的，无关人士不可扰贵客清净。漪涟心中的反感又添一成，连陆宸都关了，他不在，还怎么更清净？

此刻，被软禁的陆宸正吃着热汤面，一口热乎的面和着汤吞下，莫名地打了个冷战。

漪涟被领进院中时，王尹正于桃树下闭目抚琴，仍然雪白衣裳，眉间愁意颇浓。他指法娴熟，琴音犹如人声泣诉，蕴含无限深情。漪涟没有打断琴声，也不预备追究他的眉间愁意，静静伫立，听完一曲。

曲毕，王尹恢复神采，笑靥俊逸地望过来："侄女爱听曲？"

漪涟拨弄花枝，漫不经心道："《长门怨》。我以为您会喜欢《高山流水》这类曲。"

王尹不问是褒是贬，调笑道："久别重逢，不叫声叔？"

漪涟绕着问题转："那天，那位小哥真是您外甥？王老板好福气。"

王尹一听，笑意更深："原是侄女对我有疑虑，果然是生分了。"他随手弹了几个散音，"我的妻子与其姐年纪相差十五岁还多，外甥自是与你一般大。况且确已不是少年郎，侄女如果看着这张脸年轻，我倒可以乐上一段时间。"

他答话自然，漪涟没有瞧出破绽，进而追问："我听阿爹说您是云游琴师，怎么忽然回亘城了？"

"既然是云游，来亘城有何奇怪？"

"还开了铺子？"

"琴师身份低微，赚不了几个钱。开铺子求的仅是温饱。"

"哦？带着外甥求温饱，不带妻子？"

王尹俊逸的脸上多了一份苦涩："我的妻子已经过世。"

愁容不假，漪涟微显尴尬。

王尹倒不拘泥："侄女如果还有疑虑，不妨多问问，或者提些当年事。一路领你上陆华庄总作不了假，你刚好瞧瞧我这个叔是不是真的。"

漪涟终于笑开了："叔真是厉害，我反成证人了。可惜，你来路不明是事实。"

王尹从琴桌前起身，雪色衣角连同香炉青烟一齐扬了一下。他似笑非笑道："不愧是陆书云亲自调教，好凌厉的姑娘。我王尹一介凡夫俗子，恐怕经不起你的针锋相对。"

"哪家的凡夫俗子这样厉害？"漪涟从琴桌上拿起一杯清酒，毫不犹豫地向王尹身上一泼！

酒水顺着他的衣料滑下，全部洒在地面，衣料居然一滴不沾！甚至连半点水渍也不见。

王尹笑而不语，漪涟也不动声色："'昆仑之墟，地首也，是惟帝下之都，故其外绝以弱水之渊，又环以炎火之山。山上鸟兽草木皆育滋于炎火之中，故有火浣布。'这火浣布取自昆仑，永如白雪。水染不湿，烟尘不沾，薄如蝉翼，以火焚烧，焕然新生。皇帝那里也未必能得一匹，您凡夫俗子穿着它，不知可有优越感？"

王尹颇感惊喜："好一双识货的眼睛。世间对火浣布所载甚少，你居然能够察觉，书读得不错。"他从容笑道，"早年行走江湖时，结识了一位昆仑山的道人，承蒙他看中，送了我一块火浣布。我十分喜爱，便请相识的绣娘将它做成了衣服。来历不过如此。"

漪涟笑道："三叔好才思。"

王尹也笑道："不及侄女好见识。"

"不敢不敢。"

"彼此彼此。"

漪涟起了一身鸡皮疙瘩。

为了夺回主动权，她先走到桃树下的石桌旁，王尹自然跟了过来。谁知此人非常不客气，一顺衣摆，先挑了石凳坐下，俨然家主派头。不远处的小厮见状，弱弱地弓着身子跑来，递上一壶清酒、两个玉杯，竟也是先为王尹斟酒，然后才轮到漪涟。

漪涟不痛快，这人怎么能留在陆华庄！

正思考该怎么和阿爹提一嘴，王尹又抢在前头："侄女还有话问？"

漪涟深感自己的表情已经拿捏得非常谦虚，便顺水推舟试探道："寻芳斋老板博闻强识，侄女有几个疑问，叔可否费心解惑？"这话说得她自己都牙酸。

王尹听着很受用："可以说来听听。"

姿态还摆得挺高！漪涟默默地在心里骂了一句，问："您记不记得当年是从哪里捡到我的？"

王尹没怎么迟疑："一个村庄。"

"那个村庄遭了变故？"

“是。”他依旧快速作答。

漪涟又问：“是匪徒屠村？”

“是。”

“然后放了火？”

王尹还是肯定答案：“没错。”

当年某个村庄遭土匪劫财，一把大火烧得干净。漪涟被一名男子所救，机缘巧合，来到陆华庄，被庄主收为义女。同一年，陆华庄存岐堂堂主陆书瑛在某个村庄遇难，几乎被一把大火夺去生命，五年后重归庄中。

漪涟记得，她遭遇大火的村庄叫作安宁村。

很明显，这和陆书瑛遇难的安宁村是同一个地方！

大概是她跟着王尹在其他城镇辗转过一段时间，所以当年王尹送她上山时，并没有与陆书云提及捡到她的详细情形。陆书云亦没多问，理所当然，对安宁村的事一无所知。

王尹等了许久，也看了漪涟许久：“问完了？”

漪涟回过神：“还有件事。”她用上了自己说话的套路，“如果必须做一件事，容易引人注目，但不想被知晓，你会怎么办？”

王尹很从容：“找个好借口。”

“能不能给举个例子？”

既然提到了九年前的事，他顺口就拿这个做了比喻：“比如你想回安宁村办事，又不愿意告诉别人你回去的目的，你可以跟陆书云说，是与我一同故地重游，肯定不惹人怀疑。”

漪涟笑得很满意，不再说别的，站起身，学男子拱手施礼：“叔都开口了，侄女哪有不从之理？那便有劳。”说完，神采奕奕，不带任何拖沓，转身就走。

王尹看着还未动过的两杯清酒，眉目间一抹微妙。

待人影消失在院中后，他噙在嘴角的微笑顿时化为大笑。

三日后，两人一同前往安宁村，对外只说王尹有意带漪涟回乡走走。果然，除了陆书云嘱咐，其余人并没有什么动静。

亘城三里外，柳文若驾着悬有幔帐的马车缓缓而来！另一匹马轻蹄慢步地紧随其后，跟小媳妇似的。

柳文若跳下马车，礼貌道："陆姑娘，又见面了。"

漪涟疑惑：王尹没告诉他此行目的？赶的就是时间！她还特地申明自己会骑马，怎么来的还是马车？

王尹理所应当地吩咐："若无他事，便起程吧，日落前应该能到。"

柳文若恭恭敬敬地道了声"是"，往后头解下缰绳，径自将马匹领到了漪涟跟前！然后撩开马车帐帘，对王尹道："马车是新改的，应该不会再那么颠簸。车上备了桃花酿和七弦琴。若是缺了什么，我再去办。"

王尹极为满意地坐上马车。

尔后古琴悠扬起声，正是那曲《高山流水》，伴着马蹄声回荡在亘城古道上。过往客商无不赞赏："好琴艺啊！"由衷鼓掌的双手却被杀气腾腾的漪涟一个个给瞪了回去。

这是在报复她？报复她三日前设了个套让他钻？

柳文若感觉到了强烈的杀气，回头关怀道："陆姑娘可还骑得惯？姨父特意交代你要骑马，否则在下定然找辆大点的马车。"

王尹听见声音后停下曲子，也撩开帘，笑看漪涟："侄女累了？可要与叔换换？"

果然是在报复！

漪涟紧紧拽着缰绳，扯得马头拐来拐去，格外别扭："不必。叔叔可坐稳了，您老人家的身子骨经不得摔！"她咬牙切齿地提醒道。

拜王尹所赐，到达安宁村已是日落之时。随着车轮滚入村庄境内，气氛突变。

村庄里没有房屋，独剩一块倒在村口的老石碑，刻着"安宁村"三个字，沉默在风沙里。

春才尾声，这里却是一派秋风萧瑟之景。四周荒无人烟，仅有几只乌鸦停在枯树头上狠狠乱叫，黑漆漆的身影映着西方余晖，有如鬼城领路者，尤其今日的落日红得特别诡异。

距离那块石碑不远处，道路边忽现大大小小数十个坟包。有的有立碑，有的只压了几块石头。马车一经过，忽然从坟包之间哗然飞起很多乌鸦，密密麻麻的一片，发疯似的向他们那里卷涌过来。

马匹受到惊吓，长嘶一声，开始不停地狂奔，突如其来的猛冲直接把漪涟甩了出去。她毫无防备地松开缰绳，耳边鸦叫凄厉。左右免不了一摔，她索性闭上眼睛，却意外落到一个温暖的怀抱里。

猛地睁眼，是王尹，他迅速扯起漪涟，蹲到马车后，避开乌鸦的群攻。

幸好这群乌鸦是受了惊，不是成了精，慌乱了一阵，就陆续飞远了。

王尹放下手，起身四周一望，又恢复了平常姿态："头一遭见乌鸦成群飞，真是开眼界。文若，你怎么看？"

柳文若从马车另一端走出来，理了理衣襟："甥儿见识不如姨父，自然是头一次见。不知陆姑娘可有受伤？"

王尹扭回头："侄女还好？"

漪涟站起身来拍拍尘土，很淡定："没被乌鸦吓着，倒是被叔吓着了。真没想到您会出手相救，多谢。"她从小和陆宸混惯了，从不行女子的万福礼，随意拱手道谢。

王尹微笑着问柳文若："瞧我这侄女的能耐，刚才是不是让她摔了比较好？"

柳文若苦笑不语。

即便方才的谢意根本不是发自内心，漪涟还是觉得亏了。

"你们从安宁村来的？"天黑前，三人到达应池县的远福客栈。掌柜一听来历，立马露出惊叹神色，"真亏你们敢走。那儿的乌鸦会吃人。"他怕遭厄运，又爱说闲话，故意将声音压得很低，"现在人都管那里叫安息村，请了法师、道士成群成群地过去，压不住呀！"

王尹乐道："掌柜说得对，我家侄女差点着了道。"

漪涟没来得及瞪他一眼，掌柜可怜的小眼神就飘过来了："呦，小姑娘吓怕了吧？没事，你们多住几天，本店赠送自制的热枣汤，入口顺溜，口齿留香，想不想试试？"

漪涟压不住心里仇意，赶忙笑着道好："叔带我出来走亲戚，吃啥喝啥都算他的。你们一会儿多聊聊，都是生意人，肯定谈得来。"

"哦？这位先生风度翩翩，看着像是大家公子，不知是做什么生意？"

漪涟抢在柳文若前头："做古董生意。"

掌柜一听，眼珠子顿时亮得就和宝贝一样，搞得柳文若很无奈。

王尹还是满不在乎，钱的事从来不用他愁：“掌柜的，你方才说安宁村请了法师？”

掌柜本来是不预备再谈这档子事，谁让钱是大家的良师益友呢？他将三人领到一张偏僻小桌，煞有介事地开口：“这说来可就话长了，旁人我一般不说，但你们……呵呵，本掌柜好交朋友，就破例与你们说说。”

王尹颔首：“有劳。”

“安宁村从前就是小村子，常与亘城做些小买卖。你们该知道陆华庄吧？那里什么都收。安宁村也许是钱多点，被土匪瞧上，整个就放火烧了！”掌柜形容得有声有色，“当年县令带了好些人去帮把手，阵势把全县都给吓着了。我老婆娘家有人在县衙里当差，回来之后，说那场面可惨得他半个月都没睡好觉。”

掌柜“啧”了两声，继续说：“全村没几个逃出来的，火扑灭后，把那些焦尸一排，哎哟喂，太吓人了，个个皮焦肉烂，有几具都快烧没了。你们刚才瞧见那坟包了吧？没立碑的都是认不出的。据我老婆那娘家人说，他搬的那具尸体最恐怖，脸还没烧着，眼睛整个瞪出血，死不瞑目啊。”

说话间，漪涟一直在思考一个问题：当年的大火是劫匪放的？

似乎哪儿不太对。

正想着，忽见二楼廊道穿过一个人影，莫名地眼熟！

漪涟眨眨眼：他怎么会在这儿？

“发傻看什么？”王尹问。

她轻描淡写道：“没什么，有劳掌柜给我把饭菜送房里。”

掌柜立马换了笑脸：“好嘞——”他收了碎银子，乐呵呵地赶着回后厨，突然记起一事，“客官，夜间记得把窗门关紧咯，这儿怪事多。”他冲着楼道喊，漪涟早没影了。

夜，沉得很快，犹如石坠深海，除了无边死寂，仅有难以喘息的压迫。

县里人迹蓦然消失在夜幕中。

某个街角处，一双绿而幽亮的眸子注视着街角空洞处。它戒备地弓起背，好像那里有谁悄然而至。



突然，一只被遗落在门前的破箩筐无故翻倒，扬起沙砾，惊起夜里一声哀嚎，是夜猫的尖嗓。它开始激灵狂奔，踩着慌乱的步子穿过屋脊，纵身跳入黑暗里。而街角的箩筐还滚落在原地摇摇晃晃，吱呀作响。

漪涟睡得不安稳，被褥散发着霉味，只能和衣入眠。

她在半梦半醒间总能听见乌鸦拍打翅膀的声音，黑压压地朝她卷来。在成群的坟堆里，有模糊的影子在摇摇晃晃，起起落落，那绝不是人行走的步伐。然后，坟堆动了，好像心脏律动，一下一下，上头的沙土纷纷滚落下来，好像有某种活物要破土而出。

她目不转睛，死死地盯着那一个个鼓动的坟包。

“啊——”女人的尖叫响彻夜空。

漪涟猛地坐起来，酥麻感从脚尖游走至全身。

她翻身下床，飞快地跑向窗户。在推开窗门的瞬间，阴森森的风扑面而来。她忍不住打了个寒战，急切地寻找声音的来源。然而，应池县静如鬼城，到处是幽邃的死寂。满眼只有房屋僵硬的轮廓，不见半星灯火。

漪涟胸口剧烈起伏：我……在做梦？

正想着，一阵奇妙的吟唱顺风飘来。在乌云遮月的阴霾天里，咿咿呀呀，隐隐约约……

吟唱之声一路由远而近。低沉的嗓音裹着铃声和铁链的摩擦声，相撞激荡。

越来越近，越听越明！

和梦中一样，她屏息紧盯着融于夜色的街头。紧跟着，她看见光影交界之地，一个个似人似鬼的东西钻入视野！他们手脚捆着铁链，浑浑噩噩地穿行在窗门紧闭的小巷间，借着月色一闪而过。漪涟不确定自己所见，默默于心下感叹，他们的样子不像活人。

赶尸？

这是她脑子里最先冒出的想法，轶闻录里有此记载。

漪涟的心跳愈加有力，三分兴奋，三分恐惧，余下四分是为跟在最后的那个人！

随着咿咿呀呀的吟唱声逼近，刺耳的锁链声撕裂着神经，她竖耳躲在窗后，不敢有大动静。

她早已将掌柜的话抛诸脑后，抓过外袍就追出去，一直追随着似有若无的脚步走出县城城门。

这条路，是往安宁村去的。

客栈中。

早已熄灯的雅间重新燃起了软黄色的光亮，仿佛避人耳目的隐者又现身于月光之下。王尹喝着柳文若另外准备的太平猴魁，心情甚佳：“那丫头出去了？”

柳文若道：“是，刚走不久。”他脑海里还残留着刚才的镇魂曲，很不舒服，“难为陆姑娘不害怕。”

王尹似笑非笑。

柳文若为其添茶：“我去探望时晚了一步，不过从她房里发现了这个。”

他放下茶壶，将一张宣纸规规矩矩地搁置在王尹面前的茶几上：“陆姑娘睡前像在练字。她很小心，写完的纸张全毁了，我在烛台边发现了灰烬。不过应池的宣纸太薄，笔墨容易渗透，我凭痕迹连成了这四个字。”

王尹眯眼看：“‘太皞治夏’？”

“是。”

他又抿了一口茶：“你有没有弄错，不是‘治下无隐情’的‘下’？”

柳文若很肯定：“的确是四季之‘夏’。笔画相差极大，不容易弄错。”

王尹疑惑的黑眸在烛光下带着几分氤氲，似乎想到了有趣的事，忽又笑了：“文若，依你之见，我这侄女才学如何？”

柳文若不知道这问题因何而起，还是答了：“就今天看来，涉猎书籍颇广，多是野史轶闻，对于诗词，尚不可断深浅。”

王尹笑意更深：“那你说，她有没有可能写错字？”

柳文若苦着脸想了想：“四个字而已，应当不至于吧。”

王尹直接笑出声：“要真的写错，可好笑。”说着，眉宇间忽然凝起一丝诡秘之意，“不过，陆远程却不会犯这种错。”

柳文若道：“姨父说得对。”

“你去查查这四个字有什么深意，悄悄地办。等确实有了进展，我再向侄女讨个人情也不急。”

## / 五 / 安宁不宁

安宁村那数十个坟包错落紧挨，周边笼罩着或浓或淡的烟雾，弥漫着彻骨的寒意。

深幽迷离中，那群人不见了！从荒芜的黄沙土地上消失得一干二净！

漪涟四下张望，再寻不见半点响动，那群人好像借道汇入了幽暗罅隙，眨眼间了无踪迹。

死寂的坟地霎时仅留下她独自徘徊，细碎的石子因脚步踩踏发出野兽的磨牙声。她有意将袍子裹得更紧，鞋底却抵不住袅袅升腾的阴气。站在坟包群的不远处，她忆起梦中情形，心中怦怦直跳，还好，眼下没有鸦群的踪影。

“呼——”

风声。

漪涟被细沙迷了眼，偏在此刻听到了动静。

她努力睁开眼，痛得流泪，可坟群里乍然出现的火光让她无暇顾及。

鬼火？

不该呀，我等凡人岂能领会此等深奥之物！

她壮着胆，往前走了几步，发现火光是暖黄色，下面映着惨白的面容，来回飘荡在坟群之间。竟是刚才那群活死人又毫无征兆地从罅隙中冒了出来！他们举着火把，有序地围绕着坟包跳跃，口中念念有词，唱的是先前那段。

漪涟的心突然落了地，因为她看见那群人是脚踏实地在跳，而那个眼熟的男子正默然站在一旁观望。为了抵御阵阵阴寒，他长袍曳地，俊朗的眉目间酝酿着捉摸不定的深意。

漪涟权衡一番，还是决定上前招呼：“客栈惊鸿一瞥，生怕认错了人，事后想想，谁又能模仿柳师兄一袭风貌呀？”

男子惊讶回头，果真是柳笙！

对于这次奇遇，他还未想到以何种表情应对，以致半个笑容生生地僵在嘴角：“师妹？”

手舞足蹈的一行人愣住，面面相觑，在柳笙示意之后才继续跳起来。

漪涟调侃道："您真不厚道。前两日听巽师兄说你外出购置药材，早知道是来安宁村做副业，捎上我多好，省得和王尹一起遭罪。"

柳笙沉默良久，看了看群魔乱舞的人群，又看了看漪涟，笑容才逐渐恢复昔日神采："师妹好生厉害，我费心多年才查到这一步，你才转悠半个月不到，就已经摸着安宁村的路子了。"

所谓半个月不到，显然是以戴全的死亡时间为界限，漪涟听出了话中之意："安宁村的路子好找，您的路子却不好摸。"她眼神瞟向一边，"这是招鬼，还是入魔？"

柳笙低笑："是当地人的讲究，擅改坟地风水，必先镇魂。我倒不信这个，入乡随俗而已。"在他说话间，群魔乱舞的村民擦掉了脸上的白粉和猪血，分别架起铁铲列好阵，对准坟包头就是一铲下去。

漪涟恍然，惊呼道："你要刨坟？"

柳笙郑重表示："要挖尸。"

漪涟头皮发麻，比刚才独自徘徊时恐惧更甚。她喜欢玄乎事，讲究的是新鲜，这群坟头都已经风干将近十年了，挖出来是个什么东西，还能看吗？

没想到弟子们口中的谦谦君子竟是个面对群尸还面不改色的人。

妖精，柳精！

可强烈的好奇心没有让漪涟从此地离开，柳笙所要求证的东西，说不定对她大有助益。她谨记这场奇遇的初衷，正要开口，柳笙快她一步："你从什么时候开始怀疑的？"幽黄的灯笼映着他的脸色，眼角流露着难得的深沉。

漪涟觉得他的状态不大对劲，说话须格外谨慎，思量道："别管我怀疑与否。师兄，你特意让泉师弟告诉我帐中香的奥妙，究竟是何居心？我感觉，你有意引导这个案子调查的方向。"

柳笙皱起眉头："泉师弟说我让他备的词？"

"他说柳师兄交代了，我问什么，他都得答。"

柳笙头疼："孺子不可教也。"但想起顾泉可怜巴巴的小模样，他又很无奈。

两人有一搭没一搭地闲扯，若非景致不对味，不过是师兄妹的日常琐碎。他们旁观着坟头越来越矮，另起的土堆越来越高，直到一个壮汉村民的铲子终于下到了底，第一具尸体被三人齐力抬了出来。

漪涟不自觉地往后一退，这是什么鬼玩意儿？

没有棺材，一块黝黑黝黑的东西被三把铲子撬上地面，已经干瘪残败。

柳笙的灯笼打过去，漪涟跟着粗看了几眼，上头爬过数只奇怪的虫子，有的正从黑洞里钻出来。一开始她没有认明白，经胆大的村民一解释，顿时胃里翻腾不止。原来这是半具焦尸，尸体已经四肢不全，他们现在所见的是头顶到胸口的一段，内里完全被虫子吞噬干净，那个黑洞正是缺失了眼球的眼眶。

天哪，漪涟庆幸今晚没吃得太饱。

紧跟着，陆续有尸体被挖起，无一例外，全是黑黝黝的干尸，有的仅剩躯干，有的还保存着大致轮廓。漪涟无意间跟一具死不瞑目的干尸对上眼，刹那间，脖颈一凉，真不知道柳笙怎么还有勇气去将尸体拼凑完整。

大约一个时辰，村民挖出了近四十具尸首，柳笙正一一确认。他在其中一具旁边蹲下，从袖口掏出一把小刀，然后面不改色地切下了那具尸体的小指！借着昏暗的光线，他不紧不慢地用方巾包起手指塞进怀里，又往下一具尸体走去。

来回之间，却也没把漪涟忘记："昨日刚打听到幸存者被县衙安置在应池县，天亮之后准备去探探。师妹若是想去，我们就约在客栈门口碰头如何？"

漪涟还不至于慌了神，且看看柳笙耍的什么把戏，于是，她捂着胃答应："求之不得。"

如预料一般，漪涟回到客栈后彻夜难眠。

天微微亮时，她提早敲开了柳笙留宿的天字三号房门。

三响之后，里头传来应门声："师妹好早。"门扉被拉开，里头的人已经打理得光鲜亮丽。

本想与他商量着早些走，却意外见到了意想不到的人！王尹正坐在柳笙房里悠闲自得地品着早茶，看到漪涟进来，笑容似六月暖阳，让她顿时脸热得发慌。

"侄女好早。"王尹说。

"你怎么在这里？"

恰好掌柜将早点送上门，柳笙招待漪涟一同坐下："我在陆华庄曾与王老板有两次照面。方才我下楼要早点，正巧看见王老板坐在厅中，听说是和师妹一道来的。琢磨着一人吃早点也乏味，就请王老板一同上来用餐，借机讨教讨教琴艺。”他突然奇怪道，“不是说好一会儿前门碰头，师妹怎么先来了？”

漪涟视线有些飘：“今日醒得早。”

王尹故作惊恐状：“吓叔一跳，还以为侄女嫌我老人家麻烦，想趁早甩了。”

漪涟嘴角一抽，没说话。

用完早餐，三人一起往县城西巷去，柳文若则留守客栈中以备不时之需。

待入西巷后转过三个弯，柳笙用折扇指着最里边一所小屋道：“我们要去那里拜访前任应池县丞。”

“县丞？不是说要去见安宁村的幸存者吗？”

柳笙神色一凛，回答像是自言自语：“傻的傻，疯的疯，还能问出什么来？”

漪涟追问：“什么原因？”

柳笙依旧没有上心：“大约是招鬼了吧。”之后便再没有其他话。

直到三人站定在木屋前，一股植物的清香袭来，爬墙虎从墙那边探出头，里面应是青翠满院。柳笙礼节周全地叩响木门：“在下昨日曾递拜帖，不知许县丞可有空相见？”

遥遥传来一声应答，步伐声渐近。

门吱呀一开，是个与漪涟一般大的女子，穿着碎花布衣，甜美俏丽地行万福礼：“是柳公子？爷爷已经等着了，请随我来。”

听这话的意思应该是许县丞的孙女，王尹赞叹道：“瞧这举手投足，原先定是大家闺秀，换作农家风情，也别有滋味。”

漪涟暗暗骂道：为老不尊。

一行人被领进后院，果真是翠色旖旎。葡萄架下的摇椅上躺着一白发老者，带着病气，脚旁的黄狗则精神十足，看见有人进来，立马摇着尾巴迎上前。孙女可亲地丢了一块骨头到角落，它就追过去了。

“爷爷，柳公子来了。您可有精神待客？”

许县丞睁开眼，颤颤巍巍地坐起身：“快，快请坐。老生这副模样叫你笑话了。”孙女急急上去扶着。本想就让他躺着说话就行，可许县丞有文人的傲气在，认为一定要请客人进屋才合乎待客之道。

入屋坐定后，柳笙说明来意，许县丞苍老的脸上挂了好些复杂的情绪：“昨日收到公子的拜帖，便是整整一晚的噩梦。当年事发后，我心下难安，辞了县丞之职，过起农家生活。可是老天公平，有些事办坏了，一辈子也逃不了，估计我这满身病痛都是报应。”

柳笙神情严肃：“听许大人此话，似乎当年案件有隐情？”

许县丞颤抖的手抚着白胡须：“这，不是我不与你们说，是真的不好说。安宁村的案子我也未曾弄清根本，只是隐隐觉得有些不对劲。”

据柳笙所言，这位许县丞任职期间风评一直不错，是个清官。加之今日亲眼所见，许县丞晚年生活清贫，甚至有些潦倒，漪涟觉得他的话可听，忙道：“无处可诉才会积郁成疾。您当作说故事，我们听故事，不必计较太多。”

许县丞觉得有理：“我是憋了好些年了，但不是没有查过。辞官之后，我又去过安宁村，找了当年的幸存者想问问情况。没想到啊，他们……他们也疯了，你们说这怪不怪？”

幸存者也疯了？

这下好，说不是鬼干的都没人信。

“说起那场大火，从县里就能望见黑烟，可想而知有多惨烈。”许县丞慢慢回忆道，“我从县令大人那里得知消息后，便和官差一同赶到了安宁村，那时的火已经烧得很旺了。有几个跑出来的人在大火边啼哭，里头还能听见有人在怪笑。”

“怪笑？”漪涟和柳笙一齐惊疑，临死前还在笑，果真是疯子。

许县丞瞳孔涣散，仿佛又听到了那恐怖的声音：“没错，是怪笑，一直在笑，很尖锐，就像是中了邪，只要有人听过，一辈子都不会忘记的。无奈火太大，等官差彻底扑灭，能看见的只剩一具具焦尸了。有些没烧焦的，面部都很狰狞怪异，压根儿没有人敢多看。事后我找来仵作验尸，证实全都是被火活活烧死的。”

王尹见左右两人都在沉思，怕老人家一腔热情越说越没劲，就附和一句：“是挺怪。”

“这不算完。”许县丞汗颜地喝了两口茶，“仵作验完后，尸体入土为安，其余活下来的都安置到县里再做打算。前后不过一夜，县令大人居然直接将案子敲定为山匪屠村，说是在现场找着了两把带血凶器，可仵作验尸时未曾说过尸体上有刀伤。待我再去寻仵作，他已连夜回乡了。”

柳笙摇着扇道：“这是第二个疑点。许大人是否又去了现场？”

许县丞点头：“当日便去了，碰巧撞见官差在废墟里翻东西，手里头还攥了一把。我上前一查，结果大出意料，竟然都是未被烧坏的钱物。你们说这年头山匪屠村不为抢钱是为什么？难道只是为了枉送人命吗！”许县丞说着有些激动，孙女立刻抚着背，给他顺气。

“我做主让官差把钱送给幸存者，自己回了县衙禀报，谁想县令一力强压，说不吉利。我人微言轻，再说不得什么。后来无意中得知县令的妻女购置了成箱金银首饰，远远超出一个县令的俸禄。那时我就猜测，或许是有人送了封口费，导致应池县办了桩冤案。”

柳笙忙问：“那位县令大人如今何在？”

许县丞顿了顿，心酸摇头：“死了，我辞官后不久，他就死了，死得莫名其妙，全家人一起死的，连丧礼都没人办。”

好家伙，毁尸灭迹，杀了全家。

王尹把玩着茶盏挺来劲，自始至终没喝过一口：“疑点不少呀。”

漪涟所知的还有一个，就是当年的大火烧得莫名其妙，她在村旁竹林来来往往，根本就没有见到半个匪徒的身影！事发没多久，她就被王尹带走，以致后事知之甚少。

三人见孙女端来一大碗药给许县丞，不好继续耽搁，默契地起身告辞。

漪涟最后问了一句：“安宁村离应池县不远不近，能看到黑烟，火肯定已经烧得很旺。您带着官兵前往还能听见活人动静？”

许县丞咳了几声，摆手道：“不是，是有人来县衙报案，好像是经由安宁村来的……时间久了，加之当年情形混乱，记不大清了。”

“按理说，县衙该有记录。”

“这桩案子没有。我事后特地重新查过，没有任何资料入册。”

记录无故缺失。

看来九年前这桩安宁村的悬案果真奇怪。奇哉，怪也！

陆华庄里依旧阴气沉沉。

三眼鬼婆因有犯案嫌疑而被严令闭门思过，日子过得很煎熬。汪楚潍也很煎熬，好不容易趁机溜出翊锦堂来找陆宸，屋子上了锁，两人只能隔门说话。

难得陆宸不嫌麻烦，语气也温柔了，弄得汪楚潍一颗小心脏扑通扑通直跳。

“宸哥哥，你放心，我爹爹觉得戴全的事不是你做的。等你出来后，再陪我说话可好？”

陆宸的声音格外软：“当然，来日方长，你我多的是时间。”说罢，心里头冷笑两声：时间能不能凑一块儿又得另说了！

汪楚潍娇滴滴道：“你我一家人，可不是来日方长？”

陆宸满手心的冷汗。“一家人……呃……对，你我也算兄妹，理当的。”他岔开话题，“说说你们翊锦堂那把匕首是怎么回事，你爹查得有没有进展？”

“你不信爹爹？”汪楚潍瞬间带了哭腔。

陆宸赶紧解释：“我自然是信二叔的，这不是担心翊锦堂才想问问情况？别的不怕，就怕这万一牵扯到你可咋办？我被禁足，还真是远水救不了近火。”

陆宸常与漪涟玩嘴皮上的功夫，玩着玩着，经常就能蹦出点花样来。其实这话有两解：陆宸的意思是，“如果真出了事，别来找我，没的救”；汪楚潍听的意思是，“我心里只有你，你若不好，我难安”。

果然，汪楚潍哭腔断了，转而一声娇滴滴的呼唤，好不亲昵：“宸哥哥，这事我只告诉你，事关重大，你可别告诉别人。”

“我保证。”他保证自己不往外说，不保证别人不往外传。

汪楚潍贴近门小声说：“最近爹爹都神神秘秘的，不知道有没有告诉陆大伯。那匕首是翊锦堂从仓库新领的一批，准备分发给新入弟子，就放在偏厅，和账本一起。戴全写的那四个字，我在爹爹案上也瞧见过。”

“你是指‘太皞治夏’？”陆宸想，如果他是陆书庸，得先把这傻丫头一刀捅了才安心。

“就这句。”汪楚潍很肯定，“是我偶然撞见的，还来不及看完另一句，就被爹爹一通骂给骂出来了。”

陆宸凝神：“另一句？还有啥？”

汪楚潍道：“记不得了，也是四个字。”

这么说来，很有可能是另一句口诀？

是陆书瑛的，还是陆书云的？

陆宸活了二十年，从未见过陆书云摆弄过什么口诀，“太皞治夏”更是闻所未闻。他猜测，陆书庸一直有意讨好陆书云，会不会就是为了从他那里套口诀？如果这个猜测成立，那么汪楚潾看见的另一行字极有可能是陆书瑛的那一句。

只是陆远程留下的三句口诀到底是做什么用的？

陆宸越想越头晕，说起来完全是他爷爷的错。儿女嘛，生来不同，有的爱笑，有的爱跳，偏爱哪个很正常。他老子就从来没有优待过他，他不是照样与漪涟和平共处？不过这种事情的确不好说，若非他性子好，让着漪涟，两个人照样也得打起来。只能说陆书云比陆远程幸福，有他这么一个儿子，没摊上陆书庸那样贼兮兮的。

好言好语一阵，总算把汪楚潾这尊大神给送走了，陆宸顿时感觉筋疲力尽。回头看向屋内，一个人面无表情地倚在墙边，等候已久："美男计使得我心累，你看戏的倒是舒坦。"

司徒巽致谢："非大师兄不可，有劳。"

"我怎么听着不像道谢？"陆宸心宽，摆摆手作罢，"算了，兄弟之间，没那么多客气话，偏爹还喜欢，常拿你做话头，数落我。"说着更无奈了，"也不能怪你，漪涟总够坏，爹照样喜欢，依旧拿她来说我的不是，所以还是我的问题。"

司徒巽无言以对。

"阿涟呢？近两日怎么没见她来？"

"她跟着王尹下山了。"

陆宸是听说王尹回了亘城，可漪涟没两天就跟着男人跑了是什么意思？当了十年的亲哥，难道还比不过一个三天的叔？还有没有道理可言了？真难为他穿着裤衩就带她满山腰跑。

司徒巽见他神情消沉，好心劝慰道："师妹像是为案子去的，应当有所打算。"

陆宸眉头一挑："查我的案子，跑下山干吗去？"

司徒巽如实回答："也可能是别的案子。"

陆宸脸色一冷："滚，让那个没良心的别回来了！"

为了不打击他，司徒巽不动声色地退出房间，心里也确实存着疑虑。漪涟自入庄后，与庄外牵扯甚少，更不是轻重不分的人。若是为了戴全这桩案子，有必要下山去吗？

戴全是徐安人氏，她去的并不是徐安。

那到底要查什么？

还有那个王尹，看着许多行动都不合常理。

柳笙端坐摇扇，梳理着情报："昨日我去了衙门，托现任县丞翻了翻安宁村旧账。案卷上有载，安宁村入籍人口五十八人，幸存者七人，最后入土为安的尸体为五十五具。刚才你们走在前头，许县丞又与我多说了一句，他当年收集证词时，幸存者尚保持着清醒的神志，记得当日有不少外来者，这才造成了人数上的误差。"

三人离开许县丞所居小院，寻了一家清雅茶楼。应池常年没有外客，楼里清淡得连茶叶都带着酸苦味。王尹依然摆弄茶碗，愣是一口不碰，听见柳笙的话，客套地捧场道："柳公子不仅有面子拜访许县丞，连衙门里都有门路。"

柳笙谦虚解释："王老板见笑，实在不是在下能耐。应池已到山穷水尽处，外乡人比黄金珠宝稀罕。"

漪涟没理会他们的逢场作戏，蘸了茶水在桌上写写画画，意图从人数上找出一些破绽，但证据不足，无法确定事发当时有几人在村中，又有几人不在村中。便拿她来举例，她当年就是一个到村里长年蹭饭的流浪人，没有入籍，要怎么算？

一直不参与案情讨论的王尹估计也来了些兴趣，分析道："经许县丞一说，基本能够断定安宁村是桩冤案。县令拿了好处，给他好处的人首先值得推敲，其目的？身份？会不会就是凶手？"

"还有一点。"柳笙补充道，"当年幸存者七人全部被安置在应池西巷，我昨日前往发现西巷只剩五人，有两人多年前就搬离了，下落不明。你们还记不记得许县丞提到的报案人很可能从安宁村来？师妹特地向许县丞问及这一点，定然是对报案人有所怀疑。"

漪涟道："因为我猜到肯定有人报案。不然等到黑烟升起再赶过去，哪里还听得到有人怪笑？恐怕早成焦炭了。所以，这名报案人一定别有心思。"

"此言得之。师妹好快的脑子。"

王尹不太乐观："衙门无案卷，幸存者发了疯，办案县令全家遇难。这桩案子，即便皇帝，也未必办得了。”

被当头泼了一盆冷水，漪涟无动于衷，柳笙也面不改色，好像对于安宁村的案情没有想象中那么急迫。他们互望了一眼，彼此都不准备把自己寻求的重点说出来。

柳笙饮了口茶，起身道：“在下出来好些时日，该回了。师妹若还没查得尽兴，尽可久待，为兄先行一步。”

漪涟轻描淡写地作别：“庄里见。”

他们坐在二楼最靠窗的那一桌，能清楚地看见柳笙走上街道，渐行渐远。

人影无踪后，王尹才问：“接下来你预备怎么办？回庄？”

该查的没有查清楚，漪涟不会白费工夫，笃定道：“柳笙刚才说幸存者安置在西巷，我要去看看。您老如果不想屈尊去疯子待的地方，就回客栈找外甥打发时间去。”

许县丞家也好，茶楼也罢，入口的东西王尹愣是一样没碰，小眼神东挑西嫌，肯定是嫌弃东西不干净。好个被外甥娇惯了的姨父，汪楚潵都没那么矫情。

王尹没把讽刺听进耳里，反而提起不相干的：“你对谁都这样戒备？”

漪涟用余光斜他：“什么意思？”

“你不相信柳笙才会对身世只字不提，还要回头去查他已经肯定的事。”王尹唏嘘道，“连一起生活多年的师兄都戒备至此，叔肯定差远了。”

漪涟愣神：这算戒备？

她其实没有想过要防备谁，仅是从实际角度看问题，挑有效的办法做事情。

柳笙城府深，从借口离庄来查安宁村这一点就能知晓一二。所以漪涟与他一道而行，试着能不能推敲出情报。现下他的动机尚不明确，多说无益，干脆掉头回去亲自查一遍。

漪涟说：“我觉得自己很客观。”

没想到王尹紧跟着接话：“这样客观是不是缺些人性？”

人性？

呵，自她和陆宸一道混后，就没有考虑过人性这回事。该是人的时候是人，不好做人的时候，就把自个儿当鬼。毕竟这年头混世道难，狗吃不饱都能去捕耗子，你能叫它捕耗子时考虑一下猫的心情？



漪涟不愿在这种没营养的问题上多做纠缠，对昏昏欲睡的小二喊了声：

“结账。”往桌上拍下几个铜板，就大步向西巷走第二趟。

路上没费太多工夫，她很快找到了被应池人忌惮的疯人院。

那是一座旧宅，与许县丞家相距不远，一扇脱漆木门孤立在窄小的巷头。两道土墙暗黄粗糙，几乎隐匿了漫爬的肥壁虎。王尹侧头恰好撞上它扭着身体潜行，可憎的斑纹生生刺激着他的神经，心下一阵恶心。

漪涟故意打趣道：“叔，您金贵，不如在这儿等我出来。”

王尹莫名觉得好笑：“丫头，我好歹是个叔辈的，躲在外头等侄女出来像话吗？”

漪涟偷着乐，难得占了上风，令她格外舒坦：“那您可千万顶住。若在里头晕了，小女万万拖不动您。”说罢，抬手推门。

说时迟，那时快，她行动的瞬间，本来晴好的天霎时阴沉下来。一片巨大的乌云聚到应池县的上空，挡住了艳阳不说，过堂风忽然吹起沙尘，吹得老旧木门吱呀作响。

门，自个儿开了！

漪涟惊得抽回手，可逗乐了王尹：“你瞧瞧，叔不跟着成吗？”

她大为不爽，板着脸，大步踏进院内，结果发现正对的台阶被木板封起，陆续钉了一人多高，只剩左侧留有一条小道。一面是灰突突的泥墙，气窗被泥巴全体封死，光线更加稀薄，几乎难辨昼夜，另一面是成排的破旧窗门，不能判断屋里是个什么模样。

两人被夹在其中小心深入，耳边时不时传来细碎声，像老鼠啃木头。听多了，心烦不已，却又不得不耐着性子静观其变。

“别动，有声音。”王尹低声提醒，顺手拉住了漪涟。

他们收住脚步，竖起耳朵静听。

“咔嗒，咔嗒，咔嗒……”

还是老鼠啃木头的声音，窸窸窣窣回响在狭隘的走道里，很难辨识音源。漪涟压抑太久，正要发作，突然，一声尖叫响彻，妖异凄厉，以猛烈的攻势穿透泥巴墙，在两人心尖上狠狠打转。

漪涟认出这是昨晚听见的尖叫声。

没等她做出反应，阴冷的小道乍然亮起，是从窗门那面透出的光。她敏感回头，忍不住喉咙里一声惊呼。泛黄的窗面上，正张牙舞爪地扒着一个诡异的黑影，骨骼奇异地扭曲着。它的手臂细长，仿佛黑夜里投影在月色里的枝杈，一颗头颅般的异物被它举在半空中乱颤。

王尹很快看出了玄机："这间屋子通往后院。"

漪涟缓了两口气也明白过来。原是云散天晴，光线从后院透入屋子，影子被打在了他们面前的窗面上，真似看了一场极具气氛的皮影戏。

她太阳穴突突地跳，不看也知王尹此刻是副怎样欠揍的表情。自觉不能妥协，她若无其事道："戏码不错，且看看是哪路妖邪作祟。"说着，作势要推门。

不料王尹一把抓住她的手："女中豪杰，岂能随随便便亲自出马？叔先来可好？"

漪涟斜眼看他，心里腾地冒火："您知道自个儿笑得很得意吗？"

王尹表示无辜："叔满心诚意。"他轻巧一推，吱呀一声，门缓缓打开。

此举惊动了里头的生物，尖叫声再次响起，一个东西奔跑着从他们眼前穿过。

漪涟壮着胆子，借光打量，竟是个长发垂地的人。他瘦得只剩骨架，看身高应是个男人，沾满灰尘的长发盖住了脸，只从缝隙里露出两只眼睛。

"你是谁？"漪涟出口试探。

那男人毫无反应，只顾舔着手指。

漪涟隐约瞧着他的十指极短，血迹斑斑，在王尹唤她看了墙上布满的血痕后，她的心突然抽得厉害，比昨晚在坟堆里更加恐怖。干尸好歹是死物，眼前这个人居然生生把自己的手指折腾没了？墙上是他所留下的沾了血肉的抓痕！

她忍不住闭眼，却再次听见咔嗒咔嗒的声音。此次，近得很。

循声望去，黑暗的角落里蹲着同样长发蓬乱的另一人，是个女人。她手里赫然捧着一个骷髅头，正放在嘴边啃咬，老鼠啃木头的声音就是由此发出的。在注意到她扭曲的长臂后，漪涟几乎能确认这就是刚才扒在窗面上的影子。不过，她手里的骷髅比影子呈现出的模样要小上许多。

"像个孩子的。"漪涟猜测。

黑暗里传出一个沙哑的声音与她接话："是她五岁的幼子。"

王尹反应极快，转手便将漪涟拉到了身后，紧跟着是一名双鬓银发的老太徐徐拖着扫帚走入他们的视线。

察觉到两人疑惑的目光，老太边扫着地边道："我不是疯子，你们不必看了。”

漪涟迟疑道：“您是宅子的主人？”

老太依旧低头扫地：“我和儿子住东巷，受了许县丞的嘱托，才来照看这些疯子。”

漪涟心里有数，许县丞果真对安宁村的冤案耿耿于怀，以致积郁成疾。倒也多亏了他这份良心，才给这些疯子一条活路。可是……

漪涟对啃咬人骨的声音极度不适应，又压不住好奇心：“婆婆，您刚才说那是她的孩子？”

老太听罢，扫帚顿了顿：“她是疯得最早的，六亲不认，火灾当天，她亲手砍下了她孩子的头，据说逃出来时，血迹一路从安宁村滴到县里。如今多少年了，都成白骨了。”

尽管老太的话已经轻描淡写，漪涟还是感受到了刻骨的凉意。无意间触碰到了王尹的手，深感温暖，也不顾面子，一把抓了他的手。

王尹眉心一动，也不说话，任由她掐着。

老太在扫了内间后，拿钥匙去开后院的门。那疯女人好像得到了某种信号，立马停下啃咬，警惕起来。

门开的一瞬间，阳光穿透进来，漪涟还在眯眼适应，那女人已经不顾一切往外冲。有烟尘被扬起，她拎起一桶水，大笑着跑向院中央的一只大缸，然后将整桶水都一股脑儿倒了进去。

本该养鱼种花的大缸中全是泥土，隆起的土包被骤降的水流冲得散开来，那女人笑得更厉害了。她将木桶随手一扔，徒手把稀稀拉拉的泥土一把把垒起，然后煞有介事地贴近脸，悄声道：“儿啊，不怕，娘把你埋了，浇了水，你很快就会长出来了。”

而她的亲儿子此刻被遗落在门槛处，摇摇晃晃。

“两年前，她突然开始这种无谓的举动，风雨无阻。疯子的耐性比正常人好。”老太叹气，用扫帚把两人赶到另一间屋子，自己继续打扫后院。

漪涟实在受不了黑暗里的低压，也赶紧跑进后院，这会儿才真正看见后院的全貌。

同样是灰瓦土墙，了无生机，七八只大缸分散在后院中，曾经是否种了绿植从表面无法得知，而今无一例外，仅剩黄土一抔。能把四合院整出坟场的错觉，疯子实属不易。

漪涟思来想去，疯人院里大概只有这老太能说话：“婆婆，我们受了许县丞的嘱托，想问问当年的情形，您能不能给说说？”

听见许县丞的名字，埋头扫地的老太抬起头：“许县丞对我老婆子有恩，我应该报答他。但我成日与疯子待在一块儿，什么都不知道。”

“可是所有人发疯，官府怎么不查？少说也该请大夫。”

老太哼笑：“安宁村的人死得蹊跷，活下七个又连疯了五个，外头都传冤鬼缠身，连办案县令都死了全家，哪个大夫敢来看？”

“疯了五个？还有两个呢？”

老太又是叹气：“搬走了，早搬走了。有一个前两年还会回来看看，这两年再没见过，怕是招了邪呀。”

对了，柳笙方才提过，幸存者中有两人迁出了疯人院，原来那两个人没有发疯？漪涟心头怦然一动：“您记得是哪两人吗？”

妇人摇头：“老婆子记这个做什么？不过也是可怜人，好好一张脸被毁了，今后还怎么嫁人哟。”她感叹着，将扫帚往墙上一靠，转身进了小厨房。不多时，就听见菜刀在案板上咚咚作响。

漪涟不禁握紧了拳头：她果真是从这里出去的……

可能证明什么呢？

犯愁之际，沉默好久的王尹打断她的思路，凝视着花盆道：“丫头，来瞧瞧这个。”

漪涟狐疑地凑过去，只有先前疯女人垒起来的烂土堆：“有什么稀奇的？”

王尹提醒：“再仔细看看。”他走到墙角处，拎来妇人方才用的扫帚，掉了个头，用木棍对着土堆捣鼓了两下，结果，几块不明所以的东西从稀烂的泥土里翻出了真身，有大有小，表面呈乌色。

漪涟准备伸手拿，被王尹丢下扫帚，一把擒住：“那是人骨，有毒！”

他将人拉远几步：“盆上有裂痕，是新的。泥土很松，近期才被翻动过。多亏刚才一盆水让东西露了苗头。”他看向漪涟，眼中有深意，“那老太既然说那疯子每天都会重复行动，她自己也日日打扫，此刻却被你我发现，说明泥土被翻新的时间很近。”

漪涟直视着他的眼睛，恍然大悟：“真失策，柳笙早走了！”

王尹反笑，不紧不慢地从怀里拿出个精致小物。随着他指尖一动，嗖的一声蹿上天去，漪涟这才知道是信号弹："你……"

只稍停片刻，东南角又升起一颗信号弹，区别于蓝天的红色，足以让他们瞧个清楚。

王尹道："柳笙离开应池，必然要回客栈拿行李，所以文若一直在客栈待命。他现在正往东面去，那里只有一条路，现在换上快马还来得及。要不要追？"

漪涟几乎没有犹豫："追。"

话音刚落，她即刻一股力量拉着他跑。跑到客栈门口，发现掌柜已经牵了两匹快马候在那里。

王尹解释："我交代掌柜，看到两次信号，就把快马领到前门来。"

漪涟哑然无语，心里默默骂了句：老狐狸！

## / 六 / 远山旧事

司徒巽从外面带上房门，独行于院中思考案情。

今早，他奉命上玄古寺查问，结果令整件事更加扑朔迷离。案发当时，有绝对不在场证明的仅寥寥几人，嫌疑最大的陆书庸和陆书瑛，还有陆宸，都不能证明当晚没有离开过玄古寺。陆书庸和陆宸倒是有证人，可理论上说来，汪楚濎和陆漪涟的话都有包庇的可能性。

除此之外，最大的疑点就是陆书云他们避讳不提的"太皞治夏"。据柳笙的证词，这是陆远程留下的口诀之一。

陆远程，陆华庄前庄主。

想到他，司徒巽内心沉重。在已经开始模糊的童年里，他曾经认认真真记过这个名字。

那是很久远的事情，在他入庄之前的某个落黄秋日，他被父亲罚了闭门思过，有人推开红漆大门，偷偷替他端来了杏仁酥；还有某个大雪纷飞的冬日，他为了尽快背熟功课，跑进大雪里，有人替他取来了貂裘，态度强硬又可亲。

那个人名叫陆远程。他在弥留之际，交给司徒巽一枚玄玉，嘱咐他："男子立于世，不仅为自己而活，还有义务与责任。玄玉事关重要，务必贴身收藏。”

司徒巽将怀中的玄玉搁在掌心观看，玉质温凉，形状怪异。这么多年过去了，这块玉的用处，依旧不曾明了。唯一清楚的是玄玉与三句口诀有密不可分的关系，亦是陆远程亲口所言。

他重整心情，来到嫌犯崔玉关押之地。

其实自戴全死后，他已盘问过几回，崔玉的回答基本差不多：“巽师兄，您信我，真的要信我，我真的没有杀他。我跟戴全无冤无仇，是进了庄才认识的，不过是同吃同住的关系而已。金钱上绝对没有纠纷，喝杯水也是对半分，所以您看这……”

司徒巽沉着脸打断他：“说重点。”

崔玉抖了几抖，弱弱道：“我，没有杀戴全。”

司徒巽目色凌厉：“我让你说案件的重点！”

娘啊！崔玉吓得差点哭出声，怎么就不是柳笙来审呢？面对这一尊大神，总觉得自己的嘴要是一哆嗦说错一个字，立马就能被拉进鬼门关去。

他可怜巴巴地憋着眼泪，怯怯地复述着已经说过好几遍的台词：“那天庄主他们去了玄古寺，所以晚上大伙儿没事，都睡得早，灯也熄了。因为人数凑巧，让我和戴全单独分到了一个小间房，不过我们都在房里睡觉，哪儿也没去。”

司徒巽道：“既是睡着，怎么证明对方没有离开？”

崔玉道：“那天我俩睡得浅，戴全翻来覆去的，一直能听到他的声音。”

他继续往下叙述：“直到那晚刮起大风，所有弟子都被雷声吓醒了。然后戴全好像中了邪，慌慌张张地跑了出去。我那时往墨阁追了几步，但那风阴得很，我……我实在害怕，就又回来了，然后再也没有出过门。”

司徒巽凝神盯视：“怎么没听你说过？”

崔玉背脊僵直，直冒冷汗：“我……我说过呀，是追了几步。啊不，十几步，呃……也可能是几十步。”

“我说墨阁！你刚才说你往墨阁方向追，为什么你会知道要去墨阁？”

戴全死的地方明明是翊锦堂。

崔玉被司徒巽的反问搞傻了：“我……刚才说过？”

司徒巽视线凌厉逼人：“你问我？”

亲娘啊！这种情形是不是以前也发生过？

崔玉说话一向没什么毛病，突然就犯了结巴：“是是是是墨阁阁，戴戴戴全他他好像好像很在意墨阁阁。我我我我我我，我有一次看看到他在墨阁烧纸纸纸钱，说说说说说……”

司徒巽想起戴全放置在矮柜里的剩余纸钱，冷冷道：“舌头伸直。他说了什么？”

崔玉拼命吞了几口口水，活动了一下舌头：“他……他说那天是他舅娘的忌日。”

忌日？

原来他是跑到了墨阁烧纸钱。为什么特意去那里？能有什么讲究？

月色沉埋在浓云厚雾之中，司徒巽来到墨阁，凝神打量庄里唯一的八角阁楼。灯火稀绝的阁楼与夜色浑然一体，看久了，仿佛高大的阁体会在瞬间向你颓然倾塌，大有山雨欲来风满楼的态势。

墨阁存放着文书，只许本家人出入，所以弟子们除了清扫院子，甚少经过此地，加之一些玄乎的谣言，好像把庄里的所有不祥都拢到了这个角落。

司徒巽心尖一动：“太皞治夏”难道是指……

他往深处想：会不会戴全也发现了什么？

不，不会！那张纸条其实是他……

等等。

菩提树？

他的视线无意间落在院中的菩提树上，一种可能性逐渐在脑海里清晰起来。

常听漪涟聊起各地奇事，其中便有关于菩提树的说法。据说菩提树和佛教渊源极深，曾为佛祖挡风遮雨，助他战胜心魔，彻悟真谛，所以有护法神之称。许多寺庙栽种菩提树，有保驾清心、祛除邪祟之意，参拜菩提神树也是许多地方的民俗。

戴全是徐安人氏，徐安信奉伏羲，崇敬神灵。他选在墨阁烧纸钱的原因，或许就是为了菩提树。凭此猜度戴全心思，入庄之后，因惧怕鬼怪之言，惶惶难安，那夜又起狂风，巨大的心理恐惧下会做何举动？

司徒巽站在菩提树下向翊锦堂望去，果然能看见戴全死亡之地。那夜的戴全来到墨阁之后，很可能碰巧发现了异端，才会走向翊锦堂。早在前几日，漪涟曾对此质疑，一定是察觉到了可疑之处。

司徒巽看了一眼云中月，心不安宁。

她究竟下山做什么？

阿涟……

“跟踪了一天一夜，柳笙到底要去哪里？”

晨光渐渐从东方蔓延开来，绿荫小道里吹过凉丝丝的风。漪涟惑然不解，跟着前方的黑鹰一路骑马向东奔去。路越走越窄，越走越坎坷，马蹄艰难地踩在厚厚的枯树枝上，发出噼噼啪啪的寂寥音色。

“你这只鹰到底可不可靠？喂饱没？确定它追的是柳笙，不是食物？”大约只有蛇鼠一类才会往这种鸟不生蛋的地方钻。

王尹骑马赶路还是悠哉劲：“文若驯养的应该饿不着。如果真追的是食物，晚上就把它变成你的食物。”

漪涟才没兴趣，问道：“柳文若呢？”

“我让他回疯人院了。”王尹唇角勾起一抹笑来，“你不是想知道那堆骨头的真身吗？这个时辰，他多半正替你挖着。”

漪涟警惕无言。

别看她不拘小节，其实是个谨慎的主，平日总会下意识地观察他人脸色。若有一天，出现一个人，能猜度到你的心思，那会是一件很可怕的事。但愿这个王尹的出现只是巧合，猜透她的心也是巧合。

无奈，她除了谨慎之外，更加现实。她明白，世间的巧合不会那么多。

“停下了。”随着王尹的提醒，就看见黑鹰缓缓降落于绿荫之中。两人反应及时，先后拉住了缰绳，“应该就在不远处，我们只能步行过去。”

二人跳下马，将绳拴在树干上，往更深处走去。

随着脚步越发吃力，他们意识到这是一条上山的路，路面在春雨淅沥中变得湿漉漉，还有说不尽的黏腻感。王尹深觉恶心，脚步越迈越快，恨不能飞过去，哪怕是少跟地面接触片刻也好。

漪涟瞧他蹙着眉头超到前面，故意高声道：“那双长靴价值不菲吧？可惜不是火浣布，弄脏了可不好洗。”

王尹慌快的脚步一刻没停，嘴上也不服输：“小钱而已，回去就扔了。”其实他现在就恨不得一脚甩远了。

好在这段路没有持续太久，大约到了半山腰处，被绿丛覆盖的小道豁然开朗。一条栈道直通另一座山头，同样郁郁葱葱，焦躁的王尹总算松了口气。谁料好景不长，另一座山头的恶心小路再次让他变了脸色。

有完没完？

漪涟看他吞了黄连似的表情忍不住发笑：平常不是挺悠哉的吗？你也有这时候。

可惜她的得意没持续多久，因为——

柳笙不见了！

替代他的，是在视线极端处的一个木色屋角，周边挤满了绿荫，郁郁葱葱。

“山里四通八达，他要凭空消失太容易。可能是办完了事，可能是发现了我们的踪迹。”漪涟遍寻不得人影，做出两条猜想。

王尹亦发现了木屋：“前者的可能性更大。”

两人警觉迈近，才从旖旎的绿荫中发现木屋前的篱笆，篱笆院的一角上用木板搭了一间简陋的储藏间，里头存着木桶、锄头一类工具。潮湿的天气令工具发湿发潮，灰尘沾在表面，蜘蛛网也挂得病恹恹的。

王尹嫌恶地站在一旁，不负责任地评说道：“挺有生活气息。”

见外头无甚特别，他们继而转进屋里，迎面扑来一阵霉味，还有死老鼠的臭气。陈设倒是齐全，整理得井井有条，但看木墙与家具的腐败程度，少说也该有五六年无人居住。

王尹依旧找了个最宽敞的地方站着，保证自己全身上下除了鞋底以外，不和这屋子任何东西沾上半分钱的关系。漪涟则到处翻翻找找，东摸西看，最后得出结论：“碗筷茶具全是两副，应该住过两个人。”

值得注意的是药罐颜色深邃，是长久熬药形成，多半是有人病着。

王尹尽量保持心神不被干扰，摇头道：“看你柳师兄那身打扮，实在不像会来这破地方的人。”

都说同类容易了解彼此，漪涟颇有领悟，单就爱干净的癖好，两人着实相像。

她摸索着从床底拖出一只铜锁木箱，边角有老鼠啃咬的牙印。铜锁已经被精巧的手法撬开，只在箱盖面上残留了极其微薄的指印，若不细看，很难发觉。如此无用的讲究，必出自柳笙之手。

“他翻过箱子，一定也是来查东西的。”漪涟开箱查看，里头存着好些书册。书册上的字是一笔一画写下的，日期明了，十几年不间断，最后一次记录约在十年前。

“是日记。”漪涟翻看几本后下定论，“全是一个人写的，字迹前后差别很大。后几年笔锋明显变软，能看出颤抖的痕迹。或许是写日记的人患了重疾，或者受了伤，导致握不住笔。”这是加上前头药罐的联想。

王尹很顺口地往下接话道：“能看出是谁写的吗？”

“没有署名，但内容……”漪涟话到嘴边停住了，她不太有勇气把里头的东西念出来。尤其是在日记里频繁出现的名字，顿时砸得她脑袋嗡嗡作响。

陆远程！

陆华庄前庄主，她的爷爷陆远程！

她满心惊诧地读了个大概，尘封多年的零碎片段陆陆续续拼接成一段不堪回首的往事。随着字迹的气力流逝，古旧的画面却更具张力，将人心困于木屋中，直到漪涟翻尽最后一页，看尽最后一个字，笔墨风干在十年前。

她恍然大悟，也蓦然失神。

“明白了？”

漪涟深呼吸：“你让柳文若把东西带上，他肯定找得准。”

王尹以沉默当作应答，从怀里拿出一块方巾扔过去。她斜了他一眼，顺手就用方巾包了两本书册，然后将剩下的放回箱子，推回床下去。

出山时已近傍晚，他们决定再留宿一夜，明日起程回庄。

应池县说大不大，消息很快就传遍了。大伙儿都知道几名外来客拜访了老县丞，捣鼓了疯人院，本事还不小，把几个疯子吓得啼哭不止，据说是当年的案件有隐情，所以安宁村至今乌鸦成群，不得安宁。

王尹百无聊赖地在县城里晃悠，好没乐趣，想起回来之后就没瞧见陆漪涟的身影，便带着盼头去寻一寻。

凭他揣摩，要找漪涟不能靠常理，得反其道而行，哪儿不受待见，她越爱往那儿钻。果不其然，她霸占着疯人院的屋顶，一边吃着糖葫芦，一边目不转睛地盯着院中几只埋骨大缸，好像期待谁能爬出来，看得人心里凉飕飕的。

王尹顺着梯子上到屋顶，坐到她的身边："吃着糖葫芦，瞧着白骨，倒是别致。"

漪涟不高兴地咬下一颗糖球："我乐意，甜着呢！"

"甜？"王尹后来知晓了那几本日记的内容，"乐观最好，别是嘴硬。"

漪涟瞪他一眼，心虚地转头。

其实她就是有点发愁，不知道该怎么把真相告诉阿爹。事关陆华庄多年的隐秘，追究起来，基本上是给自己找罪受。都怪爷爷，好事分得那么均匀，怎么麻烦事就一股脑儿丢给阿爹？真是人不同命。

"天将降大任于斯人也，你爹在江湖上威名赫赫不是没有道理。"王尹如此说。

漪涟听过这句话，知道是夸阿爹，心里挺舒坦。那样的好人，自然是威名赫赫！

不说远的，就谈五年前，蛮荒之地，有一拨反贼作乱，是恶贼，一路虐杀百姓。陆书云当时就在附近，不顾势单力薄，以一人之力护住了一个村落的百姓。然后放出消息，号召周边的江湖人士出手平乱，果真一呼百应。不等朝廷的军队赶到，恶贼就被江湖好手尽数斩杀，连救济百姓的物资都发放齐全了。

可毁誉赞诟在旁人那里不过是一句话的事，担大任者却要面对多少艰难险阻？披荆斩棘，忍辱负重。忍得好，出人头地；忍不好，走火入魔，顺带搅坏一锅粥，可恨又可怜。

漪涟的视线终于从埋骨大缸上移开，望天感慨："所以我还是别要什么大任，怪辛苦的。"

王尹饶有兴趣："哦？那你要什么？"

漪涟认真地想了想："我没啥抱负，不干坏事，不给老天爷找麻烦，老天爷保佑我和阿爹他们过安稳的小日子就成。"

王尹笑道："有予有取，你还挺实在。"

要谢老天爷，待她真心不错了。知道她不求上进，就没让她受过苦；知道她没爹没娘没名字，就送了陆书云做爹，陆宸当哥。名字是王尹给取的，陆漪涟，她不懂有什么典故，反正没大风大浪，多好。

转移了思绪，漪涟不再像先前那么烦闷，难得有人愿意陪她坐在屋顶上说话，还是疯人院的屋顶上，挺需要勇气的。她偏头看着沐浴着月光的王尹，心里说：此次也算与故人结伴重游故地了。

可是他消失了十年，为什么偏偏在节骨眼上回来？

云游琴师为了赚钱跑来开古董铺子，听着就像鬼扯。

漪涟总以为他别有居心，越琢磨，越不是滋味。想着想着，思绪渐渐飘起来。

记得初遇时，他十七八岁的样子，一袭素衣，纤尘不染，无惧村中烈焰大火，慢慢踱向她，笑着问愿不愿意一起走。十年了，胜在气质成熟，模样……漪涟那时还小，只知心下一番惊艳，再看他如今风华，肯定没有许多改变。白衣与月光一色，仿佛是从月亮里走出来的人。

确实，脸真好看，要英气有仙气，要仙气有妖气，长得如此高深莫测，很不容易。

漪涟从前不仅爱看，还打算上手摸，可惜没得逞。

那时候，她还是个六岁的孩子，在安宁村村民的接济下摸爬滚打，硬是凭着韧劲活下来。每日进森林掰个嫩笋，或是抓条小鱼，再喝两口山泉水就能过日子，所以大火那日遇见王尹，没怎么矫情就跟着走了。

上陆华庄前，王尹带她去了一些地方，最先是临江城。

她记得他们下榻在一家客栈，客栈里有软软的被褥，香香的帷幔。漪涟第一次枕着枕头睡觉，和稻草天差地别，结果一兴奋，失眠了，半夜里还瞪着一双圆溜溜的眼睛。她天天满山跑，没人教规矩，左右睡不着，就摸黑进了王尹的房间。

王尹的客房仅燃着一支蜡烛，本人睡在榻上，手里轻握着一卷竹简。漪涟看不懂字，不知道写的是什么，理所当然地打量起王尹来：黛色的眉毛，柔顺的长发，温软的嘴唇，还有皮肤，好像很细很滑……

漪涟好奇摸起来的触感，她也真的这么做了，结果贼手一伸，被王尹一把擒住："大半夜不睡觉，打什么坏主意？"

漪涟胆子大："枕头太软了，我睡不着，能不能跟你睡？"说完，就撅起屁股往榻上挤。

王尹忍俊不禁拦下她："女儿家要懂矜持。"

漪涟野惯了，哪里懂什么矜持："什么意思？"

王尹随口解释："比方说，女儿家不可以随便盯着别人看。"

“眼睛生来是看的，为什么不可以？”漪涟除了胆子大，也不害臊，直言说，“大哥哥，你长得真好看。”

王尹额角一挑，彻底被逗笑：“小小年纪就懂得调戏人，谁教你的？”

“村头大婶说的，碰到好人要夸赞，还告诉我，受了别人的恩，可以以身相许。”漪涟凑上去，一本正经地胡言乱语，“大哥哥，你长得好看，我能不能许给你？”

王尹忍不住好笑，感叹道：“幸好你的歪理旁人不懂，不然我得娶多少女子才够？”他朝她白嫩嫩的鼻子捏了一下，“也罢，看在你诚心诚意的分上，待你及笄之后，如果还这么想，我就考虑考虑。”

“现在呢？”

“回房睡觉去。”

“不能跟你睡？”

“不能。”

没过几日，她就被嫌弃地送上了陆华庄。

春夜的凉风吹得漪涟猛然一抖，心扑通扑通跳。

她本以为自己早忘干净了，没想到一念之差，居然回忆起这么一段了不得的往事。当初年幼气盛、不懂事，随口一句话说得那叫满腔热情，而今想来，简直不堪回首。难怪亘城大娘常念叨，好汉不提当年勇，有些英勇是不能随便乱提的，容易误伤自己。

“想什么？”王尹察觉身旁诡异的视线，忍不住问。

漪涟悄悄挪开屁股：“没啥。”声音没底气，视线紧跟着话尾飘上天，估计连她自己都觉得假，所以心虚地补了一句，“你不知道的好。”

王尹意味深长地笑了笑，继续赏月。

翌日回程，又路过安宁村。

因为被柳笙掀了老坟，全体乌鸦消失无踪。

柳文若这次找了一辆大马车，能容纳两人面对面坐着。

王尹如来时一样喝酒弹琴，换了一曲《平沙落雁》。漪涟不太懂音律，但凭感觉能听得出来，他弹什么曲子都比《高山流水》弹得好。因为王尹弹的《高山流水》只有形音，没有神韵，空泛泛的，别说触到心脏，连胸腔都透不进去。

“叔没惹你吧？”王尹停下琴音，扬眉问。安宁村是安宁了，可马车里总弥漫着一股浓浓的怨念，时不时往他身上招呼。

漪涟是为了昨晚的失态不甘心，瞪他，恶狠狠地摇头。

“还是你做了亏心事不好说？”

漪涟心里咯噔一下，别过脸，不理他。

可离亘城还有很长一段路，总不能全浪费在怨念上。于是她开始暗自琢磨口诀的秘密，正好能定定心神。

你说这天帝不享福，来为难他们这些小人物做什么？“治夏”，而非治下，难道是爷爷一哆嗦说错了字，或是二叔一恍神记错了话，或是戴全写了错别字？能不逗她吗？再者，口诀到底有什么作用？

疑问宛如九连环悬在心尖，不知不觉中，她陷入沉思。

对面的王尹忽然一声叹息，将琴抱起细看：“这琴实在不如从前那把顺手，可惜留在了别处，只好到亘城再选一把。”说完，抬眼向漪涟搭话，“半月前，亘城一家琴行老板向我推荐了几把好琴，侄女觉得神农式与伏羲式哪种与我相配？”

漪涟压根儿没注意听，敷衍道：“伏羲式。”

“为什么？”

“适合你。”

王尹追问：“为什么伏羲式适合我？”

真烦，她哪里知道那么多为什么！随口胡诌道：“传说上古神农大神尝百草，种五谷，做五弦琴。你那是七弦，就别跟神农一块儿搅和了。”

王尹听罢，爽朗地笑道：“侄女说话真有意思。按你这理论，伏羲上神我恐怕也很难搅和到一块儿去，这可怎么办？”他将怀里的琴放到一边，饮了一杯桂花陈酿，随性惬意，“也罢，届时看眼缘，好就一块儿收了。一位是东方天帝，一位是南方天帝，二位能合作，说不定别有意趣。”

漪涟半耷着眼皮，没有理他。片刻之后，突然指尖一颤，若有所思地凝视着王尹的琴。

凝视着，凝视着，九连环解开了！



谷雨，夜，陆华庄一片寂静，似余古刹钟声。

存岐堂中，陆书瑛坐于妆台前，对着镜子缓缓摘下面具。

铜镜打磨得很光亮，越是清晰，她的脸就越可憎。瓜子脸布满了凹凸不平的暗红伤疤，眼眸已经扭曲，额前有片头发被烧得再也无法恢复，只有下巴没有被烈火侵蚀，还能看见昔年姣好的影子。

她好后悔，为什么不索性烧得干净，偏偏留下这么一点，如刺在心？

她也不后悔，除了未够狠辣外，当年做的事，一件都未曾后悔。

突然，一道寒光飞速闪过眼前，她一个侧翻，矫捷避开，凝神待发。只听屋外有人匆匆跑过，很快便没了身影，只在窗上留下锐利的一道小缝，飕飕灌入凉风。陆书瑛忙往缝隙对面看，果然见一把飞刀插在壁柜上，入木三分，刀刃还毫不留情地贯穿了一张白纸字条。

她匆匆拔刀取纸，寥寥几字，让那双扭曲的眼睛顿时变得更加狰狞可怖。

这到底是……

难怪她总觉得近两日庄里气氛不对，弟子眼神怪异，陆书云待她的态度也明显有差别。

他们是不是知道了什么？

陆书瑛急忙戴上面具，又换了一套夜行黑衣。

自帐中香被发现含有逐风后，她就被陆书云盯得很牢，大半夜的，只有如此，才能轻松来去翊锦堂。

没错，敢威胁她的不作第二人想，肯定是陆书庸！

翊锦堂与存岐堂相对，中间大道空旷，直接穿行容易被人发现。所以陆书瑛绕了远路，从侧面潜进。

此时，翊锦堂的弟子都散了，堂中漆黑一片，唯独陆书庸的书房亮着灯。她谨慎细听一番，没有异样动静，这才大胆推门而入。可是书房中竟无一人，陆书庸本人也不在其内，只有桌上摆着几本账册，砚台的墨还是湿润的。

陆书瑛甚为不齿："二哥，躲什么？我知道你在。事情到这一步，不妨挑明说话。你以为躲着我，便有办法独善其身？别傻了。"

话音刚落，门外果然有动静，是从墨阁方向传来的。因为陆书庸的书房在翊锦堂最后侧，能听见墨阁的动静。陆书瑛心里打鼓，她不能确定来的是陆书庸，心想还是先撤离为妥。不料前门也在此时响起动静，脚步不止一人。

"真不是好差事，算错一个子儿，就得把本月的账都翻一遍，又是无眠之夜啊。”是翊锦堂弟子的声音。

怎么办?

陆书瑛有些慌，前有狼，后有虎，现在她这副样子只会招人话柄。

焦灼之际，她瞥见书桌上叠放了几把崭新的匕首，和戴全胸口插的凶器一模一样。她顺手抓起其中一把，藏进袖中，向后门赶去。那里有条路可以通过墨阁，绕回堂主们的居所。

可万万没想到，她刚出了翊锦堂院门，一人风速一般拦在身前，挡住了大片月光。

定睛一瞧，来者一身黑衣，冷光长剑，竟然是司徒巽!

陆书瑛暗叫不好，翻身上廊道逃走。司徒巽看出了她的意图，仗着流影堂的轻功，更快她一步。不等她拉开架势，夺命长剑已急速往脖颈袭来，幸而她机警，抽出匕首，险险挡下，然后一个侧滚翻，翻入翊锦堂后院，借着院里宽敞，连忙跳了几步，拉开距离。

“阁下是谁?竟敢在陆华庄肆意妄为?”司徒巽紧逼不放，以极快的速度追入院中。

陆书瑛当然不能回话，两人又是一组过招。

司徒巽招招精准，她避让得辛苦，最可怕的还是流影堂的暗器，在黑夜里，似是无形，难以防备。不过几个回合下来，司徒巽始终没有用暗器对付，这让她很意外。即便如此，陆书云亲传的轻功也不能小觑，她始终寻不到空当逃走。

她的目光瞬间凉了几分，眼里透出杀意。她瞅准司徒巽的要害开始进攻。既然逃不走，干脆一不做二不休。她右手持刀，左手借机往身旁花坛抓了几颗石子，使用巧劲狠狠地将石子当作暗器掷向司徒巽。

司徒巽当然避得开。然而那一瞬间，他的右方却出现了空当。陆书瑛一把匕首不留情面地直往他的心脏处捅去!只差三分，司徒巽的剑才刚刚恢复反击之力，显然太晚，陆书瑛的匕首几乎就要捅进血肉之躯。

突然，她的手被一力道擒住!

来势迅猛!

刀尖生硬地卡在司徒巽胸前，无力再进一分!

陆书瑛惊愕不止，那只手精准地擒住了她的手关节，力度甚佳。一看来者，大出意料，竟是应在房中被禁足的陆宸!

空气刹那间安静下来。

陆宸笑得不经意，仿佛是家庭游戏："我师弟不懂事，您大量，何必真的取他性命？"

司徒巽垂眸道："师兄费心，我没事。"说着，收起手里的暗器。若再晚一刻，鹿死谁手还是未知数。

陆宸反而松了口气："还好，你没把这玩意儿丢出去，不然我的嫌疑还洗不洗得干净呢？你说阿涟老盼着我从亘山头跳下去，你不会也巴望着我去跳黄河吧？"

司徒巽淡定道："我没想过。"

"那你掏暗器干吗？明知道我会出来救你。"

陆书瑛愣道："明知道？你们是……"

陆宸收回精神，看向还被自己擒住的人："姑姑，你总算说话了。其实也没大事，就想让您帮着看看，这情形和那晚您杀戴全的情形像不像？"

陆书瑛只知无力逃脱，不会傻到再否认身份，只道："我不知道你在说什么。"

陆宸还是笑着："不碍事，只劳烦您往流影堂走一趟，大伙儿可都来接你了。"

黑漆漆的后院忽然灯火通明，许多弟子举着火把出来，将院子团团围得水泄不通。正对面走出几个人，瞧着气场，格外不同。她眯着眼，努力适应着突如其来的光亮："陆书云。"

除了陆书云，陆漪涟也在，旁边还站着孤然自傲、浑身雪白的王尹。陆书瑛将众人扫视了一圈，最后眼神格外冷冽地停留在一个人身上——陆书庸！他正神色游移地杵在陆书云身侧，像极了做亏心事的小人。

陆书瑛放声失笑——大梦已醒啊！

"别笑了，到我那里把话说清楚吧。"陆书云沉着脸色道。

## /七/谁曾入梦

流影堂中挤满了人。

堂上三把雕花红木太师椅并排陈列，陆书云坐于其中，陆书庸比之低一级台阶，坐于其左。本来右边的一把是陆书瑛的位置，现在空下了，她被单独捆了手脚站在堂中央，一身夜行衣已然昭示了某种事实。

陆书云表情凝重，声色有股说不出的疲累感："你自己说吧，夜闯翊锦堂所为何事？"

陆书瑛冷笑道："大哥设的圈套，何以问我？"

"此言差矣。"陆宸是嫌疑人，只能站在堂下，"圈套还须有人钻，姑姑既然来了，就别把自己说得那么无辜吧。"

陆书瑛淡定处之："区区小辈，礼节在哪儿？"

陆宸无奈道："您有心杀我，再以长辈自居，是否心虚了些？"他体贴地挑明道，"帐中香不是皇帝赏赐，是你为侄儿特地准备的，其中加了什么好东西，姑姑心里最清楚。"

"逐风无故丢失，是被人盗了去，你该去问行窃者。"

陆宸道："存岐堂的规矩最是严谨，药品取用皆有专人监察，数量一一记录在案。逐风是您亲手调配的方子，旁人不懂秘方，又无解药，弟子们再小心不过。可戴全死后，巽师弟奉命核对逐风，药量竟不少一克。劳烦您给解释解释，那帐中香里的逐风是从哪儿丢的？"

见她沉默，陆宸把话丢给柳笙："柳师弟，你说说。"

陆书瑛一个视线扫过去，柳笙站在存岐堂弟子的最前头。

他今日折扇握得没什么气力，眼神却很有力，似要将那张面具看穿："逐风的配方仅师父一人知晓，众弟子皆可为证。看管成品的是顾泉师弟，他从未发现药房中的逐风有何异样，所以'丢失'的那一份只可能是堂主另外配制。"

和案发那次不同，一有风吹草动，弟子间还能议论议论。今晚堂中聚的人虽多，但格外安静，每个人都屏住了呼吸，生怕惊动了某根早已快绷断的弦。

陆书瑛一扯嘴角："原不是惊天大事。我于房中配药，一时没赶着放进药房，恰恰逐风就在这时丢了。我有疏忽之错，毒却非我所下。"

陆宸点头："没错，合情合理。不过戴全之死与逐风的来源没有直接联系，无所谓你辩解。"

陆书瑛冷哼："戴全之死有你一份嫌疑，你的话不可信。再者，"她瞟向堂上，目光锐利，"翊锦堂的弟子死在堂内，凶器是堂主管辖之物，二哥的嫌疑是否比我大？"

众人的目光一齐被拉到堂上。

陆书庸的小眼眯得几乎看不到瞳孔，出声呵斥："三妹莫要胡言，我怎会杀自己的弟子？"

"果真？"

"本堂主问心无愧。"

"好一个问心无愧。"陆书瑛蓦然失笑，"二哥，你言辞凿凿，肯定是忙忘了。也是，既要顾着翊锦堂琐事，还得杀人灭口，哪有闲情记旁的？需不需要小妹提醒一番？"

陆书庸气极一时，反驳道："你鬼鬼祟祟跑我翊锦堂闹事，莫要继续血口喷人。"

"够了！胡闹到此为止。"陆书云用掌心震响椅把，喝止了二人的针锋相对，语气之强硬不容反抗，"阿宸，你嫌疑尚未洗清，先旁听。"他招呼司徒巽，"巽儿，你且将前因后果一一道来。"

司徒巽颔首，手持昆吾宝剑缓缓踱近陆书瑛，剑上神兽蓄势待发："当夜案发之时，众弟子皆已回房入寝，可互相为证，唯一可疑之人便是与戴全同屋的崔玉。然而崔玉没有作案时间，他追戴全出门再回到房中，前后不过几十步路，许多弟子可以为证。相反，玄古寺中的人大都没有不在场证明，凶手作案后，只要赶在通传弟子之前返回寺中便神鬼不觉。依此判断，凶手在玄古寺的可行性极大。"

陆书瑛挑剔道："当夜玄古寺那么多人，陆宸和陆书庸都在，你怎么不说是他们？"

司徒巽道："他们有证人。"

陆书瑛又冷笑："汪楚潸和陆漪涟是包庇，怎可为证？"

司徒巽的声音比她更冷："您也有证人，寺中一名扫地小僧亲眼见你于案发前离开过禅房。"

陆书云头疼不已："半夜出门，你做何解释？"

陆书瑛不屑地掷出两个字："散心。"

陆书云无意与她拼嘴皮上的功夫，对司徒巽吩咐："巽儿，你只管梳理案情，在场众人便可评判孰是孰非。"

司徒巽道："当夜境况和今晚差不许多，三堂主下山之后，便潜入了翊锦堂，应是找一样东西。我向翊锦堂的弟子确认过，桌案有明显翻动的痕迹。”

案发当时的风雷声很大，他于庄中例行巡查，直到进入翊锦堂内才发现有烛火闪动。对方同样发现了他，一瞬的停滞后，飞快窜逃至后门。紧跟着他追到后院，见黑衣人翻墙消失，不远处就是戴全的尸体。

“三堂主为防万一，逃离前随手拿了桌案上的武器，是二堂主预备分派给新入弟子的匕首。不巧在后院撞上戴全，便一刀将他捅死。”

陆书云听不太明白：“这么说来，书瑛是怕戴全认出身份才将其灭口。那么戴全为什么会去翊锦堂？”

司徒巽否定道：“戴全去的是墨阁，不是翊锦堂。因为墨阁有菩提树。”

戴全信鬼神，崇敬菩提，当晚风雷大作，他是去墨阁寻求庇佑。无意中发现了与墨阁紧邻的翊锦堂有动静，才好奇上前。其实他最先看见的应该也是烛火，司徒巽找人实地尝试过，距离上行得通。

他看向陆宸：“大师兄将江南李主帐中香弃埋于墨阁树下，戴全的信仰刚好能为他怀中的帐中香做个解释。”

陆书云若有所思，点头道：“确实，很合理。”

陆书瑛在困境下，思路居然有条不紊：“烛火而已，还会认主吗？简直是三岁孩童的戏言。既然说戴全看见了，让他来和我对质。”说完，高傲地仰起头。

“可笑至极。”

众人正被陆书瑛的逼问闹得心慌，忽然从堂中悠悠响起一声鄙视。四下寻找，竟是出自柳笙之口，实在是稀奇事！谁都知道他是陆书瑛最得意的弟子，她对他相当信赖。不过这几年似乎……

陆书瑛打量他，半怒道：“你知不知道在和谁说话？”

柳笙漠然以对：“您说，我该不该再唤您一声师父？”

今晚天晴云静，众人却感到过堂风拼命地刮着。

柳笙此话一出，平白又阴冷了几分。难道是见苗头不对，准备转战阵地了？

他平日和司徒巽走得最近，司徒巽又是陆书云的爱徒，确实很有可能把柳笙扯进去。可为了保住自己的地位，把师父推上悬崖断壁总归不太厚道。以柳笙的人品，不像是做此事的人。

怀疑归怀疑，大家只敢在心里想想，谁也没办法抵住堂中咄咄逼人的压迫感。

“庄主，能否容许弟子问几句话？”柳笙恭恭敬敬地请示。

徒弟审问师父可谓不敬，且今日的柳笙十分反常，若控制不住局面，只会徒惹非议。陆书云身为庄主，还是应当顾全大局为先，因此，并未立即应承下来。

有人领会了他的顾虑：“阿爹，让女儿来问可好？”

众人目光又纷纷投向了堂下左边，一名白衣男子优雅地坐在紫檀椅上观望，陆漪涟站在他的身侧，神情倒和柳笙有几分相似。刚才光顾着陆书瑛和司徒巽的交锋，却忘了这号人物，她和陆宸可是比亲兄妹还神奇的关系，怎么可能不插手？

陆书云犹豫：“阿涟，你……”

“您的女儿替您问话天经地义，我保证不添乱，好不好？”

“这……”

王尹居然开口解围：“此次我带丫头回乡，查到一些很有意思的事。路上碰巧遇见了柳公子，他要问的话，丫头也要问。既然柳公子不便开口，不如由丫头试试。”

陆漪涟下山后竟然和柳笙在一块儿？司徒巽无言地看了一眼柳笙。

陆书瑛也没有预料到这一茬儿，被烈火烧灼过的双目流露出茫然神色。

其实陆书云本意是不希望再搭进一个女儿，可现下情形不容乐观，他只得点头答应：“也罢，阿涟，你问吧。”

漪涟从王尹身侧踱到陆书瑛面前，气势不输人：“我还是暂且称呼您一声姑姑。您一直嚷着要证据，不如我们换种方式，您拿出证据来反驳我说的话。如果我哪处说错了，就为您做担保，可好？”

众人云里雾里，陆漪涟搞的是啥新玩意儿？

只有王尹的嘴角挂着一缕微笑，颇有股成竹在胸的味道。他心下赞许，丫头脑子转得够快，没把握，就先把别人搞晕，真会来事。

陆书瑛的面具透着寒光，沉默良久，问出了众人的疑惑：“耍的什么花招？”

漪涟道：“是不是花招，您接下便知。”她歪头一想，“我们先从江南李主帐中香说起，先前我哥忽略了一点。此香的香体与逐风浑然天成，香中逐风的配比与成品逐风有些许差别，必定是高人同时调制，泉师弟既然验了香，肯定能证实这一点。”

顾泉躲在柳笙后面，握着他的衣袖弱弱点头。

这证明只有陆书瑛才有可能把逐风下进帐中香里。

陆书瑛抿了抿嘴，无言反驳。

漪涟直直地盯着她："和戴全无关，你下毒根本是为了杀陆宸。往细里说，你不能容忍陆宸娶汪楚滢。"

什么情况？

话说到一半时，空气开始变质，等漪涟整句说完，陆宸立马跳出来："我说妹呀，能不能换个说法？哥哥我怎么听着瘆得慌？"

"你闭嘴！"漪涟瞪了陆宸一眼，继续对陆书瑛施压，"姑姑，要不我替您解释解释，您不愿意我哥娶汪楚滢的原因？"她将陆书瑛的沉默当作默认，"因为您害怕，害怕阿爹和二叔的亲上加亲于您不利。您希望三堂维持对峙局面，为此没少推波助澜，我哥无疑是您的重要阻碍。"

陆书瑛在面具的掩护下看不出表情变化，只有裸露在外的双目孤傲地合上："胡言乱语。"

"方才说了，您如果有证据，我便为您做担保。"漪涟不给她喘息的机会，"案发当日，柳师兄发现尸体带有香气，您离得那么远，怎么发现香味有异，当场就提出搜身？除非您早就认得这股味道，故意提出来让我哥成为众矢之的。"

"……"

陆书云见陆书瑛半天答不上话，孰是孰非已见真章："阿瑛，你这是何苦？我们兄妹三人虽从小不和，但万不该闹到这般田地。我从来不愿和你们争，你们却不与我罢休。你且告诉我，到底是赌气报复，还是看上了我的庄主之位？"

陆宸和漪涟曾经讨论过，三堂的针锋相对根本是爷爷一手促成的，一个谁都想要的位置，你给了三人同样的机会，谁会没有念想？说实话，陆书云都不能打包票说自己没有一丁点儿的私心。

可他说过，只要无关原则，尽可退让，不只是为了慰藉父辈的在天之灵，更因为他是一个哥哥。这一句，陆宸一直从十岁那年记到现在。

"阿瑛，兄妹一场，连句话都如此吝啬？"陆书云一再逼问，完全不顾一旁陆书庸的有意劝阻。而堂下的陆书瑛只是闭目养神，一言不发。

漪涟不忍心看父亲难受，欲打断其无用之功："阿爹，你别问她了。她……"

"阿涟，你先不要说话。为父要听她说。"

“可她不是……”

“是不是要她自己说。”陆书云再次强硬地驳回了劝阻，“陆书瑛，你说话！”

堂中空气静如凝滞。

众人都在等，等陆书瑛的答案，但出乎所有人意料，他们等来的不是意料之中的声音，而是柳笙冷冰冰的结论：“她不是陆书瑛！”

话毕，柳笙将折扇冷冽地合上，一声脆响，几乎震断了唯一还绷在堂中的弦。

所有人都愣住了，没愣的都傻了。

有弟子如梦初醒地悄悄向左右的人询问柳笙刚才说了什么。

刚才……绝对是听错了吧？

陆书云彻底地愣在位子上。

最先发话的是陆书庸，只见他从椅子上激动地蹦起来，抖着手，指向柳笙：“你说什么……她不是陆书瑛？那……那是谁？”

柳笙缓缓走近，凌厉的眼神与平日谦和之风判若两人，恨不得从中凝出一把刀将那张虚伪的面具给剜下来。司徒巽见状不对，一把拦住他，小声提醒道：“庄主面前，别乱来。”见他失常之态肯定无法冷静说明情由，只得向漪涟道：“师妹，你继续说。”

漪涟叹了口气，转身取下挂在王尹椅子边上的包袱，引得全场瞩目。

未等她完全解开，已见真身露出一角，陆书瑛突然激动地大吼道：“你——放下！”她的双目霎时无比可憎，发疯似的想朝漪涟冲去，幸好陆宸眼疾手快，一把将她按跪在地。

王尹又在心里叫好了，想要在谈话中占上风是有技巧的，打断对方的防线是重中之重。陆书瑛至今为止依然保持着相对坚定的姿态，所以陆漪涟要拿出最有利的武器，先让她露出破绽，再深入揭露——就凭木屋里取来的两本日记！

漪涟强压住心头的各种负面情绪，将书册拿在手里对她比了比：“你若一直不说话，我倒不好办了。还好，你有反应，证实这两本日记不是我作假。”她看向堂上：“阿爹，这是我去安宁村顺藤摸瓜查到的，是不可辩驳的证据。”

陆书云诧异：“你去了安宁村？”

她点头：“阿爹可能不知，叔在安宁村捡到我，就是火烧村庄的那日。

当我知悉姑姑是在安宁村遇难时便有怀疑，所以拜托叔陪我再走一趟。”

陆书瑛挣扎中看了一眼王尹，想从陆宸的束缚中挣脱出来。

看热闹不嫌事大的王尹道：“正如丫头所言，此次回安宁村是为了查当年那桩冤案。”

“冤案？”陆书云很疑惑，隐约感觉会牵扯出不得了的事情。

一旁的陆书庸吞了吞口水，躲回椅子里。

漪涟决定从她的疑点开始说起：“戴全死时，姑姑的表现很可疑，直到听阿爹说起往事，我注意到了安宁村。如果当年被山匪屠村的证词无误，为什么我印象里并没有看见匪徒的影子？因此，我怀疑当年那件案子有问题。此次去了安宁村后，我有了更多的疑惑。

“假若山匪是虚言，火是谁放的？

“着火之后是谁报的案？报案人与县令的死有何联系？

“幸存者为什么会发疯？没疯的两人又是怎么回事？后来去了哪里？

“现场的废墟残骸我看过，全是简单的居民屋，开门是举手间的事，即便火势凶猛，也不至于死这么多人。还有，县丞提到的怪笑又是怎么一回事？

“这些疑点我一直想不通。直到我找到无名山中一座木屋，翻到了床下两本日记后，所有事都能够解释了。”

漪涟将应池和安宁村的见闻详细说了一遍，然后道：“安宁村的建筑很简单，为什么发现火势后村民居然不逃，以致活活被烧死？比较合理的解释是，他们已经没有逃命的意识。但从县丞听到怪笑这点来看，村民当时还是活着的。”

陆书云身体微微前倾，听得后背直发凉：“活着却没有逃命意识，莫非是傻了？”

“是，全村人一齐傻了。”

虽然听着惊悚，但凭他对存岐堂手段的了解，他知道这还是有办法办到的。

漪涟迟疑片刻，下定决心把前尘旧事也挖出来：“阿爹，您记不记得开国之初，国内出现一个轰动大兴的邪教组织，他们自诩有通天之能，以活人为祭。后来被开国皇帝劝服解散，陆华庄功劳颇大。”

漪涟在墨阁翻阅历任庄主随笔时看到这么一段记载：

“教众之多，不可尽数，受惑百姓无辜，帝王者仁德，不忍杀之。故而护国侯献策，邀其教教主至内阁，以珍馐宴之，入奇药一味。教主品后深感君王天恩，忘乎所以，不知所云。”

通俗点说，教主吃了珍馐宴，疯了！忘乎所以。

人一疯，竟对皇帝的话言听计从、百依百顺，此乃深感天恩。

从此邪教解散，不再沾染通天祭神之事。因此，开国皇帝不动兵戈便平定了大患。

而那味药一直传承了下来。

今时今日，那个方子有没有变动无法得知，是否有如记载般神奇也无从查证。人们只知道吃了它，便会一时疯癫一时失神，好像沉沦梦中，无法自拔，所以后人给它起了个挺别致的名——渡梦散。

堂中听过这个名字的人都沉寂不语。

漪涟自顾自地继续说：“药应该是下到井水里头的。我之所以能幸免于难，多亏那天在村外挖笋吃。柳师兄这趟夜半挖坟，大约也是为了确定村民死难的真正原因，对不对？”

柳笙被司徒巽挡在弟子群里，衣袖依旧被他顾泉小师弟捏着。“正如师妹所言，我当晚取了所有焦尸的骨样查验，村民生前确实服食过烈性药物。”他哑哑地干声道。

漪涟道：“药性虽烈，但不能百发百中，有七名村民幸存下来，就安置在应池县中。我前去瞧了瞧，总算发现了凶手最大的破绽。”

憋了好久的陆宸，终于忍不住发话：“别卖关子，是不是幸存者跟你说了什么？”

漪涟摇头：“幸存者七个疯了五个，逃了一个，你以为我问得出什么？”她接着道，“不过有个照顾幸存者的阿婆倒是认得离开的那个人。而且她记得清楚，那人离开应池的时间是五年前，头两年常回去，近两年彻底没了踪影。”

众人都心里有数，这时间恰好与眼前这个“陆书瑛”回庄后的怪异行动对得上号。

陆书瑛自从那两本日记暴露于人前后就失了冷静：“那又怎么样？即便你把她叫来与我对质也不能证明什么。我确实是重伤后前往应池养伤，五年前刚搬出来，哪里奇怪？”

漪涟耸了耸肩：“不，我奇怪的是为什么幸存者全疯了，唯独你安然无恙？”

陆书瑛道：“天命如此。”

“天命？”陆书云道，“疯子说话不会有人信，真是好手段。可究竟是下毒还是天命，只要派人去应池一查便会水落石出，你还要狡辩吗？有胆冒充我陆家儿女，却不敢担当？”

“等等，等等。”陆宸听得晕晕乎乎，“如果按你的说法，她不是陆书瑛，又怎么会使存岐堂的毒？”

漪涟叹了口气：“陆书瑛劫后余生，面容尽毁，回庄时你们有无怀疑过？”

陆宸回想当时情形：“是怀疑过。”

“后来为什么信了？”

陆宸道：“存岐堂许多方子唯独堂主一人知晓，她又对陆华庄了如指掌。”

“她要冒充陆书瑛，得先把功夫学到家，可存岐堂的功夫不外传，她只能跟着本尊学。这就是为什么案发五年之后她才回陆华庄的原因。”漪涟道，“当时，真正的陆书瑛跟她在一起，是幸存者里除了疯了、逃了的第七人。”

陆书云端坐堂上，总算缓过了一些神：“那你姑姑现在在哪儿？你又从何证明她就是当年那七人之一？”

漪涟又转头去翻包袱，拿出的是一个灰色丝巾，里头包了一些东西。她将东西递给陆书云，在陆书云一层层翻开丝巾的同时，众人都屏息看着。

“这是什么？”陆书云翻开丝巾后捧在掌心，里头是几个黑灰的小块，形状怪异，大小也不一致，让他更加迷惑。

漪涟瞄了一眼王尹，指望他帮着说几句，但后者并未领会她的深意，或许是领会了却不打算帮忙。而另一边的柳笙，一味盯着东西发呆。

漪涟叹气，还得靠自己：“那是姑姑的尸骨。”

众人倒吸了一口冷气。

陆书云手一抖，差点把那几块骨头掉到地上，然后不可置信地颤抖道：“阿涟，你……你说……阿瑛已经……”

“死了，被毒死的。”一股悲凉霎时从几块尸骨间弥漫开来。

陆书云把视线投向堂下的人，眼里渐渐腾起了杀意。

陆书瑛不服输地回瞪他，气势不落下风。然而，终于抵不过王尹道出的一句事实：“事已至此，逞强实在无用。自从你方才认出那两册日记，已没有胜算。”

她的气势当场消减了大半。

王尹继续道：“我与侄女偶然发现这具尸骨，被分散在疯人院里，柳公子也应确认过。”

他靠着椅背说话，姿态最是从容：“听闻三堂主陆书瑛本是继承流影堂暗器一流，因意外导致手骨变形，再无可能习用这门功夫。庄主不妨细看那指骨，有明显变形，还有骨裂，足可证明其身份是令妹无疑。反观堂中这位，”他笑笑，“方才刺向司徒少侠的那一刀实在好凌厉。”

陆书瑛微微张着嘴，无言以对。

陆书云观察着指骨，一遍又一遍，尽管不愿承认，但上头依旧昭示了这一切。“确实如此。”他抬眼瞪视堂下人，换上庄主本该有的架势，“事到如今，辩无可辩，还不快说出你的身份？你到底是谁？假冒阿瑛的目的是什么？”

除了挣扎的力气外，陆书瑛其余精力都花在那两本册子上。她紧紧盯着，神情像极了护犊有心却无力的母豹，有股决绝惨烈的味道。

漪涟手上使的劲大了些，下决心把册子交给管家云青，再由云青转呈陆书云。这个过程在堂中仿佛持续了两个时辰之久，陆书云面对着册子甚至不忍翻开，他总觉得会翻到什么不该看、不愿看的内容。

长痛不如短痛，漪涟替其父狠下心道：“她的真实身份都写在上面。尽管不是陆书瑛，但她确实是阿爹的妹妹——同父异母的妹妹。”

堂上有弟子惊得“啊”了一声。放眼望去，全都是傻愣愣的表情。

陆书云和陆书庸更是惊得不语。

“前庄主陆远程——我的爷爷，除了三个儿女外，还有个私生女，是与皇宫的一名宫女所生。然而因种种顾忌，爷爷没有给那宫女名分，离别之时，他甚至不知那宫女已经怀胎三月。”

爱情不是单方面的事，何况有了孩子。

“那宫女不愿再嫁人，又害怕流言蜚语，便带着身孕躲到山中独自生存。七月后，生下一女婴，取名霞。直到十年前，宫女重病不治身亡。”现在那木屋里还摆着许多药罐，这期间的辛酸不用多言。

漪涟犹豫了好一会儿才道：“阿爹，最后一篇日记正好是十年前，您看看吧。”

陆霞想要上去夺那两本册子，口中大喊：“不许碰！别脏了我娘的东西。”

陆宸听到真相，压着她的手不禁有些泄力，司徒巽赶忙上前擒住挣脱的陆霞。

漪涟深呼吸，把案情往下延伸："私生女陆霞自小清苦过活，陆华庄几位堂主却声名赫赫，她当然不能容忍。所以她悉心安排安宁村的惨案，想要混进陆华庄实行报复。"

那为什么放火烧村，白白连累几十条性命？

"陆霞为了不打草惊蛇，将陆书瑛的失踪伪装成山匪屠村的意外。"漪涟看着她，"案子是你报的，给了县令不少好处吧？你也没打算放过他，他全家惨死你手。你故意将自己的脸烧伤，带着陆书瑛以幸存者的身份安置到应池。当然，陆书瑛的身份被你动了手脚，让陆华庄以为她葬身火海。"

为什么不杀陆书瑛？

"你要替代她重回陆华庄。你不停逼问她有关陆华庄的情报和存岐堂的独门药方。花了五年时间，总算略有小成。但庄中诸事甚多，仍旧让你不安，所以回庄的头两年里，你时常借口回应池。我猜想两年前你最后一次离开，就是去终结她的生命，免除后患。"

陆霞苦笑无语。

"杀她的毒是向她学的，从骨头的痕迹看，肉体也是用药物腐蚀的。"

陆书云闭眼不忍听。

"恰好那间疯人院大家都避而远之，骨头埋在花坛里很难被发现，你隐藏了两年之久。如果不是柳师兄发现他的师父行为怪异，跟踪你下山，或许真的不会有人知道真相。"

陆霞眼里有泪，她仍旧盯着那两本册子，重重地说道："还给我，那是我娘的！"

陆书云睁开眼睛看她，又看看书册，伸出的手欲翻看，然后又收回。纠结半天后，终只是摆了摆手，无力道："还给她吧。"

陆宸忙喊："爹，那是证据。"

陆书云再次摆手阻止了他："陆霞已经承认，众人皆可为证。这，就还给她吧。"

云青拿着书册走向陆霞。刚进入可触及的范围，她就急忙将书册夺过，抱在怀里，眼泪哗哗往下淌。陆宸和司徒巽见她已经没有反抗意识，就都松开束缚，任由她紧紧抱着那两本蓝皮册子。

大概是放弃了挣扎，陆霞像抚摸孩子似的摸着怀中的日记，看着地板喃喃说：“陆漪涟，你猜错了。不过你放心，我不要你做担保，这个陆华庄真的待够了。”

她流着泪冷笑，颇有几分壮烈：“我没那么多深思熟虑，你觉得应池会比山中木屋更隐蔽？呵，把陆书瑛埋在疯人院里只是因为她适合在那儿。我从未想过将她带回木屋，你们陆家的人都不配！

“还有，你们别弄错，我不姓陆。陆远程那负心汉凭什么要我跟他姓？”

陆书云声音沙哑：“他毕竟是我们的父亲。”

陆霞咬牙切齿地反驳道：“他何曾承认过我娘和我！”

陆书云努力平息着胸口翻涌的悲怆：“陆家对不起你，我替父亲道歉。我知道，说再多也抵不过你和你母亲所受的苦。你意在报复，如今阿瑛已经……这或许是我们陆家应付的代价……”他说着又停下，终于抵不过心痛问一句，“好歹流着相同的血，你怎么下得了此等狠手？”

谁料一句话竟把陆霞逗乐了：“你怎么不问问你身旁的亲兄弟，他怎么下得了手？”

本该了结的剧情似乎又有波澜，众人纷纷看向陆书庸。

陆书庸坐在位置上颤了颤：“你不要血口喷人啊。”

众人忽然想起这剧开始前似乎也有过这么一幕。三眼鬼婆和陆霞究竟是什么牵扯？

“是不是血口喷人，你自己最清楚。”陆霞不愿跪，不想站，干脆坐在地上挑眉看他，“陆漪涟下了不少功夫，我最大的失算是没料到她是安宁村的人。可她也料错了一点，那把火不是我放的，我只是借着大火去报了案，将计就计，把陆书瑛掳走。真正放火的人是他——陆书庸！要是没有我，陆书瑛连最后几年也活不成。”

众人倒吸一口寒气，是透心的凉。

见所有目光集中在自己身上，陆书庸心慌，抵赖道：“别胡说，我何曾去……去过安宁村！”

“我没有证据，可做没做你心里清楚。”陆霞坦然道，“不妨提醒你，急着杀人灭口，怎么不怕从陆书瑛口中逼问出的口诀是假的？”

“假的！怎会是……”陆书庸情急之下说漏了嘴。

陆书云听到这句，心里头顿时跟明镜似的。

陆书庸十年前有没有离庄，只要一查便知。

“真遗憾，你们注定解不开口诀的秘密。”陆霞哈哈大笑，“陆书瑛的那一句，世上只剩我知道，可是我要报复，怎么会告诉你们？”

她笑得越发狂乱：“那也是个傻女人，痴心妄想找叶离，才让我有机可乘。往后的几年里，明明知道我是骗她的，她居然还为了渺茫的希望，把所有的事和盘托出，到死，她都坚信我能带她去见叶离，叶离能让她的丈夫起死回生。哈哈，多傻呀！”

陆霞凄厉的大笑传遍流影堂，回回荡荡，飘飘入耳。所谓绕梁三日只是小巫见大巫，这笑声在心头绕上三百日也未必能散得干净。

堂中人都静默了。

突然，柳笙一声惊呼：“师兄，快阻止她，她要自杀！”

陆宸和司徒巽听见呼声，一时都没能反应过来，眼看陆霞迅速从指尖滑出一粒朱色药丸，抬手一口闷吞。陆宸想撬开她的嘴把药抠出来，但陆霞死死咬着，没有给任何人可乘之机。不多时，高傲的嘴角边徐徐滑出黑色浓稠的液体，越流越多，越流越快，毫无顾忌地滴在裙上、地上……

存岐堂有弟子冲上来把脉，终究束手无策。

柳笙杵在原地，眼睁睁地看着这个戴着银质面具的女人悲哀地倒下去，再也不动了。

## ／八／君自荣华

雨季之后，天气逐渐热起来，时常会有弟子三三两两地聚到院中谈天说地，闲扯东西。

今夜漪涟恰好无聊，拎了一壶阿爹私藏的好酒去客院，脚步刚至门前，就听见王尹在弹《秋风词》。漪涟把酒往他跟前一放，打断了琴音：“你总把曲子弹得凉飕飕，不好听。”

王尹笑得一贯悠然，仿佛他的一生只须超然端坐，看世人热闹，永远不会涉足其中。

漪涟不懂得这算不算一种不食烟火的境界，如果算，王尹的姿态远没有仙人的脱俗，反而尘世味很重，像泉水中的雨花石，周身清冽透明，本身却无法与水融为一体。这种气质，柳笙也有几分，只是不如王尹明晰。

她到屋里取来两个小杯，给王尹扔了一个，抬手斟满了酒，给自己也倒上：“陪我喝一杯。”

王尹瞄着杯中酒，问月下人：“你来找我喝酒，别是这酒有什么问题？”

漪涟一饮而尽，接着又斟满空杯：“今天想听听你的琴。”

“为什么？”

“想听而已。”漪涟语毕跟着一声叹息。

近两日的陆华庄比关了陆宸还安静，真相大白后更像闹鬼。存岐堂人进人出，自带阴风，庄主心情欠佳，成日不见笑。翊锦堂倒是活跃，日日打发人向庄主问安，陆书庸更是捧着笑脸，一日三顿饭上门关怀。

他是想把权力给要回来呀！全庄的人都这么想。

自从案件了结后，陆华庄为陆霞办了体面的葬礼。为着陆书瑛的枉死，其牌位不适合放到玄古寺，陆书云就下令送回了那间木屋，与其母安葬在一起。

至于陆书庸，证据不足，依旧顶着二堂主的名位，权势却大不如前。陆书云顾念着最后一丝兄弟情义，不予处置，只在暗里架空了翊锦堂，许多账务让陆宸学着打理。存岐堂的事务则由柳笙代管，大家一致认为，柳笙不用多久就能真正坐上存岐堂的第一把交椅。

大伙儿真是忙呀！

就剩漪涟，心里头也空落落的。

“若是闲得难受，不如跟叔跑趟京城？”王尹如此说。

漪涟没什么期待：“你去京城干啥？”

“进货，寻芳斋不能不添些宝贝，京城的东西最别致。”王尹第一次拎壶斟酒，“有没有兴趣一起去？和侄女一道走肯定不嫌闷。”

漪涟理所当然地递过杯子，想了想：“不去。阿爹最近心情不好，我得陪陪他。”

“丫头懂事。”王尹夸赞，却断言道，“你尽可考虑，叔总觉得你会走这一趟。”他放下酒壶，顺手替她拂开额前的碎发，一双眼眸带着笑相看，于月色里添了几分道不明的情绪。

漪涟狐疑地掠他一眼，在眼神相触后，又连忙收回视线。

良久，两人都没再说话，气氛有点怪异。

待小酒三杯意已足，漪涟望了望月亮："先走了，还有事情要办。"边说边搁下酒杯。

"哦？不带叔一起玩？"

"你觉得我有那闲情？"

"老人家都爱热闹，保不准我一会儿无聊，就自己跟过去了。"

漪涟冷笑："得了，您早点儿歇息。不在其位，不谋其政，没有心思就别说大话，免得看见不干不净的东西，还得费力气嫌弃，何必自讨苦吃呢？"

王尹笑着，举杯对离去的背影隔空一敬，开始自斟自饮。

这酒不错，是陈酿，比江南的绵柔小酒又多了几分烈气。很多事犹如美酒，多酝酿一段时日才更加美味。好比漪涟此行，肯定是为戴全的案子，这桩案子最有意思的地方还没有挑明。漪涟不说是因为她在等，等一个最佳时机。王尹也在等，何必着急呢？

瞧瞧，今夜月色多好，正适合弹琴喝酒，可惜陆书云心情欠佳，不能陪他喝几杯。说起来，陆书云好像把他的那句口诀告诉了陆漪涟，大约是见陆霞深埋黄土下，口诀只是尘世烟云，永难再解了吧。

呵呵，永难再解？

漪涟独自走向墨阁，院中的菩提树下摆着几束菊花，是弟子悼念戴全留下的。

此时月已西沉，她背光前行，异常明亮的月色恰好打在墨阁上，亘山沉睡无知时，它却如同新生。

怎么墨阁里有灯火？漪涟放缓了步子。

其实她断定有人捷足先登，并未准备钥匙。可是以那人的性子，会明目张胆地点灯吗？

惑然不解时，记起在弟子间流传的怪谈，说夜半时分，墨阁有时会亮起冥火，是阎王爷附身到阁中为塑像评断是非，他们管这叫阎王点灯。

说到塑像，漪涟前次的体会太深刻，尤其是那位来路不明的大爷。难道他才是正主？

玄秘的味道刺激得她仿佛血液都在兴奋地颤抖，漪涟心跳加速，走近楼阁，明面上的月色立马透出了诡异的色彩。她目不转睛地锁定三层的窗面，再走几步，灯火竟熄了！

是察觉了她的动静？

漪涟留了个心眼，屏息往后挪了几步。果然，灯火依旧！且只在三层来回明灭。

她很快意识到这根本不是灯火，而是月光投映在窗面上造成的错觉，所以灯火通明，却看不到屋里的半点影子，因为光芒是从外头照入的。

曾记得儿时遇到过一名外族商贩，他所贩售的布料是用特殊染料染制而成，薄如蝉翼，可笼罩日月风华。番邦舞女用它裁制成舞衣在月色下起舞，浑身散发着迷离的月光，因此，那种舞衣又被称为皎纱裙。

这样一批好布，拿来糊窗子也太浪费了。爷爷怎么想的？

她怀揣疑问踏上墨阁前的石阶。不出所料，那人已经到了。

因为长年没有修缮，开门声传得很远。漪涟知道凭自己不成气候的功底绝对无法在此人眼皮下隐藏形迹，干脆大大方方地点上蜡烛进去。

火光幽微，鬼差的脸各映出半张，触目惊心。相较于前回雷雨天，今晚的光源更加微弱，除了近旁的塑像外，漪涟看不见更远的鬼差大爷。可残留在记忆中的鬼面太清晰，以致身处黑暗，也能真切感受十八……十九位大爷锐利的视线。

她没逗留，一路直上三楼，刚才的阎王点灯让她有所猜测。

随着阶梯越走越高，她能明显感到视野逐渐清明，从皎纱透入的月色犹似广寒处。先是淡薄了烛火，紧跟着能看见裙角，三层的"迷魂阵"亦真切地展现在眼前。

这么瞧着，书架真的怪异得很，大圈插着小圈，堆叠得毫无规律。

漪涟四下打量，没有动静。

她挤入横七竖八的书架中，满满当当的古籍，看不到月色，又令烛光派上用场。在差不多中央处，一个铜质烛台遗落在书架角落，伸手一摸，还有余温，定是刚熄灭不久。

"知道你在，出来吧。"

话音落下后静默良久，书架后响起了极轻的衣料声，有人缓缓绕出身影，英俊的脸庞逐渐在烛火中变得分明。

"巽师兄，难得你会躲我。"

司徒巽见她说话笃定，心里已经有了打算，再者，他也从未想过要瞒她什么："师妹何必取笑我？你定是猜到了我为破解口诀而来。只是我不明白，你如何得知是我？"

没错，他是为了口诀而来墨阁。

"太皞治夏"，其实是指方位。"太皞"，东方天帝，主东；"夏"，乃是炎帝所管辖，为南。所以这句口诀指的是东南方，陆华庄的东南方正是墨阁。奥妙其实不难，怪三眼鬼婆心思太复杂，才会多年无果。

漪涟道："戴全告诉我的。"

"别闹。"

"我认真得很。"漪涟强调，"前几日，大家光顾着惊讶陆霞的身份，忘了很多疑点，比如那张染血纸条。"她从袖口把纸条掏出来，是去阿爹的书房偷拿的，"'太皞治夏'四个字是不是你丢在戴全的尸体上的？"

司徒巽神色不变："何以见得？"

"虽然你极力将字写得歪歪扭扭，但'太皞治夏'依旧不是戴全能写出来的，特别是'皞'字，我打赌他不会写。"漪涟将纸条收回袖中，"我看过他在翊锦堂写的账本，不会的字都用同音替代，而这个'皞'字一笔都没有错。"

司徒巽摇头："你不会这么草率下定论，肯定有其他原因。"

漪涟道："巽师兄，你既然因为戴全是徐安人氏猜到菩提树的深意，怎么会犯这种错误？"

司徒巽蹙眉，等待下文。

"徐安信奉太皞没有错，但徐安人一般将太皞唤作伏羲，所以'太皞治夏'如果让戴全来写，他会写成'伏羲治夏'。且这纸条上的血迹很自然，它到戴全身上的时间一定不会与戴全死亡时辰相差太远，而弟子们接到你的命令后，立即封锁了现场。所以能把纸条神不知鬼不觉地放到他身上的，一定只有最先发现尸体的你。"

除了中间微动的烛火，两人的视线毫无阻碍地撞到一起，司徒巽坦然妥协道："我是为了寻找口诀。这许多年，除了'太皞治夏'，其余两句毫无头绪，借戴全之题发挥实是无奈之举。"

漪涟兴致盎然："传说陆华庄有数不尽的宝藏，看不完的武功绝学。二叔就算了，你也想要？"

司徒巽根本找不到借口避开那双殷切的眼眸，撩拨得他心弦颤动。

或许是因他过于严肃，漪涟与柳笙更谈得来，每当看到两人有说有笑，他心里总不是滋味，他很清楚，这是嫉妒。迫于当时有许多顾忌，话总不能明说，而今，事已至此，他再压抑又能如何？

短暂犹豫后，司徒巽一把握住不远处的手。突如其来的温度让漪涟一惊，想挣脱却没得逞，只听清冷的声线带着独特的情义，一字一字道：“事关重要，于旁人自不多言。于你，我可以说。我只多问一遍，你真的想听？”

漪涟机灵地反问：“我怎么觉得你还有后话？”

司徒巽严肃表示：“你既然有勇气找上门，还怕后话？”

“两码事。我是谨慎。”

听罢，他胸口闷得难受：“谨慎？你竟以为我会害你？”

反常的司徒巽弄得漪涟心里没底，逞强道：“还……还不至于这么严重，但保不齐你是和陆宸串通好逗我玩。”

司徒巽无奈，失望之外总有一些没发泄的闷气：“从小到大，都是你一意折腾，我何曾逗过你？每次闯祸，我又哪次没帮你？可你偏是与别人要好。大师兄便罢了，为什么连柳笙也排在我之前？你与他说话总比与我说得多。”

漪涟发蒙：这味儿不对呀？

“阿涟……我喜欢你。”司徒巽道。

还在琢磨的漪涟当场傻眼：“等等！巽师兄，你演的哪出戏？”

“我很认真。”司徒巽郑重道，“你那么聪明，为何全庄都看得明白，你却不懂？”

漪涟别扭地移开视线，她又不是傻子！问题是庄里人的想法不是她的想法，她知道归知道，想与不想则另当别论：“兄弟，事有先后。我们现在要讨论正事，其余的先往后挪挪可好？”

司徒巽面不改色：“可以。还是那句话，你真的想听？”

漪涟急道：“你这是威逼利诱！从前怎么没见你有这手段？”

司徒巽强势道：“怪你从前没好好看着我。”

“你！”漪涟愕然。

好家伙，真有能耐。眼瞅着一张正经脸，转头还会使心计！可她岂会被牵着鼻子走？

收敛浮躁之气，漪涟笑道："也罢，巽师兄想说就说，不说也无妨。我陆漪涟既然能查到这些，还怕后头挖不出东西？"

司徒巽眉头一挑，顿时有股怅然感。本以为这丫头不能按照寻常路子，索性一遭试探，怎么反而激起她的斗志了？

正值气氛僵持不下，一束月光突然从二人的视线之间穿过。他们猛然一惊，不约而同地寻找来源。

明月西沉得很低，光线足以从窗门透入，打进书架里。此时的"迷魂阵"竟成了一个个精密的器物，逐层打磨着入室月光，等到了二人眼前，已是极其精炼的一束琉璃色，再往深处去，月光再次经过了书架的阻隔，变得更精炼，穿过最后一层书架，月光到达的地方正好是那幅壁画！

他们分别从书架的两个方向绕到后方，眼看光线打在后土大神身后的长河之中。

"你从阿爹那里得知了第三句口诀？"

司徒巽神色又见冷冽，紧盯壁画道："师父那里的最后一句是'后土归位'，不知其意。"

口诀分三句：一句是陆书庸的"太皞治夏"，隐藏的是方位；一句是陆书云的"后土归位"，可理解为方式；至于陆书瑛的那一句，多半是隐喻时辰一类，所以司徒巽蹲守墨阁，以最老旧的守株待兔方式破解。陆远程既然留了口诀，自然是为了让人破解，总不至于要等上大半年才能碰见一回。

漪涟托着下巴沉思，后土归位？哪来归哪去？这老爷子有闲情不管管儿女大事，怎么老想些奇怪兮兮的东西？

"你做什么？"她瞥见摆到身边的墨条、宣纸，疑惑道，"想明白了？"

司徒巽解释："我观察了许久，入夜后，月光透进的深度有变化，唯有此次触及壁画。不如先把画拓下来，做上记号，不至于事后错过时机。"

这不失为权宜之策。

漪涟让开身子，交由他拓印，无声退后时，感到脚后跟撞上了某种东西，紧跟着是"咚"的响声。她惊讶地回头，打上烛光一看，额角跳得厉害，敢情她一脚踢到的是那位真假难辨的阎王大爷。

"怎么了？"司徒巽分神问。

漪涟按了按额角："没事。有位爷闷得慌，唱一出真假阎罗，活动活动筋骨。”

她心中说：后土大神归位，你两兄弟凑什么热闹？这出戏真要唱，也该由后土大神亲自上……她浑身毛孔一缩：“那啥，你上来时有没有发觉十殿阎罗多了一尊？”

司徒巽反复思考这话深意，摇头道：“我没有细数。”说完，他的视线落到墙角躺倒的塑像上，“是这一尊？”

漪涟不敢肯定：“楼下还有，品相差不多，也可能是另外九尊出了差错。主要是我没有去阎王殿的经验，认不得几位爷长什么模样。”

司徒巽飞快地先在拓片上记下月光的位置，回眸看她：“你想去也需百年后，否则不许。”

话音刚落，他从黑漆漆的书架上准确地抽出佩剑，速度极快，还不及瞩目短暂火花，寒光已切入月色，触动烛火后，以冷冽的风刃精准无误地斩向阎罗像。“砰！”一道可怖的剑痕森然烙在大爷的面门上。

漪涟瞪眼惊呼：“阎王爷你也敢砍？这尊要是转轮王，你还有下辈子吗！”

司徒巽没有丝毫畏惧，蹲下身，直接伸手去掰塑像：“刚才你撞到它，我听见里面有动静。如果阎罗像有问题，一定是这一尊。”

有动静？她怎么没听见？

正想着，发现阎罗像被惨烈地掰成两半，里头露出了另外一尊——后土像！

漪涟感叹：原来这戏唱的不是真假阎罗，而是微服私访。

柳文若从后院绕回客房，王尹此时还在对月怀绪。酒杯中月影绰绰，黑瞳里同样不清澈。

即便在二人独处之时，柳文若说话也是恭恭敬敬：“姨父，时辰已到。”

王尹换了个舒适的姿势：“果真被他们寻到了？”

柳文若道：“还没有。不过后土大神已经被请出墨阁。”

“呵呵。”王尹勾起嘴角，仿佛颇得趣味，“不错，我这侄女确实挺有能耐，大概算是来亘城的又一桩收获。你说呢？”

柳文低眉道：“姨父说得对。只是陆漪涟这个人，”他琢磨了一下措辞，“太能折腾。”

“能折腾又不是坏事。”王尹评说，语气间蓦然沾上一缕苦味，“我倒羡慕得很。人生不易，随性要靠胆量，还得有资格。”

“……”

他转了转空酒杯，搁下：“走，带你串串门去。”

庄院后门，又是那间被废弃的石屋子。司徒巽一手拿佩剑，一手抱着后土大神，心情十分微妙。“后土归位”？这里？他疑惑地张望，同时又隐隐预感到来此的目的。

“师兄，你动没动过这儿的香炉？”

他点头：“你怎知道？”

漪涟不回答，又问：“你知不知道香炉上头有什么？”

司徒巽道：“当时时间仓促，仅为一观，来不及细察。”

漪涟接过后土像，欲将它放置在供奉的石台上。此像的身量不大，却是实心的，她搬着吃力，还是司徒接手。她趁闲解释道：“上头刻有一圈字符，写的是皇天后土。我找人帮忙鉴定过，那是冥文。后土大神是幽都的统治者，也就是我们认知的冥界，所以我猜这个神台供奉的不是山神，而是后土大神。若此后土乃彼大神，口诀中的‘归位’应当就是这里。”

掐着话尾，司徒巽将神像安然无恙地摆到神台上，石台上残留的纹路正好与神像底座相吻合。事实证明，漪涟的猜测没有错，这尊后土像就是从这里被改头换面移进墨阁的。

“没动静。”司徒巽的总结精炼。

漪涟莫名不爽：“有没有动静，我看得见。”

瞧她鼓鼓的脸，司徒巽有点想笑。

漪涟白了他一眼，弓着身子，开始围着神像绕圈，一圈接一圈：“好像……缺点什么。”

经这提醒，司徒巽蓦然意识到问题所在，从怀里取出陆远程交给他的玄玉，一比画，似乎与后土摆出的手势十分贴合。他小心翼翼地嵌入，果真听见石台中咔咔作响。

漪涟恍然：“原来你有后手，难怪敢把口诀的风声放出去。”

刚说完，脚步开始发虚，她连忙站直身体，眨了眨眼，难道又是气血不足？不对呀，陆宸饭碗里的好东西差不多被她抢干净了，怎么会气血不足？

想着，脚下的晃动更厉害，还能听见仿佛来自地下的怪声，像是野兽从喉咙里发出咕噜咕噜的警示。

司徒巽紧张地唤了声："阿涟。"果决地将她从神台边上拉到身后。

随着地面的震动，石台在徐徐下陷，扬起呛鼻的尘埃。尘埃消停之时，潮湿的冷风紧跟其后，他们定睛一看，一条深邃的暗道赫然出现在神台本来的位置！

两人静候良久，再没发现动静，就顺着狭窄的阶梯先后往下走。

阶梯下是一条甬道，道内十步设一台，一台置一珠，是东海夜明珠。球体饱满圆润，光泽罕见，少说也有六颗，在阴冷石壁上映出氤氲幽光，银白中带蓝。石壁上是和墨阁相似的壁画，牛鬼蛇神跃然其上，光怪陆离，繁杂多变，更有闻所未闻的字符。夜明珠和烛光交辉，反而没法辨识壁画本色。

甬道之后，空间豁然开朗，"噗"的一声，黑暗中突然燃起火光。火光是青蓝色，跃动在四壁的青铜烛台上。

"长明灯？"漪涟做此猜测。她听闻用东海鲛人的脂膏提炼成的长明灯没有火温，能万年不灭。那临时点燃又是什么道理？

展现在幽光里的是一座堂皇大殿，虽称不上雕梁画栋，但石刻堪称工艺绝伦。中央静立着一座女神石像，像高三尺，其衣着雍容，发髻高绾，神杖上雕有许多铭文，是与壁画上相似的字符，右手置于胸前，捧着一颗硕大的夜明珠，光芒与长明灯隐隐辉映。

对于崇敬后土的亘城人来说，必然是后土大神！

司徒巽猜想：这宫殿打造精细，莫不是古时某位贵族的陵墓？

漪涟上前探了探疑似鲛人长明灯的东西。转悠一圈回来后，手里多了个巴掌大的木偶，不大好看。"我想大概不是陵墓。"她把布偶扔过去，"你看，人偶是巫蛊娃娃，上面有生辰八字，还扎了针。谁往死人墓里放这个？是怕哪天闲得无聊，还能够坐起来扎针解闷？"

司徒巽难以接话，干脆不说话。

漪涟还在劲头上："你看，那上头好像是通风道，待会儿回去瞧瞧，庄里肯定有风口。常有弟子说，听见夜半怪声，我觉得蹊跷应该就是这儿。清明前后多风雨，正好是庄里闹鬼最多的时候，你觉得这么解释有没有道理？"

司徒巽带着几分不走心的味道："有道理。"

"你还记不记得我在审问陆霞时说的话？"漪涟面带兴奋，"开国皇帝用陆华庄的毒药压制了一众邪教子弟，后来邪教解散了，之后，陆华庄便迁往亘城定居。你说这地宫会不会是当年那邪教残留的据点？后土像那里我还发现了几样法器。”

司徒巽此刻震撼已过，开始四处张望，理所当然地就忽略了身旁人的惊奇见闻。他匆匆寻探整个大殿，神情随着脚步从急切逐渐演变成茫然。终于，在漪涟的再次追问下，他道出实情：“那枚玄玉是你爷爷给我的。”

“我爷爷？”漪涟亦很茫然，“老爷子说什么了？”

司徒巽道：“他嘱托我收好玄玉，承担责任。”

“什么责任？”

地宫寻探无果，司徒巽的预感无法证实，终是默然摇头。

漪涟倒是想通了：“难怪二叔铆足劲也进不来，原来是爷爷故意刁难，连阿爹都没说。他是一直等着你来呢。”她眼睛很毒，发现后土像后还有四道小门，有别于偏厅来者不拒，那几道门上封了许多骇人的封条，血字淋淋，弄得好似镇鬼符咒。

“要不要去？”

司徒巽眼神坚定：“我进去，你等我。”

漪涟显然不情愿：“你的意思是要我待在这里干瞪眼？别开玩笑成吗？”她大步上前，抬手就大方地撕了鬼画符。岂料推门进去，等待他们的是成倍数量的门扉！

两人相视一眼，默契地退出来，走第二道门，是一条一人宽的甬道。他们一路向前，然后竟然看见了完全不同的六扇门！

“爷爷这玩的是什么把戏？”

司徒巽提议：“先选一道门试试。”

他们挑了最左一扇，没想到里头弯弯绕绕甚多。偏厅里还有内室，内室又可以拐到别间去。为了不走重路，漪涟顺手拧下半根蜡烛做记号。还真被她发现一条特别的暗道，心里觉得这回应当靠谱，结果走到尽头，推了一扇似曾相识的门，傻眼了，后土神像正背对他们，竟是从第三道门出来了！

“鬼打墙？”漪涟玩笑道，“挺有亘城味儿的。”

司徒巽正经揣测：“迷宫而已，只是岔路太多，我们这一路费了将近两刻钟。”

漪涟想了想："不如分开行动。"

司徒巽立马否决："不行！万一走失，我去哪里找你？再碰上机关怎么办？"他思量道，"你有没有发现，很多内室是新凿出来的，有的却很古旧。刚才我注意过，只往新的内室走，完全是在绕圈，或许是前庄主留下的障眼法。"

障眼法？漪涟觉得爷爷那辈估计闲得慌。

不过，既然这里是爷爷为司徒巽准备的，那他肯定会提防别人，但这道机关如果连司徒巽都挡在外面，那纯粹就是没事找事。她可不认为司徒巽有愚公移山的精神，能用千百年的时间把地宫整个翻过来，就算有千百年的毅力，也未必有千百年的命。

反过来想，如果阿爹藏了一串羊肉串，要给她吃，不给陆宸，那么阿爹肯定会把肉串的位置告诉她。爷爷的想法一定不会偏太远，那么他留给司徒巽的是什么呢？玄玉？

不会，玄玉还被后土大神揣着。

既然是迷宫，那就会有……地图！

漪涟的脑子一道灵光闪过，急道："刚才的拓片呢？"

司徒巽几乎同时反应过来，从怀里取出折叠成小块的宣纸。正展开之时，他隐约察觉到后土神像另一头的细微响动："谁？出来！"

说时迟，那时快，漪涟的肩膀突然被一股力道擒住。司徒巽反应敏锐，迅速绷紧神情，腰间的佩剑在瞬间被请出剑鞘，飞快刺向来者。不想对方更快一步。司徒巽侧身躲开后，带起漪涟飞身已到五步外。来人扬起的白色衣角在漪涟的眼角余光里闪过，她努力稳住步伐去看那人，映在幽蓝长明灯下的容颜分明是——

"王尹！"司徒巽停下剑，惊疑道，"怎么是你？"

王尹一笑，不紧不慢地拍了拍衣襟："司徒少侠好快的身手。文若，你觉得刚才那一剑比你如何？"

话音一落，石门后缓缓步出一人，正是青衣柳文若："甘拜下风。"

司徒巽在两人之间来回扫视，心有余悸。刚才若非王尹有意暴露，他根本没有察觉到任何人的气息！这等武功修为，远在他之上。不过既然主动现身，应无意加害，他主动收了剑，冷冷道："可否把手放下？"

王尹瞅着视线是盯着自己，识趣地将还搭在漪涟肩上的手拿开："少侠不必紧张，此次我与文若不过是家庭串门，气氛该融洽点才好。”

“融洽？”漪涟瞟他一眼，“我说叔，你究竟是谁？老大不小了，还藏着掖着，不怕别人看着笑话啊？”

王尹很委屈：“是你不肯带着叔玩，叔只好自己来，不过是爱凑点热闹。”

漪涟道：“你——”再次被逼得无言以对。

柳文若赶紧解围：“陆姑娘不必着急，此番在下与姨父前来并无恶意，是在等待时机。”他将一封书信从怀里取出，谦恭地递给司徒巽：“姨父曾经受陆远程前庄主所托，待司徒公子寻到此处后助公子一臂之力。这是当年陆庄主的亲笔信，公子不妨过目证实。”

事情来得太突兀，漪涟还没能缓过神。

司徒巽打开八行笺，确实是陆远程的笔迹。但更令他吃惊的是上头的姓名，不是王尹，而是——君珑！

这名字对于大兴人来说不陌生，是皇帝金口御赐的当朝太师！

以君为姓，以珑为名，此名赐予一介人臣，在当时掀起一阵不小的风波。多少官员上书劝谏，多少言臣出面弹劾。而那位皇帝一年到头三百六十五天有三百六十天都在发昏，不仅不为所动，还将当时只是礼部侍郎的王尹提为礼部尚书，中书令之后又做了太师。此事在大兴人人皆知，是奇闻，亦是笑料。

“你是君太师？”漪涟眨巴着眼。皇上走了，太师来，朝廷是真闲得没事做吗？

君珑调笑道：“不叫叔了？”

“果真是就叫不起了。”

“果真是，直呼‘你’更大逆不道。”

漪涟权衡了一下，觉得还是服软比较合算：“叔，您老人家，呃……您这么个人物跑到我们小小山庄来有何贵干？若是来体验民间乐趣，不如小的带您往城里玩几天？您大发慈悲，别逗我们玩了，可好？”

君珑听得乐呵呵：“也好，先带本太师在这地宫转转吧，转得开心了，重重有赏。”

“可这里是爷爷留给巽师兄……”

“阿涟。”司徒巽截断她的话，将信笺小心折回信封里，“信笺无误。既是前庄主吩咐的，我们照办就是。”

漪涟看了看他，又偷瞄君珑，无奈道："行，你是当事人，你都不介意，我较什么真？"

君珑乐得简直停不下来："侄女，真的带你入京，以后叔就有事消遣了。"边说边对柳文若打了个手势："去门口守着，别让无关人发现。我与他们一同进去。"

"明白。"柳文若应承后，回到了地上。

他们开始重新审视那张拓片。

其实拓片的秘密不难发现，仔细看，后土大神周边的牛鬼蛇神排列的动作都很怪异。有的举手向上，有的倾身向左，而人的动作大都是举着火把混淆视线。所以，只要放着人不管，跟着鬼怪所提供的方向走，就能找到目的地。而目的地，就是刚才月光的投射点。

果然，顺着拓片走，一路顺畅无阻。不多时，当他们走到最后一条暗道的尽头，一面气势恢宏的镀金大门赫然屹立在视野中。

君珑啧啧感叹："夜明珠、长明灯、镀金门，当年那个邪教要是不铲除，今天岂不是得翻天当皇帝？"

司徒巽覆手门上，顿感冰凉刺骨，性子谨慎的他先将门推了一道缝，冷气霎时带着烟雾从门缝泻出来。见雾气无害，他继续将缝隙推大。漪涟好奇地探头看，竟是个冰窖，亦燃起幽蓝的长明灯。

三人徐步走进冰窖，冷冽的寒气侵袭周身，半透明的冰砖模糊地投映着他们的身形，回荡着陆陆续续的脚步声。

厅中央，寒气最盛之处，烟雾最浓，仿佛仙云笼罩着其中一座冰台。台上躺着一个女子，已无半点生气。她衣饰雍容，身佩羊脂白玉，脸色红润如桃瓣。

漪涟心跳加速，心里说：这该不是后土大神吧？

君珑鉴宝无数，入眼便知其物："原来如此，这身子挂的是昆仑山琅轩树所结之玉，难怪尸身至今依旧面如桃花。陆远程，单这样东西，就能抵邪教一众夜明珠了。还有这冰，亦不寻常，侄女知晓甚广，能否断明此物出处？"

漪涟酸溜溜地嘟囔："叔，你就这身火浣衣，能抵人家所有。"

君珑挑眉："嗯？"

漪涟抿抿嘴："行，您何等尊贵，应该的，应该的。"

不过，她也在想，究竟是什么人能让爷爷费这么大工夫周全？

漪涟转头欲问司徒巽，却见他双眼发直、魂不守舍，和那天看到夏贵妃的眼神一模一样。这就有些让漪涟拿不准，夏贵妃长得美，又是个大活人，男人看了垂涎欲滴很正常，可对一具尸体露出这副表情，不妥吧？

“母妃。”司徒巽喃喃道，步履虚浮地向尸体挪去。

母……母妃？

漪涟显然感到今晚负担过重。

母妃？司徒巽的娘？皇帝的老婆？那……那司徒巽岂不是皇子？

可司徒巽自小养在陆华庄，和陆书云亲昵得很，害得陆宸几度怀疑自己的身世，怎么会是皇子呢？

漪涟愕然，向君珑求证：“怎么回事？”

太师噙着笑，摆明知道内情，出言却道：“不关我的事。”

废话！司徒巽是不是皇帝生的，当然不关你什么事。如果关你什么事，那就不是皇帝的儿子，而是你君太师的儿子。

漪涟小步小步地挪上前，凑到司徒巽旁边细声问：“这位是？”

司徒巽握着女尸的手翻看，掌心有块朱砂色的胎记：“先皇姝妃——司徒观兰。”

漪涟润了润发干的喉咙：“那您是？”

司徒巽静默了一会儿：“先帝七子——李巽。”

漪涟感受到了莫大的冲击力：“这么说她是你娘？”

司徒巽眉眼低垂，沉默了更长的时间：“应该是。”

“什么叫‘应该是’？”漪涟憋不住劲，小心翼翼地说话太费劲，“是不是自己的娘还不确定？难道是从小就没见过她？”

“不，我于她身侧相伴到七岁。”司徒巽神色茫然地凝视着华贵妇人，颤抖地伸出手，想要抚摸她的脸庞，可手尖还未触到早已冰冷的肌肤，又受惊似的撤了回来，“我……她，她手心处有块胎记，我记得很清楚。可是……”

漪涟陪着一同紧张：“可是什么？”

“可是……”

司徒巽终于还是抚摸了她的脸：“这张脸，不是我母妃的！”

呵，呵呵，呵呵呵。

漪涟觉得她大约听到了今生最匪夷所思的一句话。

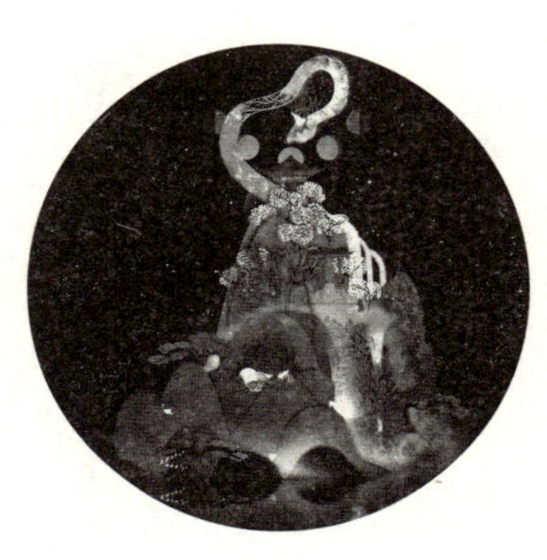

# 卷二

# 画中仙

## / 一 / 画作君颜

冰窖中的寒意越发冷冽，漪涟怀疑自己脑袋里的东西是不是有一块被冻住了。

她的爷爷陆远程——陆华庄的前庄主，费尽心力隐藏的秘密竟然是先皇姝妃！

这话说出去如果有人信，那就是皇家丑闻；如果没人信，那就是江湖笑料。然而现在不是丑闻或笑料的问题，是漪涟自己的精神问题，她拿不准是自己疯了，还是司徒巽疯了。

“所以，她到底是不是你娘？”

司徒巽目不转睛盯着那姝妃看：“她是。”然后就没话了。

漪涟拧着眉杵在原地干着急。

兄弟，能再简略些吗？到底怎么回事？能不能费口水说说？为什么这人是你娘，脸又不是？脸都不是了，这人还能是你娘吗？

絮絮叨叨估计活络了脑子，漪涟忽然记起曾经看过的传奇小说。小说里头经常提及一种江湖流传的秘术——易容术！总能在关键时刻扭转大局。儿时，她还曾与陆宸弄了一张三流的人皮面具去吓阿爹，油腻腻的，不比猪皮好多少。最后阿爹没吓到，惹笑了一众弟子。

据阿爹说，江湖中的高人确实能做到真正意义上的易容，与小说里写的差不多，但近距离观察，还是能辨别出真假。

漪涟凑近尸体，瞪着眼睛用力瞅，愣是半分怪异也没找到。碍于司徒巽的心情，她迟迟没敢上手碰。

君珑洞悉了她的用意："丫头，别瞅了，你即便把四只爪子都搭上去，也不会有破绽。"

司徒巽听罢，抬眼直逼君珑："你知道内情？"

君珑卖关子的水平厉害，目光兜了一圈，方才不紧不慢地开口："不全知道。"

司徒巽被他的态度刺激得眼里隐约可见血丝。他压制着胸口狂气，小心温柔地放下司徒观兰的手，绕过漪涟走到君珑面前。目光平视的瞬间，冰窖里所有寒气俨然为他驱使，他的眼正是冷冽最浓之处："说！"

君珑一遭打量，用意不明，傲然独立的一笑让他在幽蓝的冰窖里独树一帜："您是用皇子的身份命令臣下？"此答非所问。

漪涟感觉到气氛不对，很识趣地不插话。

君珑轻描淡写地补充道："如果您是用皇子身份在说话，身为人臣，当知无不言；如果只是江湖中人，那便不关本太师何事，本太师犯不着屈尊为一介平民多费时间。"

司徒巽静默了很长一段时间，垂目凝视地面。

漪涟犯起嘀咕：有权可用还犯傻，犹豫一下能显得品行端良吗？

说起来，这位七皇子到底走的什么套路？好好的皇城不住，跑陆华庄来挤一铺子。永隆帝微服私访前来小住，两边都跟没事人一样。漪涟琢磨了一圈，以稍微八婆的心思猜想：会不会皇帝压根儿不知道自己有个弟弟？她常跟陆宸去戏楼看戏，沧海遗珠是老戏码了。

"我说这里愈来愈冷，要不要换个地方谈？"漪涟好心提议。可叹两人各望一方，没人理她。

好一段沉默后，君珑端着架子，首先挑话："想通了？"

司徒巽直言反问："你想要什么？"

君珑似笑非笑："受人之托，忠人之事，你想什么，我便助你什么，但世间没有无本买卖。七皇子与司徒少侠，你觉得谁比较有能力庇护本太师？"他留出短暂空当，对方神情中细微的变化尽入眼底，"念着陆庄主的面子，本太师不妨再说得明白些，你想要查的事，很困难。还需要往下挑明吗？"

司徒巽的锐气少了些许："不必了。"

漪涟听着他们一来一往地打哑谜，很无奈。

出言缓和气氛，结果被无视了，更无奈。

“丫头，你去哪儿？”君珑感到一股消极的低气压向门口移动，转头问，“怎么，还是不带叔一起走？”

漪涟干笑：“您老人家多金贵，我小人物庇护不住。”

君珑乐道：“不怕，叔罩着你。”

结局没什么意外，司徒巽决定与君珑一道回京。据君珑言，他府里存有一件关于姝妃的物件，或许有所助益。漪涟已经被挑起了浓浓的好奇心，一听立马不淡定，所以当场决定要同去。

君珑挑眉笑：“你看，叔说得没错吧？你终究要和我走。”

那时，只有陆书云等少数人在场，得知二人身份后，顿时就目瞪口呆。

陆宸早就猜到君珑有隐情，但怎么也想不到司徒巽竟是个皇子！他当时的第一反应就是从前得罪人的那些事……不怕，反正有妹妹罩着。

三人决定三日后起程进京，对外只道陪王尹进京采购，或许会离开一段时间。

司徒巽表面平静，回到住处整理包袱时，柳笙回来了，他靠在门边搭话：“师兄，如今就你我二人，不必费工夫掩饰，尽管乐吧。”

身份的事，司徒巽没瞒柳笙，然而柳笙待他一如往昔，还是能调笑就调笑，能挖苦就挖苦，挖不出东西了，干脆挖个坑让他跳。这……人生在世，难免误交损友，他全当是幸事安慰自己。

“没有。”

柳笙将扇子丢到一旁：“与师弟我还这么生分？涟师妹说要和你一起进京的时候，真该捧面镜子到您跟前，灼灼桃花不及您笑颜三分呀。”

司徒巽将马上脱口的话咽回去，迟疑道：“我，有笑？”

柳笙忍俊不禁，好不容易平静下来：“会意就好，会意就好。”

司徒巽没有说话。

等柳笙从洗浴房回来，已是半个时辰后，他换了身简便寝衣，一身清爽。

结果一进屋，发现司徒巽居然还保持着一个姿势坐在床边出神，身旁的包袱没任何进展，从刚才提到陆漪涟就这副德行。柳笙一推敲：“我说巽师兄，您和涟师妹怎么了？”

司徒巽微怔："为何这么问？"

柳笙道："看着像有事。"

司徒巽沉默，将包袱捯饬了两下，不动了。

柳笙越瞧越不自在。本来雨过天晴，良辰美景，他还准备对月弹一曲小调，抒发情怀。结果这人阴沉沉地往屋里一杵，大好的心情都灰蒙了。莫说情怀，他真怕抱琴之后生生掐出一段鬼哭。

"师兄，您平时行事果决，这会儿怎么不对劲了？"柳笙将包袱拎远，自己在司徒巽身侧坐下，"不如说来听听，让师弟替您出出主意如何？"

司徒巽心知他有几分看热闹的意思在，居然愣是鬼使神差地开口："我与她说了。"

柳笙眯眼想了想这话的深意，再联系眼前人的表现，顿时恍然大悟："原来如此！这有进展是好事，您苦恼什么？"他顿了顿，试探道，"是不是师妹与你说了伤心窝的话？"

司徒巽迷茫道："没有。她，不在乎我说了什么，而在乎我没说什么，后来便无下文。"

"……"

"你平日与她走得近，哪儿出了错？"

柳笙无奈。

依他看，差错就是陆漪涟本身无疑！只能说司徒巽挑的这条路，难，挑的人，不寻常。最终，他只能道："涟师妹的路数不能靠脑子想，领会精神才是必要。"

这话好像点明了重点，实际啥都没说，搞得司徒巽更加迷茫了。

起程当日，陆书云亲自送三人到山下，随行的还有陆宸和柳笙。柳文若昨日便下山去寻芳斋准备去了，这年头，外甥能比娘贴心。

陆华庄的山道上郁郁葱葱，初夏将至，凉爽依旧。

刚开始大家是一道走，走着走着，成了两两结伴。陆家兄妹一块儿，走在最后方，中间是司徒巽与柳笙，最前头是陆书云和君珑闲聊。说来奇怪，陆书云待司徒巽的态度一如既往，对君珑则收敛了兄弟之谊。

君珑脚步略快一步，道："本太师生来无姐无妹，朝廷之中更难得一人为兄为弟。大哥若是不介意，不如还照旧与本太师兄弟相称可好？”

鬼话连篇！

漪涟隐约能听见谈话声，嫌恶地朝泉水丢石子。你说你摆足了姿态，一口一个“本太师”，说话不离朝廷，谁还敢跟你称兄道弟？

陆书云果然笑言婉拒：“本该依太师之意，然而朝廷乃是风云诡谲之地，少不得要多留心眼儿。在下倒无妨，恐为太师惹来麻烦。如此，还是规矩些好。”

君珑道：“确如庄主所言。不过您大可放心，司徒公子是万金之躯，他自然不用多论。令千金，本太师亦会多加照料的。”

陆书云恭谨答谢：“多谢君太师照拂。”

陆宸竖耳听完，悄悄地对漪涟评论了一句：“这人比皇帝厉害，懂得绕弯子。重点是他肯绕弯子才是你的福气，哪天他连弯子都不乐意跟你绕了，你基本上就得洗干净脖子，自个儿往刑台上搁。妹呀，往后说话小心些，抱紧大树是要紧事，明白没？”

大树多半指的是司徒巽。

漪涟横他一眼：“你说你平日常对人家数落，他会放在心上吗？”

陆宸表示不必担心：“我也有大树可抱。”

“谁呀？”

“你呀。”陆宸笑呵呵地凑上去，“妹，司徒巽对你什么意思大家都懂。你赶紧先趁他脑子还热乎的时候给哥要道特赦令，能一笔勾销的那种，动作得快，往后你爱干吗干吗去。不然凭你这折腾不清的性子，没哪个男的受得了。等他清醒过来，发现自己有多傻，哥哥我可就得傻彻底了。”

漪涟神情不见波澜，听完话，一把将手里的小石子全扔了：“我觉得你这就是自找的。别说司徒巽以后会不会拿你下刀，凭你这几句话，好歹兄妹一场，我就给你个痛快。”说罢，转身去搬脚边一块青灰大石，确实足够痛快！

陆宸看得直接变了脸色：“慢着慢着慢着！陆漪涟，好歹兄妹一场，可不能这么干。你先把凶器放下，有话我们好好说。”

漪涟冷笑：“你那张嘴会好好说话吗？”

话音刚落，大石头旋即砸在陆宸脚边。幸而陆宸收脚快，惊魂未定中，还保持着金鸡独立的姿势。漪涟瞧着，又转身去抱另一块，再猛一砸，砸出了大鹏展翅。

这番骚动惊动了前方所有人，纷纷停下脚步回头看。

柳笙一瞧："这是演的哪一出？武松打虎？可看大师兄的架势倒像敦煌飞天。"

司徒巽觉得这天不但飞不高，摔下来还得脸朝地。

陆书云见状，一个劲儿回头喊："你俩孩子这是怎么了？阿涟，快放下，别伤着自己。陆宸欺负你了给阿爹说，阿爹给你做主。"

接着，陆宸一个鲤鱼跃龙门跳上了山道旁的石壁，好不容易才腾出点余力冲下头嚷嚷："爹，哪有您这么偏心的？没见你儿子性命堪忧吗？这丫头现在长这么歪，全是给你惯坏的。"

这下可好，司徒巽抢来的石头险些又被陆漪涟抢回去，幸而他眼疾手快丢远了。陆漪涟手边没武器，干脆撸了袖子，准备亲手将人揪下来。

陆书云连忙对着上头呵斥："你住嘴！"然后死死拖着自家女儿。

几人一时间乱作一团，头昏脑涨。

然而，任凭那边如何喧闹，似乎都传不到君珑这处，反而是潺潺流水声清晰可闻。他往回走了几步，站到柳笙身侧。清丽山水画景中，两人并肩而立，白衣辉映，气场真如漪涟所说——有几分相似。

两者都没有看对方，是君珑先开的口："心情未见好？"

柳笙摇扇轻笑："君太师所指何事？"

"师父遭难，难免心痛，不如向陆书云告一段假，先去外面散散心。或者，与我回京？"

对于这个提议，柳笙不置可否："劳您费心。今次虽有心伤之处，却也有意外之喜，终于得见柳文若公子，果然不同凡响。单看眉间独然立世之意，确有您之风范。"

君珑静默了一阵方才道："差远了。"

柳笙道："比您自然是差远了。"他熟虑之后，换言道，"皇子回朝不适合此刻公之于众，然既要有为，必会起波澜。朝中党派唯有唐非一党尚可入眼，此人确实有几分城府，还望君太师多加留心，谨慎总不是坏事。"

潺潺流水声又占了主导之势，鸟鸣也逐渐欢腾起来。君珑的声音融进各种声色里，依然有极高的辨识度："往后你有何打算？若想留在陆华庄也可，我能让你坐上存岐堂那把椅子。"

“无须费事。待存岐堂的琐事告一段落，我便回去。”柳笙陈述道，“现在需要您花心思周全的不是我，是司徒巽。”

两人交换了一个眼色，谁也不再多话。清流山涧中，又是一阵悦耳的鸟鸣。

好不容易到了亘城，将一行人送上路，陆书云望着渐行渐远的马车，重重地叹了口气。那一瞬间，心顿时空荡荡的，许多舍不得终究留不住。他与陆宸二人站了很久很久，直到陌上再未见马车的影子，空留几道马蹄印，徒惹伤感。

陆宸好似兄弟一般，伸手搭搂着陆书云，嬉皮笑脸地问：“女儿总有一天要嫁的，这会儿就心疼了？”

陆书云瞪眼，一把甩开他：“没大没小。”

“难得一次，那么计较做什么？柳师弟替您去钱庄办事了，不损你主主威严。”说着，陆宸又亲昵地搭了上去，“阿涟刚才故意闹得那么欢，就是不愿看您这副样子，您可别白费了我俩蹦跶的力气。”

陆书云想到刚才的闹剧，不禁欣慰地笑出声：“为父知道你俩的意思。”

其实，自陆霞的事情了结后，这双儿女想了许多法子来安慰他。然而他肩上扛的不仅仅是一个陆家，还是整个陆华庄，总有那些放不下的东西，说到底都是执念。不过就在刚才闹腾的一瞬间，他想通了，即便自己的一生如何失败，也有一样足以让他抬头挺胸。

他拍了拍搭在肩上的儿子的手：“为父有你们，足够了。”

迢迢古道中，车轮轧着黄土路面，偶尔跳起几颗小石子。离开亘城后，路越走越显冷清。

司徒巽骑马，柳文若驾车，漪涟这次学精了，直接跳进马车里，省得受罪。可吹着透进帷幔的晨风，看着已经不再熟悉的风景逐渐落到身后去，她终于忍不住缩成一团。只有她自己知道，刚才闹得欢快不只是为了阿爹，更是让自己没有余力体会离别之苦。

可是，当她身处马车，看着阿爹在马车外注视，眼中似含泪水；当陆宸趁着柳文若整备行李的一小段空隙，急急跑去城中买她最爱吃的肉串；当马车前行好长一段，她回头望，发现两人还站在原地挥手目送……她终于忍不住把脸埋到膝间，肩膀一颤一颤的。

这是第一次真正的离家，和安宁村不一样，不能一天一来回，不能说想念马上就能看见，不能天天吃到阿爹偷偷下厨做的煎饼，不能跟着陆宸一起在山头闹翻天。瞄了一眼包袱上还热乎的肉串，人已经隔了很远，触而不及的落差让胸口猛地被闷住。

君珑伸手摸她的头："看来叔得收回在应池说的话，说你没人性的那句。"

漪涟鼓起腮帮子，忍住不哭出声。

"当年送我离开，你也哭吗？"

她听见耳边有人悄悄问，愣了一会儿，把脑袋埋得更深，闷闷地顶嘴道："想得美！"

君珑轻笑，眼睛里的情绪捉摸不透。然后，他疑惑地发现漪涟腾出一只手在半空中乱捞，再捞一把，捞到了他的衣袖，使劲往里头扯了扯。等他闹明白，衣袖已经被扯到脏兮兮的脸上抹了一遍，鼻涕眼泪一股脑儿赖上，根本来不及阻止。

君珑额角一挑，板着脸冲外头喊："文若，何时可到下个驿站？"

柳文若的声音飘进来："还有些时候。姨父何事？"

"尽快寻个地方。"君珑嫌弃地抽回手，命令不容分说，"我要换套衣服。"

埋着的脑袋破涕为笑。

两日后，夜幕降临，黑得很深沉。万家灯火已熄，空气里隐隐有股骚动的味道。

明明入夏，此地却听不见蛙鸣。在进入承阳府地界后，徒然就变得寂静无声。

天幕黑到最深处时，隐隐听得几声铃响，轻微一撞击，袅袅飘得好远。音色最浓之处，陆陆续续聚集了一些衣裳灰沉的人，他们各自背着大大小小的包袱，脚步悄然无声。擦肩而过时并不说话，只是眼神之间做点一交流，然后各自寻了各自的位置，无声地摊开包袱，低调做起生意。

不仅是摊主神神秘秘，客家也不多话，瞅见好东西，只管问了价钱，绝无还价之意。

路上耽搁了几个时辰，此时刚入了承阳地界，与中心市镇还有数十里的路程。漪涟迷迷糊糊地从睡梦中睁开眼，看到车窗外一群人隐在烟雾中鬼鬼祟祟，顿时清醒了大半："停下，快停下！"

柳文若听到呼声，连忙拉停了马车。司徒巽跟着停下，引马走到窗旁问："怎么了？"

漪涟指着道旁不远处："我去看看那些人在做什么。"

柳文若眉头轻蹙："那是鬼市，不吉利，陆姑娘还是别去的好。"

正在小憩的君珑听见动静，也清醒过来，闻言一笑："文若，你这样说，是怕她不去？"

柳文若非常无奈。

漪涟跳下马车，心蹦得有点快。她在怪谈里常看见有关鬼市的描写，入夜而聚，至晓而散，来之无影，去亦无踪，贩卖的大多是异界奇珍。如今好不容易碰上了，虽然肯定不如小说神奇，总也得去转悠一圈才不枉此行。

"阿涟，你冷静些。"司徒巽挡在她身前道。

"我很冷静。"

"眼冒绿光还算冷静？"君珑撩开马车帘角，"这可与你平日瞧的不是一回事。没有异界奇珍，更不会出现牛鬼蛇神，尽是些见不得光的黑货，有些甚至刚从死人身上扒下来，没一样干净。朝廷明令禁止，他们就偷着来，一晚换一地，官府一时也拿这些人没法。"

漪涟顺口接话："既然碰上了，您不作为？"

君珑事不关己地说风凉话："记得皇帝将这事交给了承阳府去办，刑部督办。官场上的事一码归一码，最做不得的就是蹚浑水，本太师岂会沾这种吃力不讨好的事？"

漪涟不了解官场，却从阿爹那里听来不少，据说是明刀暗箭，唇枪舌剑，可不讨人喜欢。况且她的注意力此刻全在鬼市上："我去看看。都是人，总不至于说出鬼话来。"说完，不知怎么一转悠，就轻松地绕过了司徒巽。

司徒巽紧张地跟上："阿涟，我与你同去。"

柳文若急急请示道："姨父，要不要拦下？"

马车里的君珑不以为然，放下帘子，准备开始新一轮小憩，只有懒洋洋的声音飘出窗："由她去。记得回头把东西全扔了，别带进太师府找晦气。"

柳文若道："是。"

漪涟与司徒巽混入人群，不禁感叹，这气氛果然不同于普通集市，阴气沉沉，她有股莫名其妙的兴奋感。来往之人，各自埋头前行，明面上对彼此视若无睹，擦身时却用余光偷瞄，只一瞬，好像就能把对方打量个遍。此等目光，可想而知有多犀利。

柳文若紧跟在后头，暗暗表态，他可丝毫不觉得有任何兴奋，只有毛骨悚然的意味。

放眼一探，鬼市的摊子摆了三十来个，所卖东西千奇百怪，古董器物自然不少，有些甚至烙有官印。漪涟随便瞅了一个香炉，极尽奢华，不是当朝器形，搞不好真是从哪家帝王陵里盗出来的，难怪不能明面上交易。

“师兄，你有没有发现这些摊主都很特别？”漪涟悄声附耳道。

司徒巽太阳穴一跳，他瞧着这里所有人都特别。只因漪涟提及，他又特地观察了几个摊主，不料还真发现了怪异之处：“他们的服饰倒是统一，若非全身黑衣，便是一味的白色。摊位的排列似乎也有讲究。”

漪涟道：“黑衣白衣是间隔的，学的大概是黑白二位大爷的套路。不仅如此，你看他们腰间都挂有一个玉质腰牌，玉为极寒之物，仿的是阴牌。我瞧不清上头雕了什么，估摸是些神鬼之论。”她摇头感叹，“学得有几分像，可惜摊上全是俗物。”

柳文若适时插话：“陆姑娘先前拿的那香炉，上头镶的是货真价实的珠宝，也是俗物？”

漪涟怎么会看上那种东西：“香炉就是焚香用，宝石添多了反而累赘。只追求一味的奢华，自然俗不可耐。”

“姑娘高见。”柳文若道，心里头的大石轻了几分。幸好陆漪涟看不上，否则买了，他还得花力气丢，麻烦另说，指不定还招人记恨。就如君珑所说，浑水最蹚不得。

“这批人不会是一味地讲究气氛才扮成这模样。”漪涟将声音放得更低，只够身旁两人听见，“马车里那位叔刚才说了，官府拿这烫手山芋不好办，估计是黑白两组人闹的。譬如有人专注官府动向，有人传递消息，消息该怎么传，往哪里传，得到消息后该怎么行动，我想他们有明确分工。”

“若真如你猜测，官府一时摸不着他们规律，确实不好办。”司徒巽深以为然。

天又阴沉了几分，雾气越发浓厚，整个鬼市像是处在一个虚无之地，若隐若现。陆陆续续还有从别地赶来的客人，披着宽大斗篷，尽可能地将面容隐藏在黑夜之下。

漪涟一行不用多久就把鬼市转悠了一圈。在柳文若开口提议回去之前，她发现了鬼市一角的异样。基本每家摊位都有三三两两的客家观望，虽然不语，但生意不错。唯有东边最角落的一个摊位，冷冷清清，无人光顾，从头至尾仅摊主一人东张西望。

漪涟走上前去。

摊主一瞧有客，立马换了笑脸，殷勤招呼："贵客来看看？我家东西全是刚得的宝贝。"说话间，隔壁几个摊主纷纷抬头瞪了他一眼，当事人浑然不觉。

"你不是鬼市的人。"漪涟肯定道。

摊主一愣，接着笑道："贵客好眼力，竟被您看出来了。"

三人无奈。

这摊主别的不说，一身藏青色的袍子已经褪色，褶子随处可见。身量魁梧，却学得一副书生样。无奈身量面容都是父母给的，再不好看也说不得，他套了个马面具在脸上，还是庙会上特张扬的那种，活脱脱是个来搞笑的艺人。

"你卖的都是些什么呀？"漪涟不看他，把视线放到摊位上，数来数去，就只有三样东西：一个笔洗，一方砚台，一幅卷轴。和鬼市其他摊位的珍宝可谓天壤之别。

摊主倒是自信："贵客您运气好，我的东西少，可都是好东西。"

柳文若拿起离他最近的笔洗来回翻看，是最普通的白瓷，借着月色隐约能看见上头绘的是株菊花，旁边还题有一首诗："宁可枝头抱香死，何曾吹落北风中。"

他放下笔洗摇头道："诗是好诗，可东西稀松平常，无怪乎阁下没生意。"

摊主嗓音听起来有几分沙哑质感："客官，这可就是您不识货了。"

漪涟来了兴趣："那你说说，我们这位公子如何不识货？"

"摊位生意不好，不是我的货不好。"摊主道，"今儿这场鬼市是跑场，只有老顾客知道地方，他们只认准'鬼差'的东西买，您瞧着腰间有佩玉腰牌的就是。几位贵客不知这儿的规矩，应该也是头一遭来？"

漪涟颔首。

“呦，还真是。那可算你们运气好，碰上了我这摊货。”摊主把那卷轴拿在手里晃悠，“我刚才说这客官不识货，那是因为他的看头不对。给你们打个比方吧，你说一个普通罐子，即便写了首皇上的诗，它还是一个普通罐子。若是皇上亲手拿笔写的，那身价可就不一样了。”

柳文若跟着君珑，常见皇帝笔迹，笑道：“这么说，笔洗上的诗是皇上题的？笔迹似乎不太对。”

摊主道：“客官说笑，我就是打个比方。就算不是皇上写的，它的主子来头也不小。”

“劳烦赐教。”

摊主神神秘秘地凑近了一些：“我跟你们说，这里的三样东西都是名家遗物。尤其是这幅画，乃亲手所绘，价值连城。”他把卷轴放到三人前头一比，“我瞧三位客官都是有学问的人，知不知道市面上谁的画名气最响，卖的价钱最高？”

司徒巽平日喜爱书画，自然知晓：“论画，自然是甄氏名气最大。”

甄家是京城名门，世代都是宫廷画师。偶有一幅游戏小作流出宫外，被民众捧至千万黄金的高价。皇帝一瞧，觉得可以学陆华庄搞搞副业，干脆钦点人在宫外开了一间画馆，无论官家平民，皆可来切磋画技。趁机把甄家的画作拿到画馆售卖，闻名而来的客家十分多。

不过这昏庸之举到宣文帝末年就终止了，因为甄家犯了错，上下数十口被皇帝一怒之下赶回了徐安老家，从此不再为朝廷所用。

“我记得甄硕大师多年前已去世。”司徒巽思索道，“你既说遗物，难道是甄大师的画？”

摊主笑声有点变音：“我这差点，老子的拿不到，女儿的充充数。这是甄墨的画。”

柳文若闻言，不假思索地反驳道：“胡言乱语！”

漪涟和司徒巽不约而同地转过头去看。

摊主愣了愣：“欸，我说你这客官怎么这么说话呢？画还没看就说我胡说，这可不是个正理。瞧你打扮得像模像样，别是来砸场的吧？”

或许是注意到了周围异样的目光，柳文若于失措中回过神，清咳了两声：“抱歉。在下十分喜爱甄墨画作，家中藏有两幅。世人只道甄家变故后她少有踪迹，不想……竟已离世，这才失了态，还望司徒公子和陆姑娘见谅。”

司徒巽道：“甄硕所出两女一子，二女甄墨最得其画中风骨。离世之言，亦未曾听闻。”

漪涟不懂画，对甄墨不甚了解，可此女竟然被两人捧得这样厉害，因此她有心见识见识，赶忙对着摊主道：“快，把那幅画拿来瞧瞧。若让这二位鉴定为真迹，银子不会少了你的。”

摊主乐得连忙扯开细绳，嘴上不停念叨：“贵客放心，必然是真货。”

漪涟接过画，单凭手感来说，装裱十分有分量。她将卷轴一端交由司徒巽拿好，自己小心翼翼地展开画卷。

月色朦胧中，裱上金沙泛着隐隐碎光，万般动人。

随着画卷逐渐展开，确定了是幅人物图，题诗看得不甚清晰，画中人却无比明艳。摊主特地摸出烛灯靠过来，在微黄烛火的映照下，画中白衣飘扬，其人独立秋风中，一把古琴伴着熏香袅袅，恍惚闻得悠远妙音。只是那眉宇间的韵味，丹青勾勒出的棱角，还有嘴角似有似无的笑意，全然是某人的写照！

“王尹！”漪涟惊道。身旁两人俱是一惊。

她转头向柳文若求证，后者避开了她的视线，怔怔地看着画：“是与姨父有几分像。”

摊主没弄清三人嘀咕什么，显露出不悦：“我说你们识不识货？这分明是甄墨的真迹，王尹是哪家名不见经传的小人物？能和甄墨比吗？”他作势要收回画，“行了行了，不买就别在我摊前转悠，影响生意！”

漪涟的兴趣一时难以从画中人上抽开，哪里肯还？摊主有些恼了：“干吗？还想抢不成？告诉你，小丫头，本大爷的名头说出来也是响当当的。”

司徒巽也在凝视画中人，余光察觉摊主有意夺画，不必多看，顺手解下佩剑，以剑鞘尾部敲开那只放肆的手。

摊主吃痛一叫：“你们敢砸场子？信不信我找人去！”

司徒巽瞬间换了冷冽神情斜眼一瞪：“你试试！”他始终护着漪涟，“你摊上的东西，我们买了。”

摊主一听，反而摆起了架子：“哦？你们要？好，算你们识货。可你们都知道做生意要讲究你情我愿……”

“阁下不妨出个价。”柳文若截住他的口若悬河。

摊主傲气地比出五指：“这个数。”

漪涟道：“五十两？”

“五百两！”摊主狮子大开口。

可这数目对于柳文若来说根本不算事，他毫不拖沓地拿出一沓银票：“这是一千两。希望剩下的五百两足以让阁下管住嘴，不该说的话，请往肚子里咽。”他将银票塞过去，蹲下拿了笔洗和砚台，三人一同匆匆离去。

在踏出鬼市后的几步，柳文若放慢了步伐，对着远处一道黑影暗暗打了个手势。

君珑闭目养神之时，忽感马车微动，睁眼就看漪涟怀抱一卷轴钻进来。他瞧着柳文若右手撩着帘子，左手也攥了两样，挑眉质问：“不是让你都扔了？怎么还有往回带的？”

柳文若忐忑道：“此地不方便说话，先进城里再向您禀报可好？”

漪涟感觉到有目光瞟过来，她只管拿着东西不说话，也不回看目光的主人。外头的司徒巽同样没有多言。

君珑了解柳文若的性子，勉强同意了。

承阳最好的一家客栈。

“谁呀？大半夜的，让不让人休息了？”掌柜被叩门声吵醒，不乐意地嚷道。一见明晃晃的银子摆到跟前，笑脸立刻堆起来。他殷勤弯腰在前头领路，将四人带进天字一号上房。

承阳府的客房与应池县不是一回事，单就大小而言，应池最大的一间也未必及得上这儿的一半。谁知君珑还是在挑剔，硬是等柳文若将座椅一一擦拭过后才嫌弃地坐下。漪涟一路走来，已经对他的矫情懒得再多说半句话。

“姨父……”

“你且先去泡杯雨前茶来。”君珑将柳文若的担忧堵回去，转头笑看漪涟，“侄女怎的不大开心？谁欺负你了？和叔说说。”

漪涟倒没什么不妥，只是隐隐嗅到了一股要发生大事的味道。尤其是刚下马车，柳文若有意无意与君珑多说了几句话，她和司徒巽走在前头听不清内容，那时预感最为强烈。但瞧君珑的表现并无二致，感觉又玄了。

“叔，您是不是骗了哪家闺女了？”漪涟问。

君珑思来想去，琢磨了半天：“大约就你一个。”

漪涟神色一怔：“别开玩笑，说认真的。”

君珑嘴角扬着弧度：“大老远地把人家闺女从亘城带到承阳府，叔是头一遭做这事，心里可害怕得很。”

漪涟头疼，干脆直接把卷轴往君珑面前一放：“您就打开看看吧。”

柳文若正好端了茶过来，看见君珑接下画轴，不禁凝重了几分神色。他没顾上给三人上茶，连忙走到君珑身边，颇为担忧地唤了声：“姨父！”

漪涟的目光带有疑色地转向柳文若，他立刻又转了话锋：“鬼市买来的东西，难免有晦气，姨父身份尊贵，碰不得这个。不如由甥儿代劳，您只管看看就好。”

君珑凝视他片刻，转手把卷轴递过去。

柳文若不敢怠慢，走到三人围绕的方桌前，将画卷小心地一点点展开。其间，漪涟除了看画，还不忘观察君珑，但不曾在那张脸上辨识出半点蛛丝马迹。直到画卷全部展开，画中的容颜再次呈现于众人眼前，在幽幽烛色下与现实的容颜相互映衬，皆堪称无瑕，实为奇景。

君珑惊叹：“果真如文若所说，是幅好画。”

“叔可瞧出其他来？”

君珑品评道：“是甄墨真迹。鬼市竟有这个，难得。”

“还有呢？”

“画中之人倒与我有几成神似。”

漪涟抓住好不容易绕上的重点，好奇地往君珑那里凑近几分：“甄墨是宫廷画师，您又是当朝太师，二位之前可相识？”

君珑不否认：“的确是旧识。曾托她画了几幅山水画，用于书房装饰，后来被文若要去了，却不知她何时作了这一幅。”

君珑神色没有起伏，仿佛是一桩再普通不过的事：“诗人画者常临时起意，借物喻人、借景抒情都是惯用手法。此作说不定只是刚好借用了我的形象，或许有人恰好与我有几分相似，不足为奇。不过说起甄墨画作，书房还剩一幅，极巧，与司徒少侠有关。”

司徒巽问："从何说起？"

君珑摆摆手："不妨事，待到了府中再说不迟。"他示意柳文若卷起画轴，"时辰不早了，多少休息片刻。这幅画既然是侄女看中的，就由侄女带走吧，反正不是什么稀罕东西。"

漪涟从柳文若手里接过画，心里头有股怪怪的感觉，但一时说不清楚。

她与司徒巽走出君珑房门往客栈的三楼去，途中问了问司徒巽的意思："你说这事是不是不太对劲？"

司徒巽不明重点："哪儿不对劲？"

漪涟摇头："我说不清楚，就是感觉有些怪。"她硬是想了想，"刚才在鬼市觉得这巧合有意思，回客栈之后，王尹的反应好像总有那么点不太对。"

司徒巽还是不清楚她要表达的重点："他的反应很平和，无甚特别。"

"是平静，但……"漪涟现下也说不清楚，"太平静了，反而觉得刻意。"

司徒巽又沉思了一会儿，然后看向身边的人："你太累了。"

他强硬的态度中不失温柔："阿涟，我知庄中之事给你太大的压力，如今离开师父和师兄，你肯定难以心安。可我在，你不必如此草木皆兵。哪怕君珑真有问题，我也不会让他伤你分毫，别多想。"

然而他错估了漪涟的毅力："我会好好想想的。"

司徒巽扶额，果然半点没有听进去。

漪涟见他不再说什么，大步一迈，进屋去了。待她不拘小节地将门一关上，霎时，表情垮得彻底。她顾不上已经跳得晕乎乎的心脏，连忙转身贴耳听动静，直到脚步一声声走远，她方才深深地松了口气。

天哪，没想到这司徒巽冷面寡言，却是个敢说敢做的主，不像陆宸有心没胆，好敷衍。

墨阁之后，竟没察觉他是何时改了师妹的称呼。

这可怎么办？

天字一号间。

柳文若默默地站在君珑身侧，陪他盯着紧闭的大门，一言不发。桌面上摆着三杯雨前龙井，颜色清透怡人，却没有一杯饮过。他体贴地端起茶往君珑面前一递，对方全无反应，他只好无声地将茶杯放下。

一瞬间，君珑开口了，是平日完全不会出现的冷冽音色：“你没听错？”

柳文若半垂着眼帘：“是，我敢肯定，那人说的是……遗物。”

他好不容易鼓起勇气去看君珑，发现君珑居然是波澜不惊的神色，只有搭在桌上的手逐渐握成拳头，攥得很紧很紧，仿佛手心里是某种不可再挽回的东西。

“姨父。”

“很好，是她自找的！”君珑像是回答，又像是自言自语，他的嘴角扯出一抹笑，是一种极其不痛快的笑容，“她选的结果，和我无关。”

噤声片刻后，他开口对柳文若吩咐：“鬼市那个形迹可疑的摊主，你派人跟踪了？”

“是。”

君珑再道：“盯紧点，掘地三尺，也要将她给找出来。”他冷笑着说，“活人要走容易，现在成了死人，我看她再往哪里去躲？”说罢，毫无预兆地猛抬手将方桌掀翻。

茶杯噼里啪啦地打翻在地，茶水与茶叶泼洒开来，屋内顿时一片狼藉。路过二楼的店小二听见动静，连忙推门进来询问，结果抬头就对上坐在正对面的君珑。即便有柳文若缓和气氛，一双杀气腾腾的眼睛还是将小二瞪傻在当场：“客官，这……”

“没事，我家主子不小心绊倒了方桌。不用声张。”柳文若上前挡住店小二的视线，并且往他手中塞了一锭银子，“桌子的钱劳烦阁下交给掌柜，剩下的只当一点心意。”

店小二看了看柳文若，再看看手中的银子，一口口水狠狠地往下咽。他心里头暗暗想，肯定是他们打开方式不对，不然怎么个绊法能让实木方桌四脚朝天？

然而掌柜要他学习待客之道，不该问的别问，所以他收了银子，就弱弱地往回跑。

柳文若特地窥探了三楼的情形，陆漪涟和司徒巽都没有动静。再瞧了一眼君珑，转身叹气，从外边带上门。门关上的一瞬间，他往里头留下最后一句话：“我这就去查。”

门悄声合上。

尽管柳文若已放轻了动作，在君珑的耳朵里还是显得刺耳难耐。

面对四脚朝天的方桌，他没有半点扶起的打算，只冷脸瞪着，一双墨瞳漆黑到底，放不下任何多余的事物。在幽黄的烛光下，浑噩之气逐渐笼罩，他缓缓合上眼，耳边隐约出现朦朦胧胧的风声。

有人来了，没有脚步声，如雾一般飘到跟前……

"世间两难全的事何止忠与义，如你心志坚决，又会做何选择？"

君珑想了想："依事而定。"

"倘若为了饱览明朝的红霞日出，却须错过今晚的烟火流星，又如何？"

君珑笑道："日出常见，流星不常有。何须抉择？"

"常有，便可轻贱？"

君珑不解："你又将如何？"

"若一者真是心志所向，二者错过，便错过了。"

烛火扑哧一响，惊醒了君珑。他睁开眼，发觉手心里冒足了冷汗。而眼前，除了一张四脚朝天的方桌，什么都没有，何曾有人魂兮归来？

## / 二 / 神医秘术

马蹄在官道上留下痕迹，离京越近，道路越宽，植被愈加繁盛。

柳文若驾车很稳当，君珑一路除了弹琴饮酒外，大多是闭目养神。

那幅画，漪涟后来重新看过一遍，画中人飘然似仙，绝非凡尘俗物，多亏甄墨绝世画技加持，笔下有神，水墨出彩。画上还有一句题诗："咫尺天涯今所在，抱琴约取画中仙。"她读来颇感觉儿女情长。

所谓画中仙人，究竟是否君珑？漪涟偷瞄了一眼，不禁皱起眉头。那仙人温文尔雅，目光情深似海，与眼前这人怎么瞧着也不像啊。

"你有什么想法？"君珑大约是察觉到了她的视线，懒懒地抬起眼皮问。

漪涟道："岂敢？"说着，往包袱里掏出画卷递过去，"还给你。"

君珑挑眉："为何？"

"你外甥花的钱，自然是你的。"况且画上写得明明白白，漪涟怎么好意思揣进自己兜里？

君珑饶有兴致地问道："你确定上头那个是我？"

漪涟眼皮一跳，心想：这人真不识好歹！台阶替他搬到脚下了，还端架子。除非上头那个真跟他没半点关系，不然就是有关系却不愿意承认。

按常理推断，前者的可能性太渺茫。首先甄墨认识君珑，画中人物与君珑一模一样，若说画的是别人，情理上首先说不通。理论上如果要解释，那必须是甄墨认识一个和君珑一模一样的人，并且这件事君珑还不知道，简直是天方夜谭。

“侄女若是喜欢就留着，放我这里，没半点用处。”

漪涟很意外：“这样大方？”

君珑算了笔账：“记得你来寻芳斋验香，片刻工夫，似乎往叔这里掏了不少钱。我在陆华庄的吃穿用度也是你爹周全，单一壶佳酿就需要不少银子，加上临行前赠的两壶，大约还多，想想叔不亏。就是可惜了伏羲神农两古琴，日前已被人买去，不然还有的赚。”

漪涟冷笑：这人要不要脸？

“说起来侄女似乎有意写怪谈？说不定叔还能凭着这幅画蹭点戏份。”君珑补充道。

漪涟眨巴眼：“你怎么知道我要写？”

“你找文若帮忙买纸笔，我岂能不知？”君珑笑着说，“对了，那笔是织贤堂的精品，文若从我府里带出去的，十成新，把这价钱算进去，你我可两不相欠？”

漪涟眼皮跳得更厉害了：“您说了算。”

“好侄女。”君珑故作体谅，“既是一家人，也不好算得太明白，路费就算在司徒公子的账上吧。”

漪涟小眼神瞄出去，心想，司徒巽好歹是皇子，皇子比太师应该不会太吃亏，她就管好自己，不掺和了。

君珑暗中瞅着她憋屈的模样，忍不住偷笑。

不知马车又驶了多少里，天色已近傍晚。赶在夕阳西下前，经过了数道关卡检查，马车终于驶进了一座极其雄伟的城门。漪涟凭着敏锐直觉判断，京城到了！

果然，都城繁华与他处相比实在是云泥之别。马头刚一探入城区，热闹的氛围借由各种声音直观地传过来。漪涟听见有叫卖栗子糕的，迫不及待地撩开帷幔，恰好撞见了一支巡逻兵手持长枪威风凛凛地从马车旁擦身而过，连枪头都比别地的锃亮几分。

“别作死，把脑袋缩回来，待会儿要多少栗子糕都有。”君珑半开玩笑地说，“不是叔说大话，哪怕是皇宫的东西，也未必比我太师府的好吃。”

漪涟怪异地回了他一个眼色，不应声。

三刻钟后，马车停下来。漪涟撩开帘子探出身，踏着早已备好的台阶往下走。脚刚站稳，一座奢华的建筑就霸道地占据了视线。

夕阳映衬下，整座府邸笼罩在金色之中。院墙便有两人高，向左右两边一路延伸，皆是望不见头。要不是大门上头一块烫金牌匾写了“太师府”三个金灿灿的大字，是人都该以为是皇帝老家的大门。

进入府院，首先是一股花果香扑面而来，并非熏香，是院中所栽。他们踏上廊道往后院去，单是九曲回廊上的镂空浮雕便叫人叹为观止，更不用说别处风景何等醉人。湖中有亭，山中有水，山水交错，自成妙趣。

再往前几步，有古琴音悠长，从湖心亭上飘来。湖中竟有女子泛一叶扁舟，软声唱着江南小曲。湖面在夕阳的渲染下波光粼粼，仿佛群群锦鲤隐现。几片荷叶浮动在水面上，与亭中垂挂的绡纱一同在微风中轻摇，无比和谐。

细闻，是花香；遥看，是美景；侧耳，是琴音。九曲回廊中每走一步，便是一景。看似无意，实则有心，人工细细打制，却瞧不出半点别扭来。而入眼的一切仅是太师府的一部分，还有许多雕梁画栋是漪涟未曾体会到的。

“叔，您如此有钱，还与我计较小钱，就一味逗我玩吧。”

夜色里，漪涟与君珑寻了湖心亭喝酒，扁舟来了又走，湖中仅剩两人。红彤彤的灯笼成串，在暖风里摇晃，太师府顿时又换了景致。

君珑先饮了一杯，笑言：“叔若真跟你计较，你还真别想进太师府的门。”他斟满酒，酒香融入暖风中，更劲道了几分。

“你可知常人拜会该如何？五百金入门，八百金入厅，想见着我的脸，少说再备下一千金。你自己算算，省了多少钱？”说完，又一饮而尽。

漪涟记不得进府后是第几次投去异样的目光：“您知道自己这算什么吗？”

“算什么？”

“乱臣奸佞。”

君珑笑容越发艳丽："侄女此言差矣。你且说说，寻常百姓可交得起这笔钱？"

漪涟觉得他是明知故问："倘若负担得起，便不是寻常人家了。"

"这便是了。"君珑再问，"既然寻常人家负担不起，谁会来我这太师府？"

漪涟狐疑道："自然是官家。"

君珑表示认同："那什么样的官家能挥金如土，不惜花费上千两来见本太师一面？"

漪涟也仰头饮了一杯酒。朝廷给官家的俸禄有多少她不太清楚，但她读过书，书上说清官大都过得可怜巴巴。能为了一个毒舌的男人一掷千金肯定有问题，脑子有问题，品行更有问题。

"你是说贪官？"

"差不多吧。"

漪涟眼色更加鄙视："俗话说得好，物以类聚，人以群分，混在贪官堆里的，想必不会是清廉好官。"

君珑的指尖轻轻敲着花梨桌面："这话又不对。你再给叔说道说道，什么叫好官？"

不知是否是酒的原因，漪涟的脑子转得有些慢，她不懂君珑想表达什么，只好把话往下接："忠君爱民，造福江山社稷，就是好官。"

君珑道："说得不错。那就按你这话，如何说叔不是好官？"

漪涟忽然无言以对。

"高价门槛，非官家负担不起，金银用于吃穿，也算还于百姓。此举可谓劫富济贫。"

漪涟隐隐觉得道理不大对，想反驳却被君珑截断了："也罢，旁的不论，就照你的话说。我不贪百姓之财，算爱民；为皇帝办事，是忠君。造福社稷倒不敢说。虽然谈不上好官，但是怎么也算不得乱臣奸佞吧？"

漪涟从前就觉得这人脸皮厚，没想到歪理也能说得这么振振有词。她痛痛快快地再喝一杯，决定重新掌握谈话主动权："您这是邪道。贪官贪的是谁的钱？还不是从百姓手里头硬抠出来的？他们拿了百姓的，你拿了他们的，有差别吗？"

君珑笑问："我不拿他们的，他们就不贪了吗？"

“这……”漪涟顿时语塞。千思万想，愣是没找到反驳之词，莫不是喝多了？

反正肯定喝急了，尤其被暖风熏后开始晃晃悠悠。

恍然闻得君珑感叹了一句：“丫头，世间万事，未必事事有理。朝廷，尤其不讲理。”

此话的余味能一直沉到心里。

漪涟拍拍已经晕乎的脑袋，再看君珑有别于平日，鄙夷世事的眼里多了几分不与人说道的无可奈何。她自觉不能被忽悠，狠狠地又饮了一杯：“别人讲不讲理我不评说，但您不讲理我是知道的。”

“哦？叔如何不与你讲理了？”

漪涟左右摇了两下，端正坐姿，准备好好说道说道：“别的不说，就说姝妃这事。你早就收到爷爷的托付，还好意思装得不知情，一路耍得我团团转。如果你想让我帮巽师兄查，尽可明说，何必玩阴的？”

君珑很无辜：“不说是时机未到。”

“不管！你肯定是故意的！”漪涟一口咬定，又闷饮一杯，“但有几个问题。”

君珑说：“说来听听。”

“第一，你为什么对陆华庄的动向了如指掌？姝妃的事隐藏了十多年，刚冒出‘太皞治夏’的字条，你就跑来了。第二，同样时隔多年，你怎么认出我的？还未相见，只凭柳文若两句话，你就知道侄女上门？”

“你以为如何？”

漪涟虽然有了八成醉意，但不是失忆，对已经盘算过的答案还是有印象的：“你有卧底。”

君珑无声微笑，漪涟又重重地说了一次：“你有卧底，就在陆华庄！尽管我不知道是谁，但你肯定安插了人。”说完，大约是用了些力气，胃里突然一阵翻搅，酒劲上头，直接让她趴在桌上了。

君珑帮她抚背顺气：“过程不重要，结果皆大欢喜。”

漪涟难受地捂着胃，舌头转得比较艰难：“我不喜欢被人利用。下次要帮忙，麻烦，直接说。我会看……看在阿爹面子上，给您……成本价的。”

君珑笑道：“怎么，陆华庄有大钱，你还要和叔计较小钱？”

漪涟听见陆华庄，眼眶忽然湿润了，液体滑过鼻梁的时候，她小声唤了句

“阿爹”，然后凭着尚存的理智道：“庄里崇尚节俭，小钱也要……计较。”

“女人家如此计较，小心以后嫁不出去。”君珑打趣说。

漪涟趴在桌上，吹着入夏前的暖风，脑袋里边天旋地转。她有话要反驳，可是要说什么呢？记不起来了，糊里糊涂回了一句：“那就嫁给你……祸害你，反正发簪戴了。”

戴了发簪？什么意思？

君珑忽然记起曾经的玩笑，说是待她及笄之后会考虑考虑。岂料她还记得，不禁心间一动：“你觉得叔好？”

漪涟沉默许久，没反应，半晌之后才点头，断断续续说：“管饭，就成。”然后只剩咿咿呀呀的音节。

不管十年前、十年后，合着他的价值就是长得好看还管饭，君珑哭笑不得。可你又不能说她没眼光。

无奈从怀里取出一方丝巾，替她把眼泪擦了，记得从前也擦过，是上陆华庄的时候。他离开的那天，还是团子大的漪涟扯着他的衣角哇哇大哭，刚玩过泥巴的手抹得满脸污渍，绝不像如今骄傲。他不禁多打量了几眼，眉不画而黑，唇不描自红，果然陆华庄的风水是养人的，就是越养越精怪。

“多亏当时没领你入京。”他自斟一杯饮下。

送回漪涟后，君珑信步回到寝院，纱窗透出的朦胧光线映出婢女的婀娜身姿：“主人，文若少爷正在屋内候着，说是有要事回禀。”

君珑颔首，屏退了左右，推门进屋，暖融融的光线顿时盈满视野。柳文若家常打扮，清素长衫立于落地灯笼前，沾染了浑身暖色。

因酒之故，体温略高，君珑脱下外袍：“既然来了，让人做点夜宵？”

柳文若面色不大好，委婉道：“待话说完，姨父若是想吃，自当奉陪。”

君珑心里明了如镜：“就你这脸色，恐怕说不出什么好话来。”他往软榻上一坐，示意柳文若也坐下，“说吧，何事？”

入座后，柳文若与灯光拉远了距离，神色深沉。他思量再三，终是以最简洁直接的方式道：“鬼市那名摊主，跑了。”

君珑凝住笑，垂敛的目色霎时凝起一波神韵。

柳文若领会了仅有的一个眼神，继续道：“影卫亲眼看见他被带进了丞相府，想要伺机动手，结果被唐相雇用的好手搅和了。他们是早有准备。”

昏黄的灯火亮不透君珑墨黑的双瞳，其中玄妙，深不可测。他于脑海大略筹谋，顺手拿起一串砗磲把玩，斜倚熏笼：“你把唐非盯紧即可，其余老鼠不必太费神。”

“不用加派人手追捕？”

君珑深谋远虑：“唐非什么性子你不懂？进丞相府后，还能安然出来，可见那只老鼠对他还有用。只要唐非的目的是我，何愁老鼠不出洞？”他笑道，“无须费事，只管看好戏吧。”

退一万步来说，哪怕老鼠不出现，至少知道事主，届时便是老账新账一块儿算！

翌日。

君珑故意大清早派人来敲门，砰砰作响，跟仇家催命似的。

漪涟记不得自己是从哪个梦中被惊醒，更记不得是怎么抬着一颗重如铅块的脑袋去开门的。兴许是错觉，那侍女和她说话几乎是嘶吼，还端着一碗水，估计是君珑吩咐，若她还不清醒，就直接泼过来。

事实证明，那侍女单纯就是来伺候洗漱的。

不愧是大户人家，洗脸水都掺了玫瑰露。只是漪涟不太理解上头再漂几片花瓣有什么意义。待她不拘小节地一股脑儿洗完后，还得麻烦侍女从她脸上一片片取下来。

“陆姑娘，主人请您洗漱完毕之后往他书房一叙。”侍女行万福礼告知，软声细语，让漪涟又昏沉了几分：“知……知道了。”

结果侍女一走，门一关，她不受控制地闷头趴到了桌上。

直到日上三竿时，再次有人把门敲开，漪涟不得不打着精神去书房。

路上，她无心看风景，只觉路途漫漫，君珑到底坑了多少钱，能把太师府建得这样大？

书房仍是奢侈一流，漪涟看不进眼，只听侍女细声回禀了一句“陆姑娘带到”，她直接就瘫到了椅子上。椅子上都铺设了软垫，熏得香香的，她几乎又快睡了过去。

“阿涟，你怎么了？”司徒巽真怕她一头摔下椅子。

漪涟使劲撑开一只眼皮："头痛。"

君珑听罢，没忍住笑。

司徒巽无奈地唤了侍女去煮醒酒汤，回头对君珑道："阿涟不胜酒力，最喝不得快酒。往后还请君太师少带她喝酒。即便饮酒，也稍微让她克制。"

君珑正把玩着一串添有青金石的砗磲，哗哗直响。听司徒巽说完，他点了点头："这是小事，臣谨遵君命。不过少侠可是'君'？"

司徒巽道："自是君子。"

君珑调笑："寻常君子遍地都是。"

司徒巽静默了片刻，决定挑明了说："君太师三番五次与我说这种话，每次都逼我以七皇子的身份下命令，究竟何意？"

然而君珑是喜欢绕弯子的人，"七皇子想不透？"他不动声色道，"也是，眼下有姝妃娘娘的事给您添烦扰，自然无暇顾及其他。臣当务之急该是为您解忧。"

漪涟一听司徒观兰的名字，居然能凝住神了："你到底掌握了什么？"

"这会儿不晕了？"君珑笑问。

自回府以来，再没瞧见那套火浣衣的影子，取而代之的是价值同样不菲的华服。绛红里衣，湛蓝外披，上头是手绣暗色卷云纹，手中绾一砗磲长串，添的几颗青金石恰好与衣色相配，甚合君珑的霸道路子。

漪涟无力地将视线抛在地面上，隐约瞥见君珑的衣角曳地而过，不多时又转回来。抬眼一看，他将取来的东西交到司徒巽手里，样子似乎又是一卷画。

"我这里仅剩最后一卷甄墨真迹，其余都让文若要去了。"

司徒巽不解："与我母妃有关？"

君珑往桌案后的紫檀木椅上一坐，抬了抬手："不妨一阅。"

记得君珑提过，他掌握的关于司徒观兰的线索与甄墨有牵连。眼下线索总算冒出头来，漪涟的好奇心犹如泉涌，再大的困难都不是事，当下三步当作两步，直接蹦到司徒巽身边扒住。司徒巽一手扶住晕乎乎的她，一手扯开系绳，画轴顺势下落，展开后是一幅女子肖像图。

画中女子肤白胜雪，皓齿朱唇，明眸善睐，倾国倾城……

漪涟于脑海中搜罗了不少赞美之词，嘴上更快，蹦出一句："夏贵妃？"

永隆皇帝微服出巡时身边带的那位，单是一笑就让皇帝小心肝颤三颤。

没想到司徒巽同样会为美色所迷，连着几日失魂落魄，话不着调，而今又是痴傻不语。

“不是夏姬，是……母妃。”良久，他摇头否定。

一阵复杂的静默。

漪涟震惊无言，缓了下气：“你刚才说什么？这是你母妃？你母妃不是姝妃吗，怎么又成夏贵妃了？如果夏贵妃是你母妃，那冰窖里躺的那个是谁？呃，不对，你说这是你母妃，不是夏姬，那夏姬为什么会和你母妃长得一模一样？”

君珑按了按太阳穴：“丫头，舌头捋直，逐个问。听得我都愁得慌。”

漪涟拍了拍脑门，酒精作祟。

再细一瞧，发现画旁两行小字，字迹秀丽，写的是“宣文帝姝妃，司徒氏，绘于宣文三十七年春”，下方有甄墨的印鉴。

还真是司徒观兰！

司徒巽的脸色愈来愈凝重，他明白事情的严重性，但对于实情，又处在云雾之中。他小心翼翼地卷起画，郑重地走到桌案前面对君珑：“母妃于在下有生养之恩，她含冤而去，为人子者，不能视若无睹，还望君太师如实相告。”

君珑道：“你所知多少？”

漪涟到底是体力不支，寻了个位置坐下，侧耳倾听。

司徒巽目光悠长，恍若看到了很久远的过去，轻声回忆道：“母妃深受父皇喜爱，后宫生活可算安然。直到我六岁那年，隐约记得她的行为无端反常，并开始筹谋机会送我出宫。前陆庄主那段时日多次进宫，大概也是为此事。”

直到他七岁生辰那日，正逢疆域战事大捷，宣文帝于昭和殿举办盛大宫宴，朝臣无一缺席。酒宴过半时，司徒观兰与陆远程接头，依计划将司徒巽送出皇宫，自己则准备另寻时机出宫会合。

“自那日后，我再也未能得见母妃。”

漪涟忍着胃部不适，提出质疑：“你是被爷爷从姝妃那里带走的，说明他俩共同谋划了出宫之事。而姝妃的遗体就在我们庄里，足以证明爷爷和你娘后来还有联系，他有没有和你提过？”

司徒巽摇头否定。

在他出宫半年后，宫内传来姝妃病逝的消息，陆远程隔天便匆匆离庄。

“陆庄主曾言‘时机已到’，一个月后却是败兴而归。”司徒巽回忆着，“我试图追问母妃下落，但他始终不愿再与我提及。直到他临死前，才将玄玉交托予我。”

“爷爷的前后反差似乎大了些。”漪涟道。

君珑推测：“按你所言，所谓‘时机’，也许是偷渡姝妃出宫的时机，后来计划有了变故，才导致陆远程态度上的反差。离庄的一个月，他大有可能就在京城。换言之，姝妃的命案，他是最大知情人。”

漪涟觉得有道理：“爷爷费尽心机改造了地宫，留下口诀，交给你玄玉，分明是想让你重翻当年旧事，也能佐证你娘的事情有冤屈。”

一切解释起来似乎都合乎情理，无可辩驳。疑点在于两处：其一，夏禾为何与司徒观兰容貌相仿？司徒观兰却变了模样？其二，当年到底发了什么变故，导致姝妃丧命？

君珑居然先将话头抛给了漪涟：“丫头，你那日看姝妃看得够久，有结论吗？”

漪涟简单明了：“如你所言，肯定不是易容术，一点儿破绽都没有。”

君珑的表情像个假面，深意不明：“易容术被江湖上捧得神乎其神，可没谁敢说自己的易容术能万无一失。毕竟是把面皮往脸上糊弄，自然不可能如此程度模仿他人容貌。”

模仿？词倒是新鲜得很。意思是夏姬模仿了司徒观兰？那司徒观兰又模仿了谁？

司徒巽焦急地追问：“如何能做到？”

君珑手中依旧把玩着砗磲串，镇定自若地道出惊人之语：“假的不行就来真的，直接往脸上动刀子。知情人管这个叫作‘换容术’。”

漪涟和司徒巽一时反应不过来，面面相觑。

这……简直闻所未闻。

“叔，您的玩笑有些大，若非神仙，谁做得到这种事？”

君珑笑起来：“小孩子家别把话说绝了。当今世上确有一奇人，在寻常人眼中，恐怕他是真成了神仙。所谓的易容高人，于他面前莫说排不上位分，端茶倒水都嫌不够格。”

二人云里雾里，怎么也想不出是谁这么大派头，连堂堂太师君珑都能给出这等评价。

漪涟迫切想知道："别卖关子，到底是谁这样厉害？"

君珑说话依旧不走直线："名字你不陌生。"

漪涟冥思苦想，想不到，总不见得从他嘴里冒出陆宸的名字吧。

君珑唇角泛着一抹笑意，看得人心里头直发毛。待他悠哉地抿了一口上好雀舌，放下茶盏，方才定睛看向两人，吐出两个字："叶离。"

漪涟瞬时瞪大了眼："叶离？"

司徒巽同样吃惊："叶离？"

君珑皱眉："我说话不带口音，是叶离。这回可听得清楚？"

漪涟张了张口，欲言又止，不可置信。

那可是叶离呀！方壶名医叶离！传言他是从仙山修行归来的医者，能起死回生，妙手回春。他的事迹在大兴大街小巷流传，陆华庄存岐堂甚至奉他为医神。然而十几年来从未有人见过他，陆书瑛就是在寻找他的路上越走越远，最后把自己栽进坑里的。这代表了什么？

叶离等同于一桩传说！

难道真有此人？

"丫头，酒没醒就老实些，别乱蹦跶。你要晕不晕地在叔跟前晃悠，让叔很为难。"君珑打手势命令漪涟坐下，"我知道你们在惊讶什么，但叶离如今销声匿迹，不代表他从来没出现过。约十一年前，七皇子出宫前后，叶离曾在朝廷现身，并且与唐非一党来往密切。"

唐非，当朝丞相，常被人与君珑相提并论，传闻两者关系势同水火。他在大兴的名声不太好，说是永隆皇帝发昏多半是受了他的蛊惑。这话没有切实证据，可皇帝出巡时带着他一同前来陆华庄，漪涟看着，确实长得有几分乱臣贼子的面相。

"如此说来，母妃的冤情与唐非一党有关？"

君珑少有地说了一句痛快话："必有牵连。"进而补充道，"但我不认为唐非会告诉你们实情。你们若想查证，只有找叶离，而且要比唐非更快一步找到他。"

漪涟听出点意思："唐非也在找叶离？"

君珑道："唐非何等小气之人，怎么会容得下知情者？据我所知，叶离正是为了躲避唐非的追杀，才在近些年销声匿迹的。”

司徒巽听毕，在迷茫中寻到一丝希望，但问题很现实：“叶离逃避追杀，性命攸关，恐怕很难要他轻易现身。况且他躲了唐非这么多年，足见此人不简单。”

先前吩咐侍者去做的醒酒汤终于端上来，也许是加了几味药材，味道实在……漪涟趴在桌旁，纠结这种东西该不该往嘴里灌。不灌，醉酒辛苦；灌了，苦了自己。自作孽，不可活呀。

她端起嗅了嗅，借口放下汤碗：“师兄，你大可放宽心。大兴国的君太师，他要找叶离，能没有线索？”

漪涟这话讽刺意味重，君珑全当好话听：“丫头最懂我心。”他不动声色地瞅了一眼被默默推远的醒酒汤，笑道，“乖，喝了汤，叔说故事给你听。”

醒酒汤的气味腾腾往上蹿，配合着君珑的笑意，漪涟背脊一凉，又不甘服输。

漪涟狠了狠心，端起碗，捏着鼻子，一股脑儿灌下去，怪异的苦味顿时充满口腔，顺着食道一直苦到胃里。不知道这群大官是怎么个想法，饭比别人多吃就罢了，药喝这么一大碗能长生不老吗？漪涟昨晚好不容易吐干净，眼下又是满肚子的苦水。

她将碗放下，本是预备潇洒一笑，用骄傲的表情对君珑示威，结果一张嘴：“嗝——”

君珑从容背过身去，漪涟认为他在偷笑，连司徒巽的嘴角都抽得不大对劲。

说故事前，君珑首先挑起一个话头：“你们可知九嶷山？”

漪涟来了劲：“九嶷山，你说舜帝葬身的九嶷山？苍梧的那座？”

她曾观一卷无名札记，中道“苍梧之野，舜与叔均之所葬。其山九溪蜿蜒，九溪皆相似，故曰九嶷”。她隐约记得《山海经》与《史记》中亦有相似之言。据此推断，九嶷山应当是在苍梧府境内无疑。

然而苍梧府地界极广，又是山陵区，论山谈水，三十日尚显不足。九嶷山之名虽然传得广，可至今无人知晓其所在。据说有人曾深入探究，皆是有去无回，久而久之竟也成了与蓬莱岛一般的日月洞天，凡人无缘得见。

君珑道：“约十年前，苍梧开始兴起关于蛇仙起死回生的传闻，与叶离失踪的时间大致相同。本太师曾派人暗访，得知苍梧许多城民家中开始供奉一种图腾。”他回身，从刚才取画的博古架上又拿下一封密函递给司徒巽。

司徒巽打开密函一看，是一个拓本，上有一条漆黑长蛇，蛇眼半睁半闭，好似初醒，散发着平和包容之意。蛇身缠绕着一根枯枝，枝杈干涩腐败，枝头却乍生新芽，是起死回生的寓意。

漪涟顿时跳起来：“这图腾我在姑姑那里见过。”

她说的姑姑是指陆书瑛，被叶离坑害到死的那位。陆书瑛想找叶离让她丈夫起死回生，所以搜集了许多关于叶离的东西，其中便夹着这图腾。

司徒巽道：“蛇仙便是叶离？”

君珑道：“差不离，所以唐非近些年一直死盯着苍梧不放。无奈蛇仙居于九嶷山，唐非始终没个结果。七皇子既有诚心，不妨前往一试。”

漪涟和司徒巽两相一望，别无选择。

要想知道真相，就要找叶离。要找叶离，苍梧势在必行！

太师府会客小厅，秀静的婢女小步引进一人来。来人三十来岁的模样，身着正四品官服，眉眼间天生有股凌厉之气。只看他对偌大府邸轻车熟路，便可知是太师府座上常客。

待他自己寻了位置坐下，婢女连忙低头奉茶。茶水刚备下不久，是恰好入口的七分烫，雾气夹着奇异香气徐徐渗透出来。婢女欠身在旁，柔声道：“主人知道沈大人喜好绿茶，特地吩咐奴婢备上洞庭碧螺春。请您稍待片刻，主人理完事自会过来。”

沈序拨了拨茶盖，先闻后品，极为满意地“嗯”了一声：“不错，是极品。劳烦太师费心，准备了好茶，还打发了美人来伺候。”

婢女一听，脸霎时红透。

“本官瞧着你脸生，叫什么名？”

“奴婢萝春，是月前新入府的。”

沈序若有所思，点了点头道：“名取得不错，与洞庭碧螺春还挺合称。往后若能日日吃上你泡的茶，当是人生一大乐事呀。”

“沈中丞想得倒挺美。”屏风后的声音截下话尾，原是君珑来得凑巧。他撩开珍珠帘，踱步往厅前来，“本太师记得离京前，府里刚被你讨去了一颗西域贡珠。怎么，已经打算向本太师要人了？”他打了手势，婢女立马会意，退避到门外。

沈序待门关严实了，方才重新开口道：“下官记得太师一向不爱这类文文弱弱的，说是矫情。是因萝春姑娘眉眼间与尊夫人有几分相似之故？”

君珑不大高兴地挑眉：“一月不见，沈中丞越发能说会道了。想来近月朝堂上被弹劾的官员肯定不少。”

沈序神色一凝，听出了话中之意，话锋转得不留痕迹：“您是责怪下官办事不力？”他将茶盏放下，磕得桌面一声响，“唐相陪同圣上出游，五日前刚回京。说老实话，朝堂若是没有你们二人，确实风平浪静。”

君珑暂未言语，徐徐步至窗边，窗外满是杜鹃盛绽姿态，雍容尽收眼底。虽未有湖心亭的悠远长宁，但此间自成一派斑斓韵味，且地处隐蔽，适合谈话。府内管家总会应季换上鲜花，保证日日颜色不绝于眼，故而此间又被唤作无异阁，意指四季无异，此地花开不败。

寻常官家来访，君珑从不往这儿带。能入此间者，寥寥可数。

一阵微风拂过，融合着春夏交替时独有的气味和四季如故的花香。

君珑闻着舒心不少：“无风香不远，万事总该有助力。朝堂上，不能太平静。”

屈指一算，二人来往应不下八载。沈序体察其意自然不在话下，时间久了，便也学着拐弯抹角地说话：“八卦中以巽卦为风，太师起的这阵‘风’可真够猛的。”

君珑双瞳黑亮：“那阵风未到时机，倒是你这里的风，可以刮得再大些。”

沈序游刃有余道：“您放心，这事不难办，回去我就与老姜说说。从明日开始，弹劾唐非一党的奏折，保管能把御书房塞个水泄不通。”

御史台的长官是姜袁，一把年纪，做事太过谨慎，逢事总是和了大锅炖，再取个均等，以求万全之道。可御史台是什么地方？朝廷中最难求得万全的地方，干的一味是得罪人的事。这可愁坏了姜袁，几次上表到皇帝那里，想把屁股挪个地。但皇帝的态度很坚决，没戏！

姜袁再三思虑，就把沈序推了出去。难事坏事别人去做，总与他犯不着了吧？说白了，就是他空挂着御史大夫的头衔，还名其美曰给年轻人历练的机会。所以沈序平日除了管着兰台文书外，也常组织成员与朝廷百官“联络感情”。

古人多把信笺寄鸿雁、托鳞鱼，沈序这里没那么多麻烦事。瞅准目标后，直接把弹劾文书铺天盖地地砸过去，能砸死的，绝不容他半死不活。

都说言官最是磨磨叽叽，沈序这是开创了新高度，硬是把御史中丞做成了武将风范，让上头的“老姜”真就辣不起来。御史台一时威风八面，倒是舒坦了，可怜朝中百官每天过的是胆战心惊的日子，在家吃块肉都怕御史台一纸告到皇帝那里。长此以往，凡是御史台出品，纸质的，他们都管其叫催命符。

丞相唐非是被催命符砸得最多的人。不过此人位高权重，又有夏禾给皇帝吹枕头风，到目前为止还没被砸死。

御史台弹劾他基本上都是轻车熟路了，洋洋洒洒能写一大篇，就按照沈序给的范本照抄就是。至于数量，估计连皇帝看得都已不耐烦，最初还能批阅上“朕已阅”，往后只剩“阅”字，再后来嫌麻烦，叫宫人把奏章一字排开，他用拇指沾上陈泥，挨个碾一遍，粗暴直接。

其实严格说来，君珑也当然不是清廉好官，但就凭着与沈序的交情，弹劾文书照样一股脑儿追着唐非去。而他唯一要做的，就是给予沈序足够多的庇护，让沈序能做旁人不敢做的事。

“你只把御书房塞满能顶什么事？一年三百六十五天，皇帝能去个零头就不错。”君珑从花海中收眼看他，“唐非不足为惧，麻烦的是夏禾。她一句话，能抵你写一晚的奏折。”

沈序笑呵呵道：“那我让底下人多写点，从御书房往外堆。估摸着十来日，基本就能堆到笑春殿了。”

笑春殿就是夏贵妃的寝宫。之所以取名笑春殿，与君珑的无异阁还有些渊源。

大约是永隆皇帝登基第三年，君珑的太师新府建成，皇帝亲自捧了礼物来贺。当时他就看中了无异阁，还直夸这名字取得好，结果刚一回宫就把夏贵妃的常阳宫改成了笑春殿。

改名时，沈序正好在旁，就没搞懂皇帝是哪里的思路，人家姓夏，你偏取个春，不怕犯冲？皇帝的解释是，在夏姬面前，春色再好，也只有闹笑话的份儿，所以叫笑春殿。

沈序回头就把话转述给了君珑，只听君珑高艳冷笑：“呵，这水平，还真好意思。”

反正人家皇帝好意思，爱妃又挺喜欢，两人成日腻在那里瞎搞。在国库空虚之时，他还大兴土木为夏氏建造了沁鼓楼，楼底嵌入一大鼓，夏姬在上头跳舞时自有鼓声，里头装饰陈设极度奢靡，可见皇帝对夏姬的疼爱非一般。

“京城一带的美女，他已经不觉得新鲜了，你着人去寻些疆域女子来，好歹让他从夏姬那里分出些精神。”

沈序答应了，觉得君珑的思路还是可尝试一番。

“不过下官觉得那夏姬笑得再美，也不敌太师您一句温言好语。”沈序打趣，“若非您不好这口，如今哪还有夏姬容身之处？”

君珑听见这话时，已回身坐到主位上，砗磲串一响，一道凛然视线打向沈序，嘴边似笑非笑。他对着门喊了一声：“萝春，进来。”

侍奉在门外的婢女萝春小心翼翼地走进来行礼：“主人有何吩咐？”

君珑目光不离沈序：“去，把架上那把镶玛瑙的弯刀拿给沈中丞瞧瞧品相。”

奴婢乖巧地照做。可是她刚捧了弯刀到沈序面前，君珑居然毫不犹豫地掉头走了！

“这……”萝春看着君珑离去的背影，一双手捧在半空中不知该如何进退。

沈序目送背影消失在珠帘后，一转头，恰好对上萝春一双大眼，正局促不安地游移着。他心觉有几分俏皮，笑问：“你不懂君太师是什么意思？”

萝春有几分可怜地摇摇头：“奴婢刚来，不懂。”

沈序闻言，眼中带上几分玩味：“他这是让本官自行了断，由你来做个见证。”

萝春惊得抬头，一双手开始颤抖起来。关键是她手上还捧着弯刀，看得沈序心里直发毛，别一下没抖好真给自己捅进去了。他忙将刀接到自己手里：“别慌别慌。太师赏我的弯刀利刃，没有十把也有八把，本官如今照样活得好好的不是？”

萝春杵在原地，不知该说什么。

沈序继续道：“指着这杯茶，本官与你多说一句。据本官多年经验，君太师身边能长久的只有一种人，你知道是什么样的人吗？”

萝春迟疑半晌，弱弱开口：“奴婢……奴婢只管听话。”

沈序感慨道：“只是听话可不够。君太师喜欢的人不但要听话，更要听得懂话。”

他端起先前的洞庭碧螺春尝了尝，已经凉了，旋即又放下：“几分真，几分假，是要以假乱真，还是要以真装假？好比这把弯刀，”他把刀转了转，“你觉得他是真要赐死本官，还是暗示本官借刀行凶呢？”

萝春把头低得更低。

沈序站起身：“若你聪明，该好好想想。”话说完，大步出门去了。

萝春一介小女子，哪里懂官话？什么叫作懂得听话？这把刀……不懂。

她一脸迷茫地将冷却的茶杯收入托盘，转身要往内间走。正准备撩开珠帘，发现帘上隐约盈动着不甚清晰的影子。她的心顿时咯噔一下，不知出于什么想法，她居然鬼使神差地转过身去看。不看还好，一看吓得她心神俱乱，整个托盘砸到地上，泡开的茶叶与茶水顿时洒得一地狼藉。

亮丽衣饰，惊艳眉眼，指尖的砗磲珠串和珍珠帘相互辉映。站在那里的人不是君珑是谁！

萝春慌乱无措地跪下，声声喊道：“主人饶命，奴婢不是故意的。”

君珑不曾有举动，只轻飘飘地问：“本太师什么话都还没说，你又错在哪里？”

“奴婢……奴婢……”

“去找账房领一份赏钱，回屋打包行李吧。”

萝春凉意蔓延到全身，恍惚间斗胆抬眼看他：“主人这是要奴婢出府？可……可奴婢没有地方可去呀。”

君珑勾出一抹笑，暖意稀缺：“不必紧张，本太师是给你好去处。”他上前扶起人来，好言引导，“看沈中丞挺中意你，一会儿你直接去他府上，就与他说，本太师将你赏给他了，可好？”

君珑说得像在等待答案，可他不容许有其他答案。萝春忽然明白了沈序的话中之意，可怜她听懂之后，已经没有别的选择：“奴婢遵命。”

三日后晚间，月色清朗。

怪太师府伙食太好，漪涟连着几日上火积食，饭后沿着石子路在院中闲荡。

伴着歌台的悠扬小调，灯火明灭，她从湖心亭转入南边小园林。几日间头一遭过来，两行柳树自成天然帘幕，深处有一小石林，影影绰绰。

风拂过，微凉微凉。漪涟下意识地紧了紧衣领，感觉气氛在不知不觉中悄然变化。

自她进入石林开始，柳条逐渐过滤了惬意曲调，仅剩古琴声毅然穿入，于怪石间萦绕不去。她不禁放慢了步伐，蓦然回首，此地仅有她孤影独立。

怎么连个婢女都没影？

每往深处走一步，风就阴沉几分，古琴声犹如心弦，越弹越紧，直至再发不出声。取而代之的是清脆的铃铛声，时而因风急促，时而平缓。

突然，四周骤暗，月隐流云。再次绽放光芒时，漪涟站在石林的深处，亦是太师府的深处，发现了一处极其特别的建筑，是一座双层飞檐楼，一座拱桥紧连一座高亭，檐角上各挂一串金铃，交错唱响。

如此讲究的屋子，怎么连一丝人气也没有？果然贪官都浪费！

转身离去前，赶巧看见柳文若从另一条小道走近金铃阁，他轻车熟路地打开锁，没入黑暗中。漪涟心怀好奇跟上去。

屋里寂静无声，风铃隔了层窗纸，声音不再通透。斜穿入户的月光幽幽映出屋内轮廓，家居摆设一应俱全，堂中还有一尊铜质香炉。漪涟用指腹抹了一把，一尘不染，看来不是荒废之地。

她来回张望，不见柳文若的影子，撩开隔间纱帘，竟是间书房。

书册整整齐齐置于书架上，画筒里插了好些卷轴，墙上还挂着许多画，看不大清，只闻得墨香扑鼻。她的视线最后停留在桌案上，笔架悬着五支青花瓷笔，在月光里透着一股清亮，好似风铃。

几天前，于柳文若那里拿到的笔正是青花瓷笔，与眼前这种如出一辙。敢情是出自这里？

她走近细观，发现笔托架着的三支也是清一色的青花瓷笔，一旁的博古架上还陈列了许多，大小均有，数量远超出平日常用的范围，不知君珑是否有收藏瓷笔的喜好。

她闷头凑近想要细看，忽然月光收敛，光芒霎时在屋内亮堂起来。

“陆姑娘在做什么？”柳文若站在垂帘处，举着灯台蹙眉道。

漪涟一惊回头：“你从哪儿冒出来的？都不带声。”她解释，“刚才看见你，就跟来瞧瞧。”

柳文若低眉垂目：“这儿无甚意思，陆姑娘还请去别处逛逛。”

漪涟瞧着他神情怪异，自知理亏，尽管她不曾打算偷偷摸摸，但毕竟是不请自来：“抱歉，我不知道这里不许人来。”她发誓，“你放心，天地为证，我陆漪涟今日啥要紧的东西也没瞧见，瞧见的绝不往外传。否则由你灭口，绝无二话。”

阿爹说，家宅一大，总有些见不得光的事，陆华庄体会深刻。

柳文若先是一怔，后轻笑：“陆姑娘误会了，这里并非禁地，是……小姨的故居，自十年前她离世后便少有人出入。”

柳文若的小姨——君珑的老婆？

漪涟懊恼，她还真钻了不该钻的地。不知这位姨的脾气如何？会不会与她计较？不过她俩一来无杀父之仇，二来无夺妻……夺夫之恨，八竿子打不着边，想想也坦然了。

“我的那支笔是从这儿来的？”漪涟在意。

柳文若模棱两可：“小姨自小体热，冬日亦喜爱清凉瓷笔，是长年习惯。所以太师府所用以瓷笔居多。”

漪涟不置可否，趁着姨还未发话，赶紧转出金铃阁，回到湖心亭。

太师府依旧是惬意从容之风貌。

皇宫沁鼓楼，窗门紧闭。

灰蒙内间里，唯女子姿色无双，堪称璀璨明珠，大兴国内能有这等能耐的，自是贵妃夏禾。反观另一高瘦男子，年未半百，发鬓已掺白发，深棕色的锦缎外衣在暗处基本上就看不分明了。他便是大兴国丞相——唐非。

夏禾扭着水蛇腰问：“几日没个人影，哪儿去了？”

唐非板着脸：“来去都是为君珑找的麻烦事。”

夏禾笑得漫不经心，风情万种：“得了，回回与他计较，好日子都不用过了。”她妖娆地理着发鬓，“幸好甄墨已死，少了一个心头大患，你我也能收收力气，专心对付君珑。”

唐非目色阴冷，周身弥漫着诡谲低压：“我倒想收气力，偏是幺蛾子找事。”他一振袖，从腰间取出一枚东西，是块水润剔透的蛇形翡翠，质地上乘。

夏禾接过手，美目诧异：“叶离的东西？你找着他了？”

“想得容易。”唐非负手徘徊，声音像是喉咙里摩擦而出，“翡翠是叶离的信物，杀手却从甄墨那处得来。我琢磨着是他俩搭上线，计划着反将一军。”

夏禾不解：“甄墨已死，有什么可担心的？”

唐非眯起眼，高深莫测："当年事，他两人知道不少，万一留下证据……"话到嘴边乍然停下。不必多说，两人心知肚明。

夏禾眉间露情，繁复裙摆来来回回于地面曳过："死人不会说话，问题还在叶离。"她忽而想到，"你派去的人可不可靠？果如你猜测，叶离是断断留不得。"

唐非心里又泛起了波浪，肩膀气得颤抖。如果不是宫里耳目多，他恨不得吼两句："别提了。我为着谨慎，找了个市井混混去办，结果那傻子把搜刮的东西全卖了。"

夏禾掠一眼，不明混混与叶离有何牵扯："那能值几两银子？你还计较这个？"

唐非压低声音喝道："要不是那幅画，谁稀罕！"

夏禾红唇一颤："画？"她一想，慌了，"那还不想法子追回来？"

"那也得有法子。"唐非怒气无处发泄，使劲拽着拳头忍耐，"你猜怎么着？买画的竟是柳文若。亏得我日防夜防，居然还是坏在君珑手上！"

绢布窗过滤的光芒仅薄薄一层，它映照在夏禾的脸上，貌美无缺，可惜好皮囊难掩狠辣之心："君珑不是省油的灯，前朝他压着一头，后宫还给本宫找难受。真容着他和叶离联手，整盘棋还不被掀了？你可千万盯紧点儿。"

唐非双眼露出狠光，思来想去，不能轻举妄动："先这么办吧。"

## /三/世有苍梧

今夜，太师府暖阁异常沉静。软榻旁亮着一盏落地灯笼，朦胧的光线落在半透纱帘上，映出不规则的花样，浮动在昏黄与黑暗之间。刻漏传来滴答滴答的水声，和心跳差不多的韵律，很轻易就能蛊惑心神。

君珑穿着一层单衣，侧卧在榻上闭目养神，眉头紧蹙，脑海里总飘荡着一个名字。

甄墨……究竟有多少年未曾听见了？

承阳府那晚，那幅画……

余光瞥见曳地的纱帘，像极了女子的裙角，依稀有人染着浑身血色向他走来。鲜血是怎么来的？心口一刀致命，还是刺进了咽喉？抑或是用白绫勒住了脖子？是了，是在手腕，他记得，眼睁睁地看着那一刀割得又长又深，誓要看见白骨才肯罢休。

“你把自己困在这方寸之地，终有一天要走进绝路。”

恍惚间，又传来熟悉的音色，五分失望，三分不甘，两分决绝。

“道不同，不相为谋。此生大约海角天涯，再不复相见了吧。”

古琴被重重地摔在地上，发出刺耳痛鸣，一道伤疤赫然其上，如同腕间血痕触目惊心。

君珑惊醒坐起，晃了晃神，方才发现自己刚才睡着了，脖颈上蒙了一层细细的冷汗。

他取来方巾擦拭，不经意瞥见了对面的博古架，显眼处搁着一方砚台、一只笔洗，正是柳文若于鬼市购得的两样，所谓的甄墨遗物。它们被微微颤动的烛火投射出森幽的影子，落于墙面，蠢蠢欲动，仿佛附灵。偏偏梦做得恰好，徒然生出一股诡异的阴气。

君珑慢慢踱步走近，照在白瓷笔洗上的微弱光线因他逐渐消退。

“死后不肯过奈何桥的都是冤鬼，你有冤吗？”他带着苦味冷哼一笑，“甄墨，阴曹地府是不是没有你要的山水色？”

沉默以待，自然无人应答。

君珑呼吸越发不畅，就随意披了外衣在肩头，走到院中透透气。可惜不见万家灯火，不见皎皎明月，唯有暖阁尚存一抹微黄。他恍惚站在门前，以为做了一场黄粱梦，醒来后君太师的风云事迹已付烟波，只剩萧条的太师府，和他独自一人。

皇城之中，胜败都是朝夕之谈，他早就习惯了，今日怎的还闹无聊情绪！

四下一望，唤来管家：“掌灯去趟客院。”

管家神情闪过一丝异样：“回主子，侄小姐不在客院。”

“去哪儿了？”

管家迟疑道：“今日有批外商入城，侄小姐赶去瞧了。”

“昨日举着斧头上山，今日赶着城中热闹，倒挺懂得玩。”君珑虽然不懂上山为什么要带斧头，但外商入城确实值得一看，反正无事，不如陪她走走，想来肯定有意思。谁知他刚要回屋更衣，管家慌忙拦住了他，脚步踌躇，像拿不定主意。

“你慌什么？”他觉出不对劲。

管家入府管事有七八年了，深知君珑的脾性，想必自己的一举一动早已被他察觉，哪里还瞒得过去？反正事情已经平息，没闹出大乱子，还是老实交代好：“主子，您去了可别错怪侄小姐。”

君珑蹙眉：“她怎么了？”

“这个……详情不知，就听汇报的人说侄小姐去逛集市时把徐御史的小妾给打了，差点送官府。”管家见君珑气场有变，连忙拿捏道，“好在文若少爷及时赶到，已经私下摆平了，没大事。”

君太师何许人也？在京城重地，只要不触犯皇权，他能摆平的事确实不叫事。何况御史台由沈序一手把控，徐御史不过是混吃等死的货色，看珑动动嘴皮子就能了结。问题是陆漪涟好端端逛个集市，打人家小妾做什么？

“真不怪侄小姐，是那小妾不知天高地厚，抢了侄小姐的东西。”管家帮着说话。

君珑越发觉得稀奇，既然是徐御史理亏在先，为何私了？按陆漪涟的性子，打了之后该直接将人丢进官府才比较划算。

“都什么时辰了，怎么不早说？”他望了眼月亮，旋即入屋更衣，“即刻备轿。”

东市专门辟出一块空地供外商使用，因为贩售的商品较为稀有，许多达官贵人就趁着每月初进货的时辰前去抢宝。场面与鬼市差不多，拼的都是财力和眼力，区别只是一者明面上，一者暗地里。

君珑赶到时，集市已经散得七七八八，还有些在收拾包裹准备打道回府。少了金发碧眼的身影和琳琅满目的摊位，偌大空地顿时显得空空荡荡，所以他一眼就望见了形单影只的陆漪涟，正抱着腿，蹲坐在墙边，望着天发呆，手里不知拿的什么玩意儿。虽然尽力摆出一副无所谓的模样，但掩盖不住失落的神情。

本以为是她调皮闯祸，场面却与想象中不同。君珑加快脚步走上去，意外发现漪涟的衣服脏了一大片，头发乱了，眼角还有瘀青，脸色当即沉下来：“谁伤你了？”

漪涟一怔：“你怎么来啦？”

君珑蹲下来直视她，态度强硬："脸上的伤怎么回事？"

漪涟挠挠头，别开脸，窘迫道："没……没啥，就是不小心撞了。"

"撞了？"君珑眯起眼，"陆大小姐称霸亘城，哪家小妾神功盖世能撞得了你？"

此话的弦外之音再明显不过，可漪涟不但心宽，而且嘴快，为了表达陆华庄武学的博大精深，顺口就回道："我先撞的她！"说完就后悔了。

君珑眉毛一挑，似笑非笑地说："这么说来，你还不亏了？"

说亏真不亏，脚踹换巴掌，是她赚了，可没想到自己运气好，一脚踢出一个傍大官的。陆宸见识过京城的女人，并消化成真知灼见说给漪涟听，他讲女人吵架不分胜负，闹得响的未必是赢家，关键得看背后男人来出招，拼拼家世，比比官位，钱多权重就是大爷。

好比今日那女人，趾高气扬地夺人之物，可不就仗着她男人有钱有势？漪涟野惯了，一时没想起陆宸的高见，见那女人张牙舞爪、纠缠不休，她就使了一招回旋踢。没想到旁观者里还有叫好的，她挺得意，自以为为民除害，只差吼一句"光天化日，朗朗乾坤"。

可没等她开口，那女人先吼起来，说是谁谁谁家的十三姨太太。

姨太太不是什么大名头，但漪涟听清楚了，她家男人是御史呀！

"所以你踹了一脚之后就任凭人欺负？"君珑的语气似有责备。

漪涟心虚："那可是大官。"

君珑一笑，反问："你不知道叔比他官大？"

"知道才头疼。"漪涟发愁地嘟囔，"方才柳文若亮明了底牌，我没拦住。你说万一他写封奏折可怎么办？我听阿爹说，御史是最会骂人的官了，文绉绉的，你还未必听得懂。如果皇帝看了，会不会怪你？会不会罚你？"

君珑眸光一动，很意外。

漪涟误会了他的反应，弱弱地缩了脖子偷瞄，说："我……是不是给你闯大祸了？"

大祸？得罪君太师的人才真是闯了大祸！不知漪涟是什么思路，方才还说钱多权重是大爷，自己碰上倒发愁了。可只要想到她为了他甘愿受欺负，独自蹲在墙角一晚上，甚至忍气吞声，连官都不报，一阵暖流就涌上君珑心里，连带着阵阵疼惜。

“你说叔是乱臣奸佞，还用他们骂？”君珑的指尖拂过她眼角的瘀青，“真要闹起来，你帮着骂回去就成。”

漪涟见他开起玩笑，稍稍放了心，摆手道：“别呀，我那是乱说的，您收收小钱做个小贪官就好。真闹成了大奸臣，岂不是有我一份错？”

君珑乐出声：“不打紧，叔本来就坏，不算你的责任。”他拉着漪涟起身，“走。”

“去哪儿？”

他牵着她笑道：“咱们官大，可不能吃亏。”何况他很好奇，什么稀奇玩意儿能让陆漪涟瞧入眼。

话说当场，一行人马匆匆来到东市，男女老少齐备，一副举家迁徙的架势。其他人漪涟认不得，但被她踹过一脚的小妾她是认得的，哭得梨花带雨，楚楚可怜，这要是再踹一脚，估计能当场捧心吐出一口血来。

领头人大概就是所谓的徐御史了，身材瘦小，却大腹便便，不知是不是贪多了无福消受。他远远呼唤：“君太师，君太师留步。”然后急急忙忙地拖着小妾冲上来，“太师，下官可算寻到您了。方才拜访了府上，管家说您来了东市，还好，没有错过。”

他整理了一肚子说辞，也做好了挨训挨罚的准备，岂知君珑笑容亲切地回了礼：“徐御史辛苦，不知寻本太师何事？”

徐御史瞥了一眼小妾，后者也被君珑的笑容闹晕了，难道找错人了？

因为沈序的关系，御史台和君珑算是“自己人”，所以徐御史平日没费多少心思，只道君太师位高权重，不惹着就好。谁知今日一见，高高在上的君太师竟然如此平易近人！他顿时就松了口气。

“君太师，今日之事其实是个误会。”他将前因后果解释了一遭，未见君珑有只言片语的申斥，不禁放胆道，“妇人无知，竟认不得侄小姐千金贵体，结果无意冲撞了，还望太师见谅。”他连忙命人捧上东西，“此物归还侄小姐，另备一点薄礼，请太师笑纳。”

好家伙，薄礼准备了满满一箱，多大手笔！

漪涟震撼于薄礼，君珑的目光却落在那件归还之物上：不是古董珠宝，不是稀奇珍玩，就是一块木头，适合做琴的梧桐木。单木质而言，虽非极好，但也罕见，加之外商施以独特工艺，泛着微微幽香。

“这是什么？”君珑问。

徐御史道：“是琴木，妇人觉得喜欢，讨来是打算做妆匣的。”

君珑当然知道是琴木，他问的是漪涟，她为什么要买琴木。

漪涟察觉到他的视线，不好意思地别开脸。

君珑突然不怎么想和徐御史废话了，颔首客气道：“承蒙皇上厚待，本太师为官数年，有句忠告可与同僚共勉，还请徐御史莫要嫌弃。”

徐御史忙道：“太师客气，下官洗耳恭听。”眼下形势，他以为听了忠告就能万事大吉。

果然，君珑笑容如和煦春风，一字一字都扎在听者的心尖上：“天亮之前，将你的小妾送进官府，否则，本太师把你脑袋拧下来。”

全场震惊！

君太师的忠告真是通俗易懂！

徐御史更是当场傻眼，脑海里猛然响起了沈序的话。

众人皆知御史中丞沈序与君太师关系颇近，沈序又是他的顶头上司，所以他原本是打算借着这条路子平息事态，毕竟这个小妾他还是很喜欢的，能保下来自然最好。可当他急忙上门求解，涕泪横流地说了一堆，沈序却自顾自地喝茶，既没说帮，也没说不帮。直到他追问急了，沈序方才开口：“徐御史且去吧，君太师必然厚待。”

对，是厚待了，多么温暖明媚的笑容啊！

徐御史领教深刻，估计此生也忘不了，那一笑当真是倾国倾城，片甲不留！

太师府的老管家揉揉眼睛，确定自己没有看错：自家主子正同小百姓一样坐在大门前啃糖炒栗子！熟练的手法和随意谈笑的身姿让太师府的烫金匾额都有些挂不住。可谁让君珑心情好，就乐意陪丫头坐在门前吃栗子？

他剥了一颗，香香甜甜地送进漪涟嘴里：“没话说？”

漪涟嚼着嘴里的，剥着手里的：“说啥？”

君珑示意旁边的琴木：“送谁的？”

漪涟的动作顿了顿，嘟囔道：“我为什么非要送人不可啊？”

“你又不会弹琴，留它何用？”君珑笑得意味深长。

漪涟回他一眼，脸微微发热，心想：干脆咬死，不承认最好。可转念一想，明明就是送他的，何必那么矫情，倒好像真有什么心思一样？她心一横，拍掉手上的栗子碎屑，大无畏地抱起琴木往他怀里一送："给，送你的。"

君珑笑而不语。

漪涟觉得脸更热了，嚷道："只……只是安宁村的谢礼，没啥意思，你别多想。"就是觉得没买到亘城的两把古琴，他似乎挺遗憾。

君珑理所当然地颔首："这个自然。不然你以为叔能怎么多想？"

是呀，除了谢礼，还能怎么想？漪涟觉得自己栽坑里了，撇撇嘴，不敢再接话。

琴木已初具模样，尤其是陈年木料，质地甚佳，届时找名好的师傅来雕琢，奏出的琴音必然人间难得。他反复端详，越瞧越喜欢："你不懂琴，运气却好，挑了一件宝贝。"

漪涟撇撇嘴："可不容易。"

是不容易。据君珑所知，她昨日不仅扛着斧头进山，还扛进了太师府的后院："幸好，府中没有适合的木头，不然你是要把屋顶都掀了。"

"如果能就地取材，我可以省不少银子。"

"你省银子，叔为了一块木头还要修屋顶，算哪门子谢礼？"君珑噙着笑打趣，忽然提议道，"既是谢礼，丫头替它取个名字如何？"

"取名字？千万别！"漪涟连连摆手，"前两日我也想着写怪谈该取个名字，憋了几日，好容易才闹出一个。您可别再给我加苦差事。"

取名要有文字功夫。好比你叫张三，肯定是路人跑不了；如果改叫张五郎，说不定能卖上大饼；如果叫张富贵，听着就像某某客栈掌柜。同理，杂记上倘若题了"荒野媚史"几个字，基本上只能压在陆华庄各弟子的床板下。

君珑听着挺有兴趣："最终你定了何名？"

漪涟没把握，试探地问："您有学问，觉得'陆离记'可好？"

"陆离记，"君珑品茗道，"是取光怪陆离之意，又恰好应了你的姓氏，的确是巧思。"他默默念了两遍，实在很称心，"再不会有更合适的，如此，便称陆离。"说完，让管家取来刻刀，就坐在太师府大门前当场篆刻，一笔一画，亲手将"陆离"二字题于琴木之上。

漪涟没想到自己取的名字还能刻在琴上，凑近脑袋瞧，只见两个字如行云流水，煞是好看。她羡慕地掰手指："还是有学问的好，难怪阿爹常劝我多读正经书。”阿爹还说过，读书人考上状元当了官，写的字能卖很多钱，“叔，您也给我题个字行吗？”她笑眯眯地拉拉君珑的衣袖。

君珑心里高兴：“行，拿来。”

话音刚落，就见漪涟转头去掏东西。

他这才发现她带着包袱，眸光一动，刻刀不经意停在“离”字最后一笔。

漪涟喜滋滋地捧出一本蓝皮册子，就想让他在上面题字，结果一回头撞上一双深邃的眼眸，霎时沦陷其中。说不清是什么感觉，似有惊讶，似有忧愁，似有彷徨，她看不懂，但离不开那视线。良久，她动了动眼珠子：“你怎么了？”

君珑蓦然回神，笑意在不知不觉间淡去：“这就要走？”指的当然是去苍梧找叶离的事。

漪涟道：“师兄先行一步，去承阳替阿爹办事。我们约好明日在承阳碰头。”

君珑沉吟片刻道：“多等两天，等叔带你到京城各处玩一遍再去不迟。”

漪涟心里一暖：“那等我回来再玩行不行？君子一诺千金，你要不认，就赔我千金。”

君珑闷声无言，思绪纷乱，就这么一直看着她。

“叔？”漪涟被看得有点紧张。

忽然，他笑了笑，仿佛对刚刚的失神全然不知情：“要赔千金？你放心，叔肯定不赖账。”他也许是有所打算，起身将琴木转交给管家，然后一路拉着漪涟来到无异阁外，说是有样东西可做押金。

漪涟拿到手里的是个长形锦盒，金丝勾画，星芒点点，里面装了一支檀香木笔，不加雕花，简洁大方。据说好物是有灵气的，命中注定与谁有缘，想跑都跑不掉，漪涟深以为然，要不她怎么第一眼就觉得喜欢呢？

“先前那支瓷笔并非出自织贤堂，这支才是正品。”君珑见她爱不释手，心里甚满足，“瓷笔不如木质，冬日凉手。你且收好，说不定哪日用得上。”

漪涟眨巴着眼睛问：“真送我呀？贵不贵？”

“你觉得贵不贵？”

“贵！”她一脸乐呵呵，跟小百姓拿了真金白银似的。

大概是她的笑容天生有感染力，君珑不禁跟着笑：“想要叔题字，就早些回来。”身在官场，每句话都习惯了深思熟虑，当这句话轻易从嘴里说出去时，他蓦然有点明白了自己的心思，像是舍不得。

漪涟心里滋味怪怪的，考虑了半天，也不知怎么回答。

君珑轻声低语："给叔写信。"

她突然有点不敢看他，吸吸鼻子："哦。"

当日清晨，漪涟与司徒巽在承阳府会合，二人起程由商道南下。

隔日，过承阳府。

五日时，于竹里小镇休息半日，换第三匹快马。

六日晚间，入苍梧府境内。

几日长途跋涉中，漪涟察觉出异端。她将马牵至一棵榕树下拴好，于暮色中回望来时古道："你有没有察觉到杀意？"

司徒巽跟着拴好马，装作若无其事地向小镇走去："商道人多，不易判断。今日走小道，气息不好藏，不过没有杀意。"

漪涟别过脸，不置可否。

大约是她和陆宸从不勤加苦练，杀意这种东西，她从没感觉到。她就弄不明白，好好的人往面前一站，能觉察出什么气息？除非三月不洗澡，自个儿臭出味道来。

"我原想在京城多留几日，让你得空查查姝妃的事。可刚出太师府就有人盯着，这也是我为什么着急离开的理由。"后边鬼鬼祟祟的家伙，她已经留意了许久。

漪涟本是闲来无事，想往城里吃碗馄饨，顺道逛逛京城大街。甩了太师府一干护卫后，居然还有人跟在后头。她向柳文若打听，君珑的眼线遍布京城各处，走在街上，你都不敢肯定哪个路人是真的，说不定君珑一声令下，卖着茶叶蛋的能直接将你逮回太师府去。

既然不是君珑的人，因何跟踪？

漪涟自觉没有价值。

司徒巽行事谨慎，应当不会暴露身份。

君珑的可能性最大，可一路跟来苍梧又干什么？这不得不令她重新想想。

"敌暗我明，不可轻举妄动。先看看这位来客有何目的再说。"司徒巽打算道，"前头是紫霞镇，苍梧府最边境处。先休息一晚，明日进城？"

紫霞镇有些特别，虽然被朝廷划到苍梧府境内，实际上却在苍梧河之外，以致很多城民有排外心理。一来二去，就有这么个说法，过了苍梧河才算苍梧地。

漪涟确实疲惫，点头答允："听你的。"

他们落脚的顺意客栈是家傍山小店，后窗与山峦近在咫尺，掌柜称之为观山雅居。谁知一入夜，举目漆黑，除却蛙声此起彼伏，四下压根儿无景可赏。这不是观山，简直是被蒙了良心的掌柜给拐进了山沟里。

漪涟自认为是俗人，睡得踏实就好。可任凭她翻来覆去把被褥捣鼓成圆润的团，依旧无法入眠。外头摊贩早已歇业，彻底打消了她喝小酒的念头。琢磨着要不学诗人感慨一番。推窗一看，太阳穴顿时突突跳得发疼。

其实她的要求不高，你给点萤火，能塑造扑流萤的意境；你给点明火，能抒发一下满腔热情；你哪怕给撮鬼火，她也能编个百鬼夜行。谁想老天连个光点都没给，前窗后窗一概是乌漆墨黑。

这是她和陆宸的通病，庸俗。没有花草蝴蝶、星光月色，就是写不出诗。

记得阿爹曾给陆宸请了个师父，秉承着寓教于乐的信念，带着陆宸踏青春游。路过山下一小村，师父有意让陆宸赋诗一首。那会儿的陆宸压根儿搞不清平仄押韵，张口吟了一首极其直白的打油诗：

石下一枝花，河上一只鸭，问君哪里来？山脚一人家。

师父听完，嘴角一抽，为了不打击新学少年的积极性，勉强点评了一句："至少写实。"隔天就告老还乡。

漪涟自知在这方面，她没本事向陆宸嘚瑟，一本《陆离记》，只求通俗易懂，不求超凡脱俗。她突然想起了那支檀香木笔，百无聊赖之下，就取出来看，连同青花瓷笔一起。

君珑说，这瓷笔是织贤堂的仿品，她不擅此道，于金铃阁中亦不曾细看，只觉得笔杆上的青花釉色生动明快，至少算得仿品中的上乘之作。不过她更加属意于檀香木笔，触手温润，香气幽雅，写出的小字秀而不软，极合她的习惯。

临别时，君珑曾交代要给他写信，漪涟很苦恼。

陆华庄统共就那点地，让信鸽一路拽着贵妃步行一圈用不上半个时辰。此次抵京，也是托了太师府的人传口信给阿爹报平安。

写什么好？

蘸了墨汁，她考虑良久，下笔道："今日刚抵苍梧，一路平顺。不知京中情形如何……"

皱了皱眉，揉了！

死板无趣。

再写……

愣了愣，再揉了！

漪涟撑着脑瓜子苦想。

为了一块琴木，她脚踹小妾给君珑惹了麻烦，不管谁官大，总是个事！大家都说伴君如伴虎，万一皇帝心情不好追究起来怎么办？她出于道义，问问他好不好，如此……应该不会太突兀。

正要下笔，未关紧的门窗被山风吹开，风力不减，径直入屋吹熄了蜡烛。

火烛是唯一的照明，神奇的是它的熄灭没有令屋内变暗，反而从室外透入了光线。光线在桌台上映下轮廓，赫然是个活生生的人影！他动也不动地扒在窗纸上，面容扭曲，一双突兀的大眼透过薄纸与漪涟的视线撞了个正着。

她顿时头顶发麻，大声吼道："谁？"

黑影动了动，逐渐变得模糊。漪涟明白他想逃，旋即取了佩剑追出去。可惜晚了一步，那人迅速跳入植被繁密的丛林中，犹如鬼魅来去匆匆，很快不见了踪影。

她重新燃起烛火，发现地面上遗落了一些蜡油，判断时间不会太短。想想不禁后怕，刚才若不是风吹熄了蜡烛，混淆对方判断，或许此刻已经死于非命。

难道跟踪者的目的是她？什么动机？她反复思量了半晌，觉得不必太费劲，只等对方按捺不住，自露马脚。任他魑魅魍魉，总能揪出来！

此夜辗转难眠的不止一人，司徒巽心乱不宁，顺着苍梧河一路向下走。夜色容易迷惑心志，一些陈年旧事悄无声息地涌上心头。

当年，究竟发生了什么？让母妃噩梦连连，让陆远程如临大敌？

君珑的话蓦然跳进脑海："待查明真相，你将如何？"

临行前一天，君珑将他单独找去，话锋急转直下："是为报仇，或仅仅知晓便满足了？"

司徒巽防备心重，反问道："太师又意欲何为？"

君珑神色凛然："陆华庄退隐朝堂多年，容易消磨心志，朝廷却比刀山火海惨烈。本太师周旋多年，仅可保自身无虞，本不愿节外生枝。但既得前庄主托付，自当给巽皇子提个醒。"

司徒巽隐约能察觉他接下来所言的重要性，遂屏住呼吸。偏偏君珑的话未加一点修饰，恍若雷雨骤降，打得他猝不及防："凭你要报仇，难。"

静夜里流水潺潺，司徒巽心里却波涛汹涌。

身负大仇，无从得报，难道要眼睁睁地看着凶手逍遥，而自己只能苟且偷生？那他以何偿还母妃以命换命的恩情？又有何颜面在世为人而问心无愧？倘若仅凭司徒巽难有作为，做回李巽又何妨？浴火重生，总好过行尸走肉。

此恨不绝，心锁不解。此仇不报，永生不安。

他暗暗发下重誓。

恰在此时，脸颊触到了几滴冰凉，他仰头一望，一滴雨水正好打进眼里，逼他锁起眉头。

下雨了，难怪阴冷许多。

他转身回走，忽然发现黑漆漆的河道上凭空出现了一团黄光，逆流而上，在夜黑风高时格外突兀。大概是与漪涟待久了，偶尔也会神经兮兮，记得漪涟常看的怪谈里头好像有狐鬼蛇妖一类。

他沿着河道追了几步，依旧看不清。只见黄光随着水波起起伏伏，周围萦绕着轻幽幽的白雾，然后，黄光突然熄灭！犹如鬼魅凭空来去，彻彻底底消失在苍梧河中央。

司徒巽四下环视，自己早走过了苍梧城的位置，周边暗无灯火，不存人气。只有河对岸隐约可见房屋的轮廓和摇曳阴雨中的树影，发出沙沙的声音。

回到紫霞镇后，正巧遇上打更的小哥，他留心询问："敢问兄台，那里是什么地方？"他指了指黄光消失的大概位置。

小哥一敲铜锣，当的一声："你问那儿？那是苍梧城旧城区，现今早就没人住啦。官府拨了银子准备改造，前几日已经全封了。"

司徒巽心头发紧。在黄光熄灭前的一瞬间，他仿佛看到一个人影……

小哥好心提醒："您是外地来的吧？如果没事，就早些回去，免得冲撞神灵。"

司徒巽本欲多问几句，想想还是只道一声：“多谢。”

雨渐大，三两滴混着凉风渗进领口，明显比来时更冷。

次日，二人赶路至苍梧河，乘船前往苍梧城。

据说苍梧河是九嶷山上的九溪汇聚而成，河水甘甜如山泉，环绕整片苍梧地界。清晨时分能见白雾飘浮于河波之上，随着水波徐徐流淌，苍梧人称作仙气。仙人每日清晨吹一口仙气，水波自行流淌一日。如此这般约有上千年，循环往复不止。

漪涟觉得这个传闻编得挺有画面感，于是跑到甲板上看新鲜。

只见一道白雾茫茫的河水蜿蜒进山隙中，无法望得远，两岸高山环伺，紫霞镇已隐入雾气间。风拂过的味道带着草叶清香，能听见船桨戏水声，却瞧不见水面，船夫拨动的是白云般的湿雾。

苍梧这份仙气，好似从远古传来。

船夫好客热情，摇着船桨，对苍梧传闻如数家珍。

漪涟好奇搭话：“既然说苍梧河是九溪汇聚而成，那么只要循着河道走，不就能找到九嶷山了？为何至今都没有人发现九嶷山所在？”

船夫哈哈笑道：“仙人住的地方，当然有仙法庇护，不然还算仙境？”他指了指穿行在山峦间的苍梧长河，“据说有位老乡亲想去九嶷山拜师求道，就是按照姑娘的说法，结果你猜怎么着？他一圈绕下来，绕了整片苍梧，最后回到原处去了。”

漪涟道：“长河理应入海，如何能绕行一周？”

“这便是咱们苍梧的神奇之处呀！”船夫煞有介事地说，“听说那老乡三日不眠不歇，途中没看见一条支流，更没瞧见哪条溪水流入苍梧河。你说怪不怪？简直像中了仙法似的。”

司徒巽走上甲板，恰好听见船夫这一说，再看漪涟双眸放光，忽然有不祥的预感：“传言而已，不可当真。”

漪涟回头：“无风不起浪，传言肯定有由来。”

司徒巽有经验，此时不把关，肯定会一发不可收拾。可对上那双闪亮的眼睛，他又只有妥协的份儿：“阿涟，若你有意，待事情办完后，我陪你一起可好？”

漪涟知道事情不可耽误，计划回去后再拉上阿爹和陆宸一起，全家人同游苍梧。若是某位叔……如果他求着、闹着、哭着，非要跟来不可，勉强带上倒也无不可。

船夫瞧着气氛不错，似主家招待："小两口是从外地来的吧？脸瞧着新鲜。苍梧河可是九嶷山上仙人喝的水，你们舀一勺河水尝尝，比酒还要香甜。"边说边丢来一个巴掌大的木制舀勺。

漪涟不服气：亘城的泉水最香甜，这儿能更好？

她接过舀勺，探出身子去捞河中水，清水香渗入鼻腔，更有张力。可未等她将两地甘露一拼高下，水雾之下若隐若现的漂荡之物吸引了她的注意力。

什么玩意儿？

她好奇地用手扇开水雾，待见了真身，当场吓得尖叫，一下子跌进司徒巽维护的双臂中。

船夫停下船桨："这……这是……"

只见清澈如镜的苍梧河倒映着绿油油的山脉，在翠色旖旎之中，一具惨白的尸体沉溺在河里，随着流水与船一同漂浮而下。尸体好像站立水中，张开双臂，怪异地仰着头，散乱的长发犹如水草随波摆动。皮肤早已被泡得发白，瞳仁空洞无神，一片混沌。

自踏上苍梧之行，身后没少过贼兮兮的眼睛，但从没有一双眼睛如此惊悚。

漪涟余惊未平，努力控制着情绪："这是谁家放出来吓人的？"

船夫恢复得倒快，震惊之后，以一副高深莫测的口气道："终于还是逃不过呀。"

同船的一对夫妻听见动静也钻出来，苍梧河道上又是一声尖叫。男人贴心地搂住扑进怀里的妻子，跟着感叹："已经第三个了，该到头了。"

第三个？

敢情仙人喝的水是用死人泡出来的？能提高道行还是能延年益寿？他老人家肠胃可还健康？怎么瞧着这日子过得还不如亘城的鬼舒坦？

尽管刚才那口没喝上，漪涟还是觉得胃里一阵翻腾。

一刻钟后，船靠岸，不远处即是苍梧城门。

一炷香后，官府闻讯赶来，来的是师爷和仵作，外加几名官差。

官差将尸体隔离到岸边，由仵作验看，师爷捋着小胡子走上前："是谁先发现尸体的？"

船夫老实回答："是这位姑娘想舀水喝，无意中发现的。"

师爷瞥了一眼漪涟："喝了？"

这与案情有关？漪涟狐疑道："没喝。"

师爷"嗯"了一声："那改日可寻机会再尝尝。"

漪涟眉头一挑，对司徒巽附耳道："这师爷脑子不好使？"

司徒巽表情复杂，示意她少安毋躁。

师爷接着问船夫："你的船是自苍梧往紫霞镇去，还是从紫霞镇过来？"

船夫道："是从紫霞镇过来的。"

师爷摸着小胡子点点头，又道："发现尸体之时，你们正作甚？是否一个不缺，全在船上？有没有人可为证？"

要不是司徒巽拦着，漪涟真想把话顶回去。河中央不在船上待着，难道下水抱着尸体洗个鸳鸯浴？不嫌瘆得慌？即便你有这癖好，人家还不一定愿意搂个傻子。

验尸的仵作这时直起身子，手里拿着一块取证用的白色绢布，似有重大发现。他巴巴地跑过来，满脸惊惧，施礼的手在颤抖。

众人纷纷提了口气，只听他凝重道："这，没的救了。"

漪涟苦笑，是没救了，换只狗来嗅两下，都知道这人是死是活，你身为仵作，还盼着尸体能坐起来，和你聊聊水淹的滋味好不好受？她颇为惋惜，大好的青年呀，被仙酿养残了。

不过仵作还有后话，他面色铁青，于掌上翻开绢布呈于师爷："您瞧，是在尸体袖口发现的。"

绢布中裹的是数枚柔软的物质，约指甲盖大小，泛着微微的淡紫色。凭漪涟判断，像是某种花的花瓣，被水泡烂了，难以判断是什么花。但来头绝对不小，明明白白让船夫和一干群众变了脸色。

师爷瞄了一眼，不忍目睹，摆手让仵作赶紧收起来，问道："城档可查过了？"

一名官差适时迎上："回师爷，查了。只是档中……没有此人的出城记录。"

漪涟意外："您认得死者？"

师爷端着架子道：“死者乃西池巷林家二子，行径恶劣，是府牢常客，本师爷岂会错认？”他眼珠子滴溜一转，“唉，泡成这模样不容易，赶紧让人埋妥当了，省得堵心。”

官差们齐声响应，给林二蒙了一块白布，抬起就走。

围观群众里有此起彼伏的唏嘘声。

漪涟急了，好歹是她头个撞上，没弄清所以然，直接将人埋了，叫什么事！

她脱口喊住打道回府的师爷：“我说大爷，这人明显不是心甘情愿跳水里给神仙泡酒喝的。官府不立案，仵作不验尸，怎么能说埋就埋了？”

师爷不屑地回头：“哪儿跑来的不懂事的黄毛丫头，还管上事了。他是不是自个儿跳下去的，本师爷看不出来？问题是……”他突然刹住欢快的嘴皮子，“得得得，哪儿凉快去哪儿，姑娘家折腾个什么劲！”

漪涟张口要反驳，被司徒巽暗中拉住：“不必计较。”

他向后方打了个眼色，同船的几个人还杵在原地面面相觑，全摆的是一脸讳莫如深。漪涟深以为然，待师爷甩着袖子走远后，折回头向船夫打听：“大伯，刚才听你们说这是第三个，都死三个了，官府怎么查也不查？是不是有内情？”

船夫左顾右盼，最终只有一声叹息。

漪涟瞅准他是热心肠：“大伯，你瞧我俩千里迢迢来苍梧，就是为了寻医问药。您好心给提个醒，说道说道，不至于让我俩外地人把小命给搭进去。”

船夫叹息不止：“寻医问药是来对了地方，只要悠着点，不算大事。”他指了指尸体抬走的方向，“他们是得罪了神仙，遭报应了。既然是神仙降罪，官府怎么敢查？”

“神仙？舜帝？”漪涟问。

刚才同船共渡的小夫妻道：“是蛇仙。上月的事，林二他们醉酒闹事，把大伙儿新建的蛇仙庙给整得一塌糊涂，还推翻了蛇仙像。平日就数他们给苍梧添乱，这回惹到蛇仙头上，怪不得要遭罪，自找的。”

漪涟听明白了：“意思是蛇仙杀了他们，所以官府不敢查？”

船夫急得连连摆手：“小娘子呀，话不能乱说。神仙可不会平白无故杀人，这叫惩戒，给我们苍梧清理门户呀。”

两人没忘记此行苍梧的目的，想到蛇仙就是叶离，不免多思。

司徒巽道："敢问前辈，你们如何断定这是神仙惩戒，而不是有人蓄意谋害？"那林二除了死相惊悚外，没有任何稀奇之处。

船夫道："你们刚才没听见官差说什么来着？林二没有出城记录！谁能神不知鬼不觉地把林二给搬到城外，再扔进河里？"

漪涟谨慎："出城只有一道门？"

船夫道："只有一道。进出城，都从这里。"

司徒巽仰头望向与城门紧挨的山脉，高耸入云，难以攀爬。

"我见你们对仵作手里的花瓣反应极大，是什么缘故？"漪涟问起花瓣。杀人赠花，果然是比亘城鬼爷懂规矩，做足了全套。

旁边的妇人道："那是八仙花。"

亘山上有许多八仙花，漪涟没弄懂玄机在哪儿，追问道："有讲究？"

船夫又是一圈顾盼："讲究是没啥讲究。不过苍梧城的八仙花不多，只有一处。"

司徒巽已经预感到了答案："哪儿有？"

"蛇……蛇仙庙，所以我们常把此花叫作蛇仙花。"

不知是谁，好重的一声叹息。再往下问，多是些无关紧要的传闻，譬如蛇仙起死回生，能让枯树逢春等等。漪涟心里早有打算，蛇仙关系叶离，至少该往蛇仙庙走一趟。

离城门约两丈处，有位老者闭目端坐于一长形石桌后，白发白须，素白长袍，脸上皱纹满布，看着少说有八十岁。每当有人入城，他眉目不动，高深莫测地诵曰："请香两炷，每炷六文。"

他面前的石桌上全是香，品种唯一，已陆续卖了不少。边上放有一个锈迹斑斑的铁罐，入城者取了香，自行将钱币投入罐中。老者始终闭眼养神。

"两人四炷香，总共二十四文。"当漪涟走到石桌前，老者悠悠然道。

漪涟拦下了司徒巽取钱的动作："敢问大爷，这香拜谁？"

老者道出两个字："舜帝。"

"那为何每人要请两炷？"

老者说了三个字："祭蛇仙。"

漪涟颇有深意地看了司徒巽一眼。

蛇仙庙坐落于城中西北方向的一个山坳里。

昨夜绵绵细雨，今晨云雾缭绕，数蛇仙庙最浓，一个步子踏进去，当真是云深不知处。直到一道围墙横在眼前，抬头见到拱门上挂块木质牌匾，上题“灵蛇仙地”，二人方知蛇仙庙到了。

走入庙里，雾气略淡，浮在半空中飘飘袅袅。山坡上绿树成荫，寺庙里却没有树木，满是各色各类的八仙花。得益于苍梧地利，此地的八仙花开得略早，而且鲜艳，一朵朵犹如彩球沿着墙脚围绕整个寺院。

他们绕过寺院中央的石香炉，一个长衫青年从庙宇里迎出来：“二位留步。”他好意上前提醒，“蛇仙庙月前遭损，眼下还在修葺，二位不如过段时日再来参拜。”

漪涟四处张望：“是林二那伙人干的？”她目光停在香炉后腿上，上面明显有两道拼合的痕迹。

青年听罢，面露惊奇之色：“二位打扮不像本地人，怎的与林二相识？”

司徒巽道：“有过一面之缘。”

漪涟紧跟着补充：“只能是一面之缘，他已经去阎王爷那儿报到了，再见面多不好。”

青年讶异：“林二……死了？”在得到司徒巽的颔首后，他迫切追问：“何时的事？”

漪涟灵机一动：“半个时辰前还在河里泡着，师爷觉得有蹊跷，让我们过来问问林二闹事当天的情况。”

青年大感奇怪：“官府要查这事？”他不自觉地回头望了一眼庙宇，满是忌惮。

漪涟顺口道：“英明神武、聪明睿智的师爷与你一个想法，所以才让我们外地人来打听。当真出了差错，也连累不着你们。”

从追问林二的死讯开始，漪涟猜测此人与之多少有些瓜葛。果然，听到这里，他开始一个劲地摸着下巴琢磨，来来回回好半会儿，终于下定决心道：“二位请跟我进来。”

他轻车熟路，一路把他们领进正殿，说自己是落榜回乡的书生，受托来管理寺庙，平日与林二是说得上话的朋友。林二在苍梧是出了名的混混，可对鬼神还是颇为敬重的，不像是个敢推翻蛇仙金身的人，为此，他一直耿耿于怀。

除了林二，那日闹事的还有西池巷的孙家长子和成安街的刘逸，三人关系要好。

“孙大和刘逸相继去世后，林二来找过我，说他觉得这事有猫腻。我本有怀疑，经他一提，总觉不对味。”青年将二人带到庙中一处角落，窗门被毁，正用木板临时搭着。

漪涟问：“他提没提当天的事？”

青年摇头：“那晚，他们三人是从西池巷过来，喝得酩酊大醉，他压根儿记不得自己干了什么，推没推金像不能肯定。三日后，孙大就被发现溺毙在苍梧河中。”

“刘逸也是这么死的？”

青年倒吸一口凉气，没立即回答。心惊胆战地走到房间对面，那里是件两人高的东西，被一块金色的丝布盖着。他合掌朝那东西拜了两拜，然后拽下布，一条金色的长蛇攀着枯枝，高高在上地打量着他们。

漪涟凑上去瞧，和君珑给的图腾差不离。手指叩了叩，不像纯金的，不然得值多少钱呀。

司徒巽道：“这便是蛇仙金身？”

青年语调忽冷，金蛇的双瞳变得诡异起来：“刘逸就是死在这上头。”

漪涟离得最近，心一紧，手一抽，赶紧退后：“这上头？”她仰起头，发现最上端的树枝整个儿变成了黑红色。

“那是血迹。”青年道，“孙大尸骨未寒，刘逸被发现仰面刺死在金像上，两根枝丫穿体而过，其中一根直接捅进心脏。大伙儿看见时，血还在滴。”

漪涟转个角度看，有道血顺着树枝淌下，流至蛇口，再顺着蛇腹流到蛇尾，如同血祭。

她惑然不解，枝杈的角度略微倾斜，足有两人高，要让人仰面插到上头，只有让刘逸从足够的高度往下掉，并且刘逸无力反抗。即便将人迷晕，如何把一个成年男人插上去还是个大问题！

“本想把血迹洗干净，可蛇仙惩戒大不敬者，大伙儿不敢轻举妄动。只把神像移到这里，等过段时日再清理。”青年抖了抖布，扬起一阵灰尘。

漪涟指着金像后的一个木盒，摆在地面十分不搭调：“那是什么？”

“是林二当晚求的签。”青年解释道，“蛇仙庙里的签本是挂到后殿的通灵架上的，可林二他们得罪了仙家，大伙儿觉得挂那儿不合适，所以泡了药水，放在此处，任凭蛇仙处置。”

喝得酩酊大醉，神志不清，把金像都推倒的人还会求签？漪涟越想越觉得蹊跷。

走过整个庙宇后，她重新回到蛇仙像前，默默凝视着蛇眼出神，然后绕着金像细察四处。突然发现底座上落了一点杂质，捡起来放在指腹上搓了搓。

木屑！

怎么会有这个？

司徒巽也回到大殿，跟着一齐打量神仙像。底座边角和蛇背上有磕碰的迹象，上头望得不甚分明，忽略些微瑕疵，造型雕琢确实栩栩如生，仅此而已，要说蛇仙杀人……

“阿涟，你怎么看？”

漪涟脱口道：“蛇仙长得不错，挺返祖的。”

司徒巽忍不住按了按眉心：“我问的是神罚。”他在陆华庄修炼不足，永远跟不上陆家小姐的步调。

漪涟笑着回他一眼：“好师兄，你不信戴全是鬼杀的，难道相信林二是神仙杀的？”两者算来算去是一个道理。

司徒巽当然不信。况且昨夜见闻颇让他介怀，不知与林二有没有联系。

此时的阳光大好，在微风熏染下，白雾逐渐散去，八仙花上噙着淡淡的露水，娇艳欲滴。

两人觉得蛇仙庙再看不过如此，便将脚步迈向城中心。

未曾料想，他们才刚刚迈出庙门，清净的寺院里有两个反差极大的身影从黑暗中走出来。皆是简朴布衣，腰挂玉牌，一人通身漆黑，面如修罗；另一个则是浑身惨白，血色尽失。两人站在一起，活生生地似白日闹鬼。

他们紧紧盯着漪涟二人的离去方向。

皇宫御花园有一清凉亭，是最佳避暑之地。

永隆帝早早请了君珑来品今年头盘冰镇雪梨，颇自豪地问：“爱卿以为这梨如何？”

君珑显然不太领情，用银叉取了一片来尝，只咬了小半口，眉头一皱，其余直接扔到旁边："太甜腻，不如吃冰。"

永隆帝吃得正欢快，闻言脸色忽变，撇了撇嘴，收手往龙袍上悄悄一抹："爱……爱卿说得对，朕亦觉得太甜，不够清爽。改日得了好梨，再着人送去爱卿府上。"说完，吩咐女官："全收走。这等次品，不许再端到朕与君太师面前。"

永隆帝说得挺高调，盯着雪梨的两只眼却是可怜巴巴。

同行的柳文若不禁生出些同情，何必呢……

碰巧唐非前来，与宫女擦肩时瞧见梨子未动两成，冰块九成未化，脸色不悦。瞪了一眼漫不经心的君珑，然后飞快收敛心神，拜见皇帝："臣给皇上请安。那梨……不合皇上口味？"

永隆帝清咳两声："嗯……朕这几日胃口欠佳，食……食不知味。劳唐卿费心。"

柳文若恍然明白雪梨大约是唐非进献的，难怪讨不了君太师欢心。

君珑这会儿倒有了兴致，砗磲珠串把玩得哗哗作响，笑道："近两日暑热颇重，皇上口味清淡，甜腻之物自然不合适。唐相为国操劳，亦不宜多食。不如回头本太师派人送碗养气清心粥到丞相府上，给唐相解解腻可好？"

唐非一听养气清心粥，眉头直皱。

柳文若知其内幕，同样很无奈。天知道君珑是怎么发明出这碗玩意儿的！

说来不太遥远，是前年的事。君珑祭奠亡父，碰上凶年，素斋一月，以示心诚。此事朝廷上下皆知，偏夏禾闹着办宫宴，所有菜色全是荤腥，铆足劲儿要看君珑难受。不料君珑不怒不恼，笑着闲话，直到酒宴过半。

那时忽有钦天监管事入堂禀报，说是今夜星象突变，顿时弄得人心惶惶。永隆帝一问缘由，竟是歌舞升平的宫宴惊扰了天庭。天帝大为震怒，让星官改变了星象，此一来，大兴国恐会有灾难降临。

此话一听就是忽悠，天帝的神经哪那么脆弱？

偏偏唐非常用玄乎套路忽悠皇帝，反而不好说话了。

永隆帝很紧张，忙问有没有解法。

君珑坐在殿阶之下，高声说："皇上且宽心，臣近日素斋静养，于高人处学得几方古法，或可破此一劫。"

永隆帝急于求解："爱卿快快说来。"

君珑道："天帝震怒是受歌舞惊扰，乃大兴失礼在先。皇上身为天子，若能诚心请罪，必然能得谅解。"他着人端了三碗粥上堂，"此乃高人传授之养气清心粥，有去杂念、固本心之功效。饮了此粥，再对上天祷告，必能令天帝知您本心。天帝动容，此劫方解。"

永隆帝对神鬼之说向来深信不疑，忙吩咐人端上。然而闻着气味，终生难忘，一张脸写满苦楚："爱卿，这粥非朕喝不可？"

君珑正美滋滋地尝着新端来的淮山羹，闻言抬眼："倒也不是，可由臣子代劳。"他扫视一圈，"由唐相代劳如何？百官之首方显郑重。再由夏贵妃喝一碗，代表后宫虔诚之心。此意天帝必能感受到。"

众目睽睽下，唐非与夏禾难以推却，眼睁睁地将一大碗养气清心粥吞下肚，面目狰狞，言语难表。

据闻夏禾因此整整三日卧床不起，上吐下泻，一天有三个时辰在茅房。这可乐坏了后宫妃嫔，纷纷往笑春殿看笑话。

柳文若事后才知所谓养气清心粥就是糙米糟糠，用水煮开，然后不分青红皂白，将药罐一股脑儿翻进去，狗都嫌弃。本来多好的宫宴，轻歌曼舞，酒香菜美，干点什么不好，偏和君太师挑上事，何必呢？

唐非想起这档子事，气就不打一处来，还得装得大度："不劳君太师费心，本相自小喜欢甜腻。"他不再理会君珑，殷勤关怀龙体："皇上既然胃口不好，还是请太医请个脉比较妥当。"

永隆帝哪里是胃口不好，婉转道："不……不必了。朕不愿吃那些苦药。"

"龙体可马虎不得。"唐非深沉思量，语出惊人，"皇上，臣倒有一法，既能调理脾胃，还可强健身体，寿数绵延。"

君珑暗自冷笑：还以为能有什么好借口！

然而历朝历代，各家帝王皆为长生不老费尽气力，唐非也着实戳在了永隆帝的心尖上。"唐卿此话当真？"皇帝问。

唐非端得高深："臣听苍梧府尹说，苍梧城出了位蛇仙，能起死回生。您想，起死回生正是长生不老啊。"

皇帝舔了舔嘴唇，大概还有雪梨的余味："朕早年听过这事，可仙家居于九嶷山中，岂能找得着？"

"您乃天子，仙家亦须臣服。"唐非道，"听闻前段时日蛇仙救下一名女子，时机如此，正是天降福星助您。”

皇帝听得挺舒坦：“爱卿说得甚好，甚好！”转头问君珑：“太师有何想法？”

君珑玩着砗磲串，笑道：“臣没想法。”

柳文若心中有数，唐非是想趁着流言纷飞之时，借官府之力加派人手追杀叶离。但流言在几天之内传得如此火热，是否事出有因？这亦是君珑让陆漪涟去苍梧的原因之一，总能扯出点线头来。可是……

回府时，柳文若小声问：“姨父，唐非此番提议意在加派人手搜查叶离。一旦官府介入，于我们不利，您为何不当场断了这条路？”

君珑含笑：“你以为皇帝不答应，唐非就不会暗地增援了？”他目光凝起一丝锐意，“人多如何？唐非想把叶离当猴耍，耍到现在，自己成猴了。叶离隐退数年，岂能没些狡猾本事？单是人多，占不了上风。”

柳文若颔首，深以为然。

“十一年前，叶离能从唐非的天罗地网中逃走，仅此一点，足见此人手段颇高。”君珑笑意比一旁的月季花夺目，“瞧着吧，还能继续折腾。”

一路走到宫后门，已有暖轿久候。上轿前，君珑吩咐：“替我送个口信。”

柳文若附耳倾听，随之露出意外神情：“您这口信是要送给……”

君珑拂袖入轿，丢下三个字：“陆华庄。”

“这位小哥，您的身子需要调理一下。”

百顺堂是苍梧现下最有名的医馆，客流络绎不绝，开得比隔壁的烧饼铺还要红火。苍梧城的人跟中了邪似的，没病的也来凑凑热闹，哪怕只抓一把菊花泡水喝。漪涟觉得这群人不是没病，而是病在脑子上。

坐堂大夫洛平馆中看诊，身后悬着一块一丈多宽的蛇仙图腾，十分抢眼。

不比正堂热闹，内间一位三十来岁的大眼男子正给司徒巽把脉：“小哥，你血热过盛，平日里暴躁易怒，睡不安稳吧？”

司徒巽眉头紧拧。他平日睡眠浅，是长年刻意养成的习惯，与血热没半点关系。

他刚要说话，大眼男子即刻提起调儿来：“别说话！就医讲究平心静气，我刚说两句就沉不住气了？可见我所言不虚。”男子眼珠滴溜溜一转，

"你不仅血热，脾胃还虚寒，肯定常感腰酸、胃疼、食不下咽吧？"

司徒巽懒得与之争辩，直接黑着脸反驳："没有。"

漪涟喝着地道的苍梧茶，扑哧一笑。

男子面子上挂不住，赶紧补救："我说小哥，来医馆的人都有那么些大痛小痛。你出门问问街坊邻居，我们百顺堂可是出了名的，别地有生不出孩子的都跑来我们这里。你就脾胃虚寒芝麻点事儿，有啥不好意思的？"

司徒巽面色愈来愈难看。

男子还在继续说："俗话说得好呀，小病不治，拖成大病。不是哥吓你，隔壁巷子里有个叫董五的，就是你这症状，为了省钱，拖着不肯调理，你猜怎么着？阳气大虚啊！都四十出头了，两个小老婆的肚子都还没半点动静呀！"

漪涟猛咳了一声，忍不住哈哈大笑，茶叶水喷了一地。

男子眉毛一挑，不乐意了："我说妹子，摸脉又不说书，你笑的是哪出啊？"他哼道，"你们还别不信，里头学问大着呢。体虚久了，容易落病根，严重了还会遗传，得调理！"

漪涟笑得更大声了。

遗传？

司徒巽他家专出真龙天子，后宫没有三千，也有八百，儿子一溜烟能排到宫门去，阳气最盛的恐怕就数他们家了。可惜这话不好说，不然这位兄台得提着自个儿的脑袋到皇陵请罪。

此刻已是黄昏。自今早从蛇仙庙出来，他们往城镇中打听了一圈，没有半点叶离的蛛丝马迹，蛇仙传闻倒是十分热乎，尤其是林二遭神仙惩戒的事，在苍梧传得满城风雨。

听说林二除了大闹蛇仙庙外，当晚还干了一件没人性的事：强抢良女！抢的是西池巷洛家医馆的女儿——洛雨晴。这与青年的说辞吻合，林二前往蛇仙庙前就在西池巷。

说来这洛雨晴在苍梧也是个人物，多亏她，医馆的生意才能在短时间内这般红火。

漪涟正想着，一个面若桃花的女子从内间走出来，带来阵阵香甜气味，她便是洛家女儿洛雨晴。肤白唇鲜，眼睛生得水汪汪，笑着拍开赵启："别在这儿丢人现眼，有时间赶紧帮娘端菜招待客人去。"

话音刚落，水葱般的指头搭上司徒巽的脉搏，微凉，触得司徒巽手指一颤。他以为不妥，正要收手，洛雨晴已经说话：“司徒公子的身体健康得很，不必听我表哥胡言。”

赵启撇撇嘴，不说话，钻后厨去了。

鉴于漪涟的茶喷出大半，洛雨晴为二人换了新茶。

先前走一路，问起百顺堂洛雨晴，人人称其是苍梧独一无二的美人坯子。一见果然不俗，明艳娇俏，温顺可爱，煮茶手法简单，却是赏心悦目。

“陆姑娘喝茶。”她递上新茶给漪涟，然后取了另一杯新茶走向司徒巽，“司徒公子请喝茶。”漪涟听着，声音更娇了几分。

司徒巽接过：“多谢姑娘。”

洛雨晴笑靥明媚，坐到先前赵启的位置上：“抱歉，赶巧要伺候阿娘服药，劳二位久候。”

漪涟喝着新茶：“闲来无事，听你表哥说书挺有意思。”

“他只有嘴皮溜，心眼儿不坏，还请司徒公子莫要与他一般计较。”洛雨晴笑盈盈地看向司徒巽，“刚才听二位说是来探听林二的事？”

司徒巽颔首，简洁道：“受人之托，劳烦姑娘。”

受人之托，其人可以是君珑，可以是司徒观兰，可以是蛇仙庙的青年，也可以是任何一个陌生人，煞有介事，还不好追究。漪涟觉得司徒巽这个借口绝妙。

想到当夜之事，洛雨晴笑靥逐渐暗沉：“没什么可劳烦的，此事在苍梧闹得尽人皆知，我是想藏也藏不住。”她凝声良久，叹了口气，“林二那晚来医馆闹事其实不为我，是为了……借钱。”

亘城里的李大娘常说，借钱的低声下气，收账的哭爹喊娘。其实不然，碰上个没天理的，你还得把他当爹供着。

洛雨晴无奈道：“林二家与我家原是一个村的，都以农耕为生。迁至苍梧后，我爹开了医馆，他家做了小摊买卖，两家还有点往来。林二不似他爹老实，常来我家借钱。看在同乡的面上，头两次爹也就借了。谁知他非但不还，还变本加厉，三天两头来医馆吵闹。”

司徒巽问：“为何不报官？”

“关了几次，他蓄意报复，连带着道上混混都往我们家带。”洛雨晴苦笑，“那晚就是带着孙大和刘逸过来，闹得家里鸡飞狗跳。”

刚才已经钻进后厨的赵启不知怎么的又转回来，往布帘边上探出一个脑袋，活像只猴。他冲着屋内接口：“林二那挨千刀的活该受罚，连带去了俩混混，多好。果然蛇仙是眷顾我们家阿晴的。”

漪涟眸光泛起涟漪。

洛雨晴不悦起身，一把将猴脑瓜子推了出去：“别在客人面前瞎说。”

赵启又探进头：“怎么叫瞎说？换作别人，尸体早被鹰啄干净了，还留得你在此喝茶说话？”

洛雨晴又是一个巴掌将人推出去，自己也跟出去，外头传来几句争执声。待她转身回屋，先是致歉：“就数我表哥最神神道道，你们别听他的。”说着，坐回椅子上。

漪涟听见外头脚步声，赵启是真走了。她趁热打铁：“洛姑娘何必谦虚，我来时可听了不少有趣的话。姑娘曾经被蛇仙搭救过？”

这便是洛雨晴名闻苍梧的最大原因！

传闻她往山中采药时曾被延维所伤，幸亏遇得蛇仙，转危为安。

所谓延维，民间叫委蛇。书中有记载，是生活在九嶷山中的异蛇。它天生双头，能主宰人的福祸，平常人见到必死无疑，若能杀它，便可称霸天下。这当然是夸大之言，不过蛇毒难解，能解蛇毒的都是高人。

蛇仙解蛇毒，看似挺玄乎，漪涟和司徒巽所关心的是与叶离有没有牵连。

洛雨晴尴尬地笑了笑：“当天之事我因昏迷，记得不甚清晰了。都是邻里抬举，说我有仙缘，一来二去也就传开了。其间曲折不如外头传得那么有趣，恐怕会让二位失望。”她似乎不愿详谈，说到这里，忽然转了话题，“时辰不早了，二位不如留下来一同吃个便饭可好？”

司徒巽起身：“不必麻烦，我们这就告辞。”

“这时候哪有叫客人空着肚子回去的道理？”洛雨晴再次挽留，“阿娘已经备了饭菜，二位不如吃完再走，省得再寻地方。”未等司徒巽再次婉拒，她已经撩开帘子，闪入后院，竟是连个说话的机会也没给。

漪涟若有深意道：“你觉不觉得她反应很奇怪？”

司徒巽警惕道：“你觉得她有所隐瞒？”

漪涟酝酿着：“这么说也可以。不过……”没说完，人已经跟着洛雨晴的脚步出去。

反正眼下没线索，先沾沾仙气。

## /四/画藏玄机

晚膳后两刻钟，漪涟莫名地感到头晕。

洛雨晴为其把脉，道：“苍梧湿冷，陆姑娘是水土不服，惹了风寒。”她将漪涟扶上二楼客房，“我这就下楼煎碗祛寒的药，保管好。”

客房里，漪涟睡不安稳，无风寒之症，倒像醉酒。前后有数次被动静吵醒，或是狗叫，或是风刮，或是洛家人来来回回的脚步声。

此刻已入亥时，又听见脚步声响起。漪涟烦躁地翻了个身，脚步声乍然停息，片刻后，又开始发出动静，鬼鬼祟祟的。

漪涟心里咯噔一下，声音似乎听着很近，像是……在屋内！

想到昨晚在暗中窥探的扭曲面孔，她瞬间清醒过来，魑魅魍魉总算按捺不住现身了！

空荡荡的屋子略显简陋，入屋的月色寡淡，没有照出谁的身影。漪涟故作梦中翻身，借机扫视房间，脚步声果然又停了。可是声音是从哪里来的呢？她惊讶地发现对面的妆镜上隐约映出一个人影，位置正是她的脚边！

是预备绑架勒索，还是杀人灭口？漪涟连忙看了看放在床头的佩剑，一步之遥。

她借铜镜窥视，那人在黑暗中好像正翻弄什么东西，注意力并不在她。

漪涟深呼吸，猛地跳下床，顺手将被褥飞起网向那人。突如其来的攻击让不速之客大惊，急急后退，背部撞上木柜，引得一阵哐啷作响。他慌乱地扯开被子，作势要逃，漪涟的佩剑已经起好架势，向他刺去。

可今晚她是真栽了坑，气力欠佳，加上睡蒙了，裤脚才卷起风，蓦然失去重心往前倒。眼看马上要扑个面朝地，她机灵地一转手，干脆把剑当刀砍了过去。那人没有带武器，在躲无可躲的情况下，居然伸手来挡，当即被划出一条口子，说深真挺深，疼得他放声大吼。

拿下他的机会本该十分大，偏偏漪涟浑身无力，摔地容易起来难，反被对方抢去先机。他瞅准三步外的窗子，发狠冲过去，一个抬脚跳跃，猛地就往窗面上撞。巨响之后，他翻身出去，木质窗门当场断裂。

待漪涟重整旗鼓追上去，窗外只剩通天彻地的漆黑。洛家后院也是傍山而建，那人钻进树丛里，窸窸窣窣一阵又没影了。

"陆姑娘！"赶来的洛雨晴见满屋狼藉，吓了一大跳，"姑娘没事吧？"

"阿晴呀，什么事？"楼下传来一声呼叫，一名留着长须的中年男子紧追上来，当场也被吓到，"这是怎么了？"他是洛雨晴的父亲——洛平，晚饭时打过照面，赵启也一块儿赶到。

司徒巽的屋子在对楼，听见动静的那刻，心急如焚，竟从二楼翻身跳下。

他赶到屋里后不曾喘息，疾步上前护住漪涟："阿涟，你怎么样？"

漪涟感觉鼻子下方两道温热，一抹，血红色的，心想，自己一个跟头，四脚扑地的事还是不说为好。她暗中捏了一下司徒巽的手臂，不动声色地对洛家人道："没大事，就是闹了贼了。"她指了指床边被打开一半的包袱，"来时也遇上过。"

赵启嘿嘿一笑："是带了啥好东西，还招贼了？"他作势要看，被洛平狠狠地拍掉爪子。

洛雨晴奇怪："不对呀，我一直在楼下为陆姑娘煎药，没瞧见有陌生人往来。"

漪涟随口道："老鼠和贼爱玩沟里钻，被瞧见了还怎么下手？"她从包袱里取出一锭银子，"幸好你们赶得及时，坏了的东西，算我们买下了。"

赵启嘴一咧，忙不迭地迎上去，洛平当场就是一脚："我们洛家招待不周，怎好拿姑娘的银子？"他对洛雨晴道："赶紧去收拾个新屋子，让姑娘好好休息，千万别再怠慢了。"

换了屋子后，洛雨晴很快送来了热乎乎的驱寒汤药。漪涟借口怕烫，搁置在一边。

随着洛雨晴合上门，洛家重回平静。

司徒巽留下为漪涟上药，担忧未减。他拧着眉，小心翼翼地将药水沾匀，轻轻地湿润着她红红的鼻尖，漪涟疼得一缩脖子，他心疼，又放轻了动作："真没事？"

“真没事，我……我自己撞的。”漪涟窘迫道。

司徒巽一把拉住她要触碰伤口的手：“没有结痂，不能碰。”

漪涟抽了抽鼻子，药物的作用，鼻尖刺刺地疼：“那你赶紧给我吹吹，不舒服。”

司徒巽愣了愣，紧拧的眉头随即被笑意舒开：“好。”

他朝她凑上来的鼻尖轻轻吹气，药水泛起丝丝凉意，顿时就安生许多。漪涟想起儿时练功割伤手，也是司徒巽帮她上药、吹伤口，以至刚才下意识地提了这个要求。可……她忽想起墨阁那晚的事……

“怎么了？”司徒巽意外于漪涟突然撤回去的举动。

“我……那个……你……”漪涟为着这事其实打了好多腹稿，可她没经验，生怕说出来会刺激到某根神经。不知道的人还以为她陆漪涟负心薄幸，践踏了大好儿郎的心。她从前是真没想过……

“那个……其实……我是说，是说……是说这事没完，后头是有人真盯上咱们了。”她最终还是无奈地岔开话题，“此人无心与我周旋，目的是冲着包袱来。我刚才翻了翻，实在不懂他想要什么。”说完，再次把包袱里的东西摊到床上。

几件换洗衣物、一包盘缠、一幅甄墨的画作，以及未写完的《陆离记》和君珑送她的檀香木笔、青花瓷笔。

“依你瞧着，哪件值钱？”漪涟玩笑道。

司徒巽统统瞧了一遍，无解，仿佛自言自语道：“不知是否和我们的目的有关？”他有预感，叶离牵扯甚大，寻找叶离的路不会太平静。加之君珑与唐非长期明枪暗箭，君珑所有行动，唐非不会沉默。

如果真是唐非的人，寻找叶离更加迫在眉睫。

可今日问遍苍梧，叶离其人闻所未闻。他甚至怀疑情报出了差错，可蛇图腾该做何解释？

“蛇仙杀人我是不信，左右没有好办法，倒不如以此入手？”漪涟提议道。

司徒巽觉得可行：“蛇仙既是叶离，与命案或许大有牵连。”他想起昨晚诡异的黄光和一闪而逝的人影，以猜测的口吻道，“我，或许见过林二。”

漪涟意外：“死的活的？”

“昨夜在苍梧被封锁旧区，有人掌灯行船，行踪诡异。时间很短，不曾看清那人容貌。”

旧城区在上游，若林二昨晚溺毙，尸体顺流而下，在新城区发现他是合理的。

漪涟由此推问：“有没有其他线索？譬如，水声。”

司徒巽肯定：“没有，悄无声息。”

因黄光诡异，他格外留心，蒙眼擒蝶都不在话下，何况是溺毙一个人的水声，哪怕林二是自愿寻死，也不该如此安静。况且灯笼熄灭后，司徒巽等了许久，未再见火光燃起，足见不是风吹熄的缘故。那他为什么这么做？

司徒巽离开后，屋里的气氛分外微妙，漪涟再无法入眠，总觉得有双眼睛在暗中窥视。她看见桌上早已冷却的汤药，端起闻了闻，然后走到后窗边打开窗门，于漫天漆黑中将汤药倒个干净。

翌日，司徒巽走了一趟城门。

城门官拍胸脯担保，绝没有人能光明正大地把林二，或者是林二的尸体带出城。除了两种情况：其一是易容术，其二是尸体肢解。两者的可能性皆微乎其微，若为一者，入出记录定有偏差；若为二者，林二只能是神仙转世。

调查无果，司徒巽疾步赶往蛇仙庙与漪涟会合。

蛇仙庙还在修葺，无人参拜，只有日前遇见的青年在后院扫地。

四处寻不见漪涟身影，司徒巽于正殿呼唤道：“阿涟。”

“我在这儿。”应答声从头顶上飘来。

他连忙仰头看，发现漪涟像只小猫跪趴在足有两丈高的横梁上，旁边悬着一条三指粗的麻绳，其中一端牢牢地捆绑在一边的梁柱上。

“要做什么我帮你，赶紧下来。”他紧张地喊道。凭那半吊子的轻功，弄不好又得摔出两道鼻血。

话音刚落，漪涟似乎不服气，紧跟着一个惊险翻身，顺手借麻绳之力下滑，轻轻飘飘落到地上。

司徒巽方才松了口气：“爬这么高做什么？”

“我找这个。”漪涟捏着一点东西放到他的手心，“顺便试试绳子结不结实。”

司徒茫然：“木屑？”

漪涟扯开梁柱上的结，一圈圈把麻绳卷起："刚才我在庙里转悠，无意间从后院的杂物堆里发现了这卷麻绳，上头沾了不少木屑，像是在哪里摩擦留下的。"她拎出其中一段麻绳比了比，的确有木屑的痕迹。

司徒巽联系她的举动，抬眼一望："是横梁？"

"我刚才看了，痕迹很新。"漪涟道，"巧得很，蛇仙金像原本就放置在横梁之下，昨日我在金像座上发现了木屑。"

她从杂物堆里找了块巴掌大的石头，捆在麻绳的一端，瞧着结实后，用尽力气往上一抛，石头迅速飞上半空，绕过了横梁。因为重力的原因，石头在过了横梁后急速下落，一圈圈扯起漪涟手里的麻绳。直到石头落地，"砰"的一声响，麻绳被轻松地挂到了横梁上，剩下的一端在半空中摇摇晃晃。

司徒巽恍然大悟后深觉可笑，原来杀刘逸的手法如此简单。

漪涟解释："凶手只要将麻绳的一端系上刘逸，自己绑上另一端，穿过横梁跳下，自然会将刘逸悬到半空。然后对准蛇仙像切断绳子，刘逸就能轻易插到树枝上。"她一把抓住晃悠在半空中的那段麻绳，上头是刀切的痕迹，十分平整。

司徒巽冷声置评："雕虫小技冠以仙名，自恃过高。"

"不是自恃过高，是深谋远虑。"漪涟辩解，"苍梧人迷信，如果是神仙惩戒，官府就不敢查，只要官府不查，凶手也无须多费心神。越是雕虫小技，越不容易露马脚。"

显然，和叶离还是扯不上边。

漪涟思来想去，再无可推敲之处，便问司徒巽："你那里怎样？"

司徒巽道："既然林二有办法凭空死在城外，凶手自然能来去自如。我当晚所见的可以是苍梧的任何一个人。"

今早从西池巷过来，曾路过林二旧居，家中只剩他年迈的父亲独自抹泪。老父亲尽管对林二平日的所作所为大为不满，可他怎么也不信林二会大闹蛇仙庙。他颤抖地指着家里的舜帝像和蛇仙图腾，流着泪说，是林二亲自供奉的。

他还说孙大死后，林二行为无端反常，说话神神道道，三天两头躲起来不见人。

"和刘逸不同，孙大与林二死得太蹊跷。"漪涟琢磨道，"死亡地点、时辰、致死原因皆不明确，除了几片八仙花花瓣外，没有任何线索。如果要查，我们得自己费点工夫。”

司徒巽听出点意思：“你是说验尸？”

漪涟道：“官府不肯查我们自己查。为避免走漏风声，我们不能找仵作，只能私下寻人。”她想起安宁村焦尸成群、群魔乱舞的场面，玩笑道，“好在我有一次旁观经验，刨坟前可找人先跳跳舞。就是不知道苍梧的鬼和亘城的鬼喜好是否一样。”

司徒巽一头雾水：“何意？”

漪涟打趣道：“你问柳笙去，他是行家。”

两人同行，走出蛇仙庙，漪涟始终神游在外。

司徒巽在第三次将她从偏路上拉回后，终于忍不住出声：“阿涟，阿涟……阿涟！”

漪涟骤然初醒：“喊那么大声招魂啊？”

司徒巽万般无奈，好心提醒，反倒落了理亏。偏是陆华庄男人共同的毛病，摊上这位姑娘大都没底气：“罢了，怪我。你走路看着点，这样会撞墙。”

说完，漪涟没应答，又神游九天之外了。

司徒巽叹气：“阿涟，你到底在想什么？”

漪涟双眼迷离，喃喃道：“林二到神仙庙求签，兴致应该挺好……难道……可是……算算，少说半个时辰……那该还有……才对。”她自言自语嘀咕了几句，突然眼睛一亮，扔掉手里的狗尾巴草，就一溜烟往回冲，“你先找人去，我回蛇仙庙看看。客栈会合。”

很快，背影一溜烟就消失在了袅袅白雾中，喊都喊不住。

司徒巽原地苦笑。他自认轻功不俗，不过想追上这丫头，难！

亘城世风混乱，居民不拘小节，讲究的是随机应变，是最近数十年遭了陆华庄波及的缘故。论起验尸，别地以死者为大，若非运气太糟，碰上天大的冤案，也绝不验尸。苍梧尤甚。

两人兜转一圈，不说林二，只说是无名者，还承诺丰厚报酬，依旧没人敢接这活儿。

直到入夜，客栈小二手提灯笼敲开门：“司徒公子，有人找您。”

漪涟正端着一盘韭菜饺子大快朵颐，冲小二开着玩笑：“认不认得是哪家姑娘？”

司徒巽略带愠色：“阿涟！”

小二嘿嘿跟着笑：“小两口别急，没姑娘，来的是位纯爷们儿。”

一刻钟后，小二将人领上楼来，竟是位面若冠玉的俏书生，身着素白长衫，温文尔雅。司徒巽有意无意的眼色让漪涟的心发颤，她可绝没有招惹这位小哥！况且她的模样不招人啊。

“这位小哥，有何贵干？”漪涟压着声问，“我们应当素未谋面。”

白脸小哥笑着行了一礼：“在下黎申，学医数年。今日无意间得知二位手上有活儿可接，不知可还缺人？”

漪涟狠狠地一拍腿，果然不关她的事！事后回想，她紧张个什么劲！

司徒巽暗暗一笑，一转头，脸又冷下来：“你不是苍梧人？”

黎申说：“少侠好眼力。在下听说苍梧是医家名都，前来修行医术。想着死人与活人不过是喘不喘气的区别，这才上门毛遂自荐。愿尽微薄之力，还望不弃。”

鉴于今日见闻，司徒巽质疑：“众人避之唯恐不及，为何你却不忌讳？”

黎申道：“家境贫寒，自身温饱尚不能周全，又谈何忌讳？”

漪涟拉了拉司徒巽，附耳小声道：“情况紧急，林二要是再多埋两天就诈尸了。验尸而已，闹不出多大乱子，别计较这么多。”说完，当场与黎申敲定：“行，明日你与我们走。待会儿我吩咐小二，安排你在客栈住下。事成之后，好处不会少你。”

黎申微笑施礼：“多谢。”

翌日清晨，漪涟眼袋肿胀，不懂犯了什么邪，连着几日，总睡不踏实。

此时街边摊已张罗开，锅里冒出腾腾热气，人群来往穿梭，伴随着热闹的叫卖声，一幅古镇早市的长卷跃然鲜活。漪涟没那么诗意，只闻着香味，肚子咕噜一叫，睡意顿时消了大半。

就近寻了一家面摊，生意很红火：“老板，一碗素面，多放些葱。”

“得嘞。”老板爽快地唱道，是苍梧特有的调。

不过片刻，一碗清爽的素面被托在托盘上送到漪涟面前。根据经验来看，面汤用的是大骨高汤，特别浓稠，香味扑鼻。漪涟迫不及待，忙夹了一筷子往嘴里送，果真好味道！

司徒巽找来的时候，面只剩半碗，他会心一笑，真有这么好养的姑娘。正欲坐下，托盘上几道横横竖竖的反光引起了他的注意："你在画什么？"

漪涟嘴里还咬着面，抬头道："你说什么？"

司徒巽将佩剑放到桌上，示意托盘："这是什么？"

漪涟还是没懂，一口咬断了面，吞下，凑近了看："这儿有什么？"

她为了直观，干脆把面端到一边，拿起托盘看，托盘上果真像被写了什么字，用的是浓稠的面汤，干了还是会留下印迹。从漪涟的角度看不出所以然，但司徒巽的角度能看个大概，因为过于规整，司徒巽才不禁问了先前的问题。

"老板，给我拿些面粉来。"漪涟喊道。

老板及时端上一小碟面粉。

漪涟将面粉均匀地撒在托盘上，然后再倒掉。面汤沾了面粉，与深色的托盘顿时分明，上头的字迹自然清晰可见：

救叶离！

漪涟和司徒巽大惊，连忙四下扫视，并未见到可疑之人。

"老板。"漪涟又喊了摊主来。

秉承着顾客至上的服务宗旨，摊主热情迎了上来："姑娘有事？"

"这个托盘之前是谁在用？"

"呦，这来来往往的，可不太好说。"摊主想了想，"不过托盘不常换洗，记得姑娘来时好像刚走了一个人，托盘应该是接了他的。"

司徒巽道："人呢？"

摊主为难地笑道："客官说笑。我一个卖面的，还管人家哪儿来哪儿往不成？"

漪涟接着问："那记不记得是什么样的人？男的女的？什么特征？"

"这……不大清楚了，那么多人。"摊主一个劲地挠头，挠出点眉目，"噢，还真被我想起来了。那人戴个大斗笠，脸被遮了，还蛮显眼。身材嘛，看不出啥，声音很低，应该是个男的。"

戴着斗笠？越发可疑。

待摊主离开后，司徒巽旋即要起身："我去探探，回头给你消息。"

漪涟压住司徒巽准备离桌的佩剑："还是别追。用这种手段传递消息，那人必然在旁窥视，一旦有意外，还须临时改变对策。既然是我明敌暗，追去根本不会有结果。"

司徒巽复坐下，寻思道："也罢，他既已说出'救叶离'的话，必然是了解叶离的处境。如此，不妨静观其变，他或许会替我们找到叶离。"只是，他费解，"叶离有何险？"

漪涟摇头："不懂。与其费脑子，不如把手上的事先做完。"她将所剩的半碗面汤倒进托盘，销毁了字迹，"还是先探探叶离的消息，等时辰差不多了，把黎申找来。"

苍梧城的百姓怕惊扰神灵，夜幕来临前就会各回各家。午后是长街最热闹之时，人来人往，适合探听消息。

然而，神龙虽尚有露头之时，叶离却是首尾不见。漪涟调侃道："瞧人家洛雨晴，随便转转，都能碰上蛇仙，要不我学着躺到山里自个儿捅一刀？可惜模样比不上人家，蛇仙大约没兴趣。"

司徒巽脸色一沉："傻话。我便是不找叶离，也不能叫你伤了半分。"

行路中，目光只相对擦过一瞬，真挚不虚。漪涟不禁往后缩了缩。

到底是亘城人，寻仙不成，没想到竟把鬼给找出来了。

漪涟视线捕捉到两个格格不入的身影，黑白突兀，于人群中十分扎眼。正是承阳府鬼市那群人。

"我说怎么没仙缘，原是鬼气作怪。"漪涟小声嘟囔，"这二位爷是要索命去吗？"

司徒巽也发现了鬼差，两人尾随而上。只是分明看见黑白二爷拐入一道小巷，转头就没了影，真有那么些阴兵借道的意思在。

"葫芦里卖的什么药？"漪涟嘟囔，鬼差到仙家之地卖东西能有销路？

折返时，他们顺道打听，果然，苍梧从未听闻鬼市之流，对其打扮亦十分陌生。

难道是看破鬼尘，修仙来了？

"江山易改，鬼性难移。在下瞧着修仙荒谬，不如说是来索命的。"黎申午后也曾撞上鬼差，闲谈时如此道。

漪涟问："你认得鬼差？"

黎申谦谦解释："在下为习医术，各地辗转，有幸遇上一遭。鬼市奇珍是好，只是不比银子攥在手心实在。"

漪涟瞟了他一眼，笑道："你这小哥看着一副书生气，说话挺有意思。"

黎申稳当施礼："在下家贫，叫姑娘见笑。"

入夜后，漪涟从客栈找来黎申，两人走到离蛇仙庙三里处的一座山里与司徒巽会合。山中寒意直侵薄衫，灯笼里的火光不敌凉风，随时有被吹熄的可能。

在交替的呼吸声中，两把铲子开始发出动静。

林二是新埋入土，泥土压得不实，几铲子下来，司徒巽和黎申身侧很快就隆起一个土包，坟坑里的棺材板开始逐渐呈现在惴惴不安的烛光下。漪涟捡来几根还算结实的木条，支起一间临时小棚，总不能刨坟挖尸，还要让人毫无遮蔽地开膛破肚，忒惨了。

为免旁生枝节，黎申验尸时，司徒巽走到路口把关，漪涟则于棚外望风。徘徊时，忽闻唰唰的磨刀声，大半夜听着十分瘆人。"喂，你这是预备杀猪？"漪涟问。

棚内的黎申游刃有余道："临时取来的刀具不大利索，磨刀不误砍柴工。"

过了半晌，又是咔的一声，漪涟听得汗毛直立："这回你把头给砍了？"

黎申传来的声音隐隐带笑："姑娘这般不安，不如进来看着？放心，林二少说死了三日，血已凝固，必不会波及姑娘。只是人泡烂了，难看点。"

前两日的照面，漪涟还记忆犹新，尸体是四名官差合力捞起来的。据船夫说，林二生前消瘦，结果硬生生泡成了胖子。捞上岸后，皮肤很快起了密密麻麻的褶，只有眼睛瞪得老大，一片混白，就这会儿，棺材底还是潮湿的。

漪涟狐疑："你知道是林二？"为避苍梧忌讳，漪涟和司徒巽在寻人验尸时对林二只字未提。

黎申道："林二因神罚溺毙苍梧河，众人皆知。官府将林二埋在蛇仙庙近处，在下亦有所耳闻。其余不论，只看尸体这面相……"他笑了笑，就此打住。随后棚里是一阵湿漉漉的响动。

漪涟头皮发麻，赶紧出声转移注意力："既然知道是林二，怎么还敢验尸？一旦遭了神罚，后悔晚矣。"

"神罚？"不知黎申在捣鼓什么，棚里好一阵沉默，"畜生尚且不轻易咬杀同类，只因不敬之举便轻贱性命，罔顾人道，何以为人？何以成仙？”

这话若有所指，漪涟问：“你不信神罚？”

黎申道：“人心作祟。”

“那可信蛇仙？”

棚面上的影子一顿。“姑娘这话问得颇有深意。”他笑道，“此乃苍梧，实叫在下不好回答。反是姑娘为何要顶着风头查林二？”

苍梧一行，许多事介于真假虚实之间，真话听着反而不真，漪涟如此一想也就随口一答：“来苍梧还能做啥？当然是寻仙。”

黎申好似有兴趣：“姑娘是明白人，也信起死回生之说？”

漪涟道：“我阿爹常说，生死有命，但求无愧于心。我想得没那么深刻，只觉得五六十年内我大约用不上，现在何必费心求证。”她将话抛回去，“你是大夫，你信吗？”

黎申的刀子摆弄了几下，道：“正如尊父所言，生死有命，起死回生有悖天道，但信仰无错，何必较真？如姑娘洒脱才是真好。”

仗着白布遮掩，漪涟毫不避讳地盯着影子看，总觉得黎申的言行比外表看去沉稳许多，颇有大智若愚之感，实在不像初出茅庐的半吊子大夫。“小哥，你真是初学大夫？”她出言试探。

黎申动作一顿，一改平时的温文尔雅，沉声唤道：“姑娘。”

漪涟愣怔：“干吗？”

话音落下，棚面上的影子逐渐迫近，一只血红的手突然从白布边探出来，泻出阵阵腥气。他撩开白布迎出身，灯笼映着同样血色满刃的利器，吓得漪涟心一提：“你这是要杀人灭口？”

黎申茫然：“在下是想请示姑娘，验尸已毕，林二那堆肠子是塞回去，还是先搁着？”

漪涟想把它塞回去！恶心道：“不塞回去，难道摆在脑袋边当陪葬品？换作你，你愿意？”

黎申诚然受教：“姑娘高见。”说完，不紧不慢地退回棚里。

漪涟额角一跳。

整个过程大约半个时辰，林二重归于土，从此两不相干，百无禁忌。

在最后一铲土被铲回去后，黎申于盆中洗净手，缓缓施礼道：“林二鼻腔、气管内留残有泥沙，肺部有积液，其余迹象皆表明是溺毙无误。肘部、腕部以及背部肩胛皆有大量瘀青，在下猜测，也许是遇害时挣扎所致。”

“大量瘀青？”漪涟推测，“苍梧河宽广，挣扎不至于把全身都撞个遍。难道案发地点不在苍梧河，而在某个狭窄之地？”

黎申拿出一块白布，上头放了两片八仙花瓣：“这花瓣沾于衣料上，不知是否相关？”

司徒巽环臂思索：“八仙花为蛇仙庙独有，庙后院有口井，溺毙一人不在话下。”

“这便不是在下所长。”黎申作礼，“有幸结识二位，改日得缘再续，眼下先行告辞。”

漪涟和司徒巽先后拱手：“多谢，告辞。”

黎申走后少了一盏灯笼，夜色更浓。漪涟琢磨着，反正与蛇仙庙距离不远，干脆再去一探究竟。走了几步，发现司徒巽杵在原地不动，便问：“想什么？”

司徒巽预感强烈：“不对劲。”

漪涟莫名其妙：“林二能凭空死在城外，当然不对劲。”

司徒巽摇头：“我是说黎申，他没拿酬金。”

漪涟猛然反应过来：“他……不是家贫吗？”

司徒巽思来想去，终是一声叹息：“醉翁之意不在酒，我们竟然疏忽了。”

月桂之华乃天宫瑰丽，蛇仙为仙，自然得青睐。因水雾颇浓，月色可见，犹如一件纱帘飘于蛇仙庙的半空，又似小道银河潺潺。

他们趁着月色明亮直接钻入后院，确实有口井隐藏于八仙花丛之中。

井里盛着一轮皎月，隐约映着两人探出的半边身子。

漪涟将灯笼伸入井中，火光微弱，照不透孤井，她说：“蜡烛快燃尽了。”

司徒巽道：“正殿摆有几支。你且等着，我去取来。”他向后门走去，身影没入黑暗。

漪涟继续借着微弱火光往深处瞧，影子在月轮上晃动，她不禁将身子探得更往前一点。

看着看着，觉得井水仿佛活物，她即便不动，月影也会动，一波一波荡起十分规律的涟漪，恰似心脏律动，不如寻常水井那样安静。正好司徒巽的脚步声转了回来，她赶紧催促："快把蜡烛拿来瞧瞧。"

没动静，脚步亦停住不动。

风来，飘过一股香甜的味道，漪涟察觉有异，赶紧直起身子回头。

只见月色下，孤影独立，静静站在离她五步之遥的位置。大黑披风混入夜色，遮掩面容，让他看起来宛如她的影子。

影子倒不骄矜，直接阐明来意："想活命，就不要往下查。"他的声音刻意压低，带着不和谐的沙哑，让漪涟在刹那间联想到"救叶离"的信息。摊主指证之词，不正是声音沙哑、扮相怪异的人吗？难道是此人？

漪涟用眼角余光朝影子背后偷瞄，司徒巽还没有回来。

影子看穿她的用意："我把他调开了，你不必再等。"

漪涟岂会任人摆布？坦言道："阁下既然要谈条件，就以真面目相待如何？"

影子反驳："不是谈条件，而是知会你一声。听不听由你，杀不杀由我。"

漪涟毫不惧怕地耸耸肩："杀个人多麻烦，还得伪装成神罚。阁下既然有意现身提醒，就说明你不大愿意费这劲，何不找个理由说服我？譬如是你杀了林二等三人，所以才不愿别人往下查。"

影子迟疑了一会儿："林二和你们毫无瓜葛，何必蹚浑水？"

这话是默认了。

漪涟朝着拂面微风深深吸了一口气，这香味是果香，配以木香中和，香甜不腻，反透清雅，陆宸有几款相似的存货。来苍梧之后，她闻了不过两次，香味自然深刻得多。

"原来是你杀的！如此神罚之说倒有三分贴近，毕竟是有仙缘在。"

影子愣了愣，不经意流露了本音："你……"他立马收住口，可惜晚了。

漪涟其实没有决定性的证据，幸亏对方比她所想更沉不住气。"仙缘难得，旁人求都求不来。洛姑娘怎么自甘堕落，肯用这纤纤玉手屠杀数人？"

八仙花被风吹得摇摆，沙沙声好比林二等三人的控诉，不知在凶犯听来有何感触。

影子沉默良久，伸手脱下了大黑披风，一副精致容颜暴露在月色下，娇媚可人。比起前次所见时的明艳之态，明眸中多了一分坚韧的傲骨。她将黑袍丢到一旁，美目一挑："你早就知道是我？"

漪涟摇头："顶多只是怀疑，怪你没事非要……"

“你不该知道是我！”洛雨晴略带激动地打断她的话，“知道了，便没有活路了。”她强行压抑不平静的情绪，“我本不想杀你。”

月色中，好看的双瞳微微眯了起来。

漪涟感知气氛不对，眼神一凛，手暗暗移到剑柄上：“你真以为借神之名就不会有人查？杀了一个还会有一个，我死了，司徒巽会查，司徒巽若有个意外，你就真捅大娄子了。这事到不了头。”

“那我能保多久是多久。”洛雨晴决然道。

她飞快地从袖口滑出匕首，利用月色反光对着漪涟双目一闪，突如其来的光线果然令漪涟眼前一白，紧跟着就听见对方脚步迅速逼近。情急之下，她扔开灯笼，用佩剑来挡。亏得反应机敏，刀刃相触，清脆撞响，还真被她挡下了一击。睁眼看去，匕首几乎逼在面门上，忒险了！

她暗自唏嘘，回庄后可不能再荒废武学。

谁料洛雨晴并非冲着她而来，收了匕首，俯身蹲下，向着八仙花丛里探手一取，竟拿出一段三指粗的麻绳！

漪涟不禁奇怪：麻绳不是被我放回了杂物房？

不管对方有何用意，漪涟觉得东西抢过来准没错，遂迎上去，先下手为强。洛雨晴看似娇小，手劲甚大，漪涟则凭着混乱的招式投机取巧。两人徒手过招，一时间真没分出高下。

洛雨晴以退为进，一边解招，一边后退，三步之后，突然一定，猛地用力抽起麻绳。

几乎是同时，漪涟感到脚步一滞，紧跟着一股更大的力量将她的双脚束缚起来。她顿时明白了对方的意图，可为时已晚，洛雨晴以极快的速度撞过来，直接将她推入了身后的深井之中。在脑袋和肩膀生生磕上井壁后，她预料到了接下来的事，猛吸一口气！

“阿涟！”

井边被丢弃的灯笼烧起来了，点燃了周围的八仙花。中了调虎离山计的司徒巽闻风赶来，正好借火光看见漪涟被推入井中的一幕，呼吸几乎停滞。

他如风般冲上去，不顾洛雨晴，欲先夺麻绳，将漪涟拉起来。

洛雨晴岂能视若无睹，右手绕了几圈，将麻绳缠得更紧，左手出招阻挠他行动。

"放开她！"司徒巽低吼警告。内心烈火灼烧，话音冰寒彻骨，眼中冰火相互肆虐，单单一个目光便叫人胆寒。

洛雨晴心生怯意，但依旧倔强咬着牙："不要逼我！"

两人互不退让，固执地抢夺麻绳，司徒巽拉起一寸，洛雨晴便放松一分。

麻绳绷得很紧，发出了濒临断裂的声音。

垂在另一端的漪涟被拉着上上下下，半个多身子浸没在水中，睁眼闭眼皆是一片黑暗。除了井外拉扯的力量外，水里似有一股冲力，一波波朝着她袭来。

血气涌入头顶，又承受水的压力，她憋得一口气逐渐被消解崩溃，耳边嗡嗡作响。无奈井很狭隘，她想要屈身向上不容易，反而在井壁上磕磕砬碰，撞了一身的伤。她无意间摸了一把，井壁上全是青苔，滑溜溜的，根本无法借力。她是切身体会了林二死前的感受，一种慌乱的恐惧阴霾般笼罩而来。

偏在这时，麻绳另一端又传来一阵力量，一上一下，害得漪涟呛了好几口水。她感到鼻腔剧烈发疼，意识在不知不觉中没那么清醒了……

司徒巽的脑海几乎也是空白的，他清楚漪涟的水性和功夫一样半吊子，若是……他不敢往下想，也没有余力往下想。

"最后一次，放手！"他抽出佩剑，带出撕破夜空的寒意。

洛雨晴眼里泛着泪光，倔强不屈，于月色里无比明亮地注视着他。

司徒巽不再犹豫，垂了一下眼帘，气息突变，再睁眼时，目色比剑光更冷。他直挥剑刃而下，黑色的衣角飘扬，凌厉的剑气将水雾和月色连同风一起切开。然后，没有丝毫迟疑，剑头灵动一挑，洛雨晴手筋被挑断，鲜血直流。

"啊——"尖叫声砸碎了月夜的宁静，血液飞溅，染红了白皙的手。

司徒巽眼疾快手，剑起剑落后，旋即拽住了急急滑入井中的麻绳，然后迅速地把漪涟拉上来。

"阿涟，你怎么样？"他屏息呼唤。

漪涟没有晕过去，多亏入水前有所警惕才不至于丢掉小命。一阵猛咳后，她的胸口剧烈起伏："咳……咳咳，咳，真一口气过去，就罢了。万一整得半死不活，我……我可不敢拖累庄里……咳咳，你说太师府，养不养……闲人？"

还会开玩笑，应该没事。

司徒巽总算喘了口气。

他温柔地替漪涟拨开额前的发丝，心疼地将她抱进怀里，低哑道地：“我养。”

月隐月现，漪涟神态疲累，半耷拉着眼皮，靠在司徒巽怀中休息。八仙花多有水雾，火焰烧了一会儿就逐渐平息下来。

夜，重回宁静。

只有洛雨晴趴在八仙花丛里狼狈低泣。

司徒巽胸前的衣物被染湿，他收紧了手臂：“冷不冷？”

漪涟闭着眼：“都几月天了，冷啥呀？”她抽了抽鼻子，还有点疼，“只是接在林二的后面泡，总有股不好闻的味。”

洛雨晴低低呻吟，剧痛让她额头布满细汗，方才已经昏迷了一阵。

漪涟道：“这井挺有意思，不像地泉水。虽然蛇仙庙离城门很远，但与苍梧河很近，仅隔了一条山脉。”

话点到这个份上，洛雨晴已经没有东西可隐瞒，苦笑道：“这口井是数十年前建造新城时引入，水道直通苍梧河。只是年岁久了，知晓的人已不多。”

漪涟猜想：“是不是从林二大闹蛇仙庙开始就是你的计划？”

她曾向看管庙宇的小哥证实，当晚林二入庙时很清醒，且三人并未带酒入庙。白脸小哥中途离开过半个时辰，但从蛇仙庙去往最近的酒家便需这个时间，不足以让林二外出买酒再回来喝得酩酊大醉，所以当晚肯定还有后来者。

“是或不是，官府一查便知，所以你要费心伪装成神罚。”漪涟垂眸，缓了一下气，“也许你还有其他不愿让官府查的理由。”

司徒巽感到疑惑。

洛雨晴拼力支起身子，伤口传来撕裂般的痛苦：“你是为了那晚留宿之事怀疑我？也对，与素未谋面之人，我态度过了些。”

漪涟否定：“倒不为此。我当时只以为你看上我师兄了。”

司徒巽无奈：“阿涟。”

漪涟不讲玩笑话：“直到你说我受了风寒我才察觉不对，有没有病，自己总比旁人清楚。我有位师兄精擅毒理，他曾说过，轻药量的软骨散和迷魂丹能够伪造风寒假象。”

司徒巽听罢，回忆起当晚的情形：“晚饭你我同桌，洛家人也在，为何只有你中招？”

“这不难办。”漪涟回应，“别忘了，傍晚说话时，洛雨晴曾亲自给我们泡过茶。”

司徒巽问：“药在茶中？”

“恐怕茶中与饭中都有。”

洛雨晴苦笑着闭眼。

漪涟继续道：“只要将药妥善分配，分别放于茶与饭中，等我两样吃下自会发作，神不知鬼不觉，而你们却安然无恙。”她直白言明，“估计你是担心露出破绽，药量放得太轻，反而让我阻止了你的同伙。”

事到如今，洛雨晴自知无回天之力，除了苦笑，她已经想不出自己该有什么表情：“他不是我同伙，我不认识他，只是迫不得已帮他一个忙。”她忍痛用衣裙裹住伤口，脸色越发青白，“陆姑娘，你可知我为什么要杀林二？”

漪涟猜想：“为他轻薄你？还是欠钱不还？”

洛雨晴清泪凄美：“只要林二手中握有把柄，此事就不会有尽头。可我们不能报官，只要官府查，必然会翻出我爹与人勾结、暗收赃款、虚假造谣之事。这便是你猜测的另一个理由。”

司徒巽想起蛇仙显灵的传闻：“如此说来，你并未见过蛇仙？”

洛雨晴望着空中皎月：“仙家至高至明，如我般灰暗，怎配有此奇缘？”

漪涟于心中理了理麻团，蛇仙竟然是被人肆意夸大？怎么想都玄。她试探道：“是谁收买你爹造谣？”

洛雨晴的汗水混着泪水从脸颊滑落：“会这么问，你们果然是相关者，朝廷之人多有能耐。可笑我们小小百姓，鼠目寸光，以为得了天大好处，却不知为人棋子的下场。到头来根本不会有人来管我们的死活。”

听见是朝廷之人，司徒巽做了最坏的猜测：“唐非？”

洛雨晴哼笑不语。

漪涟从司徒巽怀里爬出来，两人相看一眼，了然于心。

“你既知不得善终，何必助纣为虐？”司徒巽在沉默许久后问。

洛雨晴心酸难言：“我爹听不进劝，瞒着我与人私自通气。可那是我爹，我又不得不帮着。”她叹息，“若真捅出事，上头那位不会保我们，我们只能自保。那晚我借口找来林二，灌醉并挑唆他们大闹蛇仙庙，伪装成神罚之象。如此一来，既能让林二闭嘴，官府又不敢轻易来查。”

司徒巽以为于情不合：“唐非高居朝廷要职，岂能亲自出马暴露身份？”

洛雨晴道：“我本是唐非训练的杀手，十一年前，得幸逃至苍梧。那时我只有七岁，饿昏在街头，老天有眼，让我做了爹的女儿。所以事发后，我很快便察觉了幕后之人。”

她摸了摸自己的手：“这双手本就是用来杀人的，亏得爹，我才用它采了十年的药，救了十年的人。所以，哪怕再次手染血腥，也要尽我所能，就为十年的父女情分。”

漪涟的鼻子酸了一下，情真岂惜血脉相连。若是阿爹遭难，她也会不顾对错去帮。

她是认准了，这辈子，爹是亲的！

漪涟撑着井沿站起来，理了理湿漉漉的衣服，随手捡过洛雨晴先前的黑披风：“差点死在你手上，衣服便不还了。”说完，将披风裹到身上，兀自离开后院。

司徒巽看了洛雨晴一眼，一言不发地跟上漪涟的脚步。

在他即将融入黑暗之时，洛雨晴不可思议地叫住他：“你不杀我？”

司徒巽逆光而立，侧脸道：“你该庆幸阿涟无恙。若是她伤了分毫，我定然……”

衣袂翻飞，杀意凛然，黑得比夜更浓。那一刻，洛雨晴仰望他，仿佛看见了修罗。她知道，自己捡回了一条命，否则，当那把寒刃毫不犹豫地砍下来时，自己丢的便是脑袋。

“司徒巽！”洛雨晴再次唤住他的脚步，“为着你留我一命，我送你一样东西。”

司徒巽静立以待。

“苍梧旧城区是他们的密联之地，或许你有兴趣去看看。”

司徒巽不作应答，加快脚步，追上漪涟。

苍梧旧城在上游，错错落落的废弃屋子立在山谷之中，依稀可见原本容貌，是座很有韵味的古寨子。

民房圈圈围绕，依山而建，逐层递进，于中央环视，十分震撼。中间数十丈的圆形空地用碎石铺成，立着一座五人高的高台，像是做祭祀之用。如今废弃了，偌大的锦旗被卷放在一边。

家家户户的栅栏上都竖着火把，显然有人恭候已久。

漪涟首先看见一抹白影从第三层古行道一穿而过，钻入一家民房。其打扮惹人注目。

“是鬼差！他们怎么会在这儿？”

司徒巽也看见了：“追！”

他们顺着碎石小道一路追上三层，屋子是座双层木楼，尤其宽敞。一入屋，有股刺鼻的气味飘来，司徒巽脚步略作犹豫，可漪涟已经冲上二楼，他担心出事，赶紧追上。

“没人。”漪涟转了一圈，屋子里没有半点人气。可他们一路走来，没看见鬼差再往他处跑，莫不是有暗道？

司徒巽思索，越想越蹊跷，再闻这股呛鼻味：“糟了，是火油！”

他反应迅速，拉起漪涟就往楼下冲。可惜晚了一步，楼下已是烈焰熊熊。

门窗被尽数吞噬在火海之中，司徒巽用脚踹门，哗啦一声，门扉碎裂，反激起烈焰滚滚，黑烟裹着热浪迎面扑来。他心切地护住漪涟，转身将屋中废弃的方桌推入燃烧的门扉之上，借着火焰被压下的一瞬间，抱起漪涟，冲出屋子。

然而更强的火光映入眼帘。

之前遍布在寨子各处的火把全部翻倒在火油中，顺着民房，层层环绕，燃烧起来，似火龙盘踞在山坳之中。一时间，火光冲天，热浪汹涌。

“他们是有备而来，我们中计了。”漪涟讲话依旧没计较，“先是水淹，再是火烧，再往后不会真逼得我入土为安吧。就是难为你陪着遭罪。”

“胡说！”司徒巽呵斥，“我能救你一次，必能救你第二次。”

可他们被困道上，四下皆是火海，如何才能脱困？

“别愣着，往这里走！”

意想不到的声音响起，两人回头，竟是洛雨晴捂着伤口，站在一处不起眼的空当里呼喊。情急之下，容不得多想，两人快步跟上去。那是一条供鬼差逃离的小道，隐蔽难察，再晚一些，也要被烈火吞噬。他们紧赶慢赶了好一阵，好不容易才逃离古城。

洛雨晴是撑着一口气过来的，终于脱力跌在树边。“真有能耐，一把火烧得什么都不剩。”她嘲讽道，抑制不住虚弱地咳嗽。

司徒巽对她的出现十分意外：“为何救我们？”

洛雨晴挑起明眸：“你不杀我是为她，我救你，是为了这一剑。”她抚摸无力的右手，“杀人的手我不想要，多谢你废了它。”

司徒巽动了动唇，默然垂目。

“不想杀人也杀了，对我下药又有什么意义？”漪涟方才被泡晕了，忘了问起。

洛雨晴道：“唐非命鬼差一路跟踪来苍梧，不久前刚与我爹联系上，要他从旁协助。我不知其意，或许你们会懂。”她顿了顿，“他们似乎想要盗画。”

漪涟眼珠子动了动，慌忙从包袱里取出画。她所拥有的画，只有甄墨这一卷。

“这画有什么稀奇？”她将画打开，借着司徒巽点起的蜡烛看，还是君珑那张脸，一个鼻子两只眼。唐非派人翻山越岭地追，就是为了看珑的画像？天天看，难道还看不够？

“画不对。”司徒巽突然道。

漪涟迷茫：“哪儿不对？”

司徒巽面色严肃：“画上多了一样东西。”

回答听着惊悚，漪涟做好准备，细细去看，在看到君珑腰间时，傻眼了：“这……”

君珑的腰间多了一抹翠绿，是一块精雕细琢的翡翠，其形制大为特别，俨然是苍梧家家户户所供奉的蛇仙图腾！

“这不是叶离的……怎么会……”

“聪明如你，怎么解释其中含义？”司徒巽面色依旧，内心却是狂澜翻涌。只要心细就能发现，他的眉头比平日拧得更紧。

漪涟看看他，再看看画，看看他，又看看画：“或许这幅画画的是叶离，或许君珑就是叶离，或许……”她意识到嘴里说出的话太过天方夜谭，赶紧抿上。

听见叶离的名字，跌坐在一旁的洛雨晴也艰难起身一阅，她认出颜料是由苍梧独有的青草提炼而成：“里面加了东西，遇热才会显现。”

原是归功于这场大火。

漪涟太过惊讶，梦游似的捧着画，边看边往前走。

司徒巽离去前，最后望了一眼身后还在燃烧的烈火，迟疑道：“东窗事发前，你该劝你父亲尽早抽身，否则日后少不得牢狱之灾。”

洛雨晴心动一瞬：“等等！”她焦急地伸手拉住司徒巽的手，温热的感觉让她的体温逐渐回暖，一双美目如月清亮，“帮我一个忙，也是我帮你的。”

## /五/十面埋伏

几日后，太师府收到了由苍梧寄来的信笺。

那时，君珑正与沈序在无异阁闲聊，作陪的是一位雪肤红唇的绝色女子，名唤醍醐，是玉壶酒楼的养女。其琴技名扬京城，君珑爱琴，自对她青眼有加，常命人请她来太师府弹琴。

到底是弹琴，还是谈情，沈序觉得有待求证。反正在他看来，醍醐算得君太师少有的一位红颜知己。这个知己往后能做到什么份上，他觉得大约超不过所谓亡妻了。

“自疆域那批新人进宫后，皇帝忙得是废寝忘食。早朝一免，百官是乐得清闲，只是下官想见您就难于登天。几日下来，相思成疾，人都见瘦了。”沈序剥了一颗花生扔进嘴里，随口调侃道。

近几日，君珑心情不佳，所有访客一律谢绝，与沈序的联络仅限于托人传话。他本无意提及此事，偏偏沈序一句话听似玩笑，又带着些许认真，有意无意的试探让君珑不大痛快。

这其实是沈序的一贯作风，说话总爱明面一层意思，暗里一层意思。君珑默许他在外放肆，却绝不能容忍在他眼皮底下耍花招。

他笑得盛气凌人，玩笑开得更加强硬：“本太师觉得，沈中丞不见瘦，精神是越发好，想来那把弯刀未曾用上吧。”

沈序暗自早有应对，脱口就道：“您赏赐的刀，下官怎敢随随便便往身上试，正在厅里供着呢。每日必省，好提醒下官，这颗脑袋时刻在您手里悬着。必要全心效劳，才不负太师栽培之恩。”

这话又是两层意思：一则表明他的忠心日月可鉴；二是提醒君珑，同船同命，一旦翻了，大伙儿同归于尽。

君珑岂能听不出玄机，挑起凌厉目色，介于真假虚实之间，竟不好判断他将这话摆到了哪一层面上。半晌，方笑道："沈中丞的忠心自有天证，何必挂在嘴边，让本太师白白听出一身汗来？"

沈序道："忠心不假，否则您怎的忍心将萝春姑娘相送？"

君珑道："见你喜欢，自然要割爱。"

沈序感叹："原是下官连累了姑娘，我等陋室怎可比堂堂太师府啊？"他把话抛给旁听的醍醐："姑娘以为是否？"

醍醐今日一身桃色襦裙，格外明艳。她本意装作品茶，绕过暗枪暗箭的话题，谁知沈序没打算放过她。或进或退都是得罪人，朝廷这个圈里偏热衷这么玩。他们以此试探，听取顺耳之言，踩踏对手，外加看无关者的笑话。

"依民女浅见，只要萝春姑娘喜欢，就是最好的。"醍醐婉转道，给出了一个她认为最得体的答案。

沈序心知肚明："姑娘才思敏捷，真是谁也不得罪呀。"

"沈大人过誉。"醍醐倾身施礼。

其实沈序曾在后头与她提过赏赐一事，说君珑此举可谓一石二鸟之计。首先，如果萝春是沈序眼线，他是彻底排除了隐患，即便现在不是，难保以后不会为沈序所用，他更是断绝了种种可能性。这除了表明君珑高明之外，还能证明什么？

他对沈序不信任！所以才防备得如此滴水不漏。

沈序深知，君珑疑心太重，却是个阴谋好手，谁敢说这个萝春不是君珑安插到他府里的眼线？根本是一石三鸟之计呀！

那日大约因酒壮胆，他由衷置评了一句："于朝廷之中，若能得君太师庇护，无畏他人刀枪。却难数其疑心之下，有多少亡魂无处哭诉。"

当时只有醍醐在场，她问道："沈大人此时难道是在疑心太师？"

沈序蓦然回神，苦笑道："我与他是同船人，一种货色。"

暖阳馈赠了太师府一层明媚色，正厅却因暗地里的较劲使得空气周转不顺，所以醍醐来太师府总不爱撞上沈序，白白浪费了美妙琴音。幸而柳文若赶巧送来一封信，误打误撞，化解了僵局。

他将信笺呈给君珑，角度恰好供君珑看见来信人的名字。“姨父，是否需要送到您书房？”柳文若问。

君珑很惊喜，直接接过：“她竟真写了。”

柳文若道：“不过是性子倔些，不肯服软，心里还是惦记您的。”

君珑心情大好，撕开信封，拿出八行笺展开一看，上头只有寥寥几句话，简洁明了：“苍梧气候温润，颇有桃源之风，乃养老之首选。叔考虑否？”

君珑阅毕，顿时哈哈大笑，引得堂中沈序和醍醐面面相觑，不知所以。

“难得见太师这般开怀。”沈序好奇道，“下官凑巧窥见信封上一‘涟’字，大胆猜测是姑娘闺名。敢问太师是哪家姑娘这样厉害，竟能讨得您的欢心？”

君珑骄傲地反问：“太师府的，算不算厉害？”他将信递给身边的柳文若：“你瞧瞧这丫头多大的胆量，竟敢打趣我，真是不知自己招惹的是谁。”

柳文若低笑：“只瞧着您挺高兴。”

君珑眉峰轻扬，瞥他：“我哪里高兴？”

柳文若难得耍心眼：“由着姨父裁决吧。”

陆华庄内。

柳笙一踏进翊锦堂偏厅就皱起眉头。他忍不住用手往面前扇了扇，醒脑香的味道直往鼻子里钻，似乎格外多加了量，味道更是嗖嗖地往头顶冲，效果立竿见影。

他只能尽量放缓呼吸，劝诫道：“大师兄，醒脑香这么用，实于身体无益。”

桌案前摞着成堆账册，陆宸从中抬起头来，双眼布满血丝，头发坚强地翘了几撮。他瞪了来人一眼，继续埋头于账册：“你小子要能把自家的账整理清楚，师兄我能去找醒脑香的麻烦？”

柳笙一脸的无辜：“庄主吩咐，我怎好违背？”

陆宸气急：“别拿我爹当借口，说好的师兄弟团结友爱呢？懂不懂助人为乐、雪中送炭？”他下笔力度渐大，口中振振有词道，“还以为陆漪涟那丫头一走，我能乐得自在。你倒是后来迎上，好戏看得一点儿不马虎。”

柳笙暗自掩笑。

自司徒巽一走，他也以为会少了消遣，不料这陆华庄里还是很热闹。

其实要多亏三眼鬼婆糊涂一时，栽倒在自己刨的坑里，手里紧拽的财政大权被陆书云彻底扒出来交给陆宸。众人凑个热闹的同时，也没忘感叹陆宸好命，陆书云明显是在为儿子往后的阳关大道打个扎实基础。

有钱，就有未来。

可陆宸似乎并不受用。自代管翊锦堂以来，人瘦了，眼红了，精神脆弱了，每日顶着无心打理的乱毛徘徊在流影堂和翊锦堂之间。

三眼鬼婆是何等小气的人！眼睁睁地看着自个儿地盘易主，简直被逼成了精神病，成日蹑手蹑脚地瞪着小眼往门缝偷瞧。害得陆宸算账时动不动一个寒战，手一抖，得，又得重来。

“你到底什么事？”陆宸刚问完就后怕，“月账刚送来，季度账还没到时候吧？”

柳笙笑道：“当回信差，送信给师兄提提神。”

这可新鲜。

陆宸边写边问：“谁的？”

柳笙道：“您家妹子。”

陆宸还在埋头苦写：“哪个妹子？”

柳笙听着糊涂：“您有几个妹子？”

陆宸开始捣鼓算盘，噼里啪啦一阵响动后，挨个盘点道：“庄里有个小师妹，好言好语哄了一阵，结果人家看上你了。亘城里有个林妹妹，有段时日没见着，不知嫁没嫁人。还有个没啥良心的亲妹子，撇下哥跑了，她要是能写信，太阳能打西边出来。”他算着算着，越发心酸。

“你说我这辈子是不是和妹妹犯冲啊？”他搁笔问。见柳笙没说话，转头就走，不解地喊道，“你去哪儿？”

柳笙表示：“日出西方，这奇景必要亲眼一观。”

“少贫嘴。”陆宸骂道，摆出一脸怀疑，“难道真是那丫头写的？”

柳笙笑着将信放到他面前的账册上，“陆宸亲启”四个字秀丽分明，眼瞧就是出自陆漪涟的手笔。

“还真是这丫头！”陆宸不可置信地动手拆信，顿时从账册的烦闷中暂时脱身。

信中仅有简洁问候：“苍梧夏日如秋，改日领阿爹与你前来一游。一切安好，勿念，自己保重。”

陆宸一脸惊喜，这可好，出门一趟懂得起码礼貌了，至少还没忘记有自己这么个哥！

“你说她突然变乖，会不会有什么预谋啊？”他扭扭腰，歪歪脖子，用手抚着胸口顺气，“我怎么感觉全身上下哪儿都不大对劲？”

柳笙道：“是不是感觉这封信挺受用？”

陆宸嘿嘿一笑：“确实。”

他乐呵呵地又把信读了一遍，直夸赞这妹妹没白疼。

“不过，她不是跟君珑去京城了吗？怎么跑苍梧去了？”他忽然从陶醉中缓过神。

柳笙摇着扇，目色迷离，恰忆起一事：“我隐约记着叶离就在苍梧。”

“叶离？”陆宸瞪眼。

柳笙随意道：“我见存岐堂有些关于叶离的逸闻笔录，像是亡师所留，其中提及叶离隐居于苍梧。涟师妹爱图新鲜，说不准真去碰碰运气了。”

陆宸腾地从椅子上弹起来，抓起账本拍向桌案：“她脑子还好不好使？门夹了，还是驴踢了？叶离是谁，是男是女都没个定论，能说找就找着？她难道忘了我们庄已经出现过一名被叶离坑害的良家妇女了？”

柳笙对坑害良家妇女的罪名暂不予评论，连忙稳住快冒烟的陆宸：“师兄冷静！账册可理了好几日，弄乱可惜。我仅是玩笑一说，总不见得涟师妹真坏了脑子。”

陆宸琢磨了半晌，摇头：“不，这浑丫头我比你了解，她脑子从来没正常过。”他越想越不能冷静，“不行，我得去爹那里探探消息。”说着，就大步流星冲去流影堂，口中还碎碎念叨，“怎么到外头还不让人省心？懂不懂孝道？真是白疼这么多年。”

柳笙觉得，他应该会一路嘀咕到流影堂为止。

看着满屋账册，虽排得满满当当，实则井然有序。恰如其人，外在小节不拘，内在心细稳重。若往后当了庄主，说不定庄内会更加有趣。

柳笙苦笑。这么有趣的地方，到了要走的时候，真会舍不得吧。

画中有玄机，这是明摆的事实。可唐非为何要盗画？

漪涟觉得最直接的办法还是将小贼揪出来砍他一手指，他能连远房大姨和隔壁村王阿四的那点糗事都给你抖出来。可苍梧城眼线多，狡兔三窟，在这里捕猎不是上策。她和司徒巽一商量，即刻快马加鞭赶到了与苍梧相邻的竹里镇。

只要有画，他们就握着最大的筹码。

果不其然，猎物上钩了。只会老鼠乱窜的小贼哪里是司徒巽的对手？三下五除二，便将他打得哇哇喊娘，瞧了瞧，嘿，还是个老熟人！

漪涟转着匕首调笑："哟，您这是觉得做了亏本生意不服气，重新谈价钱来了？"

一个大块头的男人被束缚在一间废弃马厩的柱子上，活生生地捆成了腊肉。

他正是承阳府鬼市售卖甄墨遗物的摊主。

司徒巽为防万一，持剑立在门前，冷脸道："卖画复盗画，究竟意欲何为？"他的声音不大，音色却冰如寒潭，吓得腊肉使劲打战。

"少……少……少侠饶命，大爷我，不不不，小的我也是逼不得已呀。"腊肉感到脖颈边传来一丝冰凉，连忙一缩头，哭喊道，"我的个娘耶，姑奶奶！您能不能不玩刀子？您您您拿远点，这玩意儿忒瘆人，玩不好，出人命的。"

"行。"漪涟笑得很有深度，"我们不玩刀子，来玩个游戏可好？简单得很，我问，你答。答得好，我刀子下得轻点，把这些绳切了。可若答得不好，"她猛地将刀子往前一送，"就把你脖子切了！"

"妈呀！"腊肉对着猝不及防横到颈间的匕首大喊。

漪涟听着烦，喝道："闭嘴！"

腊肉立刻噤声。

"知道该怎么做吗？"

腊肉瘪着嘴频频点头，又频频摇头，欲言又止。

漪涟瞪着眼道："到底懂不懂？说话！"

腊肉哭丧着脸，委屈道："姑奶奶，这……这玩得是不是有点不公平？"

漪涟一听，乐了："哈，你说公平？"她把匕首往木柱上一插，入木三分，"你问问那位小哥，老娘活到今日，有没有与人讲过公平？我爹都没和我要过公平！你敢和我谈公平？"

"不敢不敢不敢，娘……不，姑娘，不不，姑奶奶，您尽管问，小的答就是。"

司徒巽双臂抱怀，倚靠木柱，低头隐下一笑。

漪涟念着他态度不错，暂且放下刀子："你先把自个儿说明白了，你到底是谁？"

腊肉哭丧着脸，可怜道："小的叫白毛。我娘说，生我那天，下着鹅毛大雪，所以叫白毛。"

漪涟恶寒，为啥不叫白雪？想了想，白雪这名配上这胡子拉碴的大块头，还不如白毛。她额角处一挑："拣有用的说。"

白毛弱弱道："小的跟你们一道走，是为了……为了借件东西。"

漪涟挑眉不悦，说得还挺隐晦，她从旁边包袱抽出甄墨的画卷："你是不是想要偷这个？"

白毛傻傻赔笑，预备蒙混过关，最终还是在司徒巽一道杀气腾腾的目光下老实点头："有……有个大主顾给了不少钱，最要命的是我一家老小全抓在他手里，我也是冤呀！你瞧着我……"

恶人干完事大都是一套说辞，痛哭流涕，说什么上有老、下有小，漪涟懒得理会，直奔重点："唐非让你干的？"

白毛一愣："谁……谁谁？唐……唐非？你说上头那位相爷？姑奶奶，您可真会开玩笑，我们这道上的要是能跟相爷混……他妈的也值了啊！"

漪涟预料失误，犹豫道："那指使你的人是谁？"

"还能是谁？当然是响当当的人物，他……呃……"白毛撇撇嘴，软了下来，"我，小的还真不知道是谁。"

漪涟气急，对准他脑袋一巴掌拍下去："不知道，嘚瑟个什么劲？"

这正是司徒巽日前对洛雨晴的疑惑，沉声道："洛雨晴知晓内幕是意外，如此小事，唐非不会亲自出马。"他想起神出鬼没的鬼差，问，"与你接头的是什么人？可有特征？"

白毛吞了口口水，咕噜一响："他们是鬼市的鬼差……难不成真跟那位爷有关？"

果然是鬼差！

洛雨晴虽没直言，但她明确指出苍梧旧城，鬼差自是唐非指使无疑。至于鬼市猖狂的理由，这下子真是有了出处，竟是大兴丞相在支持黑暗买卖。难怪官府屡禁不止，原来是赤裸裸的官商勾结。

漪涟转了转刀子："把你知道的全部吐出来，胆敢藏着，你……"

"得得得，姑奶奶，后边不劳您费心，我能吐的都吐给您。"白毛趁着刀子还稳，赶紧先道，"我我……我是京城道上混的，平日帮别人追债混口饭吃。好像是上月上旬，嗯……或许是上上月下旬，有个人模狗样的大财主找到我，出手订金就是一百两，让我……让我……"

"让你做什么？"漪涟晃了晃刀子。

白毛吓出声："让我杀个人。"

漪涟道："谁？"

白毛神色有变，磨叽了好一阵才憋出了两个字，恍若天雷平地而起："甄墨。"

马厩静了，二人万万没有想到会听到这么个熟悉又陌生的名字，她和叶离一样，素未谋面，却仿佛无处不在。记得第一次听见，是在承阳府鬼市买画的时候，后来又是君珑转交司徒观兰的画像，那也是甄墨所作。

漪涟恍然："难怪你会有甄墨的遗物，且是第一个知道甄墨死讯的人。"

白毛两颗眼珠子直愣愣地盯着刀子，生怕抖歪了："怪我一时糊涂，偶然撞见鬼市在承阳府有一摊跑场，就拿着甄墨的遗物去了。老子哪里知道鬼差是他的人！钱还没送到老婆手里，话已经传过去了，真他妈的倒霉。"

"结果接头时说好的钱一分没拿着，两只鸡仔二话不说，一个黑布袋子直接罩到我脑袋上。嘿，大爷我直接就火了！心里说：你娘的，什么东西？知不知道大爷我在京城也是混得响当当的？"白毛越说越带劲，居然热血沸腾了。

司徒巽按了按眉心，转手移上剑柄，唰地拉出一道寒光。

白毛的声音顿时戛然而止，然后弱弱地垂下头继续道："我脑袋罩着黑布，不知道被整到了哪儿，然后碰上一爷们儿。我估计跟姓甄的那女人有啥见不得人的，看了我带回去的信物，直接火得摔在爷的脸上。他奶奶的，那女人在外头找小白脸和我啥关系呀？往我这儿撒气，能让奸夫少个手指头还是怎么的？"

漪涟听得犯晕："什么小白脸？说清楚点。你拿了什么信物？"

白毛可惜道："那玩意儿看着挺值钱，是个拇指长的玉佩，我本来还想卖了。"

玉佩？莫不是翡翠？

漪涟打开画，往画中人的腰上指了指：“你说的玉佩长这样？”

白毛眯着眼一看：“是了，是它，透亮着呢。”

两人十分诧异，两相一觑，沉默下来。

这事怎么越来越复杂？画中君珑有叶离的蛇形翡翠，叶离的东西跑到了甄墨那里，被唐非发现后，白毛跑来盗画。绕了一圈，又绕回画上，偏凑巧，画从一开始就被他们买了。

司徒巽低喝：“继续说，翡翠是怎么回事！”

骤然凝固的气氛把白毛吓得魂飞魄散，一个劲地喊着：“我是真不知道呀！我把玉佩交给雇主，就想换点小钱花花。谁想他气得吹胡子瞪眼，说什么‘那女人居然和谁谁有瓜葛’，我想着应该是姓甄的背着他找小白脸。”

“说重点！”

“后来他就让我来偷画。”白毛言简意赅。

司徒巽默然良久，道：“画也罢了，现在还有翡翠，看来甄墨和叶离是旧识。”

他话音刚落，白毛就喊起来：“对对对，就是叶离，那爷说的就是这个名字。”

漪涟瞪了他一眼，倒是有些明白了唐非要画的理由。

唐非要杀叶离，白毛误打误撞，将翡翠作为杀甄墨的信物交给了唐非，甄墨就成了关键。此时此刻，恐怕没有人比唐非更迫切地想要知晓叶离的线索，正好白毛切切实实地与漪涟一行接触过，指使他偷画，再合适不过。

可唐非既然是事后得知二者有牵连，事前为什么要杀甄墨？如果仅是巧合，甄墨这个名字未免出现得有点频繁。

漪涟再次逼问白毛：“你还知道什么？”

白毛哭丧着脸：“姑奶奶，要再知道得多点就去阎王殿见我亲奶奶了。我连背后出钱的是谁都不知道，还能知道啥？”

漪涟料他不敢隐瞒：“你既然听过叶离，那天在面摊上给我们留消息的是不是你？”

白毛表示：“求您别给我加罪名行吗？我从承阳追了一路，啥事都没干成，还被您老砍了一刀，够可怜了。”他手臂在束缚下勉强动了动，是漪涟那晚留下的伤。

漪涟一听，反而觉得奇怪："承阳？京城跟踪我的不是你？"

白毛哭丧着脸："我真是从承阳追上你们的。"

漪涟匕首一收，凝神看了一眼司徒巽，后者也在看她："得，看来你我挺招贼惦记。"

白毛被绑的消息是藏不住的。鬼差不负其名，悄没声地就把风声传到了京城。

那晚阴霾很浓，唐非刚陪着皇帝吃了晚膳正往府里走。他这丞相虽然当得有负百姓，却不负皇恩。当然，是忽略了背地里的一套。

亲信递话后，他改步子来到书房，黑白两人已垂头跪在桌案前等候。唐非稍微一眯眼，眼角打起皱纹，气氛顿时沉下来。

"丞相，坏事了。"

早知道肯定说不出好话，唐非阴着脸盯视二人，堪比酷刑："说。"

黑鬼差倒吸冷气，不敢含糊："白毛……被君太师的人抓了。"

唐非眉峰一挑，方才在沉默时已做了最坏的打算，还是不及事实糟糕。忍不住一时震怒，拂袖将桌上的镇纸砸向两人，黑鬼当场血流满面。唐非却无视，理了理衣襟坐下，从起伏的胸口，看得出他十分生气。

白鬼慌忙解释："那两人一路十分谨慎，属下不能轻易下手，而且……有人暗中搅局。"

唐非压抑地问："君珑的人？"

白鬼把头磕到地上："无法断定。"

唐非怒火中烧，又起身在案前反复踱步。据他所知，君珑除了派出两个小娃儿外，并无其他动作，难道还有第三方势力？这……超出预料啊！

"丞相，君珑的人估计听了不少话，前两日动身向承阳府去了。"

唐非浑身都是阴气，令人毛骨悚然，他本打算直接半途截杀，又恐打草惊蛇。"甄墨那里没什么稀奇的。"他定心一想，"你们立刻派人把杏成县围了，不要暴露，由着他们进山。本相要借此机会斩草除根！"

黑鬼担忧："承阳府有君珑的人，要不要先下点功夫？"

唐非摸着下巴："不忙，容本相好好想想，好好想想。"

隔夜，京城大雨滂沱，消减了日渐旺盛的暑热。众人正感叹今晚能有好睡眠，宫里却传来一阵急匆匆的脚步，冒着雷雨奔向各个朝臣的居所。

“皇上明日早朝，是为商讨兴修水利的各项事宜，请各位大人先准备着。”

传话太监的尖嗓子喊了一溜，众臣无不惊讶。估摸着这场大雨总算把皇帝的脑袋从美人怀里给冲出来了，兴修水利听着可比小厨房菜谱改革有深度。心里不禁有些小激动，当晚就纷纷打理好了官服，预备明日焕然新气象。

然而，事实证明众臣内心的小火苗还没有茁壮燃烧，就被当头一盆洗脚水给灭了个干净。他们个个朝服笔挺地往堂上一杵，顶多是一尊尊人形摆设，皇帝自始至终睡眼惺忪，压根儿没在意过底下立着的是李五还是王三。

所谓商讨，统一由唐非启奏，皇帝迷迷糊糊地歪着脑袋，一拍龙头椅把：“好！”

直到最后也没人知道他说的是不是梦话。

下朝后，众臣纷纷摇着头走出永宣殿。碍于身家性命全捏在昏君手里，谁也没胆多话。

三层高台之上，沈序跟着君珑一道踱下汉白玉阶，不时对出声寒暄的官员还礼。待周围朝臣渐渐散去了，方低声道：“您说皇帝今日唱的是哪一出？好不容易早朝一回，百官跟傻子似的陪着走过场。”

君珑一袭深蓝朝服，玉冠束发，格外英姿勃发：“皇帝唱不起独脚戏，他是在帮唐非搭戏台。”

沈序扬了扬眉，道：“这却奇了，提案搁置了两年之久，唐相为何在此时闹出动静？”

君珑冷笑，无心放眼在流光溢彩的镏金瓦上。

二人步下最后一级汉白玉梯，发现太师府专用的鹤顶流苏六人轿已停稳在右道上。柳文若不畏艳阳炙热，等候在一侧，素衣简装，目光虔诚，一直凝视着君珑走下阶梯。直到五步之遥，他迎上前，恭恭敬敬地递上白玉扇：“姨父可是直接回府？”

君珑眯眼瞄了眼太阳：“等多久了？”

柳文若道：“时间算得正好，不久。”

君珑将他额头上的一层细汗看在眼里，不说话，倒是沈序嘴里飘出一句：“太师的外甥养得真贴心，我那劣子这会儿还不知在哪里贪玩，实叫下官羡慕。”

君珑半开玩笑道：“不如今次就让文若送沈中丞回去？”

“岂敢。”沈序连连摆手道，“不过看情形，太师您一时半会儿还走不了。”

君珑微微蹙眉，瞧着老远是太监总管领着两三个小太监朝这里一路小跑，口中尖声喊着：“君太师请留步。”直到跟前，总管喘着大气行礼道，“君太师，皇上有请。”

君珑傲然问：“朝事已毕，未听皇上传召。因何事遣公公来？”

太监总管曾侍奉先皇，察言观色，自不在话下：“奴才就是替主子跑跑腿，哪里知道皇上的心思？不过奴才偶然在门外听得几句，好像正是为了刚才南边兴修水利的事。”

“兴修水利该去找工部，找本太师做什么？”君珑面色不悦，“本太师又不会挖土刨坑。”

“这……”总管被堵得失言。

君珑试探：“唐非呢？”

总管太监深知夹在二者之间小命忒难周全，心颤道：“正是唐相提议，皇上方才遣奴才来请太师共商要事。”

君珑果然沉下声，气势见浓：“哦，这么说根本就是唐相的意思？”

总管太监支支吾吾，不知如何回答。

君珑冷哼，对沈序挑明：“沈中丞看明白了？唐非这场戏真真切切地是唱给本太师看。”说完，沉着脸，领着柳文若一同走向御书房，行路中小声吩咐：“先让人盯着承阳府。”

“姑娘——”

“姑姑，姑娘——”

白毛被一路押着往承阳府走，京城越近，他往外蹦的字数越多。

漪涟终于不耐烦，深深用眼神剜了他一刀：“你这是预备下蛋了？”

白毛欲哭无泪：“姑娘，您行行好，如果能憋出来，怎么着也得给您憋一颗。可您看承阳府紧挨着京城，我再不跑，真有蛋，都没命下呀！”

司徒巽自认为不适合讨论这个话题，无言地别开脸。

漪涟扯着捆白毛的麻绳："你是真被吓傻了，还是脑子本来就不好使？小时候，只管费力长肉，不知道出来混要带脑子？唐非既然有办法派人盯梢，能不知道你落我们手里了？"

白毛被一通反问吓愣："这……代表我完了？"

"你把该说的和不该说的统统说了，留你何用？唐非又不傻。他们眼下没跳出来是顾忌着我们，你要真想自己走，那就走吧。"说着，把手中麻绳一抛，摆手道，"爽快点，滚！"然后真就独自上道。

白毛脸色铁青，思来想去，还真是这么个道理。事关小命，可万万不能闹着玩啊！"姑娘……姑奶奶……姐……"他嘴角抽搐，自个儿将麻绳递上，"姐，您受累了，这绳您继续牵着？"

漪涟目不斜视："没空，自己解决。"

白毛愣愣赔笑："行，也行，您要是觉得麻烦，这绳我替您先牵着。"

"咳咳……咳……"司徒巽喝水被呛个正着。见白毛已经屁颠屁颠地凑上去，他不敢放松，也加快速度跟上去，始终行在两步开外，以便观察大局。

这里是承阳府杏成县的一座后山，山道迤逦。因为气候较旱的原因，承阳没有苍梧和陆华庄茂密葳蕤的绿叶，满山植被，大多是杨树一类英气挺拔的身姿，分布得不算密集，给人一种井然有序的感受。

他们多带了一人，没有来时的速度快，路上耽搁了好些天。但寻人之事最讲机缘，好比大海捞针，若不是恰好撞上，你就是在水里泡肿了都没戏。何况叶离此人深藏不露，行踪诡秘，此番来杏成县，纯属试试运气。

据白毛所言，甄墨殒命之地是在承阳府后山深处，那里有间废弃的山神庙。庙里留了一些日常必备之物，猜想甄墨大约住了段时日。他贩卖的遗物全是那里搜刮的。

漪涟问："小白，离你说的庙还有多久？"

白毛凭印象估计："快了，再拐俩弯。"他喘着气嘀咕，"唉，就想赚个钱，咋这么难？我奶奶说得对，命不好，只能认栽。"

漪涟回嘴："你还别怪命，怪你自己缺德。杀人、盗画也罢了，甄墨是女人家，翡翠定然是随身之物，你居然也敢随便上手摸？"

白毛道："我人坏，又不变态，摸死人能有啥感觉？姐，你别逗我成吗？况……况且……"他小声嘟囔道，"况且，我也没杀她。"

司徒巽听觉灵敏："什么？"

白毛一怔，想要赖："什么什么？我没说什么。"

司徒巽不屑纠缠，抬手抽剑，直接架到白毛颈间："再说一遍。"

白毛吓得双腿一软："少侠饶命，饶命！您俩怎么都一个毛病，动不动就要刀子，有啥事不能好好说……欸……别别别，我说，我说就是。"他深吸一口气，下决心道，"都到这一步了，我的小命全指着您俩，干脆和你们老实说。我……我……我其实没杀甄墨。"

司徒巽握剑的手一紧，冷声道："你若是想减轻罪行，不如坦白交代。"

白毛很委屈："我真没骗你们。"感受到漪涟投来的异样眼光，他辩解道，"杀了她，雇主才会给银子，我就顺道……我发誓真没杀她！"

下一瞬间，白毛蓦然就感到一刃冰凉更逼近一分，烈日炎炎下，直叫人牙齿打战。

"依你之言，甄墨没死？"司徒巽冷声问。

白毛惊得冷汗直冒："她她她她她她她……没没死死死死死死……"

漪涟瞳色清亮，伸手掐住他的胳膊："真没死？"

白毛被掐得一疼，霎时结巴出了下半句："没没没死才怪！"

漪涟太阳穴一跳，狠狠地往他小腿肚子踹上去："说话能利索点吗？气短的都能背过去！"

白毛不争气地流下两行热泪："我……我他妈的也不知道啊！我去的时候，甄墨早死透了！"

同一时刻，三里外，一身份不凡者屈尊来到这荒野后山。

黑衣人唰唰跪倒一片："参见唐相。"

唐非神色刻薄，默默扫视一遍后，仿佛不经意间道出狠辣之语："你们既然为本相办事，自然知道本相的脾气。今日若放出半个人来，就自个儿准备后事吧。"

后山的另一条山道，紧邻着山谷，视野空旷。

此时阳光已经扎眼，早间雾气散去，取而代之的是谷中叶面浮动的波光，仿佛一汪碧海。

君珑一袭白衣步行于光影斑驳中，眉目无顾两旁山水风貌是俗是雅，显然不为游玩而来。柳文若紧跟其后，心神不宁，偶有一言半语到嘴边，看了眼前人脚步匆匆，纵然心如蚁噬，他也是宁愿吞回自己肚里。

二人刚步至岔路口，一人乍然现身。他悄然跪于君珑身后，以极其凛然的声音回禀道："甄墨最后隐居的庙宇就在此山深处。"

在唐非的狠辣手段下，黑衣人欲说而说不得，只有为首者能言："相爷，属下刚听说君太师也赶来了。若是遇见他，是否避开？"

唐非眼里迸发出恨意，低斥道："真能找事。"他沉默片刻，"算了，是本相高估了皇帝，区区小事怎能绊住君珑？也罢，君太师要真是暴尸荒野，谁能怪到本相头上？"

君珑负手闭目："甄墨尸体何在？"

影卫将头垂低："未曾见得。但屋中所留血迹可断定人死后曾被转移，多半已经毁尸。"

暑热颇重，柳文若倒吸的是凉气。他暗地里打了个手势，影卫眨眼间就不知去向，甚至没有察觉到明显的呼吸声。待他回头，君珑已经迈开步子往深处走，他追上："姨父，山路难行，若您要查个究竟，我走一趟就好。"

君珑嘲讽道："你说话的水准有进步，但远未达到可以在我面前卖弄的地步。"

柳文若干脆不找借口："看了只是徒增烦恼，姨父还是放下吧。"

君珑默然许久："总得有个了结。"

人便是如此矛盾：知道不该去，偏要去；知道不该想，偏要想；知道该放下的，放不下；知道该拿起的，不愿碰。但人也是极其好哄的傻子，只要找个台阶，所有错误就都能错得理所应当。

黑衣人请示："唐相的意思是……"

唐非从喉咙里发出一声："杀！"

陆华庄高手如云，年轻一辈里，论功夫，陆宸行的是刚劲路子，柳笙擅长四两拨千斤，陆漪涟不算在高手一列。司徒巽苛求精准，力道虽不如陆宸，招式不敌柳笙，但不论是剑法还是暗器，都直逼要害。

他的耐性也不差，剑横在白毛脖颈，手不抖，心不慌。

可怜白毛不敢大声说话，生怕出声幅度一大，近在咫尺的剑刃直接把动脉割破了。时间一久，脖子麻了，累得他哇哇求饶："我是说真的，去的时候，那女人已经翘辫子了。血流了一摊，脸煞白。雇主说杀了她才有钱，我怕他们发现破绽，就把尸体抛到悬崖下了。"

在哭诉声中，漪涟发现了不远处山神庙的影子。

庙宇已残破，贴着山壁落成，从前仰仗了山神庙的供奉，周边绿植颇丰。庙前有条沟渠，铺满碎石，是人工引流的山泉道，随着山神庙的荒废，泉水已干涸，空留几座木板架成的粗陋小桥。

甄氏是名门望族，女儿何以殒命至此？

漪涟和司徒巽深深疑惑：甄墨身上究竟经历了何种变故，才落得这般结局？

"噤声，有人来过。"司徒巽嘴边小声提醒，顺手拉住了马上要赶超到前头的漪涟。

漪涟神经绷起，迅速一遭打量。

她发现庙门半掩，随着风微微颤动。尽管来人放轻了步伐，但依旧无可避免地留下脚印，一直连贯到山神庙前的木桥上才消匿。桥上似乎沾了一些鞋底泥土，看不大清，但根据脚印判断，至少该是大雨之后留下的，否则该陷得更深。

由此判断，此人很有可能还在庙中。

漪涟说："脚印只有一道，没有返程，但看这庙宇规制，或许有后门，无法断定此人去留。"

司徒巽道："这山头似乎少有当地人来，不知来者会是谁。"

漪涟说："莫不是真招来了唐非一党？"

话音刚落，前面白毛立马不淡定了，司徒巽眼疾手快，一把捂住了他的哀号："想要活命，闭上嘴到一旁藏好。唐非已经派人入山，你应该知道怎么做。"

白毛还算识时务，为了小命周全，点头如捣蒜。司徒巽一松手，他就一溜烟，如老鼠一样躲到了一处矮树丛后面。

此时，司徒巽方言明真正猜想："若是唐非，不该只派一人来，我以为不是他。”他估算了一下，“与其在这里浪费时间，不如冒险一试，一人尚可应付。”

况且谁会不辞辛苦地跑到荒郊野岭的一座山神庙来？目的是什么？两人推断，与甄墨相关的可能性极大，或许能让他们从中获知一两个有价值的线索。

他们集中精神，轻步逼近，发现木板搭成的小桥已经不牢靠，沟渠旦多是碎石，踏下去必会打草惊蛇。两人用轻功跳过去，雨夜后的土地湿度刚好，基本上没发出声响。他们各自封锁两边，司徒巽在左，漪涟在右，小心翼翼地贴门一听，屋内一片寂静。

难道人不在？

这时，半掩的门吱呀一响，漪涟几乎要拔剑制敌，还好，司徒巽及时避免了重大失误。

“呼”，原来是风。

漪涟暗暗嘘了口气，这点心理素质都没有，难怪陆宸总说她不适合待在流影堂。

不过屋里也因此传来了动静，是几步非常细微的脚步声。司徒巽辨明方位，当机立断，选择此刻行动。他首先一个稳步扎到门前，乘人不备时将门踹开。漪涟紧跟其后，发现破庙虽大，里面装设却简单，并无任何隔间。因此，一入门，他们直接与里面的人打了个照面。

“你——”司徒巽当场语塞，缓缓放下了手中的剑。

漪涟亦惊愕不已：“叔？”

君珑身着黑蓝长衫，散发披肩，面露同样惊讶的神情回头看着他们。目色在动摇的刹那，他不动声色，暗暗地将一张暗黄的方形纸揉入袖中，方才转过身正眼相待。他的脚边有摊黑红色的血迹，已经随着山风干涸，却留下了当时尸体拖行的痕迹，惊心动魄。

“太师怎会来此？”司徒巽问。

没等君珑说话，外头突然一阵惨叫响彻山林。漪涟听了一路白毛的破音式嘶吼，肯定不会听错：“要不要去看看？”

犹豫的片刻间，隐约听见脚步声，但白毛的叫喊实在太凄惨，难以判断是个什么情况。他们试图向外打量，偏偏白毛躲的地方是死角，他看得到破庙，庙里却难以看见他。

“人数应该不多，我出去看看。”司徒巽果断道，“你且静观其变。”

漪涟本心不愿让他独自冒险，但若不慎被困于破庙，一把大火就够受。她权衡了利弊，恳切道：“小心点。”

司徒巽点点头，一个箭步，提剑向外。

视野瞬间开朗，他寻到声源处，发现白毛被人挟持，正跪在地上哭天喊地地求老天开眼，情感流露已然到了忘我境地。挟持者背对破庙，背影文质彬彬，执剑而立，并无粗暴行径，却不知他面对白毛是何种表情。

司徒巽趁他不察，利落地移近数步，惊讶地发现这人的背影不陌生。

竟是柳文若！

柳文若听见动静回身，也看见了他：“司徒公子？您不是领着陆姑娘前往苍梧了？”

没等司徒巽应声，白毛首先激动了：“原来是自己人呀！”他不知哪里来的胆子拂开剑，结果被柳文若狠狠一脚踹趴在地，又是嗷地一叫，“少侠，您快给说说呀！好歹我一路辛苦带你们过来呀！”

柳文若心头疑云密布：“怎么回事？”他一脚踏着如王八般趴地挣扎的白毛，“在下若没认错，此人当是鬼市卖画之人。你们怎么会在一起？”

司徒巽迎上前，看了白毛一眼：“他受唐非指使，想要盗画，我与阿涟在竹里镇将他抓了现行。加之在苍梧查到些线索，猜想叶离或与甄墨有关，便一路找来承阳。”

柳文若听不懂这话。

先他一步，有声音道：“甄墨与叶离有关？”

司徒巽一愣，循声望去，三步远的转角小道步出一人。火浣白纱，俊朗眉眼，一派风貌傲然立世，大兴国除却君珑，谁还有此孤高！然此时一眼，却让司徒巽右手痉挛，几乎把佩剑掉下。

“司徒少侠见了本太师，怎么是见鬼的表情？”君珑不悦道。

柳文若疑心更浓：“公子这是怎么了？”

司徒巽惊惧不已，硬是从喉咙里挤出声问：“你……是君珑？”

君珑在这儿，那屋里的是谁？

他的语气既是发问，又如陈述，搞得两人莫名其妙。至于白毛，早吓傻了，乖乖地贴着地面，宛如死王八，一动也不动。

柳文若越发不解："司徒公子为何有此一问？"

漪涟一直玩笑说，柳文若上辈子定然与君珑是夫妻，情债未了，这辈子才给冤家又当外甥又当娘。司徒巽冒出这个玩笑的同时，也冒出一身冷汗：既能得到柳文若的证实，这个君珑定然不假，那里头那个……

"糟了，阿涟！"他感到血气上头，转身直冲山神庙。

君珑和柳文若不明所以，打晕白毛，一头雾水地紧跟其后。

庙内空无一人，血迹尤为刺目，原本整齐地搭在墙面上的稻草被翻在一边，露出残破的后门，是适才未曾预料的场面。"君珑"和陆漪涟已经不知去向，四下静成一片，只在血迹旁的木柜上静静摆着半张简约的面具……

## / 六 / 一叶知秋

不远处的树林中，二人步履浮碎。

漪涟顾忌硬冷的匕首，难以看清脚下的路，每一步都踏得极不稳当。好几次误踩了乱石都令她失去平衡，幸亏匕首掐得不紧，挟持在她身后的人也及时借了把力，不然非血溅当场不可。

这到底是什么情况？漪涟的脑袋嗡嗡作响。

刚才在屋里被匕首缠上的那一刻，外头偏响起君珑的声音，整颗脑袋顿时就傻透彻了。

君珑在外面，那她身后的是谁？惊悚的感觉迅速由心尖蔓延至全身。

匆忙行路中，她拼出余力，稍稍侧头看，和君珑几乎分毫不差的侧颜近在咫尺。她忍不住胸口剧烈起伏："你是谁？"

那人目视前方，迟疑了良久才道："抱歉，情势所迫，不得已冒犯姑娘。待下山后，自会放姑娘离去。"

他因为赶路的缘故声音不稳，却很温和，隐约似曾相识，漪涟察觉不到恶意，稍稍缓和了紧绷感。然后，脑海突闪一个念头，不经多思，直接从嘴里蹦出来："你，是叶离？"

利刃一颤，那人停滞了脚步，当场惊得漪涟一身虚汗。

她心里暗叫不好，别是刺激了某根脆弱的神经，打算直接灭口？仅凭现在这形势，那人要真有此心，瞬息之间自己就会死于刀下。漪涟大略估算，以这把匕首的长度，即便从背后捅进心脏，亦是能捅穿的。

然而，男子的反应比预想的冷静，只问："姑娘为何有此猜测？"

漪涟用余光偷瞄到他的眼睛，黑瞳深邃如墨，只有久经世事的阅历才能将众多情绪汇于一眼之中。她预感，自己很可能昏头昏脑地猜准了。

这个人，就是避世了十年之久的叶离！

世间对叶离多有赞词，说他医术高超，是德艺兼备的君子。但人口相传，难免有所夸大或误会，叶离本人究竟是个什么心性，若非亲眼所见，所言皆不可轻信。万一是个伪君子，岂不白白把命搭进去？

漪涟使劲思考脱身之计，至少得拖延足够的时间等到救援。

她镇定心神道："先生可查验我背后包袱，里面有幅画，您只要打开一看，就知道我为何有此一说。"

叶离触动很大："画？"

漪涟道："反正我落在您手里，一时半会儿逃不掉，你大可放心一阅。"

叶离戒备心极强，他并没有马上伸手拿包袱，只犹豫地打量了一眼。人的关注力有限，恰因这一眼，他疏忽了对漪涟的防备。

漪涟当机立断，趁机用指关节狠狠敲向他的手腕弱处，他始料不及，一吃痛，松开了匕首。陆华庄的人从不对对手留情，漪涟从小受教，不敢怠慢，又抬起左臂，以手肘处猛砸向他的胸口，可惜脚步不稳，力度差了些许，但也是拼尽了全力。

果然，她挣脱了束缚，迅速回身后，摆好架势准备迎敌，然后准备寻个空隙逃遁。不料定睛一看，叶离捂着胸口，足足往后踉跄了四五步还没站稳，运气不好，偏踩上了几颗碎石，结果脚底一打滑，整个人单膝跪倒在地。

漪涟杵在原地怔了好久，懵懵懂懂地放下架势："你……你不会功夫？"

叶离忍着痛，没吭声，撑着手旁的杨树站起来："在下长年潜心研习医术，未曾学过师门的拳脚功夫，实在惭愧。"

没功夫在身，能安然无恙躲了唐非十年？

漪涟疑心仍存，不敢贸然上前。待她挪了几步，发现叶离紧拧着眉头，呼吸时快时慢，是在努力压制着痛苦，却力不从心。这很难装得出来。

她犹豫再三，走上前扶了一把："您可真是高人，没功夫还敢玩劫持。

幸好我练得不到家，否则您是准备把命搭上？”

叶离苦笑：“尝试，尚有一线生机；反之，只能束手待毙。在下没有理由不试。”

漪涟语塞，他说得好像很有道理。

可道理归道理，道义归道义，她既然决心帮司徒巽，自然要替他问清楚司徒观兰的命案。眼下叶离要逃，她首先要跟叶离解释清楚他们来此的目的，但对上那张和君珑一模一样的脸，话又吞回去了。

叶离和君珑什么关系？似乎比君珑年长，莫不是哥俩？嗯……两张脸明显是一个娘生的，不对，一个娘也未必能生得这么像。万一多说两句话说错了，两头都不是小人物，是要闹出大乱子的。

偏偏事情不会挑时间。

漪涟才稍顺了口气，不知从哪条山沟里嗖嗖蹿出数名黑衣人，直奔他们而来。

本以为是君珑所派援兵，她欲趁机解释，谁料数人冲向他们的脚步没有放缓，不等戒备，纷纷亮出武器。

“快躲开。”叶离突然使力推开漪涟，自己倒向另一边。

漪涟惊慌回头，发现身后不知何时冲出一人挥刀，刀刃还卡在杨树上，下手取的分明是他们头颅的位置！

“谁派你们来的？”漪涟嗔喝。

黑衣人全然不闻，发疯似的挥刀砍来。

没余力多想，漪涟迅速捡起叶离丢在地上的匕首，险险挡下了乍然近身的一把寒刀。借着匕首轻巧，她蓦然擒住那人左手，利落捅下，匕首霎时从小臂骨间穿过，疼得那人凄厉惨叫。此时那人武器已从手中松脱，漪涟伸手去接，顺势借力往对方胸口狠划一刀，鲜血飞溅，黑衣人一抽搐，重重倒地不动了。

大部分黑衣人全朝叶离杀去，幸而两人距离不远，漪涟架开劈面而来的两把大刀，两步冲到叶离身前，及时挥刀挡下了奔向叶离心脏处的致命一击。可人数差距是致命的，黑衣人眼见分散的攻势不能有快速成效，便一个手势商议，分列到四面包抄。

他们速度极快，每人都持有一个铜铃，铃声余音颇能惑人神志，且数人不断移位变换，乱中有序，乍看仿佛分身之术。漪涟和叶离被包围在中央，眼神和听觉受扰，一时应对不下。

叶离沉吟道："姑娘一人可有把握突围？"

漪涟呼吸因攻击变得急促，依旧不敢放松："什么意思？"

叶离道："他们多半是为杀叶某而来，不该连累姑娘。在下会制造机会，算为挟持之事向姑娘致歉。"

漪涟很是诧异，没功夫在身，却有胆量，也是一种境界。可她没有放弃对峙，趁着尚有余力，吼道："开什么玩笑！我费了那么大劲找你，好不容易碰上。现在要我逃？那我前头花的心思怎么算？"

黑衣人哪里容得下他们慢慢聊天。话音刚落，包抄到四面的黑衣人全数冲上，虽然蒙面看不见表情，但是杀意已然昭然若揭。粗看，少说有五把大刀，除非有三头六臂，不然怎么应付得过来？漪涟看不出任何破绽，心想，这次真的要命绝荒野了。

眼看刀刃近在咫尺，几颗樱桃大的银色圆球无声地滚落到黑衣人脚下。他们的反应敏锐，立刻往后退了一步，就在那一刹那，银球突然爆开，迅速扬起白色浓雾，转眼间封锁了黑衣人的行动。

漪涟转头看，竟是叶离所掷出的暗器，大感意外。

叶离早已明确了方向，赶在黑衣人回神前，领着漪涟冲出白雾。

大约跑了半炷香的时间，两人来到了一处隐蔽之地，漪涟已经气喘不止。她用力做了几回深呼吸，稍稍镇定后，没忘补上一句："先生不仅暗器使得好，心思更好。晚辈竟看不出您究竟玩的是哪一出。"

有暗器，偏不发。是在等时机，还是在考验她？

叶离不会功夫，但长年隐居九嶷山，地势多变，倒将他的体力与耐力练得不错，所以说话的气息比漪涟稳得多："惭愧，江湖险恶，在下不得不随身携带暗器，以护自身周全。无论姑娘信否，在下确实没有半点伤你之意。"

漪涟只顾着喘气，没说话，脑子里打算着要不要带着叶离回去找君珑。

黑衣人要杀叶离，很可能是唐非的人。要救叶离，君珑是最好的庇护。

可他们因为黑衣人的突袭乱了方寸，跑进了一个没有走过的山道里。四下一望，只有杨树眼熟。

"不对呀。"她小声嘟囔，"离开茅屋没有多长时间，师兄按理会追来，怎么和黑衣人缠斗这么久，都没有半点动静？"

叶离立场尴尬，难以直言，只道："当务之急，是要赶紧离山。一旦被逼入死角，必死无疑。”

柳文若架开迎面刀锋，又对上一人利刃。他不敌对方力度，干脆卸下手劲后退，对方始料不及，刀刃擦过剑刃，发出一阵刺耳尖响，穿过柳文若让出的空当，砍进山神庙的木墙里。

高手过招，半分松懈不得。电光石火间，柳文若一个回身，抢得先机，不等木中刀刃拔出，他熟练出剑，直接将对手斩于剑下。

“姨父！”

柳文若的武功是君珑手把手教的，君珑对付喽啰自然不在话下，转眼间，面前就是两具尸体。他在柳文若赶到身侧时，得空看看司徒巽，显然也游刃有余，但越来越多的黑衣人逼近屋中，于行动不利。

“出去！”君珑提醒。

柳文若和司徒巽配合得宜，很快做先锋，杀出了山神庙。

在一声信号弹冲向天际后须臾，四方有灰衣人陆续飞身而出。一时间，山神庙外血气冲天，刀光剑影。

叶离话音刚落，暗处又陆续跳出几名黑衣人。他们同样蒙着面，手持长刀，不由分说，就朝两人挥砍来。多亏此处是无人踏及之地，地面不平，步伐难以踩稳，黑衣人的速度相较先前有所减缓，漪涟他们才有足够反应的时间。

“纠缠无益，快走。”叶离沉声低喊。

两人趁着黑衣人还在调整，连忙先拉开了十几步的距离。但他们没有优势，会功夫的漪涟已经脚步发虚，体力消耗极大，若再碰见黑衣人从前头包抄，单凭她根本没有办法应付。

正担忧着，果然有黑影从前方的高地上跳下来，生生拦截了他们的去路。

漪涟火气上头，想什么来什么！难道她真像陆宸说的体质特异，爱招事？

她急急刹住脚步，差点横趴到地上，幸好叶离及时出手将她扶稳：“可还缓得过气？”

漪涟的视线没敢放开黑衣人，随口敷衍：“只要刀没插进来，就死不了。”

眼下已然是前有狼后有虎，进退皆是逃不过一刀横死的命运。两旁又是小土坡，就算漪涟有体力，在他们爬上去之前，黑衣人定会一拥而上，还是难逃一死。

此刻，四面楚歌。

叶离面色异常凝重："恐怕他们要杀的并非只是在下。"

漪涟忍不住回了一个眼色，立马又戒备地看向黑衣人。"此话怎讲？"她问。

叶离轻叹："他们可能受命，凡入此山者，杀无赦。"

回答没有说明原因，漪涟很迷茫，但情势不容许她多问，黑衣人已经踏着小步，步步紧逼。再往前几步，他们势必会因两头的攻势难以兼顾，连反击的机会都没有。

漪涟下定决心："赌一把，我们冲出去。"

横竖都是死，干脆挑一处较为薄弱的地方拼。她背靠小土坡，视线左右一扫，右方黑衣人只有三名，地势较为平顺，挥刀把握更大，或许只要应对得当，就能够逃过一劫。

决定之后，她不再犹豫，一把抓过叶离就往右边冲。

没想到刀锋刚与黑衣人的刀互相来往一回合，从暗处就飞来几颗小石子，个个击中黑衣人的小腿，数人失去攻势，跪倒在地。

漪涟惊讶地看叶离。

叶离肯定地答复："并非在下。"

逃命要紧，管他是谁！

看得出，他们都是死士，留情就是玩命，漪涟狠下心，趁他们还未调整好攻势，挥刀直取对方要害，转眼间三刀已出，将黑衣人尽数斩杀。漪涟由衷感慨，幸好自己养在陆华庄，才不至于在杀人之后直接昏过去。

黑衣人前仆后继，很快追了上来。

论速度，他们肯定胜过快虚脱的漪涟和不会武功的叶离，尤其是为首的黑衣人刀势极猛，好几次带着风擦过漪涟要害。他见漪涟有武器在身，转而绕到左旁攻向叶离，刀势飞快，根本躲不开。

漪涟几乎使了全力拉开叶离，迅速将刀换至左手，猛地往上横砍一刀。霎时，听见刀刃刮进血肉之声，她小臂一痛，松了刀柄，而黑衣人因她一刀砍在胸口，当场倒地难起。

"姑娘！"叶离从后面扶住她。

漪涟忍痛道："没事，快走！"她现在已经没有力气还击。

他们走的是下山的路，漪涟脚步虚软，几乎是顺势冲下去。叶离扶着她赶路倒也行得挺快。

好景不长，机警的叶离已经听见不远处响起细碎的脚步声，一定又是黑衣人追来了。以他们现在的情形，再碰上黑衣人必死无疑。

就在此时，又是一颗石子飞来，不偏不倚，击中了漪涟的左小腿，她左腿一软，拖着叶离，一齐闷头栽进了一个大坑——是个农家狩猎的大坑，不知道有多深。漪涟的脑海里没啥想法，只有认命，摔个头破血流。

结果，哗啦一响。到头了？

冲撞没有预想中的猛烈，地面似乎软软的。

"姑娘，你可无碍？"叶离回过神，关切地询问。

漪涟还算清醒："先生要是能把手移开，我就无碍。"

叶离愣了愣，蓦然发现两人姿势于礼极为不合，赶紧收回手起身，再将漪涟扶起来："抱歉，下来得匆忙，不容易调整姿势。"

漪涟撇撇嘴，无言以对。

环视一周，这个坑有成年男子三人高，缝隙里钻出了杂草，看来存在的时间不会太短。他们的屁股底下坐的全是杨树落叶，堆得非常厚，有的较新，有的完全枯黄，往下翻几层，有些落叶已经没入土层中，应是长年累月积下的。

"幸好有叶子垫底，不然这么摔，怎么着都得扭伤一只胳膊。"漪涟道。

叶离突然打出噤声的手势。她闭上嘴，不再出声。

只听上方响起动静，紧接着，一张大网恍如戏法惊现，朝他们扑面而来。大网被人控制着，稳稳地盖到了坑口上，然后大量树叶枯草继续压到网面上，阳光被逐渐隔离，有细碎灰尘透过网口落下来，害得漪涟咳嗽不止。

"什么意思？"她呛得难受。

叶离用袖子替她挡着："莫慌，此人是友非敌。"

很快，不远处传来了兵器交锋的脆响，声声惊险，飘到坑里后带上回音，听得漪涟一颗心七上八下。无奈坑上头被落叶盖得严实，不见天日，除了打斗的声音外，他们对外界根本不能有更多的体察，只能等着。

声音没有持续很久，在脚步声陆续离去后，周围重回平静。

是黑衣人成功被引开，还是那人已经毙命？不得而知。

至少，他们算逃过一劫。

“会是谁？”漪涟忍不住猜想。

她摸了摸腿上被石子打到的地方，力度不重，打击的位置也不是陆华庄的惯用手法，所以不会是司徒巽。君珑正和司徒巽一道，如果派人营救，应当不会偷偷摸摸。

那在深山里头，还会有谁跑来相救？

漪涟的视线不自觉地放到叶离身上，脑子里闪出的是“救叶离”的那条神秘信息。

叶离轻蹙着眉头，凝望被遮掩的洞口，显然也在思考仗义搭救之人。忽听漪涟在黑暗中压声低问：“先生，您如何断言这帮黑衣人要杀的不只是您？”

他垂眸道：“第一次遭难，黑衣人大有赶尽杀绝之意，姑娘与之过招该有体会。倘若他们的目的是叶某的性命，不该对姑娘也下如此狠手。”

道理是没错，但仅凭此一点就下断言，未免过于武断。漪涟心里明了如镜，叶离是在敷衍，肯定有内情是他不愿意透露的。转念一想，若黑衣人真要对山里所有人都赶尽杀绝，那么就能够解释司徒巽没有追上来的理由，他们肯定也遇到了伏击，被拖住了脚步。

“不行！我得想办法出去。”她腾地站起，可体力不支，又跌回落叶堆里。

叶离听见动静，忙循声道：“姑娘，你体力消耗太大，现下该静养。”

“他们以寡敌众，恐怕会有危险。”漪涟心急如焚，再次准备起身，“何况黑衣人个个功夫不俗，招式又狠辣，师兄担心我，一定没办法全心应付。我必须快些找到他们！”

“姑娘，且慢！”

黑暗中，叶离难以辨认方位，又不敢伸手乱碰，结果是漪涟自己跌进他的怀里。

叶离局促一时，连忙扶她坐下，温言劝慰道：“姑娘切莫冲动。上面的黑衣人不知是否已经撤去埋伏，你我贸然上去，是自投罗网。即便安然寻到了人，以姑娘现下状态，非但帮不上忙，反而成为拖累。”

漪涟苦恼道：“那怎么办？”

叶离道：“且等等再看。若一个时辰后，再无黑衣人动静，我们便想办法上去寻人。”

漪涟想想，说："您分析得对。"君珑不是等闲之辈，司徒巽的功夫，她是最清楚不过，冒失去闯，只能添乱。反是叶离，他才是首先要费心周全的人。

正想着，她听见叶离那里有枯叶的响动，好像在翻找什么东西。跟着咚咚两声，头顶大网上的树叶因为击打偏移了位置，一缕阳光透过缝隙照下来，带下些许灰尘，视野顿时清晰不少。

叶离丢下手里还剩下的两个核桃大的石子："掩护打得匆忙，树叶压得不厚。如此小孔，应当不会引人注目。"

漪涟表示疑虑："有什么用？"

叶离摇头："借光是为包扎姑娘伤口，长时间拖着，恐有变故。"

漪涟先前紧张过度，几乎忘了自己还有伤。低头往左手小臂上一看，食指长的刀口染红了部分衣料，幸而刀口不太深，血基本凝固，微微呈暗红色。不说还好，一提，伤口就开始疼得厉害，手指都麻了。

叶离解下腰间小布包，蹲到她的身侧："姑娘，伤在左臂，你独自难以料理。在下略通医术，事急从权，只好暂且委屈姑娘。"

漪涟知道这里不能讲究男女授受不亲那一套，她觉得还是小命重要，谁知道刀上抹没抹毒？于是大方地把手臂往叶离手里一送："我没那么多讲究，你随便包。"

叶离一愣，小心翼翼地验看了血液："幸好没毒。不过此地药品不足，谨慎些，还是将衣料剪开上药，免得二次伤及创口，也有感染的风险。"

他说话时看着漪涟，大概是询问的意思。漪涟比较无奈，看来她这么大方还是不足以消除叶离的顾虑，只好道："请尽管剪。"

哪来如此率性的女儿家？叶离短暂错愕后，不禁展颜失笑："既然姑娘这样大无畏，在下便不客气，尽量替你剪得好看就是。"

漪涟心里觉得叶离说话挺有意思，瞪着圆溜溜的双眼看他。一来二去，两人的反应都有点傻气。

包扎伤口的过程没有想象中难熬，叶离的动作轻柔，手法利落，几乎没让漪涟受什么折磨。想她儿时混在存岐堂凑热闹，还跟着新入弟子结结实实地给这位神医的木雕像磕了几个响头，怎么说都算有缘分在。

不过，那个木雕刻的是个拄杖老头儿，也不知按照的谁的形象，哪里有叶离好看？存岐堂弟子要是知道自己日日敬奉的神医叶离是这么个模样，不知道会有什么反应?

但……这张脸和君珑一模一样，漪涟只要意识到这点，就觉得瘆得慌。

在她胡思乱想期间，叶离已经清理好伤口，开始缠绷带。看到漪涟双目迷离，连带着一个大哈欠，叶离温声道："眼下还算安全，姑娘累了，不妨小睡片刻。前路未知，养足精神才是上策。"

叶离的声音温和好听，漪涟的眼皮快要合上了，她力气一松，整个人栽到温暖的怀里。鼻腔流入一股淡淡的药香味，闻着很舒服，她晕晕乎乎，只当睡在软床上，蹭了蹭，彻底人事不知。

叶离身体绷得僵硬，拢了一些枯叶，扶漪涟靠好，叹息道："抱歉，有劳姑娘多睡片刻。"

承阳府府尹刘恪在午后接到急报。

来报的是杏成县驿丞，上任不久的简姓书生，体态颇为圆润。骑马颠簸了快两个时辰后，正赶上刘恪出府衙门。谁知他一个屁股打滑，扑通滚下马背，在被拖行了十几步后，差点儿松开挂在腕上的缰绳，然后顺势凭借着满身肥肉，一道滚至刘恪跟前："大大大人……出……出出出大事了。"

刘恪还没从简胖子的利落行动中缓过劲，与身旁管事两相一看，方问："何事?"

简胖子说话颠三倒四，结结巴巴，刘恪凭着惊人的耐心才从中听出一二来。

杏成县后山闹反贼，伤了人，掳了良家姑娘，家属已经闹到县衙里了。

刘恪一听，倒吸一口凉气，心里说：这承阳府与京城相邻，闹出反贼，可不是开玩笑的事。不过按他的理解，近些年的反贼都是嚷着要除暴安良的那一批，自不量力地要往永隆帝家的大门上撞，结果刚到护城河，就前仆后继地下去了。

掳劫良家妇女的难道不该是山贼吗?

说起这刘恪，还是御史大夫姜袁的门生，就是被沈序晾到半空中飘飘荡荡的那颗老姜。他彻底秉承了恩师神经兮兮的性子，做起事来也是胆小懦弱，生怕惹祸。所以按道理此事本应逐级上报，被简胖子这么一吓，他决心还是亲自跑一趟杏成县。

幸而这杏成县不是太远，车轿赶了一路，刚入夜，他就踏进了县衙的大门。

县衙里灯火通明，好几队官兵举着火把来来回回地走。这下弄得他更纳闷：县令越权调兵不合规制，老吴他没这胆量，那这些官兵哪来的？

简胖子大约就是个临时跑腿的，也没弄清楚所以然，只说县令和家属都在堂上，请他立马过去。刘恪心里觉得还是稳妥些好，就加快步伐步入了县衙正堂。

堂上坐着一人，吴县令正恭恭敬敬地站在一边，满头大汗。刘恪眼睛不大好，又往前走近了看，结果这一看让他直接吓得跪下去。

哪里来的良家？这是官家呀——大官家！

他好歹是进士出身，皇宫里也走过几遭，宫里的几大人物认得还算七七八八。其中两个顶大的人物，还曾奉皇帝旨意陪着一道上殿试旁听。眼前这位分明是殿试当日坐于皇帝右边的当朝太师君珑。

太师是家属，那反贼掳走的到底是个什么人物啊？

刘恪可比殿试当日紧张。殿试事关官位，这回事关小命。他打着寒战道："下……下官承阳府府尹刘恪拜见君太师，不知君太师在此，多有得罪，还望太师海涵。"

君珑闭目养神，仿佛跟前没有他这号人物。

刘恪怀疑自己吓傻了，张嘴不出声，又战战兢兢喊了一遍："下官刘恪拜见君太师。"

君珑仍旧无动于衷。

四周是当值的衙役，杵在两旁，挺苦恼地面面相觑，不知所以然。

刘恪很尴尬，伸手一摸，脖子全是汗。他好歹是一方府尹，在下属面前下不了台，以后还怎么拿那张脸去管州府、服人心？但现在的问题是他头顶的乌纱帽已经快保不住了，指不定连脑袋也可能搬家。等到明年的今天，或许一众下属连他刘恪是哪根葱都记不得，人心能顶啥用？

他抬眼瞄老吴，老吴盯着地板，目不斜视。

刘恪忍不住问候了一声他娘，心想：你能盯出个土地公显灵吗？全县多少人，偏找了个话说不清楚的胖子做驿丞，究竟怎么想的？马驮着他，一个时辰的路能磨蹭到天黑，还不如他自己一路滚过来！

在他内心活动无比丰富的时候，一旁的柳文若实在看不下去了。地方官员平日自以为顶天大，磨炼得少，到底不如中央官员机灵。他好心对着汗流浃背的刘恪摆了摆手，示意他退到旁边待命。

刘恪一看大喜，谁都知道君珑身边有个柳文若，虽无官职，却备受追捧。世间没人比他更能揣测太师的心思，太师是乐是怒，跟他一道走准没错。刘恪简直是看到了曙光，赶紧弓着身子退到旁边，和吴县令站到了一块儿。

这时，三名灰衣人迈着正正规规的步子走进堂中，是君珑贴身的影卫，身上多少沾着血迹。他们手中都捧着一个托盘，托盘上分别摆着一副碗筷、一小摞宣纸和几张残破的字帖，字帖像是被剪子裁烂了。

为首的灰衣人道："回禀主人，除了血迹外，甄墨留在山神庙中的东西已被属下尽数带出，请主人过目。另外根据白毛提供的证词，属下确实在山神庙不远处的悬崖下发现血迹和残破衣料，但并未找到遗体，或许是滚落到更深之处，正在进一步搜寻。"

君珑听罢，抬起眼帘，对呈递之物一通打量，却还是没有说话。

柳文若看了他一眼，然后对三名灰衣人再次摆了摆手，示意他们也退下。

紧跟着三人退下的脚步，司徒巽挺拔的身影领着数名灰衣人疾步跨过门槛，他微扬的衣角携风而来，充满了浓烈的血腥味。身后数人皆是如此，满身腥烈，多处血迹还未干透，染血沾在皮肤上。柳文若一算，明显比去时少了四人。

君珑最讨厌血腥味，冷漠的黑瞳里突然射出一道凌厉的狠意，吓得府尹、县令一干人等抖了三抖。

司徒巽眼睛发红，不知是因为焦急，还是血色沾染。他板着脸，一言不发，转头就又要往外冲。柳文若见状，不能再由他胡来，快步上前压住他的肩膀："我们已经把山里都搜过了，司徒公子再这么找下去，还是会空手而归。况且已经入夜，山中多有变数，弄不好连你都会有危险。"

"总不能放着阿涟不管。"司徒巽气息紊乱，愤愤道。

"按司徒公子这样找，没找到陆姑娘，你就先要累趴下。"

"就算如此，我也……"

"无顾生死？那谁来照顾陆姑娘？"柳文若截话压制，"关心则乱。不妨冷静想想有何线索，总比盲目乱撞有用得多。万一打草惊蛇，司徒公子岂不是害了陆姑娘？"

这话极重，司徒巽骤然脱力，跌坐到椅子上。蒙蔽心眼的烈火好歹因此消停了几分。

柳文若不能再刺激他，将话音放缓："没找着未尝不是好事，至少证明她现下平安。凭陆姑娘的机灵，或许早已脱困。姨父已经着人封山，只要有消息，很快会通传回来。司徒公子还是先冷静为妥。”

司徒巽闭上眼，感到十分疲惫。

柳文若大约是堂上最冷静的一人，可他不明白唐非究竟是什么用意。

当时，司徒巽冲入破庙后，他们也跟了进去。未等他们将屋子探个究竟，后头黑压压地杀来一批黑衣人。他们都有功夫在身，只消片刻，黑衣人便落了下风，君珑所带的影卫也加入混战，以至了结得很快。

没想到黑衣人身上竟搜出了镂花铜铃，乃唐非死士独有。司徒巽听说后，脸色大变，忙向君珑借人搜山追查，来来回回三次，一直到现在。所以他究竟和陆漪涟查到了什么，柳文若至今无所知。

“司徒公子，不知你是否了解唐非挟持陆姑娘的理由？”他最担心的只有一点，“是不是为了要挟姨父？”

司徒巽此时清醒了一些，摇头道：“挟持阿涟的，不是唐非。我之所以担心，是因为挟持阿涟的那个人，恰好是唐非最想杀的人。”

除了君珑外，能让唐非起杀意的是……

“你们找到了叶离？”君珑强势夺话。刘恪等人往后弱弱地退了一步。

其实司徒巽也是在找寻途中反应过来：“应该是他。”

君珑表情冷然，话语似嗔似怒：“谨慎如你，居然敢留叶离在屋中，看来阿涟对于你并非本太师所想的那么重要。”

司徒巽怒目回瞪，与君珑愠怒的视线撞在一起，空气骤然凝固。他们的黑瞳里皆映着火把红光，简直像是烧起来一般。若不是柳文若小声提醒，司徒巽万万不会先妥协。

柳文若的话其实很有道理，陆华庄远水解不了近渴，眼下寻找漪涟，或是往后要报仇，都必须仰仗君珑才能成事。即便相当不甘心，也不得不暂且忍耐。他深呼吸，保持镇定，问道：“太师可有孪生兄弟？”

刘恪和老吴大眼瞪小眼，不知道这江湖侠客什么来头，怎么有胆量盘问太师的家底。

柳文若知道君珑忌讳多，首先就是不爱谈家事，不免提心吊胆。

“曾有一名兄长，年少离世。”君珑非常不悦，“司徒少侠有胆问，必然要给我一个解释。”

司徒巽拳头紧握，努力抑制内心翻腾的烈火：“鬼市那幅甄墨遗迹已被我和阿涟查明，画中人不是你，是叶离！”

火把上的烈焰当场一滞。

柳文若大惊，君珑亦变了脸色：“你说什么？”

司徒巽将怀中所收的铜面具拿出来放到手边方几上：“若非亲眼所见，岂能胡言？若非信你，我怎会独留阿涟在屋里？”他气息不稳，低哑道，“如果不是孪生兄弟，那只有一种可能，叶离给自己做了换容术，所以你们十余年来都不曾找到他。”

堂上凝固的空气蓦然抽动，顿时变得锋利入骨。

这可是惊天秘闻呀！

柳文若没有晃过神，看着堂上稳坐的人：“姨父，这……”

君珑紧拧眉头，默然良久，忽然以一种难以解释的语气道：“可本太师从未见过叶离。”

司徒巽和柳文若听罢，感到皮肤被空气压迫得生疼。

没见过？

没见过便意味着叶离不可能知道君珑的相貌。既然不知道相貌，如何做换容术？司徒巽本来就浑浑噩噩的脑袋好像被人掐了一手，开始止不住地发晕。

阿涟……你究竟在哪儿……

“好在是叶离，他与唐非的恩怨再分明不过，唐非绝对容不下他。或许当时情况混乱，他错掳了姑娘。如此，短期内，陆姑娘应该不会有危险。”柳文若道出的是目前最乐观的想法。

司徒巽却意识到了另外一个问题：“连君太师都没有发现叶离的秘密，唐非多半也没有。换言之，他根本不知道叶离凑巧在山中，那么唐非的目的是什么？是漪涟和画，还是……”他瞟向堂上，“君太师？”

刘恪和老吴巴巴地杵在一旁，手足无措。他们瞪圆了眼睛，听着几个人你言我语，仿佛打着哑谜，翻来覆去也想不透是什么意思。

突然，君珑沉声喊人：“刘恪。”

刘府尹脚一软，直接滚到堂下，是从简胖子那里现学现卖的技能：“下……下官在，太师请尽管……尽管吩咐。”

“立刻增派人手，除了杏成县，承阳府城和周边县城也给本太师着人封了。再另外调派一批人，”他半眯着眼，气势孤高，“让他们按照本太师的模样去搜，一旦搜出蛛丝马迹，半个时辰内必须回禀，听懂了？”

他总算正眼看了刘恪一眼，这一眼比刀剜还让刘恪难受，傻傻地就分不清南北了：“那是否需要贴告示？”话刚出口，他就把肠子悔青了。

“哦？”君珑极不和气地勾出一笑，“依刘府尹的意思，是要请县丞画个太师像贴出去，让大兴百姓都知道你在通缉本太师？”

刘恪欲哭无泪，重重叩首：“下官不敢，下官不敢。下官说错话，请太师容许下官将功补过。”

君珑懒得理会，只放话道：“我太师府的人在你这里丢了，你最好别让脖子上这颗脑袋跟着丢了。”他走下堂，象征性地用扇子往刘恪脑袋上敲了两下，然后一甩袖子，兀自带着柳文若走出火光冲天的衙门。

当夜，衙门里冲出了一匹快马，直奔京城。

漪涟醒来时已经是夜半三更，周围静若无人。

黑沉沉的洞内，只有一小束月色，伸手不见五指，她疲累地眨了几下眼皮，好半晌才记起眼下的处境。无意听见叶离手里发出丁零零的声音，源头清脆，可在深黑的洞里来回荡漾几波，陡然变得鬼魅妖异。

“那是什么？”

叶离理所当然地认为她在问铃声：“是铃铛，镂花铜铃。”

早间的杀戮记忆犹新：“黑衣人的？”

叶离道：“他们是唐非的死士，每个人都配了一只镂花铜铃，上附锁扣。我无意间捡了一只。”

果然是唐非的人！

漪涟睡迷糊的心又悬起来，不知道君珑和司徒巽现在平安与否？她无奈地望了一眼洞口，提醒叶离：“先生快把铃铛扔了，我听说唐非阴狠狡诈，谁知道上面有没有蹊跷。”

叶离冷静道：“无妨，铃铛仅为黑衣人平日沟通之用。”

漪涟不解：“为什么要用铃铛？”

“因为……不能说话。”叶离的声音听起来平静无波，却有股力量直击人心，“黑衣人作为唐非的死士，知晓内幕不少。唐非为了永不泄密，除了近身领卫外，将黑衣人尽数毒哑，平日只用铃铛沟通。一响待命，二响撤退，声响不息，攻势不绝。”

为了一己之私，祸及他人，大兴丞相可真是厉害得很。

漪涟心下奇怪：“先生怎么这样清楚？”

叶离不忍合上眼：“太巧，毒药正是叶某所制。”黑暗中，他听见漪涟呼吸一颤，不禁自嘲道，“我助纣为虐，有悖医德，现今便是命绝当场也是报应。”

漪涟默然在旁，一日未进水进食，感觉喉咙干涩疼痛。

说来世间事当真奇妙，叶离原先是唐非同党。干坏事那会儿，她还是流口水的年纪，光着屁股跟陆宸满山跑。同党反目，却是她陪着玩了一遭生死与共，要她如何评说？

“怪我疏忽，该先带姑娘上去。女儿家的身子不宜长时间待在阴冷之地。”叶离忽然收敛幽思，道，“几个时辰下来，外头已经全无动静，想来暂时没有危险。”

漪涟不知他哪来的把握：“洞壁湿滑，足有三人高，怎么上去？”

“姑娘休养之时，无意间在下发现壁上钉有短木桩，可用攀爬。比起此洞年代，倒是新上许多，不知是否有后人将这里作为储物之用。”

漪涟下意识打量，四周黑压压的一片。按理说，挖在山里的深洞大多都是猎兽陷阱，她和陆宸小时候挖过一个，结果猎到了阿爹，但看山神庙的惨状可知，至少近年来这座山头基本上已经荒废，少有人迹。

问题是神秘人毫不犹豫地将他们打下洞，像是有备而来，会不会这么巧合？

“陆姑娘有顾虑？”叶离迟迟没得到回音，不禁问道。

“没事。”漪涟随口道，突然反应过来，“您怎知我姓陆？”

叶离微微笑道：“几日不见，陆姑娘真是贵人多忘事。说来在下的酬金还未拿，如今讨要可还作数？”

漪涟怔住，眨眨眼，恍然大悟，难怪刚才听着声音似曾相识：“你是黎申？”她反复一想，莫名好笑，“‘口’‘十’为‘申’。叶先生，您可真有功夫。”

叶离道：“抱歉。当日我下山无意听闻苍梧城中正闹神罚，想要一探究竟，官府偏草草结案。苦无良策之时，巧遇你与司徒少侠暗中寻人验尸，便借机毛遂自荐了。”

难怪当日的黎申言谈举止都不似初入江湖的大夫。

原是蛇仙本尊的一场绝妙好戏。

“请恕在下唐突，姑娘可知陆华庄？”叶离问道。陆姓寻常，姓陆的惹上唐非却不寻常。

漪涟有点犹豫，直接报出家门会不会太草率？

叶离兴许察觉出了顾虑，进而道：“叶某早年间与前庄主陆远程有过几面之缘，姑娘不必担忧。”

漪涟点头：“那是我爷爷，陆书云是我阿爹。”

叶离颇有惊喜之色：“原来是前庄主孙女，失敬。叶某十分佩服陆庄主的坦荡为人，不想今日竟能与阿涟姑娘同患难，也算奇遇。”

漪涟从入陆华庄开始，常听到这几句话，大都是江湖朋友奉承爷爷和阿爹，想趁机巴结上陆华庄。不过就有这么一种人，无论他做什么，说什么，都顺眼，哪怕是肉麻话，你也觉得受用无比。很显然，叶离就是这种人。

“我爷爷早到阎王爷那儿做客去了，等回来指不定是个什么模样，您说好话，他也听不见。”

叶离风趣回应：“也罢，不打扰他们闲暇日子，顾好自己才是要事。”他捡起早备好的几颗石子，使力往上抛，有意将落叶的缝隙打得大些。很快，月光畅快透入，壁上的短木桩逐渐显露出了影子，就在漪涟的左前方，一直通往洞口。

“看着木桩不难爬。”漪涟暗自摸了摸自己受伤的手臂，还很疼。

叶离早有打算：“姑娘手上有伤，若不嫌弃，在下背你上去。”

漪涟吃惊：“背我？”

“你体力尚未恢复，还带着伤，恐怕很难使力。在下保证，尽快送姑娘上去，往后绝不对第三者提及此事。”

“不不不，不是！”漪涟不是担心男女授受不亲那回事，支支吾吾道，“那个……那个……我，平日爱吃肉，你懂吗？”

叶离本着医者精神表示：“还得吃些蔬菜调理。”

漪涟苦恼，她该怎么说才比较好懂？

叶离扑哧一笑：“阿涟姑娘且宽心，我隐居九嶷山上，常背草药来回，那个比你重。”

漪涟眨眨眼，窘迫道：“您逗我玩呢？”

叶离笑着蹲下："见你愁眉不展，便开个玩笑疏解。姑娘若有气，待上去之后，叶某任凭处置。"

话说到这一步，漪涟继续扭捏就不像样了，她深呼吸，趴到叶离背上。

叶离看似文雅，背却挺宽阔，肌肉也结实，温度很快透过衣料传过来，很温暖，还有一股清清淡淡的药草香。漪涟用手臂绕着他的脖子，两人贴得很近，从小除了陆宸和阿爹，她还没有跟谁这么亲近过。

距离一近，叶离的声音更加清晰温柔："你那位师兄不是等闲之辈，应当无虞。待出山后，就陪姑娘打探消息。"

漪涟的心仿佛有了着落，小声道："重不重？"

叶离正要攀爬木桩，听罢，侧头笑道："像是爱吃肉。"

漪涟鼓起脸颊，火辣辣的。

叶离的攀爬很稳，不过一刻钟，已经撩开网，迎向皎洁的月色。山中新鲜的空气扑面而来，涌入鼻腔，令人精神大振。漪涟霎时感觉世界豁然开朗，猛做了几口深呼吸，替换肺部废气。

为了防备可能还埋伏在黑暗中的唐非党，他们不敢顺着现有的小道走，叶离凭着经验摸索，大概也是在九嶷山练出的本事。难怪小说里各路人马拜师问道都爱往山上跑，看来不是吃饱喝足、一拍屁股突发的念头。

山林极静，他们的觉察力比平日更加敏锐。在走了大约半个时辰后，叶离首先发现了异样："阿涟姑娘且稍待，似有人声。"

漪涟竖耳听，果然有动静，声音不在近处，肯定是有许多人才能传得那么远。

叶离做了一个轻声的手势，侧身隐蔽到一处大石之后。大石的另一面就是一处绿丛山谷，他们能借高势一览无余。

今夜的月色透亮，星辰烂漫，谷中有序陈列的星火尤为耀眼，和漫天星光遥相辉映。叶离眼尖，短短几眼就辨识出了那些火光来者不善："是官兵，他们封山了。"

漪涟是这样想的，唐非不愿暴露身份，才会让黑衣人潜行伏击，没道理指使官兵堂而皇之地封山，所以……

"叔！"看来他们应该周全无恙，漪涟的笑意跃上眉梢。

叶离脸上不见喜色，反而显得凝重。在那一瞬间，他脑海里飞快转出许多想法，最后仍是以平静的口吻道：“避世多年，为求安稳，于朝廷脉络上果真不如从前灵通。未料君太师竟与陆华庄有此层关系。”

漪涟刹住大好心情：“先生何以知道我说的是君珑？路上我没提过。”

叶离扯出一笑：“姑娘忘了？刚进山神庙，你见我脱口便喊‘叔’，司徒少侠紧跟着唤了句‘太师’，实在是分明不过。”

星光与火光中，与君珑相仿的面容无比惹眼，漪涟多憋一刻，就多难受一时。四下张望，料想一时半会儿应该不会受到胁迫，不如就趁着话头问个明白。可她不知犯了什么傻，撞上叶离的眼睛就萌生退意，最终只憋出一句：“先生可知我为何认错？”

叶离并不回避，坦然道：“将人错认，无外乎是两者有相似之处。”

漪涟稳住情绪：“我就好奇，您和我叔是什么关系？”

叶离轻轻皱眉：“叶某数年前虽与朝廷有过牵扯，可并未见过君太师，自然不相识。”

不相识？漪涟不信。就算不是打一个娘胎里出来，至少也是一个爹的杰作！

可叹叶离说话缓缓如山涧清泉，字里行间却紧扣无隙，将漪涟的问题全噎死在喉咙里。

本是为了姝妃命案而来，重点无疑是叶离的换容术，她理所当然会把叶离这张脸也归结成同一原因。但叶离的话否决了基本的条件，没见过，总不能拿刀往脸上瞎划。

偏偏叶离说话行事皆是君子坦然。漪涟冒出一个想法：难道问题不在叶离，而在君珑？这一想，把她吓出一身虚汗。

叔啊叔，您大人物还是安分点好，别跟我这等小女子玩阴的呀！

“姑娘。”叶离唤她，郑重道，“今日风波，归根到底是在下连累了姑娘，倘若日后有机会，叶离必然诚心赔罪，感谢姑娘舍身相救之恩。现下你的伤口不能耽搁太久，还是尽早与他们回去休养才好。”

漪涟道：“先生不和我一起走？”

叶离摇头：“不敢再连累姑娘。”

漪涟急忙接话：“唐非肯定还有筹谋，君珑那里……”

最安全！她本来想这么说，可她看着叶离这张脸，又无端地把话吞回肚子里。

“叶某明白姑娘好心，但眼下还有要事不得不办。若与姑娘一道走，想必会费些时日。请理解叶某急迫之心，无法耽搁。”叶离态度坚决。

可他手中掌握着最重要的线索，包括一路走来未解的谜团。漪涟不甘心地挠头，难道要眼睁睁地放手？她权衡一阵后，下定决心，眼眸如星般明亮：“先生既然不能久待，那带我一起走行吗？”

叶离面露为难之色：“姑娘何以如此？”

漪涟毫不客气：“找个人真挺累，还望叶神医心怀济世救人的博爱之心，体谅我从京城到苍梧追了一遭。”

这话逗得叶离想笑，又以为笑了不合适，忍着一股劲道：“正因叶某不知羞，承了姑娘一句神医，更要提醒一句，姑娘的身子须静养，不宜劳累奔波。况且……”

“先生还有难处？”

叶离侧头以一个眼色明示了谷中星火：“我身份尴尬，现下依旧不宜声张，恐连累无辜之人。况官兵戒备森严，莫说带着姑娘，即便是叶某独自一人，也未必能安然出去。”

漪涟背靠大石，低眉思索，叶离话中有话，是想趁机甩掉她，她可得把人看住哟。可叶离不便现身，她就没法去找君珑。有没有一个办法能两全？

她两手无意识地摆弄着带在胸前的包袱，忽然灵光一闪：有办法啦。

## /七/九嶷仙家

杏成县县令家院中，下人忙忙碌碌地端着各样东西来往客房。彩绘陶盆里盛着兑了花露的温水，描金器具里摆着时令小点心，接着又是两三个花一样的女婢捧着崭新的锦缎被褥入屋。相对而言，杏成县县令吴适、承阳府府尹刘恪反而像是不受厚待的外来客了。

刚才衙堂上的那出戏唱得太突然，仿佛天公变脸，耍得轰轰烈烈、雷火彻天。他俩的浑身冷汗到现在还凉飕飕的，偏肚子还空空荡荡。两人不约而同叹气，准备搭伙吃碗面。

正屋里，吴适狼吞了几口后，大呼过瘾，总算有活着的真实感："娘的，没想到还能喝口热汤。刚才我都打算好了，要真是脑袋留不住，好歹得求碗热汤面，至少吃了才有力气哭一哭。"

吴适和刘恪是同年进士，岁数差不多大，平日私下是能喝个小酒的关系。吴适是乡野农夫出身，小聪明。刘恪是书香子弟，说话有意无意总端着劲："老吴啊，有些话你还是咽回去，挂在嘴边招祸。做官也好些年了，瞧瞧你带出来的那些人，那简姓驿丞能当重任？"

说话间，吴适已经半碗面下肚，嘴里含着汤总结："是福不是祸，是祸躲不过。"

刘恪臭着脸，放下碗筷，心思全无："你是自在，要死也本官头一个。有心思废话，不如快帮本官想想，此祸能解否？"

吴适叹气："除非能把那侄姑娘找回来，否则，"他使劲摇头，"难，真难。"

刘恪被这一说，情绪更低落："我仅见过君太师两面，其中一面还是跟你一道在殿试上。平日在恩师的书信里，能听他老人家提几句，这位太师实在……阴晴难测啊！"

他的恩师就是御史大夫姜袁，平日常被沈序摆道刁难。沈序是君珑党的首席人物，所以姜袁总不会说君珑的好话。

"我已给恩师密函一封，希望他赶得及帮我想想办法。"刘恪说。

这主意其实是吴适给出的，算是一险招，本意不在姜袁。因为姜袁怕事，空留御史大夫的虚名，肯定是束手无策，所以只能求人。求谁呢？皇帝？

他寻思着永隆帝和姜袁没差，屁股坐在龙椅上没一刻踏实。何况这永隆帝还成日巴巴地追在君珑后头瞎掺和，倘若密函的事被君珑知晓，生九个脑袋都保不住一条命。所以求人这事只能闹大，让姜袁去走走唐非的门路。

虽然注定是火上浇油，但也有浴火重生一说。

吴适道："可如今是火烧眉毛，雨滴飘到地上总要些时候。雨没落下来前，我们得想办法先缓缓火势。"

刘恪焦躁道："你这老吴，竟学我端架子，有办法快说。"

吴适将碗里的面汤也舔了个干净，他这辈子吃得最畅快的就这顿："刘老哥，你可以去求个人。"

刘恪紧张地问："谁？"

"柳文若。"

刘恪激动得一拍大腿："对！"

吴适这会儿已经彻底顺了气，不怀好意地笑着问："见老哥这神情，外头传闻也听了不少吧？"

刘恪狠狠地瞅了他一眼，架子端着没放："外头的话岂能当真！"其实他只是放不下读书人的面子，又碍于院里住着一位大神不敢乱说话。对于吴适口中的传闻，坊间流传得还是比较热乎的。

天高皇帝远，许多事从京城传到地方就容易变味。往往传得离谱，嚼舌根的人就越多，特别是皇宫那种一辈子进不了一次的地方。譬如就是某年某月，皇宫里哪位嫔妃的小厨房走水了；某月某日，皇帝吃了芋头闹肚子了；某时某刻，王侍郎和张侍郎的小厮打起来了。诸如此类。

当然，其中不乏民间百姓的臆想。比如唐相和君太师不和的缘由，或者是柳文若为何炙手可热却没有官职。这足足能扯出一段爱恨情仇。

众所周知，柳文若是君珑的外甥，他的小姨是君珑的妻子。这位太师夫人进门时没办喜宴，以致外人对她知之甚少。可能是太将就的缘故，命短，十年前因病咽气。说来也奇怪，君珑居然也未办丧，只将柳文若接进太师府，关照有加。

这容易让人多想，想不好就歪了。外头传说当年君珑看上的恐怕不是他的夫人，而是这位小哥。

刘恪觉得不切实际，十年前，柳文若才几岁？当朝太师可没有恋童的癖好。

但为什么柳文若没做官？

据说是上头那位皇帝的意思，他看着君珑那张脸欢喜，看着柳文若就不欢喜。

"我倒听说过另一个段子。"吴适摸着肚子顺气，吃得太急，撑着了，"说君太师做官前其实潦倒得很，是柳文若好心救济了一块烧饼，机缘巧合，让太师遇见了太师夫人，结果两人对上眼了。"

刘恪若有所思："说起太师夫人本也是名门之后，可惜她家后来没落了。"他听恩师提过，当初是因夫人娘家的举荐，才让君珑一朝为臣，平步青云。这家名门，好像姓甄！

刘恪心里有底，是落脚在徐安府卖画卖得风生水起的那家人。

奇怪的是没听说甄家死了谁，只有二女甄墨早年前就不知所终，不知两者有没有关系。

“老吴啊，我倒是羡慕你，死到临头还有闲情提这些。”刘恪端起已经凉了的面碗喝了口汤，“也罢，我去柳文若那里摸摸门路。”说着，他拉开门就要往客房去，没想到正好撞上一小厮满头大汗地一头撞过来。

刘恪“哎哟”一声，痛喊：“老吴！要这事过了你我还有命，你非把门下这些人给本官彻底换了不可！”

那小厮是县令家仆，先前已经被君珑的阵势吓蒙了，撞到刘恪真是事出有因。“大人饶命，小的……小的有急事禀告。”他跪下着急道。

事态特殊，吴适如怀胎妇女般抚着肚子走出来：“什么事？赶紧说。”

小厮抖着手，捧出一张字条，在两人之间来回晃悠，不知道该递给谁妥当：“这字条裹着石头砸到了官兵头上，刚快马送来，二位大人过目。”

尽管他没有说清字条的来源地，刘恪还是激动得忍不住上下牙打架，飞快地一把夺到手里。他展开一看，吴适也凑了过去，上头歪歪扭扭地写着两个字——退兵！字下还画着一只难看的猴子。

“这……这是……这是……”刘恪震惊不已。

吴适见他如此表情，紧张地问：“刘老哥，你明白？”单就退兵两个字还好说，作为县令，他看多了。不过这人莫非还保有童真？画只猴子啥意思？

刘恪结巴了一会儿，总算结巴出了下半句：“这是……这是何意？”

吴适顿时泄气：“行了，我陪老哥您一道去柳公子那头。依我看，字条在我们手里待的时间越短越好。”

君珑难以入眠，坐在案前不悦地翻动着山神庙里搜出的破烂字帖。

字帖已经被剪得不成形，边沿齐整，是裁纸刀所为，一定是甄墨刻意剪下。从仅剩的废纸看，字帖的选字颇为随意，颜体、柳体、瘦金体混杂成一团，排列顺序毫无章法。君珑没把握住力度，一翻页，扯到了零落的边角，又哗啦撕了一大块。

他闻声拧起眉头，恰好传来柳文若的叩门声：“姨父，可还醒着？”

“进来。”他应道。

话音刚落，推门而入的不止柳文若一人，他带头走在最前，身后巴巴地跟着吴适和刘恪，还有一个不知名的小厮。脚步刚一落定，司徒巽也急急赶来了，无视门口守卫，径直入屋。

君珑扬眉，似笑还怒："深更半夜，你们倒有造反的阵势。"

柳文若深知，只要有外人在场，君珑永远是君太师。君太师说的话，决计不会让你轻易探出真意。在吴适和刘恪低头称罪的时候，他将刚到手的字条递到桌案前："这是官兵接到的传信，像是陆姑娘的手笔。"

司徒巽目光直追字条，不曾放松。

君珑展开一看，只有歪歪扭扭的两个字：退兵。

墨色很浅，纸上有细碎的点状压痕，应该是铺在石头上写的，怪不得不成体统。不过还是能判断出用笔习惯，特别是兵下两点很有陆漪涟的风格。他视线移到字下方："这只四不像是什么玩意儿？"

吴适心想，太师就是太师，中央官员说话就是有水平，他和刘恪暗地争了一路，究竟是老鼠还是猴子，人家太师一句四不像全涵盖了。

司徒巽接过字条，低头一看，冷面居然有所缓和："是兔子，阿涟与陆宸游戏时的暗号。表明她现下安全。"

陆漪涟和陆宸小时候没消停，爱找刺激。

他们专挑夜半三更，一前一后跑到人家屋子里探险，各取一样对方指定的东西作战利品。行动时，还会随身携带一支笔和几张字条，先行一人探路，将情况画在纸条上，丢出窗外，给另一个人。如果屋主正呼呼大睡，就画只兔子，说明安全；如果事有突变，就画只老虎。

更早之前，其实预定的是猫和老虎，无奈这两种动物在漪涟笔下没什么不同，害得陆宸回回吃瘪，大闹着不公平。漪涟的解释是，老虎比猫稍大，眼神有力；猫的眼神慵懒。陆宸听罢，直接掀了桌子："你让爹去看看，眼睛全是一点黑墨，能看出屁慵懒！"

所以就改成了兔子。

虽然难看点，但至少和老虎一比差别大。

"依司徒公子之意，我们倒能放心。"柳文若舒了一口气，道，"这样隐晦的暗号，任谁也猜不透，不会是在被胁迫的情形下画下的，至少说明陆姑娘周旋得颇有余地，暂时不会有危险。"

“是，柳公子说得极是。侄姑娘真是聪慧，竟能想出这个办法。”刘恪跟着附和，可惜没人理会。吴适暗地拉了他衣袖，示意他们都别再多话。

司徒巽低头看了字条许久，踌躇不决，是该相信自己的理智，还是该全心相信陆漪涟？

总之，字条已经无用，为了不再旁生枝节，他举手就将字条往桌案上的烛灯凑去。不料君珑手快一步，在字条即将接触到火苗的瞬间，一把握住了司徒巽的手腕。

烛火灵动，君珑一笑，颇染妖异，他水波不兴地用右手双指将纸条夹出：“纸条先予本太师几日。”

“你有打算？”

君珑将纸条压到沉香镇纸下，兀自下令：“刘恪，一个时辰内把官兵全撤了。”

刘恪没想到会突然叫到自己，“啊”了一声。幸好柳文若抢在他前头，无形中替他解了围：“姨父，一旦退兵，叶离的情况就无法掌握，岂非难以应对？”

这正是司徒巽担心的事。漪涟戒心虽强，但到底是女儿家，只怕出了变故难以自保。

“不退兵就有结果？”君珑反问，“看来这张纸条意味着什么，你们还未曾想明白。”

柳文若和司徒巽两相一望。

君珑说：“设身处地地想：什么情况下才需要以纸条传信？两种可能，一者，陆漪涟有所考虑，不愿现身；二者，她还在受叶离的胁迫。无论哪种，继续派兵驻守都不会有结果，弄不好反成僵局，或逼得叶离采取过激手段。”

众人恍然大悟，刘恪更是听出了一身冷汗，心里说：君珑真不是寻常角色，今后说话做事可得越发谨慎才好。

离去前，君珑出声叫住柳文若：“你留下，把门带上，我有事与你说。”

刘恪和吴适走到门口，忍不住多想：难道真有这么点意思？

吴适不怕死地想要往里瞧一眼，被刘恪拽住袖子拦下。“不要命了？”他小声呵斥，赶紧拉人快走。别说是臆想，哪怕万一是真的，真看到了一星半点，还有命活吗？

实际上，关上门后，君珑将那叠之前翻看的破字帖推到他的面前：“你且看看这个。"

柳文若一眼认出了是影卫带回的东西，因为残破不堪，干脆连托盘一齐捧起翻看。

君珑坦言："这些字帖纸质相去甚远，字体多有不同，肯定是多幅字帖拼凑而成。我太了解她的性子，从不会无端行事。你去查查，这些缺失的是些什么字。"

柳文若道："是否在传达什么信息？"

君珑往椅子后靠了靠，心绪复杂："难说。她的想法，与我想的从来就不一样。"说罢，合上眼，细不可察的疲累偷偷徘徊在眉心眼角处。

需要多少个日夜酝酿，才能将苦味酿得这般浓郁？柳文若倒想劝慰他，但知心有余而力不足，满心不甘道："您已费心至此。她若活着，该知足。"

君珑没想到此话会出自一向温顺的柳文若："你对她倒是淡漠。"

"自那日起，世间事皆与我无关，除您之外。"他的身影清冷，自始至终若即若离，眼神却格外坚定，瞩目的方向从未改变。

那日漫天白雪，冰寒刺骨，有人无惧风霜，绝世独立。

君珑凝视他良久，一双黑瞳里几乎找不出多余的杂质，简直如新生儿一般清澈，更甚当年。他似乎看见了大雪纷飞的夜里，瑟瑟发抖却仍旧不肯屈服的男孩，颔首道："你忠心可鉴，我自知。奈何你太单纯，否则尽可以帮我分担官场之事。如此……"

他眼里蓦然闪过一丝难测的光芒，分不清是他的内心所致，还是烛火所致。只见烛光一闪，屋子暗了又亮，君珑继续说："真能如此，我也可少用沈序这只狐狸。"

柳文若听罢愧疚："是我无能，无法替您分担。"

"无能？"君珑似笑非笑，"我既肯留你在身边，自有你的用处。你自嘲无能，将我置于何地？即便真是我君珑行差看错，也轮不到他人指摘。说句冠冕堂皇的话，人各有所长，何必妄自菲薄？你，确实不适合官场，倒是……"他没有再说下去。

短暂的沉默后，他忽转了寻常笑意，将刚才那一出不留痕迹地带过："倒不像是家人间该说的闲话。罢了，你早些下去休息。"

柳文若声音略干："您也早些歇息。"

房门再次开合后，屋子里静得能听见烛火燃烧的声音。此时，已近子时。

君珑揉了揉额角，以缓解折磨人的微痛感。他心中有数，人质有法子救，谜题也有真相大白的一天，可是只要一想到叶离利用他的容貌拐骗了漪涟，他就忍不住怒火中烧。

那是她对他的信任，叶离凭什么？

不经意与那只怪兔子的视线撞个正着，圆溜溜的墨眼哪里有半点神态？君珑拿起端详，心里五味杂陈。画得难看点也行，只要平安回来就成了。

柳文若走后，后窗一抹黑影也悄然离开。

司徒巽步伐无声，潜行在假山的阴影中，难以被人察觉，但他如鹰一般的双眼在夜色里警惕着细不可闻的动静，一如刚才他在后窗注目着君珑和柳文若的一举一动。

原本，他只是怀疑两人有更深沉的密谋。为了漪涟，他不敢错过任何线索。

可他的疑心越来越重，不说君珑与柳文若言语怪异，君珑又是为什么对甄墨如此上心？谈笑风生间，说是旧识，却不辞辛苦地从京城跑去承阳府查探。

他的母妃司徒观兰的画像是甄墨所作。

寻找叶离的途中，多次得知与甄墨相关的线索。

甄墨。

这个名字出现的时机太蹊跷了。

一个时辰后，官兵逐渐退出山谷。

又三刻钟，山中恢复平静，除了星光熠熠、月色朦胧外，山林彻底静了下来。

叶离没有想到官兵会退得这样干脆。

朝廷水太深，他曾涉足其中，了然于心。能混迹其中且如鱼得水的人物都不可小觑，特别是立足于风头上的唐非，还有君珑，习惯使那阴阳手段。以致他不敢断定退兵一举，是否是欲擒故纵。

可下山后，确实再找不出任何官兵的踪迹，他们一路畅通无阻，直到杏成县边界。

他若有所思地看了一眼身侧的陆漪涟：“姑娘当真要陪叶某走这一趟？”

漪涟停下脚步。

“拐出这条小道，再往前走半个时辰，便能到杏成县。”叶离如此说。

在漪涟听来叶离似乎有意动摇她的意志，无视反问：“先生要往哪里去？”

叶离沉了沉声：“九嶷山。”

当晚，他们夜宿荒野。

第二日午时，穿过一条羊肠小道出承阳府。据说这条小道是商家走私之路，叶离无意间发现的，现在正好助他们避开城府关卡。

第二日晚间，他们寻了一座简陋农庄，叶离为漪涟换药，伤口正在愈合。

第三日，漪涟第二次换药，她无意间觉得药的味道有所差异，心下生疑。

又是一日黄昏时，皇宫笑春殿内，夏禾正对着铜镜端看自己的姣好容颜。秋水眼波一递，妩媚多情，可眼角处几丝细纹猛地凝住了她的嘴角。她日日对镜端详，肤质不如从前细滑雪白，细纹一根根爬上眼角眉梢，脂粉也越盖越厚。

短短时间内犹如花谢，她的容颜正逐渐老去！

她受惊似的丢下玉肌膏，猛撩广袖，哐当一声，妆台应声落地，砸到了唐非的脚边。

夏禾烦在心头上，看见唐非板着脸，更加不悦，发泄似的，抓起一支金簪丢过去。

唐非是刚接了急报而来，亦逢心情郁结，讽刺道：“贵妃娘娘好大脾气，有能耐，该找君珑消遣，也省得微臣费心费力。”

夏禾红唇一颤。唐非在她面前从来是拼了命巴结，今儿怎么有胆量发脾气？

她美眸高冷一转，猜到七八分：“出事了？”

唐非霎时泄了气，低落道：“这回算出大事了。”

夏禾惴惴不安地捏紧手，听唐非继续说：“承阳府府尹是御史台老姜的门生，捅了娄子，怕君珑问罪，写了信来找本相帮忙。谁知一打听，君珑那帮人居然见到了叶离！”

夏禾惊得花容失色：“你说叶离？”她忧心忡忡地拽着裙摆，“人呢？”

“跑了。”唐非冷哼，甩袖坐到夏禾的暖榻上，“你且猜猜叶离是怎么躲了这许多年，呵，真是绝了。”

夏禾双眸困惑，带着淡淡湿气，是永隆帝平日最喜欢的神情。

唐非苦笑："叶离为了保命，竟按照君珑的模样改头换面。敢情本相费心找了数年，根本是找错人了。你说可不可笑？"笑完后，他不由自主地叹了好大一口气。

夏禾听着，仿佛天方夜谭："不可能呀，当年叶离应该没有见过君珑。"

"谁知道他使了什么鬼伎俩，说不定早有谋算。"唐非懊恼不已，"按老姜说的，是君珑家的丫头被挟持，谁知是真是假？怪我，早在他们起程去苍梧时就该斩草除根，免除后患。"

叶离则实属意外，找他时不见踪影，不找他时近在眼前，真是老天的玩笑！

夏禾慌神道："眼下该怎么办？总不能由着他们去。"

唐非道："探子回报，叶离回苍梧了。"他目露凶光，"皇帝对蛇仙之事十分热衷，不差兵马，眼下知道了叶离的秘密便容易许多，必要时，君珑也……"他顿了顿，"绝不能让他带叶离回京。"

俗话说，祸不单行。夏禾知晓形势恶劣，心情更是糟透了，憋气一坐，默默地扯着披帛。

唐非斜眼看她，后宫的风言风语，他也多少听了些："我听说皇上好几日没上你这儿来？"

夏禾别过脸，泪眼汪汪，诉苦道："还不是君珑干的'好事'！不知道他从哪里弄来一只狐媚子，仗着有几分小姿色，迷得皇帝七荤八素。"

唐非咋舌道："竟有这事？那女人什么来头？"

夏禾道："本宫着人打听，似乎叫醍醐。"

"醍醐？"唐非琢磨着，"玉壶楼的醍醐？她不是君珑的相好吗？"

"可不就是她？学的卖艺不卖身的那一套，每日给弹一时辰的琴就走！"夏禾何曾被冷落过，话越说越酸，"矫情贱人，皇上偏喜欢，成日魂不守舍、念念叨叨。唉，你到御花园去听听，怕还在那里腻歪呢。"

唐非眼色在须臾间阴沉下来："君珑这次是玩真的。"他在心底盘算良久，"也好，本相陪他玩到底。"

几日后，漪涟跟着叶离从紫霞镇乘船渡苍梧河，第二次来到苍梧城门焚香祭拜。

与苍梧各路神仙阔别一段日子，古城的气氛大为不同。官兵似人墙般屹立在石门前岿然不动，枪头指天，气势竟没有被石门古迹给压倒。入城百姓排起长队等待检查，无论男女，俱是被看得心惊胆战后才放行，行李一应拆开查验。

拉了个路人打听，据说官兵是奉皇命寻蛇仙出山相助的。

乖乖，照这阵势，确定不会拉了蛇仙直接炖汤去？

叶离即便戴着面具，气质依旧很显眼："看来不能贸然入城，须改日再来置办东西。"

漪涟脱口道："你现在是君珑的模样，能不能蒙混过关？"

叶离摇头："不可冒险。虽不知官兵奉了谁人之命，但朝廷眼线相互通达，司徒少侠见过我，难保不会流出消息。只瞧官兵男女皆查，可知目标不止叶某一人。"

漪涟赞同地点头，只是……哪里不对……

她眨眨眼，叶离的话无心透露了一个信息，现在是君珑的模样，从前呢？无心插柳，却被她发现了很了不得的事："那，那个……"

"姑娘才智过人，叶某叹服。"叶离平静道，一眼之中，饱含万般情绪。

漪涟心口发堵："我方才只是……"

叶离打断她："噤声。"他眼观六路，已经有人注意到他们，"现在并非说话的时候，赶紧退回紫霞镇，上山要紧。"

千想万想没想到，九嶷山的入口竟在紫霞镇，苍梧最边境之处。

入山小道十分寻常，寻常到不起眼。因为苍梧湿气较重，道上还留着不深不浅的脚印，镇民常来常往。加上苍梧人不把紫霞镇当回事，理所当然不会想到九嶷山在这里，简直是天然的保护屏障。

大约行了一炷香时间，山路蜿蜒，满是齐腰杂草，他们爬上一座枯木架起的原始小桥后转入另一小道。

再往里走便没有路了，未见人迹，各种植被却是越发丰茂。除了鸟鸣外，漪涟听见水流的声音，是一道清澈的小溪潺潺流过，前后望不见头。溪上腾着淡淡白烟，比苍梧河上的更柔软绵延。他们借助几块鹅卵石跳过小溪，这些鹅卵石还是叶离从前搭的。

入山后不知多久，漪涟已经摸不清方向。当她第五次跳过小溪后，终于忍不住问："先生，您确定我们没有走回头路？怎么尽是在同一条溪上跳来跳去？”

走在前方的叶离回头看她，摘下面具，笑容温和如流水：“九嶷山，九溪皆相似，不怪你有此一问。我亦是机缘巧合寻到了正路，奈何多数人逃不脱枉死之命。”

随着步伐，漪涟感到空气越发清新，山上，大多是连理树、并蒂花，树可参天，鸟如飞鹰……简直是远古天地初开之时，不受烟火红尘熏染，满眼绝世奇观！

漪涟止不住地兴奋，怪异传说活脱脱就在眼前：“先生，是不是真有延维？”

叶离突然被扯了衣袖，回眸道：“我曾见过两次。并非世传那样玄乎。双头怪不过是因为特殊环境造成的变异，绝无主宰人祸福之说。”

漪涟瞪大眼睛，闪闪发亮。

叶离心里觉得这双眼眸如孩童率真：“姑娘小心走路，此处不乏蚊虫毒蛛，毒性甚烈，我要救你，也得再半个时辰到达山顶才行。若当真好奇，往后我可与你讲讲其中之妙。”

山顶，漪涟仅对亘山有印象，山不高，即便在山顶也没有“一览众山小”的壮观场面。而九嶷山的山顶，几乎算作云端。

在他们穿过浓雾之后，山顶跃然雾上，好比云海茫茫。白絮般的雾气久聚在山头三丈之下，恰似祥云托着仙岛。方圆十里内，依稀可见数个小山头，如雨后春笋只露尖角。再远些，是苍梧城的巍峨大山，气势磅礴，高居九嶷之上，论起仙意，则差了些许。

山顶有座木屋，屋前篱笆围着一棵参天榕树，龙须垂地。一缕袅袅青烟从院中升腾缭绕，随风传来微微药香。

漪涟不禁觉得，在她所有相识的人里，此等仙境，只有叶离才配得上。

推开栅门入院，一个五六岁小娃两手端着一只大陶碗从里屋出来，额前流着细碎的汗，脸蛋红扑扑的。因为陶碗太大，看不清脚下的路，他一步一低头，走得认认真真。叶离温柔地喊了声“欢儿”，他循声抬头，闪亮亮的大眼霎时迸出欢喜的光来：“爹爹！”

漪涟步子一僵：这，这是叶离的孩子？

红扑扑的小肉团子抬脚冲来，连着大碗一齐扑到叶离怀中。

叶离摸了摸儿子的头：“这段时日，为父不在家，有没有听话照顾好自己？”

小欢儿怀抱大碗，笑容只撑了一小会儿，眼里闪起泪花："有乖乖听话，就是……就是想爹爹。"说完，眼泪啪嗒掉下，他故意转开头，装作若无其事。

叶离替他擦了擦眼泪，知他害羞，并不戳破，反看向他手里的大碗，里头装了一些混杂的常用药材，叶离自然一眼就能分辨："是要熬药？"

欢儿用力点头，奶声道："爹爹前段时间生了病，熬给爹爹补身子。"

叶离将他拉近了一些："你怎知为父今日回来？"

欢儿蜜桃般的小脸儿乎快埋到胸前，憋不住哭腔："欢儿每天都做，爹爹回来就能喝。"

叶离一阵心暖，再次擦掉了小脸上簌簌滑落的眼泪。欢儿很乖，自个儿用袖子胡乱抹了一把，差点砸了陶碗，幸好叶离替他接了一把。

"让姑娘见笑，此乃犬子叶欢，万不得已，独留他在山中。心头牵挂，才不惜违背姑娘好意，也要赶回来看看。"叶离起身牵着欢儿道，"欢儿，怎的不说话？为父应当教过你怎么与人招呼。"

欢儿从出生那日起，除了父母，便是与山中鸟兽玩耍。突然见个陌生人，怯怯地躲到叶离身后，眼见他把笑脸憋红了，才弱弱地喊了一声："姐姐，好。"

漪涟本来不喜欢孩子，觉得他们又吵又闹，说话还不按逻辑，结果被欢儿软绵绵一唤，心都软了，有种蹭上去的冲动。她被君珑捡到时，比他大不到一岁，也是个懵懵懂懂的乡间娃，怎么就被人嫌弃送上陆华庄了？

在叶离陪着小欢儿煎药时，漪涟在屋中歇息。

木桌木椅都是就地取材做的，虽不够精雅，但有诗酒田园的情怀。她发现木柜上摆了几张字画，取下一看，竟是欢儿的大作，写生或臆想，其画颇得奇闻之神韵，双头委蛇、牛头马面、鸟足人身……多姿多彩，妙趣横生。画笔是幼稚，可对于五岁的孩子来说，已然十分了不得。

"欢儿随手涂鸦之作，姑娘以为如何？"是叶离进屋招待，为漪涟沏了一壶凉茶。

漪涟大方道："比我画得好。"

想起退兵纸条上的兔子，叶离笑说："人各有所长，强求不得。依我之见，姑娘画作颇为生动可爱。"

"先生千万别笑话我。陆华庄的人只会拳脚功夫，不似小欢儿有您教他诗画。"

叶离添茶："诗画一道并非我所教，应该是遗传了他母亲的天分。"他神色一黯，心结所致。恰好，叶欢跑进来了，那一抹惆怅似乎从未在他脸上出现过。

这日吃了家常饭，叶离早早抱着叶欢入屋歇息，漪涟则宿在原本叶离的卧房。两间卧房是门对门的格局，漪涟能看见叶离正倚在床边给叶欢讲蟠桃宴故事。同样一张脸，君珑就没有这股家常味。

漪涟的手臂已经基本痊愈，不需要再包扎换药。她抬手闻了闻还残留的味道，果然和初次大不相同。

那日在杏成县后山，以她的体能来说完全不至于倒头睡死，怕是叶离在伤口下了药。现在想来有些后怕，如果叶离是心狠手辣之人，她当场就会死得不明不白。

直到叶离走出屋子，坐在烛灯下拿出一张皱巴巴的微黄纸片发愣，漪涟知道时机成熟，她必须找个机会把一肚子的疑问都给弄清楚。

"先生，我……"

"姑娘，可否将你包袱里的那画给我看看？"叶离抢先开口。声音在深沉的夜色里有种静谧的美感，听着格外舒服。

画？

漪涟想起被挟持时情急找的借口，从叶离的表现看来，他确实与画有着某种奇妙的渊源。她将画取来，展开的瞬间，叶离的神色露出极为短暂的动摇，于氤氲的烛光下微乎其微。

"先生识得甄墨？"

不知叶离怀了什么心思，满满当当地会聚在映着烛火的瞳仁里，硬是压得光芒黯淡下来。继而一声叹息，沉稳的声线勾勒道："相识十载，夫妻八年，自然识得。"

漪涟震惊："那，小欢儿……"

叶离接道："欢儿是我与甄墨之子。"他深呼吸，"姑娘千辛万苦寻找叶某，身上偏偏带着我妻子的画，似乎冥冥之中自有安排。"

九嶷山顶的夜很静，只能听见小屋里刻意压低的说话声，漪涟却听见了一道惊雷！

她连日追寻的两人——叶离和甄墨竟然是夫妻！

震惊之余，许多疑点霎时变得顺理成章，原来一路皆是因果。可叶离避世九嶷山，甄墨殒命山神庙，两人之间是发生了什么变故？漪涟好奇，却不好问。

叶离触及伤感，兀自苦笑道："说来惭愧，我二人因家常琐事争吵。甄墨心气极高，负气离家，竟是连欢儿也舍下了。直到大约半月前，我收到了匿名传信，说她殒命杏成县，我不得已才独留欢儿前往承阳。"

半月前，漪涟正在前往承阳的路途中，加之"救叶离"的神秘信息，与杏成县的暗中相助，她想，是不是有人故意安排？譬如神秘人得知叶离的去处，借此引导他们过去；或者刚好相反，先得知他们要查甄墨，后引导叶离去承阳。

问题是：神秘人是谁？

漪涟问叶离，叶离目色微动，而后摇头说不知。偏偏画中仙人神采奕奕，目色如月如星。

"此事谜团重重，大约未到时候。倒是姑娘千辛万苦寻我，究竟所为何事？"

漪涟没忘记目的，见他有心谈及，便坦率道："其实我寻先生是为打听多年前的一桩命案。不知先生可还记得司徒观兰？"

"命案？"叶离的敏锐度相当厉害，"姝妃娘娘……死了？"

漪涟听之困惑："先帝曾昭告天下姝妃病逝，先生对朝廷脉络了如指掌，怎能不知如此大事？"

叶离摇头："皇家常有病逝一说，真假几分，外人岂懂？"

听意思，老皇帝的话不可信，姝妃没死？

漪涟否决道："姝妃确实死了，我亲眼所见。"

叶离眉心一动。或许是十多年避世之故，他遇事从不下断论，恰恰当年的事的确有许多破绽，可能是造成他们的言论相悖的原因。终于，他深深感叹："宿命难违，看来姝妃终究是没逃过那场劫难。"

果然，叶离知道内情。

只是为什么他会以为司徒观兰没死？漪涟的好奇心更重了，已经到了前所未有的地步。她有很强烈的预感，当年的事绝对比想象中更复杂。

"先生，当年的事对我来说很重要，能不能把您知道的告诉我？"

叶离边剪烛芯边说："当年之事我难辞其咎，其中牵扯众多，非三言两语可理清。姑娘曾与我同经历生死，与你说也是应当。不过，还请姑娘先告知一事。”

漪涟点头。

叶离道：“若不提姝妃，我不会有此猜想。敢问阿涟姑娘，司徒少侠是何人物？”

漪涟没有刻意隐瞒这一点，但叶离察觉得如此快，显然心思缜密远在她意料之外。她妥协道：“再瞒必瞒不过先生，司徒巽就是李巽，当年的七皇子。我俩是同门，姝妃的冤情，我定然要帮。”

叶离颔首：“原来如此。”然后，他沉默了很长一段时间。

二次理了灯芯后，他为了不吵醒叶欢，主动领着漪涟走到屋外云海旁，在一块恰好能观海赏月的扁平石头上坐下。漪涟踌躇了一会儿，坐到他的身边，空气略微发紧。

夜间云海笼罩着月光，仿佛天河，无声潺动，更有风情。

漪涟必须承认叶离这张脸真的好看，因为本身气质，比君珑有仙气，如云似水的仙气。其实君珑也有，可惜他的仙气偏邪门，好比鬼仙，走的不是寻常路子。

“阿涟姑娘既然懂得来寻叶某，必然知道我与唐非的恩怨吧。”酝酿良久，叶离如是说。

漪涟思索道：“听君珑说了大概，先生介不介意我归结成‘同党内讧’？”

叶离怅然失笑：“姑娘快人快语，倒也精练。”

他道：“唐非与我本是同门，年龄比我稍大，论起辈分，还得算作我师侄。他天分不低，却一味追求功利，入门五年后叛逃师门，从此杳无音信。直到十一年前，他主动来找我，竟是为了太子而来。”

漪涟应声：“当年的太子，就是当今永隆皇帝？”

“是。”叶离道，“师门关系，我接触过许多怪病。有一女子天生脸带胎记，所以长期以人皮面具示人，便是江湖俗称之易容术。易容术虽能暂时改变人的容貌，但面具含有毒性，那女子使用了三年，脸颊已经发生了严重的溃烂。治伤不难，只是那女子伤好之后反而郁郁寡欢，几度寻死。我便想，世间有没有一种方法能够改变人的容貌，同时将伤害降至最小。于是，我开始研习古卷上曾记载过只言片语的换容术。”

漪涟紧张起来："成功了吗？"

叶离目光悠长："她死了。"

漪涟指尖一动。

叶离凝视着自己的右手，微微发颤："直至今日，我还能感觉到用刀子在别人脸上剔骨剜肉的滋味，比儿时头一遭验尸还要可怕。尸体是死物，可当时躺在我刀下面目全非的都是活生生的人。虽然服了麻药失去知觉，但是眼睛大而无神地瞪着我。"他冷笑，"或许真是年少轻狂，失败了多少次，我竟还下得了手，现在想来与邪道何异？"

漪涟看着他的侧脸，愧悔感毫无阻碍地随风蔓延，令她也心怀感伤："阿爹说过，人过分执着一念，会失去理智。江湖中许多走火入魔的人，就是因为对武学变态热衷。先生这是对医术的执念太深，忘了医者的初衷。"

叶离道："入门弟子曾于祖师座下起誓：'救死扶伤，莫失本心。'我大错铸成，悔不当初。"他难以忍受地合上眼，旧景幕幕重归脑海，"唐非是我的心魔，他来之时，正是我理智丧失之际。我当时并不清楚他们的计划，只因有做换容术的机会，便与他到了京城。"

"后来您便见到了夏禾？"

叶离目光闪烁。

当年……

## / 八 / 小摊夜话

京城某家茶楼中，说书先生正兴致昂扬地讲着精忠报国的故事，最带劲的时候，下面欢呼一片。二楼雅座则清宁许多，司徒巽看着旁人嬉笑，独为伤感陌路人。

司徒巽以茶代酒，自斟自饮，原本最爱凑热闹的人不在身边，心也空了。

"小爷，您邀的贵客已经带到，是否请他进来？"小二拎着长嘴壶来通报，顺道添茶。

司徒巽搁下茶盏："请进来。"

话音刚落，八仙屏风后踱进一人，墨绿锦衫，正是御史中丞沈序。他打发了小二离开，寒暄道：“方才听家仆说司徒公子邀我吃茶，实是有幸，紧赶慢赶就来了，有劳公子久候。”因为君珑的关系，他知道此人底牌，所以态度很客气，不敢摆官架子。只是顾忌场合，行了常礼。

行常礼没有错，今时不同往日，他司徒巽更不比当初：“中丞客气。请坐。”

沈序坐后一瞥，方桌上的茶点几乎未动，独独茶味淡了，婉转道：“茶楼所谓的好茶皆是一个味儿，喝多了腻口。我从府中带来一包上好雀舌，是好容易才从君太师那里讨来的，公子尝尝？”

司徒巽洞悉他话中有话，不予理会，只颔首道好。

待小二换了新茶后，沈序将话锋又转回来：“公子不言语，许是不喜雀舌，可若让旁人看了去，怕是要误会公子与我不睦。官场与市井皆是如此，有时候真省不下一言半语做个提点，累人得很。”

楼下一阵沸腾，这回讲的是玄武门之变。

司徒巽拿起雀舌一品，其中滋味不足为外人道也。可他的眼睛只有镜湖平淡，七情六欲皆不表露：“此次请大人来，是为讨教几件事。”

沈序有意断话：“且容我先问问，事关何事？抑或何人？”

司徒巽坦言：“事关君珑。”

沈序浮出笑容，略虚，漫不经心地抚着茶盏：“冒昧问一句，司徒公子可知下官是谁？”

司徒巽道：“正因你是沈序，我才找你。”

沈序道：“公子刚才是否未听清？这极品雀舌，是下官从君太师处讨要来的。公子何以肯定下官会帮这个忙？”

司徒巽拨了拨茶盖，反问：“大人赴约前可曾想清楚，你我见面，是否会招君太师误会？”

沈序听罢，忍不住低声赞叹：“江湖数年，不损锋芒，下官佩服，看来李家的血脉注定有此天分。终究只看公子情愿与否。”说完，他恰到好处地补充，“失礼了，有些话不能说得太早。不过公子欲问之事，下官可酌情告知，但须另寻时机。”

司徒巽若有深意地看了他一眼，道：“且听沈中丞安排。”

沈序点了点头，托词先走，离开前，于司徒巽身侧沉吟了一句：“成大事者当不拘小节。这茶，公子切莫独饮。”

楼下的氛围一浪高过一浪。沈序走后，司徒巽端起茶盏又放下。

这杯茶懂他，知道他心里装了一个人，迟迟不肯凉。

不知何时，他在说书先生抑扬顿挫的声音中收敛了神思，以余光警惕屏风上再次映入的人影，岂料来者让他大为震撼："是你！"

漪涟按照叶离所画的图纸走下九嶷山，意图探探情况。不料昨日还算平静的紫霞镇一夜聚集了数队官兵，抄着家伙，挨家挨户搜查。

难道已经发现了九嶷山的路口？漪涟的心提到嗓子眼儿。想着又不对，不该往民宅里钻呀。

兵靴踏地声中，忽闻一声娇嗔："哎哟，官爷，您得给奴家做主哟。"

漪涟双腿一软，什么情况？

循声望去，宅前是三三两两的围观路人。其中一名魁梧……丰满的女子正鬼哭狼嚎……梨花带雨地向身旁的官差诉苦。鬓边海棠红艳艳，与黑豆大的美人痣遥相呼应。只见她害羞地一扭大臀，腹部抖三抖："奴家孤身一人，怕得很。"

浓眉红唇让官差十分苦恼，缩着脸问："大娘，好好说话。你可看清那人长的什么模样？"

黑豆娇嗔："讨厌，什么大娘？人家还是姑娘。"

紫红色的帕子一挥，浓香呛鼻，把三名官兵齐齐吓退："打住！莫使妖术！"

黑豆怕是误会了，捂着脸嘻嘻阴笑起来："哎哟，光天化日之下，真不害臊。"

躲于草丛里旁观的漪涟一身鸡皮疙瘩。

有个官差小声提议："大哥，俺认识个道士，要不要请他先来收了妖精再查？"

另一个官差一边挪着小碎步，一边问："道行够不够？我瞅着这是大妖。"

第三个官差附和："恐怕得昆仑山修炼的才行。"

漪涟认为妖魔当道，不该轻易上前。她小心翼翼地挪到水井边上，找了一个打水的村民问："大伯，镇上是什么情况？妖孽是哪家放出来的？"

村民不屑地瞅了一眼，边打井水边说道："那是城中贾家米铺的女儿贾西施，今日从外地调运米粮经过我们紫霞镇，谁知粮车里发现一个男人，她非说人家有意轻薄不可，喊来了官兵，就闹开了。”

漪涟不可思议：“轻薄她？”真下得去手，“人呢？”

村民道：“跑了，没吓死算不错了。”一桶水打好，他懒得多看，拎起就走。

漪涟蹲在水井后按着额角，这么说官兵不是搜捕她和叶离，而是为贾西施来的？

她犯晕，收妖不该是道士的活儿吗？

在场面彻底混乱前，视野的尽处突起一群黑点，越来越近，逐渐响起一阵有规律的军靴声，竟又是两队官兵举着长枪压地而来。他们受命一字排开，将宅群围遍，领头的将官高喊下令：“集合所有人，违者格杀勿论！”

贾西施急忙凑上去：“别呀，挑年轻的就行。”

将官满眼戾气地瞅了她一眼。他不会收妖，可打狗棒使得风驰电掣，贾西施当场一个狗吃屎扑到地上弹了两下，不等她哎哟叫唤，八名官兵的枪头迅速压制过去。

漪涟感到势头不对，官兵恐怕还是冲着叶离而来！

苍梧搜查无果，恰好贾西施一闹，他们肯定以为是叶离在躲避追查，干脆连紫霞镇一齐排查干净。虽说不至于很快发现九嶷山，但官兵堵在路口处，亦是诸多不利！

漪涟想，必须快点儿告知叶离，让他有所防备才好。

正扭头要走，突然，她的嘴被一把捂住，来者力气极大，架着她飞速就往草丛里拖。眼见喧闹的人群越来越远，漪涟大惊，可她很快闻见了浓郁的木香味，惊惧顿成意外。在那人松开手后，她可来了气，转身就冲着那人脑袋一记拍下去。

“陆漪涟，连亲哥都敢打，你有没有良心？”

漪涟哼道：“若不是你，我还真下不了手。”为免被发现，她扯过陆宸搂腰的手，走向更深处的林子，低声质问道，“你怎么回事，不好好照顾阿爹，跑苍梧折腾什么？”

陆宸摸着头：“浑丫头还好意思问！要不是你发神经找啥叶离，我能傻了吧唧地追来？”

漪涟揉了揉眉心：“你是眼睛不好使，还是脑子不好使？苍梧已经乱成一团了，你还钻进来自找麻烦。只要是个能喘气的，都知道这时候该回太师府等消息。”

陆宸听罢，气不打一处来：“我还想问苍梧是中了什么邪，是不是你闹的？”他喋喋骂道，“好端端跑这鬼地方！害得我一路七躲八藏混进来，当街碰上一个妖怪，吓去半条命。”

漪涟想起贾西施，眉头一皱：闹腾半天，居然是……唉，家门不幸！

陆宸被盯得浑身难受：“你这眼神什么意思？”

漪涟嫌弃道：“出去别说你是陆华庄的。”

陆宸刚准备呛回去，有官兵远远喊道：“谁在那里？出来！”

两人迅速蹲下，噤声屏息。

幸好九嶷山的入口不远，在官兵寻觅之前，漪涟抢先一步拉着陆宸趴下，朝入口匍匐前进。

成功甩开官兵后，漪涟问他：“你怎知我要找叶离？”她写信时只提苍梧，未提叶离。

陆宸道：“柳笙看过姑姑的遗物，说叶离在苍梧。”

漪涟心头疑云更浓：“姑姑的遗物我也看过，没有点明苍梧，柳笙从哪里知道？”

陆宸心头一动。

漪涟问：“到底怎么回事？”

陆宸露出茫然神色，摇头说不知。

上山途中，漪涟将一路见闻告知陆宸，鬼市、苍梧、蛇仙庙……一众惊险刺激的经历听得他是心痒痒：“我说怎么每次记账总有哪里不舒坦，原是你这丫头在外头折腾。怎么不带上我？”

漪涟道：“二叔的宝贝都攥到你手里了，你还不舒坦？胃口忒大了。”

提起陆书庸，陆宸顿如霜打的茄子，仰天长叹：“妹子，你可怜可怜哥，别提了。二叔那双小眼从前只盯银子，现今专盯我，半夜起来如厕，都能看见他趴在我床边念经。再这么下去，他疯了，我也得疯。”

漪涟瞪他一眼，憋不住笑出声。

云海翻涌时，榕须垂落处，文鸟枝头清鸣，叶离一袭素衣正烹茶煮药。他轻舒广袖，拂去两三片落叶，回眸处，见到漪涟与陆宸的身影，略带意外，转眼又是微微一笑，尔雅温柔。

陆宸傻眼：“你真不姓君？”

叶离稍显苦恼，依旧温和相待：“陆公子此问稍显唐突。据叶某所知，君姓乃圣上御赐，君太师原本亦非君姓。”

漪涟体力稍弱，气喘未停：“先生，紫霞镇已经驻满了官兵，我们得赶紧想想办法。”

叶离沉吟少顷，将沸腾的药拿下炉子：“苍梧湿冷，此药有助于驱寒祛湿，姑娘且先缓缓气，待喝了药慢慢说与我听。”

漪涟心下欣喜：“为我煮的？”

世间皆传叶离医术高绝，所配之药堪比蓬莱仙丹，陆宸挤上去：“我能不能来一碗？”

叶欢与黄团子一前一后跑到院中扑蝴蝶。

屋中三人围坐，漪涟首先将紫霞镇的境况说了个大概。尽管至今没有挑明，但叶离对京城，抑或对君珑的重重顾虑是显而易见的。她私心以为陆宸这一闹，恰好有了劝服叶离回京的借口，可又觉得这么想对不起叶离。

“先生，我……”

“姑娘不必再言。”叶离打断了她的话。

漪涟半句话卡在喉咙，势必不能安心。“先生，您先听我把话说完。”她焦急道，“唐非十年不死心，此刻暴露行踪，一旦苍梧搜查无果，官兵必然会入山搜查，九嶷山再隐蔽，也避不了一世。为何不先手制敌，一举两得？”

叶离道：“陆姑娘，在下……”

漪涟抢先道：“我知您有顾虑，但逃避终究不是上策。我小女子势单力薄，没法夸下海口，担保事成，但肯定尽全力帮您，成吗？”

陆宸无言打量着漪涟，皱起眉头。

“姑娘莫急，在下……”

“怎么不急！九嶷山终究不是仙境，没有仙法，从前的人困死山中是因为没动脑子。只要派出足够多的人搜山，找出正道不过是时间问题，现在是迫在眉睫！”

陆宸是领教过漪涟的本事的，赶紧喊停：“妹子，你先打住！你能不能稍微换口气，做个深呼吸，让先生有机会说一句话？”

叶离默默地对陆宸投去一个感激不尽的眼神：“陆姑娘莫急，你误会了在下的意思。”他温和安抚，“在下跟你回京。”

突如其来的回答让漪涟发蒙：“真的？”

叶离被逗笑，颔首称是：“依世人看，叶某这十年应是安乐于世外桃源，其中几分苦楚唯有自知。正如姑娘分析，九嶷山已不可久留，然世间又有几处洞天日月可供叶某容身？我孤身一人徒劳奔波倒罢，独不愿欢儿步我后尘。”说到这里，他眸光泛动，萧然悲凉。

深思之后，他起身恭恭敬敬地施了个礼，吓得漪涟和陆宸忙起身：“叶先生，按江湖规矩算，您是前辈，我与阿涟可受不起您的礼。”

叶离恳切道：“当年的事归根结底因我而起，自有叶某一力承担，但欢儿无辜，还望陆华庄无论如何能保他无虞。叶离先行谢过。”

礼终究被陆宸拦下：“说来紫霞镇那群官兵还是我……总之，您省省力放心回京，小欢儿的事交给我来办。”他瞄了一眼院中玩耍的两个团子，“带他回京不方便，我看让弟子直接将他送回庄里更好。正好苍梧城里有陆家钱庄，我先把小欢儿带去，再和你们会合。”

叶离道：“如此甚好，多谢。”

“可如今紫霞镇被堵着，我们怎么下山？”漪涟提出疑问。

叶离从容道：“无妨，可趁交班之时从小道离开。哪怕不幸撞上，人数不多，也不难突围。可惜在下不会功夫，届时只能劳烦二位出手。”

“小意思。”陆宸瞧了瞧见底的药碗，“花点力气能喝上神医的药，我还是赚了。”

叶离低眉笑了笑：“陆公子客气。只是据在下所知，禁军掌握在唐非手里，他苍梧搜寻无果，必然会想尽办法阻止我入京。不知二位可有良策？”

陆宸有一搭没一搭地瞧着桌子，挑着眉看漪涟：“朝廷的事得朝廷人办，还得请那位出马。”

漪涟想了想，计划道：“京城情形我们不熟悉，干脆兵分两路。我与先生一行，你送小欢儿去苍梧后，直接快马入京，问了君珑，再做安排。唐非没见过你，不会防备太深，我们正好里应外合。”

“行。”陆宸点头，“不过你得快点，按以往经验，阿巽那小子非得急疯了不可。”

漪涟心有亏欠：“我写封信，你先送去给他们。”

她转身进内间取纸笔，檀香木笔清香依旧，只是包袱里未带八行笺。在得了叶离的允可后，她从内间矮橱里抽开一只抽屉，里面整整齐齐地摆了一沓裁好的生宣和一把还插在笔筒里的青花瓷笔。

少说有六七支，清一色的青花瓷笔！据说是甄墨离家前所用！

漪涟的心脏霎时扑通扑通跳，怎么甄墨也用瓷笔？她忆起太师府的金铃阁，柳文若的话回旋在耳畔：

“小姨自小体热，冬日亦喜爱清凉瓷笔，是长年习惯。”

“这里并非禁地，是……小姨的故居。自十年前她离世后便很少有人出入。”

甄墨惯用瓷笔，君珑亡妻用的也是瓷笔。

甄墨十年前与叶离相识，君珑的妻子十年前离世。

漪涟冷汗直冒，说服自己：几支瓷笔而已，算不得大事。可许多细节在脑海里猛然闪过。她拿起一支细看，与她从柳文若那里拿的瓷笔同出一系，何况冬日用瓷笔之人少之又少，偏偏太师府和九嶷山皆是清一色的瓷笔。

她只觉手里的瓷笔冰凉刺骨，不敢再多碰。

事不宜迟。当晚，睡梦中的叶欢被叶离裹着外衣抱下山。

陆宸见漪涟一路心神不宁，调侃道：“撞鬼了？”

漪涟深深剜他一眼，不说话。

半个时辰后，一行人到达山下出口，果然人声寂静，只有少量官兵围堵在紫霞镇上，忽略了周边山区。陆宸从叶离怀中接过睡着的叶欢，欲先行一步，正好引开官兵的注意力为他们开路。结果刚走两步，他双腿一颤，中邪似的停住了：“真撞鬼了。”

漪涟狐疑地越过陆宸，发现草堆里隐约藏着一坨东西，蓄势待发。她看不真切，担心是官兵埋伏，有意往叶离身前挡了挡。

草丛微动，那坨东西如棕熊般从草丛里立起来，高大威猛，嘴里还发出哼哼唧唧的怪音，其真容更令人叹为观止。鬼瞳般的大眼，红到发黑的厚唇，一颗黑豆随着她说话不停地抖动：“小郎君，奴家总算抓着你了。”

陆宸疼痛欲裂，惨不忍睹。

漪涟无奈："你除了男人和妖怪，还能招惹点别的吗？"

陆宸无力反驳，郁闷道："大娘，您这么拼，是准备把我绑回去炖汤还是爆炒？"

贾西施哼道："想得美！轻薄了人家，哪这么容易就了事？"她怒在一时，转脸就噙着手绢嘻嘻羞笑，"负责奴家这辈子，算便宜你小子了。"说着就要上前。

陆宸大惊："站住！"他顾及官兵不敢大声说话，怯怯地抱着叶欢退到漪涟身后，"大娘，大半夜别乱晃，人心脆弱，一口气上不来，就得过去了。"他欲哭无泪，赶紧打眼色："你们两个好歹说个话。"

官兵正在不远处巡逻，当道挡了个绝世妖孽，漪涟真是进退两难。漪涟盘算来盘算去，眼皮一跳接一跳："哥，我真没本事敲晕她。实在不行，只好牺牲你了。"

陆宸神情扭曲："你个没良心的！"

双方僵持不下。碍于官兵随时可能追过来，叶离只好帮衬道："这位姑娘，陆公子并非有意得罪。且婚姻大事讲究两情相悦，不可做朝夕之谈。眼下我等尚有要事在身，还望姑娘大度通融，放我等离去。"

贾西施盯着叶离良久，双唇比肉肠油腻："他走了，你来替？"

叶离尴尬，谦虚道："在下乃有妇之夫，恐委屈姑娘。"

"呦，说话挺中听。"贾西施一甩手，倒是大方，"没事，那婆娘休了就行。不过你得先把面具拿下来，让我瞧瞧模样。"

漪涟听罢，当场怒道："我说大婶，拖着一肚子肥肉跑几里路，怪累的。下次出门，至少把那花摘了，省得没招到蝴蝶反引来蜜蜂。要再往您脸上添几个包，月老都没地方哭去。"

陆宸抱着叶欢拍小手："说得好，振奋人心。"

贾西施涨红了脸，一口气下不去，只好往外发泄："你……你……你说什么？"

惨烈的尖叫声惊动了官兵，漪涟干脆豁出去："我劝你趁早断了念想。想进我们陆家的门，做梦！"

贾西施怒急，张牙舞爪地迎面扑来，官兵也聚集起来，举着火把向这里包围。

见状，陆宸果断地把叶欢往漪涟怀里一送，回身就是一脚飞踢。贾西施肢体笨重，躲不开，肚子上生生受了一脚。因为体重所致，没飞远，一屁股坐到草堆里，滚了两圈。此时，官兵已经很近，危机迫在眉睫。

陆宸接过叶欢："哥没白疼你，快带叶离走！"

陆宸说完，抱着叶欢一路奔向苍梧。贾西施还惦记着如意郎君，连滚带爬地追上去，动静很大。官兵以为闹事的就是这两人，也举着火把追过去。漪涟和叶离躲在草丛里，周边很快就重回平静。

"先生，您放心，陆宸有分寸，定能护小欢儿周全。"漪涟说。

叶离道："对此我深信不疑，只是陆公子……难为他了。"他很是同情。

漪涟随口打趣："最糟就是嫁了。"

五日后，漪涟与叶离抵达京城城门处，老远就看到官兵列队于城墙之外，相比苍梧卫兵，煞气更胜一筹。漪涟试图跟着商队混进城，但以失败告终，二人寻了一家农庄留宿，如此于城关徘徊两日。

第三日辰时，消息传来，太师奉旨视察京周要道。

半个时辰后，一只乌黑的鸟飞至农园中落脚，叶离以为甚特别："这是？"

漪涟一声响哨引来了黑鸟，乖乖地停落于她的手臂上："陆华庄的信鸽。"黑鸟脚边挂有不起眼的小信筒，取出纸条一看：承阳。

当晚，继杏成县后，承阳城再次不得安宁。吴适从早间接到消息后，便马不停蹄地赶来帮衬，陪着刘恪从早到晚战战兢兢。

自扯进一个陆漪涟后，承阳府上下谈"君"色变，刘恪的乌纱帽连着脑袋已经摇晃了半月有余，以致他在听到传报后不可置信："你……你给本官说慢点，谁回来了？"

小厮激动得泪流满面："大人，侄小姐回来了，咱们有救了！"

吴适和刘恪两人快步来到君珑客房，门扉已被敞开，走到近处，匪夷所思地安静。吴适胆略大，想探头瞧瞧亲人重逢的感人场面，好庆祝他们劫后余生。谁知一探头，生生被锐气吓僵了脖子。

只见君珑负手而立，噙着无声的笑意对峙着一名蓝袍男子，他深邃黝黑的双瞳深不可测，卷着旋涡，寒意噬人。门外看不见男子容貌，不知他直面君太师的压迫感心存何想。刘恪身为旁观者已经双腿发软，他是真真切切地从君珑的笑意中感觉到了迸裂而出的杀意！

君珑与之平视，气势高人一等。“叶离？”他冷笑道，“了不得，你居然有胆量顶着这张脸来见我？”

漪涟想要解释，却被司徒巽和柳文若双双拦下。

叶离异常冷静：“草民无罪，有何畏惧？”

君珑笑容越发冷冽：“那你逃什么？”

叶离道：“于太师，草民无罪；于姝妃，草民有亏。此番请见，是为助司徒公子一臂之力，亦是为报阿涟姑娘救命之恩。倘若太师肯不弃叶某微薄之力，也不枉草民委曲求全十年之久。”

君珑失声笑道：“原来如此，本太师算明白了，不怪唐非被你当猴耍。”他徐迈三步，伸手抚摸博古架上的琉璃貔貅，笑意毫无预兆地在霎时间收尽，“叶神医不仅医术高明，才智更加过人，有能耐，以此为筹码威胁本太师！”说罢，狠狠一扇，琉璃貔貅被拍到地上，瞬间在叶离脚边炸开花。

众人猛一惊。

暂不论傻愣的刘恪和吴适，连原本最耐不住性子的漪涟都受到惊吓，她第一次见到君珑失控的模样，是真生了气。还有叶离，看似从容，事实上在极力压制内心的情绪。

素未谋面？这看着明显是深仇大恨。

漪涟想到两处的青花瓷笔就心神不宁。

君珑的砗磲串被捏于掌心，发出濒临崩溃的声音，他冷笑着走近叶离：“除了姝妃冤案，叶神医是不是先该和本太师解释解释旁的？”

视线仿佛与她有一瞬触及，漪涟心一抽。

叶离依旧波澜不惊，坦言道：“太师息怒，叶某无可奉告。”

此话一出，在场数人忍不住打寒战，君珑的杀意已经明明白白直逼叶离而去：“你当真以为有筹码在手就能保住小命？”

叶离不紧不慢地施礼道：“太师自有定论。”

刘恪在外头急得直跳脚，敢和君太师对着干，这人是作死啊！怕就怕死了还拖个垫背的，将他承阳府一干人等全扯去刑场。没等他喘口气，只听君珑将砗磲晃得一响，好几名灰衣人乍然从他身侧擦过，风风火火地闯进屋里，将叶离瞬间压制。

漪涟大惊："先生……"

"别再火上浇油！"柳文若暗中提醒。

"刘恪！"君珑低喝。

突然被喊到名字，刘恪战战兢兢入屋："下官在，太师请吩咐。"

君珑盯着叶离，目不斜视："草民叶离心怀不轨，意图于本太师巡视期间生乱谋害。现命你即刻入京向圣上奏报，并好生看管嫌犯，待明日押解进京，三司会审。若有差池，与其同罪论处！"

"是是是，下官定然照办，照办。"刘恪哆嗦道。

君珑眼神移向柳文若："快马加鞭，让沈序去请旨提人。"

柳文若谦恭道："是。"

漪涟和司徒巽两相一望，不敢轻举妄动。

官府官兵在影卫的监视下，把叶离押入偏院。刘恪壮胆一瞧，直接瘫软在地。所谓的疑犯叶离，果真与君太师宛若一人！

四更天时，漪涟辗转难眠，恰逢官兵交班，她便偷偷潜入偏院。

她瞅准时机，从后窗翻身入屋。烛火氤氲的房间里，叶离果然没有歇息。

"先生。"

叶离正对烛光沉思，闻声回眸："阿涟姑娘，你怎会来此？"

漪涟猫着身子，尽量不让影子映射到窗门上："自为先生来。您可还好？"

叶离飞快地望了一眼紧闭的窗门，小心掩护漪涟躲到厚重的床帐后，压低声音道："君太师正在气头上，怕是会怪罪你。为了叶某涉险，实不值当。"

鹅黄色的床帐渗透着暖光，将床榻包围得很严实，叶离只着素色长衫侧坐于床榻旁，神情比烛光温柔。漪涟躲避其中，满眼暖意，却怎么也不敢看叶离的眼睛。

她故作镇定，抱过枕头摆弄。"您是我领回来的，早脱不了干系，不怕他怪罪。"她愧疚道，"倒是先生，您不生气？"

叶离猜得一二，柔声抚慰："回来之前，早料到君太师必然大怒，阿涟姑娘不必为此愧疚。"

漪涟还有顾虑："若非陆宸紫霞镇一闹，您大可多考虑几日，不必草下决断。不过那家伙只有嘴坏，心不坏，您别气他！”

叶离露笑：“陆公子是担心你。”

漪涟点头：“我知道。”她是领情的。看到陆宸的那刻，她恨不得抱上去狠狠捏几下。

可是陆宸看似大大咧咧，实则心细，在苍梧动乱不安的前提下，他是绝不会毫无顾虑地扎进来的。还有几次，他欲言又止，肯定是有什么原因。会是什么原因呢？

叶离见人久不言语，有意缓和气氛：“十余年避世，犹豫得够久了，委实不算草下决断，阿涟姑娘不必多思。假若此时还在九嶷山中，难说境况会更好。反而该多谢陆公子助叶某做了决断，还仗义收留欢儿。”

叶离的声音犹如九嶷山的清溪，静静地流淌在浓醉的夜色中，微笑若有还无，泛在嘴角眼眸，是不染烟火的安宁。漪涟窝在床帐和叶离的包围下，借着微光偷偷打量他：“先生，其实您与叔倒也不那么像。”

叶离好奇：“如何说？”

“眉眼形似，神不似。”漪涟认真一想，觉得可惜，“他不会这么笑。”

叶离垂目：“太师天华容颜，自是不敢相提并论。”

漪涟否决：“我不是这个意思。我觉得……觉得……”她酝酿措辞，“先生这样笑，好看。”

叶离微怔，沉默许久：“多谢。”

大约闲聊了一炷香，漪涟听见门外官兵又换了一批，盘算着不能再久留：“先生，我得回去了，再晚恐旁人起疑，巽师兄的事就有劳您费心。我与他肯定会尽全力帮您，必不让您受委屈。”

叶离颔首微笑：“姑娘且先自保，切记。”在掩护漪涟来到窗门后，他记起一事，“阿涟姑娘，若有时机，可否替叶某找几样药材？”

“这个简单。先生要药材做什么？”

叶离从袖中取出一张泛黄的纸张：“我想查查这个。”

柳文若立于假山之后，身着火浣白衣的正是太师君珑。

看着陆漪涟从偏屋翻进翻出，他的脸色越来越难看。

叶离！又是叶离！不过是一个画皮描骨的伪君子，懂得温言好语、欲擒故纵这一套，还真有傻姑娘被骗得团团转，敢半夜翻墙！再笨一点，连被人生吞活剥了都不知道！

君珑用力一收折扇："去，马上把她找来。我替陆书云管管孩子！"

夜黑云深，漪涟跟在君珑后头，摸出府尹府。

街面上黑灯瞎火，迎着阴风一路到底，分明听见打更声，最后连个鬼影也没瞧见。

漪涟越走心越虚，眼神使劲地瞟君珑的背影："叔，三更灯火五更鸡，您既不读书，又不打鸣，起得是不是早了点？"

这般没规矩的话真是好一段时日不曾听见，君珑居然感到挺乐和。他无声地笑了笑，半字不言，依旧甩着衣袖一路向前。

对着后脑勺，漪涟当然看不懂意思，再试探："叔，我能否问问，太师这行当权力大不大？能砍人吗？"

君珑走在前头，还是不说话，就是憋笑辛苦。

漪涟知道自己被抓了现行，也憋得辛苦。这都走了半个时辰了，再有半个时辰，鸡都叫了。她甩手不干，一副大义凛然的口气道："叔，别走了，费劲。我记得刚才有条巷子挺隐蔽，您老直接给我个痛快吧，刀子捅得快点就行。"

君珑终于停下脚步，回头沉声问："知错了？"

漪涟的肚子积了一堆话，可想起君珑晚间那通反常的脾气，还是有几分忌惮。额角一挑，挑了最实在的一句道："不好说。"

还是不够老实！

君珑板着脸："也罢，那继续走。等你何时觉得这话好说了，我们再谈谈怎么罚。"

漪涟纳闷了：说又不说，杀又不杀，月黑风高，在大街上瞎走，到底什么意思？可她是俗人，天生没悟性，只有几分胆量在，只要这条道不向西天去，也没啥可顾忌的。

两人一道走了大半个承阳城，打更的人依旧闻声不见影，却见主街旁不合时宜地打起油黄灯笼，光芒映照下，一面布质招牌上写着"王记馄饨"。街头到街尾只此一家，来往不见人影，只有摊主埋头苦干，手边是热腾腾的馄饨汤锅。

漪涟揉了揉眼，馄饨？就开摊了？

君珑丝毫不见意外，慷慨道："听文若说，你在京城成日转悠，就想吃碗街边馄饨。正巧，许你吃一碗馄饨再受罚。”

事出反常，必有蹊跷，漪涟心里越发没底，疑神疑鬼地和君珑面对面坐下。

摊主很快盛出两碗馄饨，恭恭敬敬地捧上桌。漪涟拿眼一瞅，嘿，描金白瓷碗，调羹还打着官印，抬手一摸，方桌是雕花实木，陈年的，不带一丝油味。她想：怎么大半夜跑这儿张罗，原是自家老板光顾。

“王老板，您这是把寻芳斋的家当拿来装馄饨了？”漪涟隔着暖暖的热气问。

君珑似笑非笑，反问：“若不想吃，直接上路？”

漪涟口水一吞，感悟道：“原是我最后一餐。”她用调羹舀了一勺闻闻，清香得很，“里头是断魂散还是鹤顶红？”

君珑也拿起调羹舀了一勺往嘴里送：“你大可等叔吃完再验验。”

漪涟仅是逞个嘴上爽快，当然不会真的以为堂堂太师杀个小女子还需要到街边张罗一家馄饨摊。折腾了一宿，这会儿闻着香味扑鼻，是真饿了。漪涟舀了一只馄饨吹了吹，灯笼下的馄饨蒙了一层黄光，显得尤其美味。送进嘴里一嚼，满满的白菜猪肉馅，掺了点酸菜，汤汁混着鲜味流进胃里，是挺地道的亘城味，让漪涟十分满足。可君珑吃馄饨不免叫她满足之余感到惊悚。

“馄饨，您……真吞下去了？”

君珑已经吃了三只，听罢，愣怔须臾，终于还是前功尽弃地笑出声来：“不然留在嘴里开花结果？”

回想往日这位太师的矫情事迹，漪涟大为感叹：“民间小吃，您老居然敢碰！”

面对质疑，君珑的黑瞳在黄光之下有所触动，他搅动着碗里的汤水道：“永隆帝登基初年，我才入朝，往前最潦倒之时，保命都难，哪有工夫计较吃食。”

漪涟眨巴着眼睛，很惊讶，亦很为难。

人容易主观臆断，君珑的高傲姿态好像天生注定了他必须高高在上。一次，他说自己不是太师，漪涟短时间绕不过弯：“那您之前不是太师，是什么东西？”

君珑拧起眉头反问：“你说叔能是个什么东西？”

漪涟意识到话中歧义，忙改口道：“您人中龙凤，不是东西。”话还是不对，越描越黑，她缩了缩肩膀，“得，反正我这顿吃完就上路了，小命只有一条，多一罪少一罪，差距不大。待会儿您看着办吧。”

君珑瞅着她的理亏样，挺高兴，可惜往事如潮水，笑容挂到嘴边带了点干苦味：“写对联作画，跑堂送货，再不济就如你一样，自个儿跑山里挖笋吃。那会儿年少，脑子简单，只要能留条命，倒没什么讲究。”

漪涟道：“这么说来，我们也算天涯沦落人？”

君珑补充：“所以这‘叔侄’认得有谱。”

漪涟歪着脑袋琢磨，不禁一笑：“我这个小笋是沾了您的福气。”

朦胧光晕中，馄饨摊只有一套桌椅、两个客人，尽管有点刻意，她还是觉得君珑有别于平日，举手投足更真些：“那后来怎么就入朝为官了？”

君珑若有深意：“入朝是必行之路，早晚罢了。不过说起转机，是做了私塾先生。”

漪涟讶异：“您老人家给人教书？没把人家孩子折腾坏吧？”

君珑眉峰一扬，故作微怒之态，却可寻见眼角悦意：“越发不懂规矩，你可知入朝之初，皇帝曾托我教了太子几日，何况小小私塾先生？”

漪涟望着天，想了想，实为太子的前景担忧。

剩下的馄饨，君珑是不愿再吃了，并非嫌弃之故，只是在那段颠沛流离的岁月后，弃简从奢几乎成了他坚持的人生原则。他很得意，同样是贫贱的馄饨，昔时用的是破碗，如今他大可用金碗来盛。

犹记得许多年前的某个年三十，午后依旧在飘雪，各家各户其乐融融地聚在暖屋里吃饺子。连街面上的乞讨者都寻了个地方搭伙吃面，独他身穿单薄衣物，杵着挨冻。

他站的对街就摆了一家馄饨摊，收摊时，还剩下两三碗锅底。

见君珑独身一人傻呆了两个时辰，摊主盛了一碗上前：“小兄弟，大年三十，怎的不回家？”

君珑瞪了他一眼，垂目不语。

摊主又问：“外地来的？不如去前头寺庙避避，这雪恐怕还要下一阵呢。”

君珑视若无睹，冷漠道：“走开。”

两次搭话不成，摊主也没那闲心多管闲事。况且看他长衫单薄，气质不俗，心气还高，恐怕是某个大户人家家道中落，颠沛到此，他想管都管不成。摊主好心将腾着热气的馄饨放到他旁边，挑起小摊回家过年去了。

白茫茫的大街终于只剩下君珑一人。他从昨晚便米水未进，可看见馄饨，空泛的肚子里却涌起无名怒火，头脑发热，猛地将今日唯一的吃食踢翻到雪地里。

热汤融化了一小块积雪，但很快又有新的雪花覆盖到上头，白色的馄饨与雪融为一体，连它都有归宿。君珑自嘲苦笑，泄一时之气，逞一时之能，说不好今日就要被冻死在这街角，想想不禁后悔。

未料一个清丽的声音传来："不受嗟来之食，男子便该有这份骨气。"

厚帘垂落的马车里，一个女子披着洁白狐裘款款而出。明亮的双眸如画，肤色令雪花望尘莫及，貌无国色，却十分秀丽，尤其是眉宇间天生而来的自信令她如明珠璀璨。她说："大雪纷扬，不可久待，公子如若不弃，可愿往寒舍喝杯暖茶？"

君珑那时年方十五，真正是翩翩俊俏郎，雪日遇美，心有所动，不过仅恍惚了一瞬，转脸冷哼："今日闲来无事之人倒多。"说罢，拂袖便要走。

"无功不受禄，公子好心气。"她不慌不忙地站在马车旁喊住离去的君珑，"你大可放心，这杯茶不是白白赠人便宜，只看公子是否有这本事喝上。"

君珑停下脚步。

女子笑道："我两岁外甥调皮顽劣，正该有个人管管他，顺道教他识字读书。不知公子以为能胜任否？"

她语气毫无同情施舍之意，反有几分激将的意思在，君珑竟真的来了兴趣。回头再看马车，厚缎车帘后动了动，有颗圆溜溜的小脑袋探出来，正充满好奇地回望他。那女子也在看他，笑意明媚，暖意浓浓。

那天的大雪，是他日后一步步登上太师之位的开始。

那颗小脑袋，日后唤他姨父。

那名女子，本来是他认定的妻子，终于是……

"我算服了您，柳文若可丝毫看不出哪里顽劣。"漪涟托腮应和。

君珑扬着嘴角提议："叔也教教你？"

漪涟背脊一凉："您费心教太子就好。"

碗里的馄饨冷却了，命摊主撤了下去，摆上两杯乌茶清口，茶香四溢。漪涟凑近茶杯边闻着香气，顺便让热气扑到脸上，暖意绵绵，缭绕升腾的白雾正好也挡了挡她的小心思。君珑那个故事看似随意，实则有很强的戒心，重要的东西半点不曾透露。

尤其对亡妻所提甚少，甚至没有名字。

想起九嶷山和金铃阁所见，漪涟心里头就堵了块石头，又不好直接开口问，只好小心提一嘴：“叔，那您与……甄墨是何时相识？”

君珑眸光微颤，片刻又隐匿无踪：“估摸着叶离跟你说了不少？”

漪涟担保：“先生啥也没说！”

君珑冷然笑道：“谅他没这个胆。”

漪涟情绪复杂，先前的氛围在不自觉中悄然改变，她后悔自己提了不该提的话。

回程途中，鸡鸣声从民宅处传来，东方却久久未见亮色，看来今日是个阴霾天。她心理负担重，不晓得接下来会发生什么，结果会如何，也不知方才有没有惹君珑生气，她没打算惹他不高兴。

“做什么？”君珑察觉衣袖被扯了扯。

漪涟脑袋一热，伸手牵住他，居然很安心。

君珑犹豫了片刻，握紧了手。

“您准备拿先生怎么办？”

他牵着她走，目视长街尽头：“让他老实给个交代。”

漪涟探头探脑地问：“那，那我呢？还罚不罚？”

君珑愣后对她笑，心中五味杂陈。

直至昨日，他还是心神不宁，担心她熬不过一路艰险，怕她涉世未深，遭人哄骗。好不容易把人等回来了，叶离也跟着来了，一通怒气发得惊天动地，甚至没顾上好好说句安慰的话，只趁着混乱偷瞧了两眼。两眼而已，看见她灰头土面，震惊惶恐，心思顿时就不在叶离身上，所以他赶紧放下狠话，把叶离赶了出去。

多少年了，他居然还有这种小心思。

“别得意，留着以后罚。”他说。

六月少见阴天，今日赶巧，阴霾自清晨已压得很低。看天色，即将迎来暴雨倾盆。正午时分，阴云随着风飘至承阳府北面山脉的上空。山上的树木被刮得来回摇摆，伴着雷鸣电闪，起伏的山脊好似一条沉睡已久的凶龙，随时会在恶劣的惊扰下苏醒，届时将是一场鬼哭狼嚎的腥风血雨。

押解叶离入京的文书已到，为示朝廷公允，大理寺、御史台、刑部各指派一名官员前来。

本来押解疑犯这事只要找寻常官员督办就是，偏御史中丞沈序亲自前往承阳，风声传得挺大，搞得大理寺和刑部的主官也不好太随便，心里觉得断不可输了御史台，所以纷纷派了副官亲自出马。一时间，刘恪小小府尹的院中可谓达官云集，大理寺少卿陈述、御史中丞沈序、刑部侍郎张琦，加之君太师留宿一夜，刘恪觉得这或许就是他人生的巅峰。

昨夜睡得晚，君珑带着疲惫色从屋里出来，火浣衣皑如白雪，后头依旧跟着柳文若。

众官员齐声行礼，威风凛凛，让刘恪除了殿试外，再次燃起满腔热情。

沈序是君珑党，尽人皆知，不值得费心避讳，上前熟络道："京城已准备妥当，太师且放心，最晚明日早朝后便可开审。"

君珑高冷颔首。

柳文若道："姨父昨日睡得晚，不如先入暖轿小憩，凡事自有沈大人周全。"

君珑板着脸，无顾其余人奉承问候，傲然入轿，不再管事。

刘恪和吴适心里咯噔作响，看来昨晚的气还未消呀。

恰在此时，嫌犯叶离从后院被押至院中，众人皆是脑袋嗡地一响。

容颜相仿，气场相当，连衣服都是清一色的雪白，只是囚衣相较火浣衣，实质天差地别。可能是这张脸已被君太师养成了霸道路子，几个小兵不禁吓得口水一吞，当场心生下跪的冲动。

还是沈序游刃有余，啧啧称赞道："论起刀子，君太师是一味往本官身上扎，叶神医则是以脸试法，两者同可称作鬼斧神工啊。"

大理寺少卿陈述跟着感叹："确实厉害。"

叶离手脚被束缚，尔雅风度仍存："二位大人过奖，草民愧不敢当。"

陈述对亲自来承阳提人这事颇为不满，哼道："声音也有五分似，当真是奇才。不过君太师位高权重，难保贱民趁机作乱。"他拱手道，"沈中丞、张侍郎，依本官愚见，此人多留怕生后患，我们还是早早起程吧。"

沈序应声："是不该怠慢。"他命身后小差取来一张面具："事关君太师，本官不可不慎重。面具是丑点，不过也只能委屈叶神医。"

叶离瞥了一眼他手中的面具，是集市地摊货，还偏要浮夸。

碍于束缚，他同时抬起双手去取，忽闻喊声传来：“先生！”

是陆漪涟的声音！她拨开人群小跑过来，司徒巽同行在侧。当她看见叶离手中的浮夸面具，不禁露出嫌恶的神色：“你让先生戴这个？”

沈序没见过陆漪涟，在看了柳文若后才反应过来：“原来是侄小姐，失礼。本官是考虑叶离与君太师宛若一人，大摇大摆地绑进京城有损太师颜面，所以考虑让他挡挡脸。”

漪涟心直口快：“用这玩意儿挡脸，还不如直接罩个麻袋好看。”话刚出口，就后悔了。

沈序悟性极高：“侄小姐好主意！”连忙转头对小差吩咐：“去拿个黑布袋子。”然后麻利地将叶离手中的面具撤了回去。

叶离苦笑，一个视线飘向漪涟。

京城的官差动作就是利索，沈序刚吩咐下去，后头一掏袖口，黑布袋子立即妥妥帖帖地送到叶离跟前。漪涟局促挠头：“我……这个……我……不是……”

面对黑布袋子，叶离默然无言。

此时大理寺和刑部的二位爷已经等得不耐烦，频频催促。

阴郁的天越发沉闷，山雨欲来风满楼，漪涟心头不大痛快。她轻轻捏了叶离的袖角，踮脚附耳道：“先生，您信我陆漪涟，办事肯定差不离。”她保证。

叶离墨瞳深邃，淡淡一笑。

浩浩荡荡一群人走后，漪涟悄声与司徒巽接头：“这回可真算跟唐非干上了，你说他会不会狗急跳墙，半路杀出个程咬金？”

司徒巽清楚，他们的最终目的是要将叶离送到皇帝跟前，这是正面威胁到唐非的决定。唐非手掌军权，皇帝又是个昏庸坯子，行此招，的确是险棋。“君太师故意将声势造大是有考虑的。我们不妨静观其变。”司徒巽说。

漪涟迟疑点头。刚才那一笑让她觉得，此事不许失败！

行刺朝廷一品大员是顶天大的事，何况君珑原本就是风头正劲的人物。

嫌犯未入城，京城就炸开了锅，从城墙上往下望，黑压压的一片人头挤在主道两旁。官兵相互挨着，士兵横拿长枪，将民众圈于人行道以内。由于民众的力道过大，两排官兵被推得前后踉跄。

有官员来回巡视，分别是三司指派。

这样大的阵仗让潜伏在人群里的鬼差无能为力，纷纷摇头。

为首者吩咐道："快回去禀报丞相。"

天塌不过如此，唐非接到急报后，匆匆赶往笑春殿，殿中烦琐的帷幔撩得他火势更盛。在笑春殿女官的掩护下，他一路通往内间，夏禾在香气旖旎的寝宫里捧着铜镜端详自己，时而妩媚一笑，时而咬唇不悦。

"你出去。"唐非压着怒火对女官道。

夏禾正因日渐老去的容貌发愁，又想起心头大患，不安地问："坏事了？"

唐非瞪了她一眼，大有问罪的意思："千叮咛万嘱咐，一再要你将皇帝看紧，别让他同意君珑出京。这下可好，视察京周要道把叶离给扯回来了，你说怎么办？"

找到叶离就意味着找到证据，夏禾不甘道："本宫叮嘱了一晚上，皇上明明是应允的，谁知隔日便……"她急得把铜镜往榻上一扔，"定是那狐媚女子给吹了耳旁风，皇上光听她的了。"

唐非重重拂袖："多说无用，你赶紧去拖着皇帝，我再想想办法。"他盘算道，"如今拖不起了，叶离必须死。幸好他被关在天牢，本相还有法子，再不济，就是鱼死网破。"他早已着人埋伏在皇宫各处，天牢截不住，就来硬的。

此时，一名婢女前来禀报："娘娘，皇上请您一同前往后花园听琴。"

夏禾一撩长发，香气飘散："亏他还想着本宫。"

唐非趁机暗示："机灵点，争取时间。"

## /九/巅峰角逐

此案关系一品高官，故叶离破例被关入天牢。

趁着夜色，唐非凭借在大理寺的门路进入天牢。两道油灯灰黄，略微驼背的身影领着两名哑巴死士走向天牢的最深处，犹如游走在黄泉路上的鬼差。叶离的牢房还有十步距离，他打手示意，死士不必再随行。

俊逸的嗓音从牢门空隙中飘出来："唐相终于还是来了。"

天牢不问世间春秋，阴冷的石壁下只有油灯色。昏暗之中，叶离的双眸依旧十分清亮，仿佛看透世尘，沉淀了浓浓的气韵。

隔着牢门看清了与君珑一模一样的容貌后，唐非先是震撼，跟着得意不已。为官数年，受了君珑多少气，今日总算可以一并算算。尽管眼前并非君珑本人，但看着这张脸品味临死前的恐惧与不甘，实在再美味不过。

“叶离，按辈分，本相还得喊你一声师叔。”他喉咙里发出阴沉的笑声，“终究还是落到本相手里，当初何必费心逃跑。”他故作思索状，“还记得那天你和本相说的话，‘凡事适可而止，好自为之’？”笑声从喉咙里放出来，“你可料到今日下场？”

叶离波澜不惊：“丞相很高兴？”

唐非嘴角上扬：“看得出？”

叶离温雅颔首：“相识数年，头一遭觉得唐相如此啰嗦。”

“你！”唐非怒目横眉，想想又觉得大可不必，负手道，“落难十年，嘴皮上的功夫倒是没落下，和君珑一样惹人厌。不过没关系，由得你说，本相听你说，往后可就没这个机会了。”提心吊胆十年之久，总算有个了结，还能好好看君珑吃瘪，他心里别提有多舒坦。

“不知丞相打算怎么办？”叶离从容地问。

唐非道：“你都算定本相会来，能不知道自己前景如何？”

“还请丞相赐教。”叶离坐于石床，淡然道。

唐非高傲地扬着下巴：“就数你爱摆谱。也罢，本相教教你。”他一摆手，命官差解开锁链，迈着官家步子走到叶离面前，从袖口取出一个小瓶摆到石床边，“宫里的老戏码了，可巧，还是你亲手调的。念在同门一场，本相大发慈悲，留你全尸。”

叶离瞥了一眼，笑而不动。

唐非警示：“你最好自觉点。”

叶离挑眉看他：“若是不喝，唐相当如何？”

“不怕你不喝。那么，本相也不保你全尸了。”唐非冷笑，招呼来死士，“阶下囚惨死天牢，不过是扔去乱葬岗而已，料想朝堂上没人有胆子敢和本相追究因果。你自个儿想清楚，是自我了断，还是要让鬼差动手？”

面对表情狠辣的鬼差和他们手中明晃晃的匕首，叶离不惧反笑：“凭他们？”

“师门功夫，你一窍不通，何必……”

“唐非。”叶离从容不迫地截断话，温雅笑意在油灯的映照下逐渐散发出凌厉锋芒，“你当真以为有能耐杀得了本太师？”

一双墨色瞳仁依旧明亮，却无可抑制地迸发出慑人的压迫感。高高在上，洞悉暗箭明枪。

唐非一个激灵：“你，你……不对，叶离，休想骗得了本相！”

牢中那人不屑道：“唐相既来，何须再费劲？”

眼神语气，举手投足，无一不似君珑，这份傲然立世的姿态，与叶离的烟火绝尘是截然两者、背道而驰。

唐非心头大虚：“你，真是君珑？”

换了君珑冷笑：“同朝数年，知道你脑子不好使，不知竟愚笨至此。你看着像谁？”

唐非太过讶异，一时语塞。

君珑替其答道：“叶离？”

“……”

君珑琢磨着，道：“这个时辰，叶离大约由文若陪着去皇帝那儿说话了吧？”他极为体贴地补充道，“说来我家侄女领着七皇子一同前往，不知皇家兄弟重逢，是否会如民间一般叙家常？”

唐非呼吸急促：“你说七皇子？”

君珑略显为难：“当年太子登基为帝，其手足一应封王。姝妃若沉冤昭雪，李巽是否不该再唤七皇子，该称王爷？”

昏黄天牢，唐非的脸色如蜡像死灰：“李巽没死？”他恍如梦醒，“是你故意诓骗本相？”

君珑笑意傲然：“不如请唐相帮着拟个封号如何？”他思量，“本太师以为‘襄’字不错。唐相可知其意？”

唐非还来不及憋出骂词，君珑不容置疑，一个视线压过去：“襄助天子清君侧！”

唐非深呼吸，他不能自乱阵脚：“真要清君侧，首先是你君太师——贪污受贿、结党营私、目无王法、扰乱朝纲，让言官清列，何止十大罪状？轮不着本相！”

君珑嘴角噙了些许困惑：“丞相可是误会了？清君侧何曾轮得着你我？”

唐非被问得茫然。

然后一个鬼差慌慌张张地撞进牢里，对准唐非面前就是四脚一扑：“相爷，不……不好了！”

唐非踹脚怒吼：“利索点说！”

鬼差诚惶诚恐道：“夏姬……夏姬她……她……”

“她怎么了？”

鬼差一脑袋磕下去，咚的一声：“夏姬的一张脸突然就变残了，起了褶子，还发乌青色。钦天监的人说她中了邪，宋太傅已经下令抓起来了。”

唐非徒然踉跄了两步：“怎会……”他旋即想到了始作俑者，“好啊，先断后路，君珑，你真了不得。”

他对相随的鬼差使了个眼色，两人一发狠色就要出手。然而在刀刃跃上半空的时候，寒光一滞，竟接连坠地，乒乓两声。同时打在地上的还有鬼差的双膝，腿后两枚银镖格外刺目。

唐非大出所料，高呼道：“谁在阻挠本相？”

牢门外，一袭青衣应声现身，翩然施礼：“在下柳笙，陆华庄存岐堂门下，见过唐相。”

“陆华庄！”唐非怒视君珑，“你居然把陆华庄给找来了。”他全盘算在君珑头上，万万没想到被朝廷离弃的陆华庄会插手干预。

君珑冷笑：“怪你派去监视李巽的人都是脓包，路上交手数次，竟识不得陆华庄的功夫。而今后悔晚矣。”

柳笙适时告罪：“怪在下不好，向巽师兄讨教的几招暗器功夫使得不到位，反把各位鬼爷弄糊涂了。”

说起鬼差，先前中招的两位正疼得满地打滚，号而无声。柳笙面带愧疚：“二位莫怪。镖上淬的毒名为逐风，乃先师所创，按理说，毒发毙命不过一刻。只因在下功夫不到家，配方尚有一半未琢磨出，恐要辛苦二位再痛上半个时辰。”

唐非嘲讽：“看不出陆华庄还有狠角色。”

柳笙还礼：“唐相过奖。”

暗处陆续迎出几名宦官，手里捧着君珑的朝服、朝珠和一应配饰。君珑首先从托盘中取走他惯玩的砗磲串，清脆作响：“唐非，省省力气，你终究玩不过我。走吧，与本太师一道护驾去？”

此案于大理寺开审。

三司官员一旦入座，只问王法，不认皇权。天子在场，亦屈尊旁听，不得干涉审讯。

开审一刻前，御史大夫姜袁领着沈序由后门入大理寺，步至偏厅，刑部尚书周胥已品茶久候。沈序官位稍低，年纪又轻，便先行作礼：“周大人好早。”

周胥在刑部历练半辈子，留起了短髯，远不比科举时文文弱弱。他起身还了沈序的礼，再向姜袁搭话：“姜大人，本官适才品茶忆起初入刑部之事，头一遭会审搭的正是您的场。时隔多年，规矩可没生疏吧？”

这是玩笑话，对于几乎被沈序架空权势的姜袁来说，就略显刺耳：“近年大不如前，许多时候交与年轻人历练了。待会儿还望周大人多加帮衬，莫叫我丢了老脸啊。”

由于大理寺卿告假归乡，主位暂由大理寺少卿陈述代理。然陈述与沈序同属副官，资历尚浅，这个案子便交由姜袁主持，姜袁居于中位，陈述居左，周胥居右，三司同审。只是堂下的情形叫姜袁犯起糊涂。

永隆帝是出格惯了的，旁听丝毫没有帝王样，坐于紫檀椅上，神情呆滞，是夏禾前头那场画皮的戏码给吓的。但你好歹找个御前侍卫站边上，牵个女人算怎么回事？姜袁难以理解夏禾怎的恰恰在这节骨眼上出纰漏。

永隆帝座后摆有两把空椅子，分别是为君珑和唐非而备——两人还在路上。

除此之外，另有一人端坐堂下，此人面容清俊，眼神凛然，单说气韵，高挑出众。姜袁不知这么说对否，此人眉眼生得极像一人。可像归像，王法当前，三司会审，一个无名小卒坐在堂下，算怎么回事！

姜袁以为于理不合，正要开口，沈序好意提醒，这是太师的意思。

姜袁如梦初醒，心里说：还是周胥和陈述有城府，只顾问案，能不掺和就不掺和。后来柳文若领着一名年轻女子进来，立于那名黑衣青年身后，他也故作无视之态。

当事人君珑与丞相唐非姗姗来迟。陆漪涟看见同行的柳笙，恍然明白陆宸胡闹苍梧的理由，原是陆华庄往其中插了一手。

君珑脱去囚服，朝服加身，又是容光焕发。他领先唐非一步跨入门槛，吸引众人瞩目。

伴君身侧的醍醐面露喜色，堂上三名官员纷纷起身施礼。永隆帝当真没有身为皇帝的稳重，抢在所有人之前冲了上去，一把拉住君珑的衣袖："爱卿，你总算来了！你可知夏姬她，夏姬她是妖怪！"

君珑笑着一扫唐非，后者面色铁青，以至君珑的笑容更加傲然："皇上安心旁听，自有人能收妖，祸害不到您。"

永隆帝担忧："爱卿陪朕一同旁听？"

君珑道："臣乃证人，自当在场。"他随手阻止了姜袁等人的礼："三司会审，以三司主官为尊，不必与本太师行礼，且安心坐着吧。"

姜袁等人俯首称是，正犹豫着丞相的礼该不该施，唐非兀自上位，三人便也安心坐下了。

"那我们便升堂？"姜袁温吞的性子要主持大局，着实难为了他。征得周胥和陈述的首肯后，他才不软不硬地喊道："来人，将嫌犯叶离押上堂。"

这场戏唱得极为精彩，君珑从囚衣到朝服，叶离反之，从华服加身落得锁链锒铛。当他面戴银面具被官差押入堂中时，众人屏息，全想瞧瞧动用三司会审的疑犯是个什么面目。见过叶离的沈序等人则是不动声色，他们知晓后头才是重头戏。

叶离站定后看了一眼漪涟，微微摇头，示意他无恙。然后看向唐非，目色复杂。

唐非故作镇定，别开视线，昂起头，一副事不关己的姿态。

姜袁见半点没动静，清咳了两声："嫌犯叶离，怎的不行礼？"

话毕，叶离庄重施礼："草民叶离，见过各位大人。不周全处，望大人海涵。"

姜袁见他态度恭敬，满意道："据报，你于太师君珑巡查京周要道时意图行刺。谋害朝廷一品大员的罪名，你可认？"

叶离道："草民无罪，实有冤屈。"

姜袁接道："有何冤屈，且说来本官一听。"

话音刚落，刑部尚书周胥以为不妥："姜大人，既下罪名，是否该先询问君太师证词，再听嫌犯辩驳为好？莫叫旁人以为三司会审师出无名。"

姜袁深思点头："是该如此，本官疏忽了，多谢周尚书警醒。"平日拘礼惯了，他欲起身说话，忽然想起这是大理寺，没有自己起身的道理，复坐下道："君太……证人君珑，你可提出证言，嫌犯叶离如何谋害你？"直呼太师名姓，姜袁不安得很。

君珑换了个坐姿，朝珠清响，迎合手中砗磲："姜大人可先让叶离摘了面具，自有证据。"

此乃大理寺，当由大理寺少卿陈述下令为妥："来人，将嫌犯面具摘下，以明证词。"

官差领命上前，叶离婉拒道："无须劳烦。"说罢，伸手向面具，混着铁链声，众人倒吸大口冷气。

姜袁最是惊诧，怀疑自己老眼昏花，使劲揉了揉眼睛。无论他怎么看，座上坐的，堂下跪的分明都是君珑！

永隆帝更如见鬼一般，跳上凳子，一把抱了醍醐，冲着叶离问："是人是鬼？"

旁观的漪涟瞅了瞅不像样的皇帝，心里说：你当初抱着和司徒观兰一模一样的夏禾时，怎没考虑是人是鬼？

司徒巽面无表情，心里不齿。

堂上三个大员相互交头接耳后，周胥发话："即便双胎兄弟，亦未能如此相似，叶离与君珑并无血亲，且一者高居一品太师，一者乃民间百姓，相距甚远。可见君珑所言不虚，叶离确有谋害高官之嫌。"

叶离回话："大人明鉴，草民确无异心，乃是自保。"

姜袁还未缓过劲："从何说起？"

叶离道："当从十一年前的后宫说起。"

姜袁搞不清状况，两头张望。

叶离继续道："在场的众位大人中，不乏三朝元老。可记得先帝姝妃——司徒观兰？"

在场众人心惊，听到"姝妃"二字时，知情人都明白事情捅大了。

先帝甚爱姝妃，每逢宫宴，必有姝妃一席之地，朝臣偶能目睹姝妃天姿容颜。自永隆帝纳了夏禾为贵妃后，许多三朝元老甚觉蹊跷，但碍于永隆帝昏庸，唐非朝堂横行，始终是有话不敢言。这下可好，有人开始翻旧账了，查账之人不是三司，是坐于皇帝身侧，与丞相唐非水火不容的当朝太师——君珑！

一方把持朝政，一方富可敌国；一人手掌兵权，一人独占天恩。

这场龙争虎斗究竟鹿死谁手？众人暗暗拭了把汗。

周胥一拍桌案：“大胆！草民岂可妄论后宫，直呼太妃名讳！”他侧头问姜袁：“姜大人以为这可否算作一条罪？”

“这……”姜袁怕事，真不知该怎么往下审。他灵机一动，既是皇族之事，便推给皇族之人：“皇上以为如何？”

永隆帝哪里是管事的主？转头就把话抛出去：“两位爱卿以为如何？”

唐非自然不愿让案情往下审，趁机建言：“皇上，臣以为此案牵扯亘大，当从长计议。不如暂把人犯押入天牢待审，好容三司琢磨琢磨，应如何审理为上！”他最后几个字是冲着堂上三人说的，有警示之意。姜袁最会察言观色，但此时两方对峙，他不好说话。

陈述是唐非党，帮衬道：“臣以为唐相所言有理。案情有变，规矩上理应如此。草率决断，恐叫人以为三司不公，沦为外界笑柄。”

姜袁与周胥皆是一司之首，堂上位置坐得名副其实。现轮上陈述说话，沈序倒可插上一嘴：“嫌犯叶离尚未言明因果，草草退堂，岂不更闹笑话？”

正如唐非与君珑明争暗斗，陈述与沈序亦貌合神离：“沈中丞此言差矣。案情不甚明了，三司当如何问案，如何决断？”

沈序胸有成竹：“自由皇上决断。”

众人的目光再次落向永隆帝。皇帝傻眼了，平日面对朝臣，他来来去去就几句话：“爱卿所言甚是”“爱卿以为如何”“允”。刚才这问题不是丢出去了吗？怎么绕了一圈又绕回来了？这下叫他怎么说？

君珑适时开口：“皇上可是国事繁忙忘了？您审阅案卷时以为另有隐情，曾下密令，着沈中丞暗中核实。现今他最为了解案情，可由他堂下代审。姜大夫、周尚书、陈少卿从旁监察，亦合规矩。”

永隆帝愣了愣，他下密令？他啥时这么英明？心里有点小激动。

唐非欲阻止，醍醐抢在前头柔声细语：“皇上，您下令时民女在场，您忘了？”

美色当前，永隆帝从无原则：“对！朕……朕确实以为有问题，让沈中丞查来着。”他指了指沈序：“爱卿，你来问，朕有赏。”

沈序躬身：“臣遵旨。”

姜袁感受到身旁二者的目光，如芒刺在背。皇帝授命御史台，竟越过他，找了沈序，这面子真挂不住。可转念一想，沈序好歹是御史台的人，大理寺和刑部还轮不上位，他又稍稍感到安慰。

众目睽睽之下，沈序掌控了主动权，这是君珑党的一步好棋。唐非察觉风势不对，暗暗对尽头处的人使了个眼色，那身影很快消匿得悄声无踪。

沈序从旁上前，问叶离："你方才喊冤，在场众人皆可为证。且言明。"

叶离致礼道："沈大人明鉴。适才喊冤，是因草民确无加害君太师之意。至于容貌之故，涉及宣文帝妹妃，为此，草民须先状告一人。"

"这……恐怕于理不合吧？"姜袁面露难色。

"情急之下，当有变通，这不是姜大人的教诲？"沈序游刃有余地堵了姜袁的话，反问叶离，"你要状告谁？"

叶离道："唐非。"

堂中哗然。

漪涟和司徒巽为此已然久候。

周胥拍案喝止："肃静！"他沉声质问叶离："你已涉嫌谋害一品官员，莫再添污蔑朝廷命官之罪。想清楚回话，你，状告何人？"

叶离冷静笃定："草民状告当朝丞相唐非，结党营私、秽乱后宫、戕害嫔妃、蛊惑君王四桩大罪。"

唐非捏紧了椅把，强忍不言。为官数年，他深知其中利害，此刻稳住阵脚是关键。

沈序道："叶离，此话既出，后悔晚矣。你且将所知之事一五一十道来，不得隐瞒。若有半字虚言，罪加一等。可明白？"

"草民明白。"叶离应声，开始讲述当年事，"恕草民斗胆，约十一年前，皇上还是太子之时，唐非于太子府担任账房先生一职。先帝驾崩前年，唐非曾回师门找过草民，要草民替他做一件事。"

"师门？"周胥问，"你与唐相是同门？"

叶离道："论辈分，唐非乃草民师侄。那时，草民正在研习古卷记载的换容术。"

"换容术"三个字流传颇广，叶离的名字亦不陌生。姜袁道："本官确实对叶离的医术高绝有所耳闻。案卷中也曾提及苍梧蛇仙救死扶伤，起死回生。难道唐相当初要你做的便是换容术？”

“正是。”叶离道，“草民跟随唐非入京。数月后，为两名女子换容，其一便是本朝贵妃夏氏。”

唐非尚有余力，只是压不住一瞬的抵触：“胡言乱语！”

君珑笑道：“唐相何不容他说完？若是胡言，待会儿拖出去斩了便是，莫叫人以为您心虚。”

唐非眯眼瞪视，哼了一声，不再说话。

沈序知会：“叶离，你继续说。三司自有公断。”

叶离道：“唐非当年恋慕权贵却不得势，便想利用姝妃的美貌蛊惑太子。姝妃不从，他便找来当年的秀女夏禾。夏禾本身与姝妃已有几成相似，换容术的把握很大。事成后，他与夏禾里应外合蛊惑君王，干涉朝政至今。”

唐非与夏禾的那点事，朝臣多少有所耳闻，然而一面之词不足以定罪。

沈序问：“你方才说有两名女子，还有一名是谁？”

叶离道：“姝妃——司徒观兰。”

司徒巽波澜不惊地握紧拳头。

漪涟听至此，凝神以待，这是她一路追寻的最大疑惑之一。唐非若要蛊惑太子，只须在夏禾处费事，将姝妃杀了即可。为何永眠在陆华庄地底的司徒观兰也会改变容貌？而叶离为何在最初竟会认为姝妃没死？

姜袁还是迷糊不清：“你是说你替姝太妃做过换容术？”

叶离道：“是。”

周胥插话：“可你方才还言姝妃不从，怎会任你摆布？分明前后矛盾。”

叶离辩驳：“并非草民虚言。是姝妃秘邀草民相见，此乃唐非计划之外。”

唐非眼神如刀扎于叶离身上。

“姝妃察觉事态将变，于事发月前暗中派人通传草民。三日后，她借口回乡探亲，应约在城郊相见。姝妃本意是希望草民能在为夏禾施术同时为其施术，让她逃离是非之地，保全性命。”叶离如是说。

沈序挑明重点：“依你之意，姝妃想出宫，因此瞒着唐相联络于你？”

叶离正言：“情势所逼，姝妃万不得已出此下策。若不如此，她性命难保，流落在外的七皇子恐也将年少枉死。”

姜袁瞬间色变：“你说七皇子流落在外？”他嘀咕道，“七皇子不是溺水而亡？”

叶离道：“这与姝妃病逝一样，不过是迷惑世人的障眼法。七皇子当年被姝妃保送出宫，而姝妃香消玉殒则是唐非一手造就的冤案！”

众人已不知该如何是好，表情僵硬。周胥与姜袁不同，行事更加爽利：“嫌犯叶离莫要信口雌黄！姝妃病逝乃先帝亲口所言，你妄加指摘，可有证据？”

叶离道：“七皇子李巽可为证。”

堂上静可闻呼吸声。

饶是周胥也不免惊愕。

姜袁这会儿反应倒快，他忽然想起坐于堂下的无名者，心跳加速：“难道……”

司徒巽应声离位，步至堂中，黑衣简裳盖不住他天生气韵：“在下司徒巽，随的是母妃姓氏，本姓李，排行第七。母妃冤死，我可为证，叶先生所言，句句属实。”

姜袁刚才不敢多看，这会儿有机会使劲瞅，道：“眉眼间果然神似姝妃，气质似先帝。”

唐非不以为然：“荒谬。”他指了指叶离，“嫌犯与君珑亦像，难不成两人是父子或是兄弟？说他是皇子李巽，谁可为证？”

“本太师为证。”君珑掐住话尾，“姝妃送七皇子出宫是借由陆华庄前庄主陆远程之手，因此七皇子由陆华庄抚育成人。本太师当年亦居于太子府，不敢说事事详尽，对七皇子的去向还算晓得一二。只因唐非霸权，至今才敢明说。”

唐非怒道：“一面之词，不可为证。”

君珑反驳：“唐相莫急。本太师既然有本事说出口，必然有证据。”他抬手，柳文若便将当时给司徒巽过目的书信递过去，“这是当年陆远程写给本太师的亲笔信。他护送七皇子回庄后，自知无力对抗当时已得势的唐非，请托本太师助七皇子一臂之力，为姝妃申冤。”

三司主官轮流对书信过目，上头字迹分明，确实提及唐非戕害妃嫔一事，及李巽的行踪。

沈序道：“只待笔迹验明后，自可为七皇子正名。”他请司徒巽入座，继续问叶离：“你既替姝妃换容，是将她换作夏禾容貌？”

叶离摇头：“不存于世之人。”他轻微的叹息声有很浓的疲惫，“姝妃说她只想带着七皇子如常人一般生活，偏偏一副如画皮囊令她不得善终，所以我便随心改了她的容貌，望她后半生能得安宁。”

漪涟了然，这就能够解释为什么司徒观兰变了模样。

“可唐非那里你要怎么交代？”沈序问。

叶离的苦笑凝滞在嘴角：“世间因果，救人一命，自要有人以命相抵。”

“是谁？”

“姝妃的贴身女官。”叶离道，“她混入太子府，在姝妃施术后做了易容术。大约一个时辰后，她替姝妃死在了唐非的刀下，而姝妃则被接应人带出京城。”

其实本该前来接应姝妃的是陆远程，可不知什么原因，陆远程当日不在京中，安排了其他人接应，想来问题出在这里。最合理的解释是唐非发现了计划，折回头杀了真正的姝妃。陆远程赶去已晚，便将姝妃尸首带回陆华庄，图谋后事。

叶离感叹世事无常：“螳螂捕蝉，黄雀在后，我终究没能救得姝妃娘娘。”

唐非听其言，冷笑看向君珑。

有些场面该走还得走，沈序问唐非：“唐相可有辩驳之词？”

唐非不屑：“不过是叶离的一家胡言，连个证据都没有，何须本相辩驳？”

周胥也以为如此：“本官依旧不明白，扯出这么多前朝后宫之事，与你谋害君太师有何关系？你且先解释解释，你自己这张脸怎么回事，为何与君太师一模一样？”

叶离解释：“正如草民适才所言，这副容貌乃是自保。”他将视线投向唐非，“夏禾换容后，唐非欲灭口平事。草民得幸逃出京城，为避追杀，不得已改变容貌，苟延残喘。”

姜袁颔首：“可你擅改成朝廷命官的模样，还是一桩罪呀。”

叶离垂眸低辩：“不知者无罪。大人明鉴，草民当初并不知晓君太师是何模样。”

这叫姜袁又蒙了：这是什么意思？

沈序亦不解此中玄妙：“案卷所记，你与君太师素未谋面？”

君珑同样好奇，他这张脸怎会叫人生生偷了去？

可此事触及叶离心结，他不愿多言，久久沉默下来。三司多番追问，还是无果。

整个案情陷入僵局，漪涟觉得再拖不是办法，就狠心替叶离做了决断：“是画。”

角落处有个身影被这两个字触动。

在沈序为漪涟请得发言权后，一道将鬼市买来的那幅画递上堂。

三司主官皆是科举出身，于书画一道颇有见地，一瞧便知是甄墨之作。在感叹画工精湛后，他们看到了与案卷上相同的蛇形图腾，也是挂于画中人腰间的翡翠。姜袁下结论：“这画的是叶离。”说完，他以为欠妥，悄悄瞅了一眼君珑，甄墨可是……

“不对。”漪涟否决了姜袁的判断，“画的是君珑，不是叶离。”

姜袁彻底晕了。

永隆帝不知搭错了哪根筋，竟来了兴趣：“给朕说明白。”

漪涟视线落于叶离身上良久，不忍说，却不得不说：“你们看上头的落款，画是十二年前所作。先生与我说过，与甄墨相识十载，十二年前的甄墨怎么可能画得出先生？”

君珑会意冷笑：“原来如此。”

姜袁隐约琢磨出一点意思：“这么说叶离他……”

漪涟接道：“先生是凭画施术，他根本不知道画中人是君珑，所以不知者无罪。”她特地指出腰间翡翠，“我事后查过，这翡翠所用的颜料是苍梧绿，近两年才调制出来。至于甄墨为何要在绘画后多年加上这枚翡翠，还是让她自己说比较好。”

君珑眼色乍现凌厉。

姜袁频频点头：“如此解释确实通……你适才说什么？甄墨自己说？”他面色不安地转向君珑：“君太师，尊夫人不是十年前就……”

尊夫人……

漪涟喉间微苦，果然，甄墨就是君珑的“亡妻”！

甄墨又与叶离相识十载。呵，命运弄人啊！

她将叶离交给她的那张微黄纸片取出来，是药纸，叶离在山神庙找到它时，里头还残留一些药物，他托漪涟买药材正是为了验证里头的白色粉末。结果出来后，白毛的证词也能解释，为何他受唐非之命暗杀甄墨，甄墨却早被人所杀。

“甄墨十年前死于‘隐姓埋名’，十年后死于‘自尽’。她应该是不愿落于唐非手中，恐唐非拿她要挟君珑，所以服药自杀。”

君珑眸底有情绪闪动，被他强行湮灭。

漪涟的视线在他和叶离之间游移了两个来回，看了看药纸：“据先生查明，里头装的是假死药。”她回忆起苍梧之事，“我与巽师兄为查妹妃一案，到苍梧寻找先生。暗中有人一路尾随，还特地留下了‘救叶离’的信息，杏成县后山亦是同一人出手相救。据面摊摊主证言，留下信息的人声音沙哑如男性，是服食烈性药的后果。柳文若手里有几张被剪烂的字帖，我猜测是甄墨不想被认出字迹，才以此给先生传信，引他到杏成县与我们会合，希望借君珑之手，对抗唐非追杀。”

唐非无声地往大腿上使劲，没料到这女人没死成，还给他捅娄子。

司徒巽联想起一路种种，十分合理。正想帮衬两句，漪涟又补了一言，震慑全场：“我说得对不对，甄墨？”

叶离紧跟君珑之后流露出不可思议的目光。他虽查明了假死药，但怎么也没想到甄墨会在此时此刻出现在大理寺。

漪涟的态度没来由地焦躁：“躲躲藏藏没意思。今日既是你的期望，何不站出来看个明白？”

半晌静默后，在官差驻守的大门处，有名不起眼的小太监徐徐走出来，向着正堂缓缓抬头。一对大而明亮的眼眸仿佛是笔墨画作，在君珑和叶离之间两番凝眸，都是复杂不可言的情愫。然后她对峙唐非，一股少见于女子的英气展现在眉宇间。

在场许多人都认得，她，便是大兴首屈一指的画师——甄墨！

她走到叶离身边跪下：“民女甄墨，参见各位大人。”

果如陆漪涟所说，甄墨声音沙哑，足见前头言辞有几分可信。可愈是如此，愈是麻烦。

堂上三人互觑不安，心想着：案子到底要扯出多少东西来才算完？他们最担心的还是几人口中频繁出现的“太子”。这位太子如今已是天子，别一个不小心掺和到里头，那可不是三司有本事审的案子了。

姜袁余光一瞄，那永隆帝浑然不觉，正有滋有味地打量着甄墨。

沈序主审，认为案情还得往下挖，拿捏道："既然夫人肯现身相见，便也说两句？"

甄墨侧脸欲视叶离，最终还是没有转过头，哑声道："回大人，刚才陆姑娘所言，句句为真。我与夫君十年前相遇，为逃避唐非追杀才取画相助，当年他根本不知画中人物是君太师。若要追究罪责，当由民女承担。"

"夫人且等等，本官有点晕。"姜袁思来想去，该怎么开这个口。

陈述觉得该是他说话了："夫人称君太师为'君太师'，那您口中的'夫君'又是谁？"

漪涟的食指无意识地抽了两下。

只见甄墨合了一下眼，决心道："民女夫君……叶离。"

空气默然。

须臾后，唐非拍案叫绝，阴森森的笑声回荡大堂："这段子真有意思，赶紧吩咐人记下。改日让戏子替皇上唱一场，肯定空前绝后。"他向君珑逗趣："君太师，这事您可知道？"

君珑冷眼逼视跪地的两人——甄墨、叶离！

唐非得了便宜不罢休："君太师，你我同朝为官多年，怎么算也是有交情在。满肚子苦水，大可与本相说说，独自藏着太见外了。"

君珑深沉静默，凝视甄墨的眼里透着无比寒意——眼寒，心更寒。

"可怜我们君太师是痴情人，巴巴地追到杏成县。那句老话怎么说来着，赔了夫人又折兵？哎呀，这牺牲可大了。"唐非摸着下巴道，"君太师乃人中龙凤，多少人想求求不来。叶夫人，你不应该呀。"

众人冷汗如雨下，太师与丞相多年不和，都是暗地里的。头一遭在面上风急火燎，真不知会闹出什么大乱来。

柳文若气不过，周身已暴露杀意。

漪涟更沉不住气，满腔怒火，冲上去对着唐非张口就道："唐相省省嘴皮功夫吧。朝政管不清楚，还管人家你情我愿！瞧瞧您老，半只脚踏进棺材了，也没做个正经事。一个女人玩了十年，还偷偷摸摸见不得光，算哪门子男人！"

唐非没想到有人敢冲出来，有点蒙："黄毛丫头，岂敢与本相如此说话！"

君珑此时回神，不动声色地往椅背靠了靠："丫头，别费事，回来！"他打个手势，砗磲串清脆作响。

漪涟走过去，听得君珑压声道："想要什么？回头叔送你。"

漪涟抛去一个狐疑的视线，搞不清君珑是真淡定还是虚张声势，不过她唯一能帮的只有配合。她随心想了想："要不就将您那寻芳斋匀给我？"

君珑爽快："可以。铺子给你，宝贝归叔。"

漪涟不乐意了："好歹让我挑一样。"

"你跟我讨价还价，有没有规矩？"君珑一扬眉峰，故作严肃。不知怎的，闷气竟消了大半。少顷，让步笑道："罢了，挑！"

漪涟谨慎："您得立字据，免得赖账。"转头问堂上："姜大人，有笔墨没？"

"笔墨，这……这……"姜袁无助。尽管叔侄俩是窃窃私语，可堂上寂静异常，还是能听个大概，他这笔墨是拿好，还是不拿好？

唐非被无视，欲骂无词。眼见君珑一城难以攻下，转而把气撒到了叶离身上："说了大半天，还是没证据。叶离，污蔑朝廷命官的罪责可是诛九族啊！"他咬牙切齿，心头愤恨。

"唐相少安毋躁。您要证据，民女这就给您取来。"甄墨从怀里拿出一份绿皮折子呈于堂上，"唐非诡计得逞后，为补缺漏，火烧内务府。沈大人一查便知，他是为了毁去夏禾作为秀女的存档。"

沈序认可此言："本官分管兰台卷宗，先帝末年，内务府确曾走水。"

甄墨道："当年家父甄硕乃宫廷御用画师，秀女图便出自家父亲笔。唐非火烧内务府那日，家父正将一部分秀女档案带至画馆重修，其中便有夏禾的那卷。各位大人可当场审验，当年夏禾的容颜与今差异颇大，档上还有记载，其左肩处有块铜钱大的胎记，亦可验证。"

永隆帝听了叫起来："朕可为证，夏姬的左肩确有胎记。"

众人唏嘘，圣恩不过如此，一张容颜破败，情爱皆付之东流。

姜袁打开折叠多年的墨图，夏禾的容颜确实今非昔比："上头有甄大人当年的印鉴，御史台中留有卷宗，作不了假。"

这话几乎坐实了唐非的罪名。看来这场龙争虎斗，赢的是君珑！

然而唐非淡定得出乎所料，还善意提醒："是否将夏贵妃找来对质更为妥帖？"

三司商量以为可行，着人带上夏禾。

谁知一刻钟后，通传的太监匆匆跑进来，哐当一声跪下：“夏贵妃……夏贵妃恐怕不好过来。”

周胥只想快点结束这案子，免得多生枝节，拍案道：“三司会审，只认王法。抬也得把她抬过来！”

又过了一刻钟，夏禾真的被担架抬了进来，面上铺了一张白布。满堂惊呼！

沈序明白这绝不是计划之中的事，急忙上前掀了白布，里头躺着的的确是夏贵妃无疑。满脸乌青褶子，胸前赫然一个血窟窿，双眼空洞无神，瞪得老大，死不瞑目啊！

曾经的绝色美人竟以此等惨不忍睹的面貌咽了气，真不知该如何用言语评说。

君珑顿时明白了唐非的自信，怪就怪大兴天牢看不住一个女人，他低低责骂道：“废物。”

唐非见状，得意起来：“夏贵妃怎么成了这模样？”

没错，这是他最后的一着棋——壁虎断尾，弃车保帅！因为目前所有的证据只能证实夏禾的劣迹斑斑，无法指证到罪魁祸首唐非！若无夏禾，往前种种全是空谈。

难道案子到了这个地步还能转圜？

沉默许久的司徒巽不以为意地开口道：“沈大人，不知陆庄主的亲笔书信是否已经核验？能否为在下正名？”

沈序询问了堂下随从，笑了笑，摆的还是虚言：“七皇子天皇贵胄，何顾他人指责？”

司徒巽问：“如此，我提请的证人可作数？”

沈序与堂上通气：“自然作数。”

唐非大好的心情又霎时间聚集了云雨：怎么还有证人？

漪涟和君珑也没有想到司徒巽留有后手！

大理寺的气氛顿时突变，一名女子缓步上堂，不似甄墨眉眼如画，更胜甄墨娇人明媚。那是一位天生就该迎着阳光的女子，可叹身有残缺，行礼时缺了右手，着实惋惜。

漪涟认得此人：“洛雨晴！”

洛雨晴回眸，看的是司徒巽，莞尔一笑。她的右手因为伤口感染，错过了最佳治疗时机，只能生生截去了整只手。

司徒巽坐于君珑右侧，不动声色地质问唐非：“唐相可记得她？”

唐非弄不清真意，抬眼虚瞥了一眼：“没印象。”他是真记不得有这号人物。

堂上姜袁将女子打量一遭，凭着经验猜想：总不会从山洼里跑出个私生女大义灭亲吧？

洛雨晴笑如夏花，不似闺阁小姐矫情：“不怪唐相忘了，十一年前，我不过七岁娃，模样早不似当初。待会儿便为唐相回忆回忆。”

姜袁心里一咯噔：莫不是真被自己猜对了？不过这女子特地提及十一年，正是姝妃案发当时，想必有深意。他端正姿态，准备挽回点面子，但是沈序不知有意还是无意，快了一步：“洛雨晴，不必绕弯子。三司皆在，直说便是。”

洛雨晴再回眸，司徒巽对她颔首示意。

她道：“先前民女于偏厅等候，听闻叶先生指证唐相四桩罪，民女以为欠缺。唐相罪过尚有三桩：恣意造谣，违法敛财，拥兵自重。”

唐非神情隐约不对劲：“休得胡言。”恣意造谣四个字外加洛姓，让他有所领会，至于拥兵自重，尚不明朗。

沈序问：“可有证据？”

洛雨晴道：“叶先生避世苍梧，九嶷山乃世外洞天，轻易寻不得。唐相得知后，便想利用官府之力搜查，可惜师出无名。所以他便威胁我的父亲在城中散播蛇仙谣言，借口为皇上效力派兵寻仙，实则追杀叶先生，我洛家皆可为证。此乃恣意造谣。”

洛雨晴很聪明，讲述这段时，有意将罪过全推给唐非，洛家反成了受害者。

“据民女所知，京周常有鬼市出没，行的是暗地里的买卖。其实背后是唐相授意，官商勾结，大量销售禁品，此乃非法敛财。”

唐非面色逐渐发青。

周胥有惑：“先前一罪尚有证人。此项罪责以何为证？”

“这便要先证第三桩罪——拥兵自重。”洛雨晴看着唐非，坚定道，“唐相在各地训练死士，为其效命，人数众多，行不义之举，有谋反之嫌。他手段残酷，大多死士皆被他毒哑，用镂花铜铃相互为信，鬼市鬼差便是其中一批。”她将一只镂花铜铃放到官差的托盘上。

唐非陡然涨红了脸："一只铃铛，随处可见，妄想以此陷害本相！"

君珑笑道："唐相急什么？三司会审，必冤枉不了你。"

沈序接了君珑一个眼色，引导问之："你既有镂花铜铃，莫不是死士其一？"

洛雨晴还是盯着唐非："曾经是。"她捂着自己的断臂，幽幽道，"十一年前，唐非发现叶先生暗中相助姝妃后，便派出死士截杀姝妃。民女当年只有七岁，尚不足以执行任务，侥幸逃脱。所以姝妃冤案，民女可从旁佐证。"

"民女逃至苍梧，被洛家收留，从此隐姓埋名。"洛雨晴用断臂触碰左肩，"大人明鉴，唐非除了毒哑死士外，为了避免死士背叛，还在每人的左肩烫了一块铜钱大的记号，以此辨认灭口。民女左肩上有，鬼差的左肩也有，包括夏贵妃的左肩也是！"

那不是胎记？

可选秀档案明确指出夏禾的左肩有胎记。

姜袁推敲出头绪："这么说来，夏姬进宫选秀之前，已然是唐相在统筹安排。"

洛雨晴道："正是。大人若不信，可命人抓来鬼差验证，方知民女所言不虚。"

鬼差神出鬼没，姜袁苦恼，他要去哪里抓？

一直沉默的柳笙这时走上前，施礼道："几位大人，在下陆华庄柳笙。若大人想要见见各位差爷，在下这里倒有几个现成的。"他命随从弟子将适才两名终于疼死的鬼差丢进来，如丢死猪一般。

官差会意，上前扒开鬼差衣襟，左肩上确实有铜钱大的记号。经查实，与洛雨晴和夏禾左肩上的一模一样。如此，即是铁证如山！

君珑已是观戏姿态，命人端了茶水来："唐相还有何话说？"

唐非铁青着脸看夏禾，转向君珑，又看皇帝，再扫了一圈又一圈。事已至此，不管如何拖延，再想不出辩词。谁能预料当年的黄毛丫头会在今日反捅一刀！

严格说来，弃车保帅并非他的最后一手棋，只是未到逼不得已，他是万万不愿走这步，弄不好就是玉石俱焚。然而此时此刻，还由得他选？若想保命，别无选择！

“君珑，是你逼我的！”唐非眼放凶光，指着君珑骂完，直冲着永隆帝瞪去，“来人，给老子把皇帝抓起来！”

众官员大惊失色，不知堂上是谁高喊了一声：“护驾！”

霎时，成批的官差从外门抽起佩剑一拥而入，与堂内驻守的禁卫军合流涌到皇帝身前。明晃晃的利刃相互交映，加上永隆帝嗷嗷乱吼和姜袁不断高喊的护驾声，场面混乱不堪。

当众人以为马上要血溅大理寺时，唐非的怒吼却令骚动的人群瞬间冷透了：“好大的胆子，你们想要造反吗？”

定睛一看，几名禁军以排山倒海之势将唐非反手扣押，显然又是他没有料到的意外：“你们……你们竟有胆敢反本相？”他面色涨得通红，呼呼喘气。

一句笑谈从门外飘来：“哥几个，别使这么大的劲，容唐相看看，造反的究竟是何人。”

声音再熟悉不过，陆大少甩着袖子，得意扬扬跨进门槛：“几位鬼爷已经捆在院外树上，可惜地方不够，委屈两个挂在屋顶。唐相，您是不是考虑磕个头，求我们陆华庄赐个痛快？否则我可就全抓去给师弟试药了。”

唐非怒急攻心，气得半晌憋不出话。

姜袁好歹是主审之一，理了理衣襟道：“此案线索已然明了，依本官之见，不如把嫌犯唐非押入天牢，再裁定处置办法。周大人、陈大人以为如何？”

唐非吼道：“要抓就把君珑一并抓了。”他自知无路可逃，干脆鱼死网破：“君珑，老子有罪，你逃得了干系吗？别忘了，当年……”他的喉咙在刹那间扎上一支飞镖，鲜血随着脉动渐渐淌出。

姜袁惊得再吼一声：“护驾！”

可飞镖不知从何而来，官兵防卫无绪，左转转右转转，模棱两可，漫无目的。

漪涟反应够快，连忙张望了一圈。无奈那人身手极好，毫无破绽。

断气的前一刻，唐非满心不甘，如恶鬼死瞪着君珑：“你……你也……不会……好……过……”

音落，气咽。